U0729145

新媒体文学
与文化丛书

国家社会科学基金资助项目（立项编号：08BZW071）

新媒体时代的80后文学

江冰 等 / 著

人民出版社

责任编辑:李 惠
装帧设计:雅思雅特

图书在版编目(CIP)数据

新媒体时代的 80 后文学/江冰等 著. –北京:人民出版社,2014.10
(新媒体文学与文化丛书/江冰主编)
ISBN 978－7－01－014016－2

Ⅰ.①新…　Ⅱ.①江…　Ⅲ.①中国文学-当代文学-文学研究
　Ⅳ.①I206.7

中国版本图书馆 CIP 数据核字(2014)第 227860 号

新媒体时代的**80后文学**

XINMEITI SHIDAI DE 80 HOU WENXUE

江 冰 等 著

人民出版社 出版发行
(100706　北京市东城区隆福寺街 99 号)

环球印刷(北京)有限公司印刷　新华书店经销

2014 年 10 月第 1 版　2014 年 10 月北京第 1 次印刷
开本:710 毫米×1000 毫米 1/16　印张:22.5
字数:350 千字　印数:0,001-2,000 册

ISBN 978－7－01－014016－2　定价:56.00 元

邮购地址 100706　北京市东城区隆福寺街 99 号
人民东方图书销售中心　电话　(010)65250042　65289539

版权所有·侵权必究
凡购买本社图书,如有印制质量问题,我社负责调换。
服务电话:(010)65250042

序一

填补当代文学史新的空白

江冰教授及其团队所完成的《新媒体时代与80后文学——80后文学与网络的互动关系研究》一书，展现了我国当代文学研究中的前沿课题。这个课题于2008年被国家社科基金立项，历时5年完成，足见研究的艰难和研究者的扎实与认真。

我与江冰同志相识已二十多年。他早年任教于南昌大学，并担任中国当代文学研究会常务理事。他主编过文学评论杂志《创作评谭》，后来又到南方编过报纸，之后又回到高校。现任广东财经大学文学院院长并主持该校"80后文学与新媒体文化研究中心"的工作。广泛的工作阅历和开阔的生活视野，加上学术上的敏锐和锲而不舍的追求，为他领导自己的团队完成这部著作提供了良好的条件。

我国当代文学如今已成为庞大而复杂的历史现象。在当代作家中，80后作家（实际还涵盖90后）是最新的一代，也是十分活跃的一代。他们成长于改革开放后的新时代，共和国历史的艰难、曲折的开拓期已经过去，他们面对的是市场经济和经济的欣欣向荣，还有中西文化碰撞后的多元走向，他们还伴着互联网的普及而成长。正如本书所指出，"网络是他们名副其实的'第二生存空间'"。这样的时代背景，造就了他们的新的文化向度、新的价值观念、新的文学追求。他们借助互联网取得广泛的生活信息和广阔的文化空间，并以互联网为自己文学创作与传播的新媒体，将自己的青春记忆转化为鲜新的文学题材，实现了文学语言与文学风格的创新，不仅赢得广大的青春读者群，也赢得市场的经济效益。

毫无疑问，中国文坛的80后属于崭新的文学现象。也是我国文学研究和批评有待深入开垦的处女地。江冰教授和他的团队以多种视角切入研究，如他在全书《导言》中所说，"在新媒体、新人类、新文学的理论框架中，在充分考虑多向互动关系的因素中，从媒体学、传播学、文化学、社会学、文艺学等多种理论视角考察80后文学，并在聚集之后，阐述具体文学形态包含的多方意义以及延伸性的理论启示"，并致力使本书成为"第一部80后文学史"。我非常赞赏全书著者的努力。全书以19章的篇幅，分别对80后文学的历史轨迹、时代背景、青春记忆、代际权利与社会权利、文化气质与文化意义、传播学阐释、后现代风格、市场化趋向、亚文化特征、文体特征、类型化写作、网络互动的关系和其中的"偶像消费"和"话语制造"以及80后写作的文学史意义等方方面面，都引证丰富的材料，做了相当深入的探讨和论述。对于我来说，这部著作确实不仅使我增添了许多新的知识，接触到许多新的观点，而且使我对80后文学有了比较全面的了解。书中所称80后文学"终结了意识形态写作"，照我的理解，确切地说，恐怕是终结了"传统意识形态"或"主流意识形态"的写作，而开始了一种"新的意识形态"的写作。因为，不管怎么说，文学总体现为某种意识形态。

总之，这是一本下过大功夫的学术著作，它确实相当程度上填补了当代文学史上的新的空白。我愿意向读者推荐这本书，我相信，对于需要了解当代我国文学发展状况的读者，这本书一定会给他带来有益的启示，即使他不一定会完全赞同著者对80后文学的认识和评价。

张炯

2014年6月26日

于北京

张炯：原中国作家协会副主席、中国当代文学研究会会长、中国社会科学院文学研究所所长。

具有开拓意义的扛鼎之作

十年磨一剑。江冰带领的团队，磨砺十年，终于亮出一柄闪光耀眼、锋芒毕露的宝剑来！这个国家课题的结项成果，现在正式出版了，首先要表示真诚的祝贺！

江冰是恢复高考后第一届1977级我的学生，留校后还和我共事好几年，并在母校破格提升为正教授，我对他可说是了解得十分透彻。他是一个很不安分的人，思想活跃，对新生事物十分敏感，他勇于创新，不甘于现状，有一种超前意识，本属于50后，却对80后90后情有独钟。他应该是文学界、学术界最早关注80后文学的那一批人，他对80后文学所倾注的热情、所付出的精力，可能无人可以相比。他把80后文学与新媒体时代联系起来，特别考察了文学与网络的互动关系，颇多新鲜的见识和独立的观点，大开眼界，发人思考。可以说，这部专著是在新世纪的中国当代文学中，具有开拓意义和里程碑价值的扛鼎之作。

80后，是一个时限的用词，80后文学，可以说是当代文学中的一个时段的文学，现在甚至可以说，就是当下的当代文学，或可以叫作新世纪文学。以前的所谓当代文学，主要指新中国成立后60年的文学，已经太宽泛太久远了，早已不是什么当代了。由是观之，这部文学史的专题性论著是有分量、有意义的。从这个角度出发来研读此书，我还感到了它的气势，它的规模，它的理论框架，它的叙述形式以及它对80后代表作家作品的评析定位，都非同凡响，博大宽广。这真是一本很好的大学当代文学的教科书呢。

作为高校教材，面对着的都是90后的大学生。显然，这部教材肯定会受到广大学生的欢迎，这里看到的是他们自己的文学，自己的语言，自己所喜爱的作家，自己所爱读的文学作品，还有他们自己的传媒信息，他们自己的网络世界。如今的90后，"开始呈现出不同于前辈乃至'颠覆性'的青春记忆与文学风格，全球化、网络化、数字化、市场化、民主化、自由化、个性化、另类化、虚拟化、娱乐化……所有这一切都构成产生与制造公共话题的可能性。从前的孩子看着父亲的背影，今天的长辈看着孩子的背影……"从中，我们看到了新一代的未来和希望，也看到了此书对新一代毫无保留的热情的讴歌与期待。不过，我作为今年刚刚步入80后的老一代人，与今日的80后，相差了整整50年，也许正是因为保守、落伍，我还是希望可否再加上几句话，谈谈断裂、反叛、颠覆与承传、延续、发扬光大的关系。我想，古今中外人类数千年宝贵的文化和文学的优良传统，还是不可断裂、颠覆、反叛的，比如说，"修身、齐家、治国、平天下"的人生理念，比如说"自由、平等、博爱、善良、宽恕、忏悔"对人情人性的文学追求，再比如说，"位卑未敢忘忧国""长太息以掩涕兮，哀民生之多艰"的可贵情怀，年轻人还是应该承继而发扬光大的。

仅供参考，是为序。

公仲

2014年6月30日完稿于南昌大学青山湖区18斋

陈公仲，世界华文文学学会名誉副会长，中国小说学会名誉副会长、南昌大学教授。

视野宏阔　卓具特色

　　江冰领衔的广东财经大学"80后文学与新媒体文化研究中心"于2007年成立之时，就颇引起了一些争议。因为在一些人看来，有关80后的现象，尚在发展演进之中，这种新兴的又变动着的现象，似乎不宜纳入正规的学术序列予以郑重待之。但江冰自有定见，不为所动。他和他的团队不断拓展着新的视野，提出新的问题，就80后现象从各种角度进行观察，从多个层面展开研究，相继以研讨会、系列论文、重点课题等方式，推出了一批研究成果，使得他们这个"80后文学与新媒体文化研究中心"，成为了当下国内研究80后现象的名副其实的学术重镇。

　　如今，江冰和他的学术团队又推出了国家社科基金课题《80后文学与网络的互动关系研究》结项成果——《新媒体时代的80后文学——80后文学与网络的互动关系研究》。认真拜读之后，我既很欣喜，又很钦佩，深感无论是相关资讯的积累与梳理，还是学术视野的宏阔与博大，抑或研究心得的深入与系统，这部《新媒体时代的80后文学》，都堪为有关80后研究中的集大成之作，着实把有关80后的研究在学术层面上推进到了一个新的高度。

　　《新媒体时代的80后文学》，话题新锐，内容丰沛，读来新见迭出，令人受益良多。我这里简谈三点最为突出的感受。

　　其一，紧贴80后现象生成的时代背景与社会环境，在各种新兴关系的互动观察与整体把握中，深入揭示80后作为时代产物的顺应时势性与多因综合性。

　　80后这一代文学人如雨后春笋般地长足崛起，除去他们自身的以文学方式顽强表现自我的主观因素之外，借助了诸多外在条件与文化势能等客观因素是显而易见的，甚至是更为主要的。如新的传媒的兴起，特别是网络传媒的强势登场；如市场经济的确立，尤其是市场文化的全面建立，等等。文学与文化场域上出现的这些新兴力量与新型关系，都以不同的方式释放着能量，施加着影响，使得当下的文学与文化，较之以往更加混杂了，格外繁复了，而这正给不重传统、不守成规的80后们，提供了天赐良机与绝佳舞台，使得他们有了可以尽情施展自己才情的新的可能。

《新媒体时代的80后文学》对于80后与网络传媒、网络文化关系的探悉，是细致入微、充类至尽的，不仅把握全面解读深入，而且有关"代际权利与社会权利""世代的文化气质与时代的文化症候""大众狂欢式的传媒与'粉丝'现象"等问题的论说，也在相互关联的问题上沿坡讨源，探赜索隐，在客观肯綮中别具新意与深意。这些有识有见的看法，在揭悉80后现象隐含的种种社会密码的同时，也深入读解了80后所置身的这个独特的文化时代。

其二，对于80后文学现象自身的审视与阐释，从主体到客体，从文学到文化，从内涵到外延，仰观俯察，层层递进，可以说做到了穷形尽相、擘肌分理。

可以说，80后是以文学方式显示出来的文化现象，是以代际形式体现出来的社会现象。因此，对于他们的认识与理解，不从文学入手不行，仅限于文学也不行，这就需要运用综合性手段，多角度地切入，多层面地解读。而文化视野与综合手段，正好是以江冰为首的"80后文学与新媒体文化研究中心"团队的长项所在。因此，我们就看到，有关80后的文学风格、文体特征与文化内涵，有关他们的市场化取向、亚文化特征等，江冰等课题组的作者几乎都是紧抓不放，紧追不舍，而且都以代表性的作者与文本为例证，作了精到而简要的概述，要言不烦的论证。80后是如何之独特，如何之复杂，如何之混血，这本论著可谓作了最为入木三分的剖析，得出了最为令人信服的结论。

其三，该著述在新媒体、新人类和新文学的理论框架下，从媒体学、传播学、文化学、社会学、文艺学等多种理论视角，以点代面地考察80后文学的发生与发展及其富有的诸多内涵以及延伸意义，可以说，这是出自体制内学界团队之手的第一部以论带史的 80 后文学史。

2010 年间，80 后作者许多余曾推出了他的《笔尖上的舞蹈》，副题即是"八零后文学史"。这部著述属于 80 后看 80 后，从作者的观照与作品的扫描看，涉及了不同层面与不同文体，可谓全面而系统，但总体来看，长于文学现象的蒐集与相关资讯的整理，理论性的观照明显欠缺，批评性的解读也显得不足。在《笔尖上的舞蹈》之后出现的《新媒体时代的 80 后文学》，不只因为出自学界专家之手，看起来更像是一部文学史，而还因为他出自比 80 后年长的一代学人之手，在如何看取和评说 80 后文学上，以出自他们深思熟虑的意见，与 80 后们构成了一种文学对话与学术交流。而这样一点，也是很具深长意义的。

80 后文学仍在行进着、发展着，其不断演变的走势，日益分化的倾向，不断给当下的文学研究提出新的挑战，也提出新的问题。从这个意义上说，有关 80 后文学与文化的跟踪与研究，依然任重而道远，研究正未有穷期。也是在这个意义上，我希望江冰和他的年富力强的学术团队，在已经完成的这个重要课题的基础上，再接再厉，继续前进，再给学界贡献新的研究成果，再给文坛带来新的学术气息。

是为序。

白 烨

2014 年 7 月 20 日于北京朝内

目 录

导 论　80后文学的十年回望

一、课题研究的缘起

(一) 我对80后研究概念的确认过程

从2004年开始关注80后文学，我一直在思考对于80后概念的确认。由于社会对于这样一个代际概念的热衷，我实际上承受着一种来自社会的压力。2007年，我受邀到中山大学连续三场演讲"80后一代文学与文化"时，就在概念问题上受到多个学科学者和学生的质疑，这些质疑帮助了我，并提醒我如何把握自己课题研究中的概念限定以及与社会学既相同又区别的特点。我当然无法扛起研究这一代人的重任，但文学的研究一旦搭上社会代际的列车，你就有一种无法控制的感觉，研究的领域太大太大，一如原野辽阔无际。于是，在我取得2008年国家社科基金课题"80后文学与网络的互动关系研究"之后，2009年又有了合作的国家社科基金的传播学课题"80后90后：网络一代的传播方式研究"。我主持成立的"80后文学与文化研究中心"有16人的多学科团队，先后在网络青春写作、无厘头文化、新媒体与农二代、新媒体与现代设计、网络新艺术等学科全面开花，拿到了省部级课题十项。我在这样一种群体研究中，始终感到基于互联网新媒体的巨大作用，我深切地意识到网络新媒体在这一代人身上的深刻烙印。

我在最初开始课题研究时，试图用"四个圆"来限制80后概念，即：大都市、独生子女、现代消费、新媒体。我以为，四个圆相交的部分是80后人群最具有代际特征的人群，我试图用对一个"典型人群"的关注，来回避对于一代人研究的全面介入——这实际上也是我个人无能为力的巨大范围——何况我一直想把研究限制在文学领域。但我的团队有社会学的博士加入，他们注重实证研究和数据说话的方式影响着我，我们在北京、上海、广州三地十所大学的一系列问卷调查，使得我慢慢看到一个网络人群的浮现：即先是 1980 年到 1989 年出生的人群可以分为"前 80 后"和"后 80 后"，正好网络上也有"85 后"之称呼。我同时注意到互联网在中国的发展历程有"两个十年"：一是"技术的十年"，一是"普及的十年"，前者是 1994 年到 2004 年，后者是 1998 年到 2008 年。而 1985 年出生的人，正好在 14 岁青春期时遭遇互联网在中国大陆一线城市进入家庭，国外大量的研究告诉我们，一个人是否在青春期接触互联网，与他的思维等多种方式的形成有十分重要的关系。我们暂时将研究人群的目光向后推移，90 后开始进入视野，下限终于落在 1994 年，因为，他们的 14 岁与 2008 年重合。无论这样一种界定如何需要在不断的质疑中去发展，其实我都看到了有一种力量在明里暗里地推动着我和我的团队，那就是互联网，就是网络，就是新媒体。

（二）新媒体是新一代人成长的核心关键词

可以断言，没有互联网，没有网络等新媒体，就没有这一代人。因为，80 后乃至 90 后正是网络的一代，新媒体的一代。

80 后与 90 后之间有着历史、时代和社会的延续性，这是他们之间代际特征延续可能性的前提。而在延续间，却依然有着代际差异凸显的可能性。我对 80 后 90 后一代有两个定义，如果说 80 后是"从平面印刷媒体向数字新媒体过渡"的一代和"价值断裂"的一代，那么 90 后就是"完全数字化"的一代和"重建价值的一代"，同时又是更加自我的一代，也可能是更加远离传统并试图探寻新价值观的一代。无论定义如何在发展修正中，一个趋向是明显的，即他们共同拥有的数字化背景以及这种背景的不断深化。

具体地说，90 后与 80 后相似，均出生在中国改革开放后，不同的是，90 后在出生时改革开放已经显现出明显成效，同时也是中国信息飞速发展的年代。所以 90 后可以说是信息时代的优先体验者，是在网络中成长的一代，迷恋网络，依赖网络是其主要特征，并且依靠网络创造出众多属于他们自己的文化，体现为网络青年亚文化，如山寨文化、恶搞文化、迷文化、网络语言文化、自拍文化、情色文化、宅文化，等等。90后网络生存的平台主要有网络音乐、网络新闻、搜索引擎、即时通信、网络游戏、网络视频、电子邮件、博客应用、社交网站和网络文学等。他们喜欢平等互动，喜欢与成人一样拥有自己的话语空间，喜欢自由无限地沟通，网络为他们提供了这一完美的空间。

也许，重要的还不是他们热衷的形式，而是一种理念、一种精神、一种风貌，有时也是一种时尚，一种往大里说的"时代风尚"，看似肤浅，其实深刻、看似形式，其实本质。比如网络精神：自由共享、草根平等互动，对一代人的牵引；比如网络气质：游戏搞怪无厘头、自恋自夸无权威，对一代人的熏陶；比如网络信息：海量巨大、搜索引擎、无限链接，对一代人的训练……何况，还有身体方面的变化①，浅近醒目一点的是城市网络一代青少年的青春期普遍提前了，大人容易忽视的则是他们的大脑神经发生了潜在的变化。最近，有一本书美国学者的专著《浅薄——互联网如何毒化了我们的大脑》②被报纸媒体大量转载介绍，其行为本身其实就可玩味：走向行业低谷和颓势危机的纸介媒体，在"四面楚歌"中仿佛看到了一支援军，至少是一种声援，一种安慰，它仿佛告诉世人，还是纸介媒体有益，还是纸介媒体靠谱。《浅薄——互联网如何毒化了我们的大脑》一书尽管属于科技悲观论一路，但它大量的科学研究和医学论证却明白无误地告诉我们，网络一代已经被互联网彻底改变了！从阅读方式到思维方式，从写作方式到伦理方式，从记忆方式到情感方式……关键是学者卡尔的投入、焦急和忧虑，使得所有对互联网弊处的有理有据的分析，在可能言过其实的情状下，显得那么真实，那么彻底，那么无法挽回！在卡尔的著作里，我可以看到波茨曼《娱乐至死》的影子，我毫不怀疑

---

① 参见［英］彼得·格鲁克曼：《错位》，李静等译，上海科学技术文献出版社2009年版。

② ［美］尼古拉斯·卡尔：《浅薄——互联网如何毒化了我们的大脑》，刘纯毅译，中信出版社2010年版。

技术悲观主义的作用，就像我一向认为文化保守主义也是人类文化的一种平衡作用一样。但这并不能抵抗一种技术革命的到来，更何况互联网的出现代表着一种媒介转型时代的到来，一如从前"蔡伦纸"的发明、活字印刷术的发明，新的文明正是借此而生并蔚为大观的。

其实稍稍观察一下我们身边的孩子们，新媒体的影响俯拾皆是，比如几乎所有孩子对除电视以外"两屏"的喜爱——电脑屏幕和手机屏幕；几乎所有孩子都可以"一心几用"：开着电脑做作业，塞着耳麦听音乐，敲着键盘Q网友，恰恰与从前"专心致志，一心不可两用"背道而驰。网络新媒体与网络新一代，如影随形，你不承认都不行，因为你完全可能OUT了。

（三）新的艺术方式将生成全新的艺术

当今文坛并没有对新媒体的发展有足够的认识。比较具有代表性的看法是，传统的纸介媒体的文学依然是主流正宗的，现在虽然有新媒体、新读者、新趣味，但都是传播方式的问题，只要加强新的传播方式和平台的建设，传统文学魅力依然，更有甚者对坚持传统纸介文学的古典精神，认为要坚守，因为它们不融于网络新媒体。我可以想象古典传统与现代网络的分道扬镳的未来，也许我们需要一种小众的艺术，也许我们需要一种为高端精神追求服务的艺术，也许我们也永远需要一种纸介书写的语言艺术。但坚守有时可能与保守画等号，虽有意义，但要承受不断边缘化、小众化的可能。当今文坛愿意因此放弃青少年，放弃新媒体吗？

欧美各国传统报业2008年以来的全面滑坡现实，对我们今天的文坛当有借鉴意义。尤其是被称为报业强国的美国。专家学者普遍认为，近于崩溃的美国报业警示后人：数字化的转型是大势所趋，纸介媒体几百年的垄断地位往往会造成一种"虚幻感"，顺理成章的通行做法往往分为两步走：一是强调内容为王，比如对报纸Newspepar，认为news比pepar更重要；二是将news即内容从平面媒体转化为新媒体的网络电子版，就像当下中国大陆多数报纸一样，以为就此万事大吉了。其实，美国的报业正好忽略了网络新媒体的文化气质问题，他们没有意识到，平台的变化不只是形式，而是一种空间气场的变化，一种具有革命意义的本质变化。比如大众传播方式的变化：从"集中控制式"转变为"参与式"；从"单向传播式"转向"协议式"；从"信息中心式"转向"网络虚拟社区式"。截然不同的新媒体传播生态环境由此形成，而这些根本性的变化却被大多数人忽略了、轻视了，从而使得美国报业坐失良机，酿成大错。

历史常有惊人的相似之处，我们将得到何种启示呢？抑或用中国国情来做"障眼物"？

现实的要求是，我们如何找到传统艺术与新媒体的结合点，传统艺术精神融入新媒体"空间气场"的可能性，新媒体的文化气质是什么？肯定不是神马浮云，肯定不是洪水猛兽，因为新一代的艺术消费者和生产者不管你是否愿意，他们义无反顾大步前行，大有将旧媒体弃之如履之势，难道中老年一代只有望洋兴叹之归宿吗？

我们还应当看到新媒体无论在艺术消费和艺术生产上都有着前所未有的方式和成果，旧媒体的理念是：真理只有一个来源；而新媒体的理念则是：真理有多种来源，我们会把它找出来。新媒体的广场狂欢使得所有人都有成为艺术家的可能，新的艺术具有了新的生成的多种可能。瞧瞧80后90后网络新一代青春成长和审美趣味的流变，恰好与网络新媒体发展历程相伴而生的一条近于吻合的轨迹线吧！1995年，1980年生的人到1995年刚好15岁，处于世界观的形成期，网络游戏传入并影响中国；1996年，起始于1994年的哈日哈韩文化大行其时；1999年，以韩寒、春树、郭敬明、张悦然为代表兴起了青春文学，80后喊出"自己写，自己读"的口号；2002年，90后13岁，"火星文"出现，网络造就独立的虚拟空间，"非主流"为年轻人所青睐；2004年，网络歌曲成为年轻人"慰藉心灵"的最爱；2005年，"超级女声"等"选秀"节目风靡全国；2008年，"宅男宅女"现象成为话题；2009年，青春偶像剧等"快餐文化"消费开始流行；2010年，"开心农场"受到追捧，手机"微博"成为时尚……迅捷更迭的审美趣味隐含着80后90后艺术期待的多变选择，同时也意味着当代艺术生成的多种可能。

这，也许就是本书的期望所在，是写作的意义所在，也是笔者最终的学术目标之一。

二、后青春期：再论80后文学

从韩寒1999年获得首届上海《萌芽》新概念作文大赛一等奖，到2004年2月2日，北京少女作家春树的照片上了《时代》周刊亚洲版的封面，80后文学的兴起大概花了五六年的时间，完成了由个别写手、个别作品到作家群体文学现象的飞跃，并形成了不同于20世纪中国当代文学史任何一个青年写作群体——比如50年代的云南"新边塞诗人"，比如80年代的"寻根文学"——的青春风貌。关键还在于他的"青春写作"并不仅仅与青春有关，还是与"另类""改写""颠覆"等字眼有关。在这一文学现象延续十年以后，也可以说是在80后这一代人逐渐度过青春期以后，我们对他们的文学评价才有可能具有了一种文学史的眼光，具有了一种喧嚣之后渐渐归于平静的心态。从2007年《新华文摘》转载论文《论80后文学》①迄今5年，80后文学研究有了一个沉淀的历史过程，这同时也是我将此节命名为"后青春期"的缘由所在。

（一）三极分化：止步于传统意义的文学流派与文学思潮

1. "拒绝命名"的开端

80后文学是一个"有时间段"的文学现象，从萌芽酝酿到形态形成，因为有网络新媒体的介入，一开始就具有相当鲜明的个性。首先是"拒绝命名"的情绪。美国《时代》周刊拉动国内主流媒体为80后正名之后，集体的欢欣鼓舞只维持了很短的时间，对80后代表人物的质疑就在媒体的推波助澜下由文学界流向社会。假如以《时代》周刊命名为界，可以分为"命名前"与"命名后"两个时期。"命名前"80后文学依赖两个平台成长，网络与《萌芽》杂志。首先是网络。可以

---

① 江冰：《论80后文学》，《天津师范大学学报》2007年第3期。

说没有网络就没有80后文学，如今赫赫有名的80后作家，无不是早几年就驰骋网络的少年骑手，各人在网上都有一批追随者。不少人是在网上"暴得大名"，然后才由出版商拉向出版社，从而名利双收，获取更大的声誉。比如春树，2000年《北京娃娃》出版的前后，就以另类出格被视为同类于"身体写作"的"上海宝贝"卫慧，引起广泛争议；比如李傻傻，其作品专辑被新浪、网易、天涯三大网站同时推出。其次是《萌芽》杂志。在中国目前文学杂志极不景气、难以维持的情况下，《萌芽》杂志得益于一个策划，即"新概念"作文大赛。80后代表作家中有相当一批出自"新概念"。比如，韩寒，1999年首届新概念作文大赛一等奖得主；郭敬明，新概念第三、四届一等奖得主；张悦然，新概念一等奖得主；周嘉宁，新概念一等奖得主；蒋峰，新概念一等奖得主；小饭，新概念二等奖得主。80后的写手们借此台阶，平步青云，进入文坛。在青春少年已成气候之时，《时代》周刊及时介入，使得80后的迅速崛起与集体登场，成为水到渠成的事情。

由于命名者有意或无意对后来被称作"偶像派"的偏爱，此前数月《萌芽》网站已展开的争论烽火再度点燃，且急剧加大了讨论的范围和激烈程度。韩寒、春树、郭敬明能否代表80后成为争论焦点，敏感的媒体明确提出80后作者"偶像派"与"实力派"的划分，并分别列出两派的名单：韩寒、春树、郭敬明、张悦然、孙睿等人属于"偶像派"，而胡坚、小饭、张佳玮、蒋峰则被归为"实力派"。至此，80后文学局面形成，完成了由网络的自发写作、零散写作向文学群体的过渡，并正式进入文坛。但群体形成之日，似乎也是群体分化之时。关于谁能代表80后的争论异常激烈，在命名后的第5个月，"抛弃命名"一说就在媒体赫然公布。2004年7月8日，在上海作协召开的"80年代后青年文学创作研讨会"上，80后代表作家蒋峰、小饭、陶磊及众多80后写作者，首次集体向评论界及文坛表示：与韩寒、郭敬明等先期走红的80后划清界限，并表达自己对80后这一概念的反对。在随后的媒体采访中，李傻傻也明确表示：生于1980年后的写作者要想真正地创作而不只是期待市场的宠幸，就必须抛弃所谓80后的概念，他甚至主张废掉80后概念。

2. 一致拒绝团体化

充分个性的"我"独立行走，充分自由的"我"放松写作，与充分张扬的种类繁多的青年亚文化小圈子活跃于网络相映成趣、相互呼唤，文化英雄与娱乐偶像的互为一体，使得文学作品与文化消费之间的界限日渐模糊。每一位出名的青春写手都有网站等商业推手隐藏其后，都有大量的粉丝围绕其侧，但同时又缺少扛大旗的人，缺少号令江湖的领袖，缺少为各方服气的评论家。于是，80后文学在形成文坛新势力的开端，就始终弥散着一种"拒绝命名"的情绪，其不同作家群体所表现的相同一致的态度就是拒绝团体化。这对形成某种文学流派几乎是致命的一击。我们看到，拒绝命名，各行其是，妨碍了写手群体在较短的时间里打出旗帜，另立山头，失去了与诸多媒体携手合作的机会。80后文学恰恰与当代诗歌旗帜翻飞的状况相反，没有出现任何具有实质意义的文学团体，即便有文坛名家马原主编的《80后实力派五虎将精品集》面世，且造成一定影响，实力派作家自己依然如故，不反对，不响应，不抱团，更没有宣言之类。[①]

也许这就是真正的"我时代"的降临，也许这就是"让写作真正成为个人私事"的时代，也许它从根底上暗合了80后一代人反拨"集体主义"的时代心理。当然，这也与80后最初命名的不确定性和误读有很大关系，命名实际上是在80后写手群体、主流文坛以及抓眼球为动力的网站、出版商和媒体的第三方市场化力量的多方博弈之中产生的，多种力量的拉动，反而激发了80后写手们"拒绝团体化"的一致态度。

3. 三极分化趋势明朗

2007年，80后文学开始出现"三极分化"的趋势。以张悦然为代表的作家开始回归主流文坛，尽管写作观念与文本风格上已有变化，但明显避开与主流的观念冲突，在身份确立上也尽量靠拢主流。以郭敬明为代表的作家继续"明星路线"，义无反顾地进入图书市场，文

---

① 江冰：《试论80后文学命名的意义》，《文艺评论》2004年第6期。

学创作与市场营销的紧紧握手成为制胜法宝。相比之下，韩寒尤显特立独行，他的文学写作已经被网络博客写作的影响覆盖，进入公共领域，提出公共话题，成为意见领袖，已是韩寒的不二选择，博客成就了韩寒。尽管在博客兴起的那一段时间里，吸引无数粉丝的不仅是韩寒式的社会言论，但应该承认，公共话题是博客也是今天微博的主流话题，也是第一主题。

当时主流文坛的举动恰好构成了一种分化的事件背景。2007年8月，中国作家协会公布新一批入会会员名单，吸收张悦然、郭敬明、蒋峰、李傻傻等加入作协，而与此同时，韩寒却明确表示，"作协一直是可笑的存在"。80后代表作家呈现完全不同的态度：韩寒依旧"玩世不恭"地另类写作，并由文学领域跨界到网络公共领域；郭敬明竭尽全力打造自我偶像，直接进入市场；张悦然则逐渐回归传统文学的轨道，试图消除市场"偶像派"的光环。张悦然似乎同时在写两类作品，一类是适合市场口味的、附以精美照片与设计的时尚畅销书；另一类则是袒露人性抒写内心的纯文学作品，而《誓鸟》的问世与成功，使之成为张悦然日后写作的主要方向。80后"偶像派"作家在纯文学的道路上，张悦然无疑走得最远。2006年张悦然从新加坡国立大学毕业后来到北京，经人牵线搭桥和北京作协签了约，随后又经白烨推荐加入了中国作家协会。加入作协对于张悦然自己看来是"一个非常顺理成章的过程"，在新加坡的孤独写作让她感到没有同道者，加入作协有一种"归属感"。

无论人们如何评价郭敬明的文学创作，一个公认的事实是他在商业上的成功。在迎合市场方面，郭敬明几乎有近于天才的敏锐：《岛》发行两周年后，上海柯艾文化传播有限公司成立，《最小说》定位于中学生与低年级大学生的阅读人群，发行至今销量高居不下。2007年新作《悲伤逆流成河》上市一周销量突破100万册，两个月后销量则达到了260万册。郭敬明将自己定位在"大众时尚偶像"，他不但以一个商人的姿态来面对文学，而且是当下最能把握青少年读者阅读心理和网络销售的文化商人，《小时代》升级版的不断面世，使郭的市场号召力得以继续保持。

《南方人物周刊》把韩寒评为 2006 年度最经得起考验的文化先锋，同时获得这一称号的还有李银河、陈丹青和易中天。一个 1982 年出生的青年与阅历丰富的学者们并肩出场，证实了"韩寒现象"的社会关注度，"意见领袖"的影响开始逾越青少年的人群。韩寒的奇特在于他对原有意识形态符号的极度熟悉，其言论游走于主流媒体的底线却又那么的游刃有余加嬉笑怒骂。不可否认韩寒的机敏与老道，他出版了十多本书，时常占据销量排行榜的前列。他同时是一位优秀的职业赛车手。他不参加研讨会、笔会，不签售，不搞讲座，不参加颁奖典礼。

2008 年 2 月 3 日，"新概念"作文大赛 10 周年庆典的台上，韩寒、郭敬明、张悦然的手握在一起，出现了有关 80 后文学的一个标志性的场面。对于作品、市场、媒体，三人看法各异，近于南辕北辙。80 后三位代表作家在市场与文学的分化后，选择了截然不同的人生道路，三极分化趋势明朗。韩寒是完全按照自己的个性去做，写作也好赛车也好，他始终特立独行。郭敬明则成为文化商人，依照市场的动向来赚得更多的钱。而张悦然回归到传统文学领域，忠于文学创作，希望当一名青年作家。①

由此为止，80 后文学不但止步于传统意义的文学流派与文学思潮，而且大大地逸出地界，其现象本身意义已经远远超出文学的范围。

（二）两种特色：呈现网络时代精神风貌和文学风格

1. 以个人为中心的"去意识形态化"

新时期文学 30 年关于主流文坛的文学标准始终处于变化之中，从维持了几十年正统地位的传统现实主义，到外来西方现代主义的冲击，精英文学的价值观似乎一直处于同意识形态的协调、融合、冲突的博弈之中，从洪治纲《无边的质疑》到邵燕君获得茅盾文学奖的《风，将向哪个方向吹？》②，我们可以从"茅盾奖的矛盾"中感受到主流文坛的变化，看到精英文化的变化。理清了茅奖标准变化的基本脉

---

① 江子潇：《论 80 后文学的三极分化趋势》，《文艺评论》2008 年第 3 期。

② 邵燕君主编：《左岸文集》，见 http://www.eduww.com。

络，我们就不难发现，意识形态与当代文学的紧密程度随着50后、60后、70后作家的写作逐步淡化的趋向，而彻底终结"意识形态写作"是在80后文学中实现的。

我们试图用两种模型来描述当前中国的文化现状：一是"同心圆"模型。简言之，就是以主流文化核心价值为圆心，非主流文化为包围，另类文化为边缘。主流文化起稳定圆心的作用，而边缘与非主流始终保持一种指向主流的运动力量。当边缘由非主流渐渐融入主流之时，圆心得以新鲜血液的补充，同时新的非主流与边缘又出现了。二是三种文化"缠绕共存"模型。国家文化、精英文化与大众文化三种文化相互缠绕、相互影响、相互依存，共同发展。国家文化是主流意识形态文化，精英文化是以知识分子为主体，以承继传统为己任的高雅文化，大众文化是民间的、市场的、消费的、通俗的文化。三种文化之间的相互补充十分重要。我们过去比较重视国家文化与精英文化的互补整合，对大众文化却一向有着忽视的倾向。现代文化的传播和教育模式中就有着更多属于前两种文化的成分与特性，往往因为忽视了来自民间底层大众文化的补充，而未能形成一种良性互动的格局。

80后文学是80后文化的主要形态之一，它属于青春文化、青年亚文化，处于非主流文化与边缘另类文化之间。它是全球化、网络化、市场化背景下的文化，是成长中的文化。作为一种文化形态——80后文学继"先锋小说"与"70年代人写作"之后，彻底完成了"去意识形态化"的文学过程，并以青春文学与网络写作两种形式蓬勃生长，形成与主流文坛的某种对峙与挑战的态势。对原有意识形态化的消解贯穿于其成长的全部过程，而这一消解过程又可以从以下四个方面得以体现——精英与草根的对峙与交流；主流与非主流的冲突与融合；边缘与另类的张扬与生长；印刷文化与视觉文化的抵触与妥协。可以看出，与青年亚文化和网络密切相关的80后文学，正是在上述对峙、挑战、冲突的过程中蔚为大观，开始了一个属于21世纪的文学新时代。而引发文化冲突的原因，也恰恰是青年一代对传统权威型文化的一种挑战。传统权威型文化所代表的庄严、持重、宏大、集体、中庸、规范，平稳坚固的城堡，被掏了一个小洞，中庸之道借由恶搞文化走向"酒神文化",无拘无束、狂放不羁、抨击社会、展现自我,而且集体地进入了巴赫金狂欢理论中所提出的"狂欢生活"。这种与强调服从等级秩序、严肃禁欲的"日常生活"相异的"反面生活",则是平等、自由、快乐、无拘无束,充满对权力、神圣的戏谑和不敬。①

2. 青年亚文化中的"非主流"文化趣味

80后文学在完成终结"意识形态写作"历史过程的同时,体现了它的另一个文学史意义:即彰显了一种"非主流"文化趣味——这一趣味与80后文学的青年亚文化特征紧密相关。

什么是非主流的文化趣味呢?也许,伯明翰学派对亚文化的研究的三个关键词可以帮助我们理解:第一个是抵抗,第二个是风格,第三个是收编。②抵抗,所有的亚文化对主流社会都有一种抵抗,我要把牛仔裤搞破就是一种抵抗,抵抗整洁庄重的传统;第二是风格,我要形成我独特的风格——无论是衣饰装扮还是行为方式,无风格毋宁死,这就是我亚文化的生命和标志;第三是收编,商品社会和意识形态对青年亚文化的收编,把你的风格转化为商品,为大众享用;把你的主张变为主流的一个部分,无形中化解你的独特性。富有意味的是,今天这个收编的过程比从前缩短了很多,为什么呢?原因还是以网络为首的新媒体发展和普及。从前亚文化的参与者比较少,支持者人群也比较少,而到了今天这个网络的时代,出现了"网络一代",他们成长于网络,网络是他们名副其实的"第二生存空间"。于是,在新媒体环境中成长的这一代人全部拥有相近的价值观念,相近的认知方式,相近的知识结构,相近的文化趣味。借助网络新媒体为大本营形成的力量,他们由小而大,由弱变强。进入现实社会,当年轻的一代普遍拥有这种观念、这种文化趣味的时候,启发是普遍的,力量是普遍的,影响也是普遍的。你无法回避,甚至无法选择,主流社会不得不接受它。当他们同时也成为主要消费者的时候,商家的反应更加迅疾。因此,这个收编的过程被大大缩短了!进而言之,亚文化的

---

① 参见熊晓萍:《传播学视角下的80后文学》,《天津师范大学学报》2008年第3期。

② 参见江冰:《80后文学:我时代的青春记忆》,《文艺争鸣》2010年第8期。

气氛和非主流文化趣味的形成不仅仅是依赖一小群人，而是依赖网络改变的整整一代人。我们在上一节所论述的飞速增长的网民数量以及网民年轻化的事实，即是有力的例证。[①]

（三）三个前景：后青春期文学演变发展的多种可能

1. 加速文学"类型化"

80后文学从一开始就呈现出"青春写作"的风貌，无论从题材、内容、主题，还是美学风格上都有强烈的青春气息与青春色彩，但她之所以可以独具一格，一个重要的原因就是文学的类型化，这个类型化当然也有她特有的内涵：青春期的叛逆与忧郁，"非主流"文化趣味以及网络一代的独有方式，还有一点，这个类型化的青春文学是由"青春人"自己完成自己消费的，80后作家写手与80后90后读者之间似乎就是一个相对封闭的文化消费系统。不由得使人想起法国学者让·鲍德里亚在他的名著《消费社会》第一章开篇语："今天，在我们的周围，存在着一种由不断增长的物、服务和物质财富所构成的惊人的消费和丰盛现象。它构成了人类自然环境中的一种根本变化。"[②]也许，正是80后一代在文化消费上的强烈欲望，构成了这一代"自己写自己读"的"青春文学"的丰盛现象。同理，借助整个社会的文化消费浪潮，80后一代的作家和写手们，在80后文学的第一个浪潮——也可视作"准文学思潮"短暂呈现——之后的进一步表现，即身体力行推进和加速了当代文学"类型化"的发展趋势。

"类型化文学"于20世纪90年代即开始在图书市场中形成，兴盛却是在网络的文学网站。自1994年3月中国以"cn"为域名加入国际互联网后，同年就有了电子文学月刊"新语丝"。截至2001年6月30日，我国已有以"文学"命名的综合性文学网站约300个，以"网络文学"命名的文学网站241个，发表网络原创文学作品的文学网站268个，其他各类非文学网站中设有文学视窗栏目的网站达3000多个，仅"榕树下"文学网站作品库就储藏原创作品100多万篇。最

---

① 参见江冰等：《80后：新媒体的文化趣味》，《南方文坛》2011年第6期。
② [法]让·鲍德里亚：《消费社会》，刘成富等译，南京大学出版社2008年版。

早的网络作家基本是70后，他们普遍是大城市生活条件比较好的白领、理科、商科出身，爱好文学。选择了技术含量高的互联网来完成他们在现实生活中所不能完成的"文学梦"。但是很多网络作家出名之后，纷纷选择了退出。第二代网络作家：80后为主导；专业背景多元、类型化、职业化、高产、成长于各大文学网站。代表作家明显呈现类型化，比如：玄幻奇幻小说的辰东、萧潜、牛语者、梦入神机等；历史军事小说的当年明月、曹三公子、唐家三少等；都市言情小说：饶雪漫、明晓溪、郭妮、罗莎夜罗等；武侠仙侠小说的我吃西红柿、舒飞廉、沧月等；科幻灵异小说的TINA、天下霸唱、南派三叔等。随着80后的成长和网络技术的发展，80后一方面开始在《萌芽》、新概念崭露头角，另一方面，更多爱好文学的青年们，开始在文学网络上开辟自己的天地，抢滩网络文学。从2003年开始，继榕树下之后，起点中文网、晋江原创网、红袖添香、幻剑书盟、17k中文网、腾讯网读书频道、新浪网读书频道等网站陆续成立，笼络了一批网络写手加盟，通过底薪、网上付费订阅分成和网站稿费给网络作家发工资。于是，第二代网络作家普遍写作速度惊人，有人同时开写四到五本书。盛大文学公司2008年7月4日在上海宣布成立，收购国内三家著名原创文学网站：起点中文网、晋江原创网、红袖添香网。它整合了网络文学的优秀力量，业内专家认为：盛大文学公司的成立是国内原创文学界的标志性事件，将使文学更为普及，走向大众，促使网络文学渐成主流。同时也有力地推动了当下文学的类型化趋势，使得文学真正融入文化消费大潮。①

作为网络类型化文学主力的80后作家写手，无论在文学观念和艺术方式上都与传统纸介写作作家拉开了距离，其中原因还不完全是意识形态的，有作家职业身份的重新认定，还有数字化背景下媒体转型等多重原因。无论历史如何评价，我都把它视为80后文学的余波之一，也是其后续前行的前景之一。

2. 推进新媒体文学

先说新媒体文学。10年来，我们一直处在对于数字化既欢呼又担

---

① 参见江冰等：《论网络写作群体的形成与生存现状》，《天津师范大学学报》2010年第4期。

忧的矛盾心情之中，2010年年底出版的两本美国学者的著作以及媒体对它们的报道就是例证。一本是《我们改变了互联网，还是互联网改变了我们》①，另一本是《浅薄——互联网如何毒化了我们的大脑》②。前者属于欢呼派，在揭示互联网与人类大脑相似性的同时，充分肯定互联网的伟大作用，鼓动我们利用好互联网。后者属于担忧派，质疑互联网的优势，指出互联网的负面效应：人类正在被毒化，正在变得一天比一天浅薄，正在丧失专注、沉思和反省能力。一个有趣的现象在于，多家报纸报道了后一本书，而对前一本书有意忽视。这里既有纸介媒体对数字化无可言状的抱怨和恐惧，也有主流意识形态对"数字化崇拜"的警惕。主流文坛的犹豫彷徨作为原因之一也不能除外。传统文学批评家对数字化现象也持谨慎态度，我一向钦佩湖南学者欧阳友权的提前涉入，他和他的团队对数字化新媒体文学的理论论述可谓先行一步。但一批理论成果的出现，倒使得我有一种"理论提前量"的感觉，即新媒体文学艺术尚未成型，理论紧跟而上试图解释，价值判断远远多过于事实判断。其勇气可嘉，但实际效果并不一定贴切，用传统的文艺理论真的可以解释新媒体文学吗？我总有几分疑惑，宏观的学理描述难免大而有疏，我们却很难由此把握其细部的变化及其具体的形态。③反而是广州一批学者相对踏实，他们从《传媒时代的文学存在方式》④入手，借助文学与图像、影视、广告、网络、博客、短信等平台，阐释文学与媒介的关系，试图描述当下文学的真相，也在不断的描述中让我们接近新媒体文学。我对试图用传统文艺理论解释新媒体文学始终抱有疑惑态度，因为你的尺子可能有问题，尺度标准发生变化了，你如何把握新的现象？看似自信价值判断反而可能误导，从而造成更大的隔膜。也许描述更踏实可靠一些吧，我们毕竟在面对"千年未见之巨变"啊！北京的主流文学气场太过强大，关于新

① [美]杰弗里·斯蒂伯：《我们改变了互联网，还是互联网改变了我们？》，李昕译，中信出版社2010年版。

② [美]尼古拉斯·卡尔：《浅薄——互联网如何毒化了我们的大脑》，刘纯毅译，中信出版社2010年版。

③ 参见白烨：《我看80后》，中国社会科学出版社2012年版。

④ 蒋述卓等主编：《传媒时代的文学存在方式》，广西师范大学出版社2010年版。

媒体文学的论述声音微弱。批评家白烨身处前沿，由80后文学而新媒体，早有体悟："种种迹象都向人们表明：各国文坛的80后们，确实在很多方面与此前的写作者有着很大的不同，正在形成自己的知识系统。因而，他们的纷纷登台亮相，在很大程度上是当代文学改朝换代的一个信号"。[1] 陈福民、邵燕君等学者也有精彩论述，但大多以肯定赞誉姿态描述新媒体文学时代的开启，文学本体形态的描述尚待深入。邵燕君在重申自己坚守精英立场的同时指出："以如此精英文学为标准，今天我们的'主流文学''纯文学'都需要脱胎换骨，其新胚胎骨骼或许正在新媒体文学中孕育生长。"[2] 在这位批评家立论的基础上推论：80后文学包含有新媒体文学的元素，而新媒体文学可能又是文学未来的发展归宿与艺术形态，因此，80后文学也为中国当代文学的总体发展做出了贡献。推论是鼓舞人心的，但要把它们之间的关系梳理清楚又是相当困难的，因为社会转型、观念转型，尺度标准发生了变化。南辕北辙，刻舟求剑，我们在理论上，今天依然容易掉进前人早就论定的陷阱。

　　要用准确的定义去概括新媒体文学既容易又不易，易处在于定语明确，难处也在于定语的变幻不定。但我们通过一些新媒体现象，可以努力地接近它的形态，比如在80后文学中去寻找与传统纸介文学不同的地方或许就是有效的路径；比如网络文学以及那些无法用文学所涵盖的网络写作，都是网络一代青春期的发散物，这些发散物带着前所未有的表现形式与内涵特征：交互共享、大众狂欢、公共空间、"去中心化"、搞笑风格，等等；比如，与传统纸介媒体的文学相比，网络文学就更多地建立在"虚拟空间"，而网络等新媒体提供的"虚拟空间"成长经验是80后90后"网络一代"与前辈最大的区别。与网络普及同步，网络成为"第二生存空间"。网络空间的"虚拟体验"，是网络一代区别于前辈的重要特征。一个可见的事实在于，80后一代的每一个人几乎都拥有现实与虚拟的两个身份，可以自由地出入现实与虚拟的两个生活空间，在现实与虚拟两个世界的不同"人

---

① 欧阳友权：《网络文学的学理形态》，中央文献出版社2008年版。
② 参见邵燕君：《倡导"好文学"和直言的批评风格》，《文艺报》2011年5月20日。

格"往往反差极大却又和平共处，而这在前辈人群中间却是十分困难的事情。

无论我对80后90后一代的两个定义如何在发展修正中，一个趋向是明显的，即他们共同拥有的数字化背景以及这种背景的不断深化。可以断言，没有互联网，没有网络等新媒体，就没有这一代人。因为，80后乃至90后正是网络的一代，新媒体的一代。新媒体是新一代人成长的核心关键词。显然，新媒体文学也属于新的一代，而80后文学至少有两个特征可以证实它与新媒体文学的关系及其推动作用。一是它与网络的互动关系，80后文学就是缘起于新概念作文和网络；二是80后代表人物均是自由出入网络和纸介的写手。也许，更为重要的是，80后文学所依据的非主流文化背景。一个传播方式，一个文化背景，加上一个巨大的网络人群，我们无法回避新媒体文学的出现。

简言之，80后文学借助网络等新媒体，为新媒体生成新艺术探索一条新道路，并拉近新媒体与传统纸介文学之间的距离，吸引并稳定住一批年轻读者，促进了当下主流文学的新一轮突破，同时推进了新媒体文学出现。尽管方兴未艾，尽管不是一蹴而就。由此我们试图探讨了两个问题：什么是新媒体文学？80后文学是否推进了新媒体文学？前者没有结论，后者答复肯定。

3. 代际特征中的公共话题与社会镜子

无论是对网络的依赖、对手机等新媒体的喜爱乃至对信息处理方式的改变，还是对自我的重视、对集体的疏离以及非主流文化趣味的凸显，伴随互联网长大的80后90后一代，都有着巨大而普遍的变化。在数字化鸿沟面前，我们不难看到新中国成立60多年以来最为明显的代沟。而延续并不断强化80后文学的代际特征，为80后乃至90后进入中国社会不断提出新的公共话题，并成为中国当下社会的一面镜子，这也是80后一代写手作家的创作前景之一。

在学术名著《文化与承诺———一项有关代沟的研究》中，美国学者玛格丽特·米德提出了著名的"前喻文化、并喻文化和后喻文化"的概念，她将人类的文化划分为三种基本类型："前喻文化"是指晚辈主要向前辈学习；"并喻文化"是指晚辈和长辈的学习都发生在同辈人之间；"后喻文化"是指长辈反过来向晚辈学习。玛格丽特的大胆与精彩处在于她明确地指出当下的时代属于"后喻文化"，即"青年文化"时代。"在这一文化中，代表着未来的是晚辈，而不再是他们的父辈和祖辈"，在全新的时代面前，年长者的经验不可避免地丧失了传喻的价值，瞬息万变的世界已经将人们所熟知的世界抛在身后，在时代剧变的面前，老一代的"不敢舍旧"与新一代的"唯恐失新"的矛盾，不可避免地造成了两代人的对立与冲突①。玛格丽特向 20 世纪的世界宣告：现代世界的特征，就是接受代际之间的冲突，接受由于不断的技术化，每一代的生活经历都将与他们的上一代有所不同的信息。玛格丽特更为深刻与坦率的结论还在于，她把代沟产生的原因没有像人们惯常思维那般归咎于年轻一代的"反叛"上，而是归咎于老一代在新时代的"落伍"上。两代人需要平等对话式的交流，但对话双方的地位虽然平等，意义却完全不同，因为年轻人代表未来，而年长一代要想不落伍，唯一的选择就是努力向年轻人学习。玛格丽特·米德的理论无疑给了我们丰富的启示，基于"二战"后的西方社会的理论，请允许我们平移参照中国 21 世纪的社会现实——所谓"四世同堂""五代同堂"的用法，在中国大陆文学界已经用了二十多年。为什么唯有到 80 后的提出，"代际差异"才会如此醒目与突出呢？其实这恰恰取决于文化空间的根本改变与传统价值观的某种"断裂"。文化传递的惯性在 2000 年后被极大地遏制了。文化传播方式的改变，也使得原来依赖意识形态强行预制的文化轨道与生存空间被迅速地消解了。新的一代开始呈现出不同于前辈乃至"颠覆性"的青春记忆与文学风格，全球化、网络化、数字化、市场化、个性化、另类化、虚拟化、娱乐化——所有这一切都构成产生与制造公共话题的可能性。从前的孩子看着父亲的背影，今天的长辈看着孩子的背影，也许台湾的社会变迁比大陆早一点年头，因此我在龙应台等的《亲爱的安德烈》②读到了一种全球化视野下对于"代沟"这一世界性主题的别样阐

---

① 参见 [美] 玛格丽特·米德：《文化与承诺——一项有关代沟的研究》，周晓虹等译，河北人民出版社 1987 年版。

② 龙应台等著：《亲爱的安德烈》，人民文学出版社 2008 年版。

释。人文学者出身的龙应台，通过母子对话所要传达的说到底还是一种人文情怀，在承认不同文化背景不同代际之间存在"代沟"的前提下，她顽强叙述的是一种试图跨越"代沟"障碍的人文传统，关乎伦理，关乎价值，关乎立场，关乎信仰。尤为可贵在于作者的态度，是包容的、温和的、切磋的，是充满自我质疑和自我批判的，尽管这种质疑是痛苦的，这种批判是犹豫的。我最看重的就是作者理性叙述的坦诚与纠结，因为坦诚所以感人，因为纠结所以使得话题愈显深度及其复杂性。龙应台及其两位公子的独特处在于多头线索的交集：国际家庭；跨国成长；母子分离——文化碰撞中的代际差异油然而生。于是，一个世界性的"代沟"主题在历时性与共时性两个方面展开：历史跨越几个时代，激烈动荡；地理空间交叉碰撞，漂移不定。假如把玛格丽特和龙应台的上述两本书放在一起阅读，你可以更加强烈地感受跨越半个世纪的世界性的"代沟"主题。尽管中国大陆的人文学者尚未如此深刻地感知与描述这一点，但可以肯定地说，80后文学以及它所生发的所有话题，都将会在相当长的一段历史时期中顽强而尖锐地存在。

从传播学视角解读80后文学，不难看出其超出文学的诸多意义。大众狂欢与改变"认知失调"是80后文学的创作动力之一，人们在制造偶像的同时实际上是在塑造"自我"，而网络"公共领域"则构成80后生人的特殊生存空间。在传统的大众传媒中，传播者的角色受到种种限制，并非人人都能获得传播主体的权力，然而，在80后文学的传播中，情况发生了逆转。众多的传播者（即写手）是普通平民，而且大都是青春期的青少年，这些80后生人俨然成为传播中的主角，口无遮拦，百无禁忌。他们队伍壮大，十分活跃，建网站、开博客，创作热情和创作数量令人吃惊，呈现出群体狂欢的状态。与网络同步成长的80后写手们，由于网络的这种特性，也十分自然地改变着文学创作者的身份属性，他们不但传播文学信息，还常常传播文学以外的信息，这使他们表现出与传统作家很大的不同，因而也引起更多的争议，最具代表性的当属被视作"意见领袖"与"公共知识分子"的韩寒。①

在国外媒体看来：他整洁而又大摇大摆的个人风格是对中国知识分子那种畏畏缩缩形象的颠覆，也同时具有杰克·凯鲁亚克和贾斯汀·汀布莱克的风范……韩寒几乎本能地被描绘为一个中国青年的象征，这可不是纯粹的恭维。他是生在毛泽东时代之后、赶上了计划生育政策的80后。这一代人是在讨论价值观和国家角色等诸多问题上的一个分水岭，类似于"婴儿潮一代"对于美国的意义：他们是出生在社会变革拐点处的那代人，这种变革使得他们与父辈产生了代沟，也使得他们要么被说成很有自知之明，要么被说成是自我放纵——当然这取决于你听谁讲。②

著名法国学者傅勒在《思考法国大革命》中指出：当一个历史事件失去了当下一切参照意义、不再是一个世界的想象的镜子之后，"它也就从社会论战领域转移到学者讨论的领域中去了"。那么，反过来说，如果这个历史事件仍有当下参照意义，仍是一个世界的想象的镜子，它就注定不可能只限定在学者的讨论之中，不能不依然存在于"社会论战领域"，成为社会关注的公共话题。③ 在此，我们需要强调还不仅仅是80后文学依然是"一个世界想象的镜子"，恰恰是当下社会还没有充分认识她的历史意义。同时，我们可以预言其历史意义将与日俱增，在中国社会全面转型的时代，成为一面独特非凡的关于21世纪中国大陆社会的"想象与现实相互映射的镜子"。

也许传统的文学标准已经无法约束80后文学，但仍然不妨碍我们去评判：其并非文学流派，也不是有纲领有旗帜有口号的文学思潮，但由于明显的代际差异，它也可以视作一次"准文学思潮"。我把它的"全盛时期"称作"青春期"，而把它的后续时期暂且称作"后青春期"。此处即是对80后文学后续期、余波期的一次理论阐释。我们坚信：80后文学虽然已过全盛期，但其余波未了，影响深远，对其各

---

① 参见熊晓萍：《传播学视角下的80后文学》，《天津师范大学学报》2008年第3期。

② 参见欧逸文：《纽约客"寒"朝：一个青春文化偶像能反叛到什么程度？》，《纽约客》2011年7月4日。

③ 参见[法]弗朗索瓦·傅勒：《思考法国大革命》，孟明译，三联书店2005年版。

方意义的阐释也远未终结。由文学而80后，由80后命名而迅速成为一个流行符号，从文学走向社会，从精英视野走向公共领域，80后文学不但余波未了，且非凡意义还将不断凸显。

三、课题的研究意义与特色优势

传统文学批评家是否可以批评网络文学，这是一个似是而非的话题，因为这里涉及批评的权利、能力、态度等问题，但它又是一个有意思的话题。假如我们不是一下子就陷入理论辨析语境的话，那么，在讨论的过程中将会涉及当前文学批评界的一个相当现实也相当急迫的问题，因为它已关乎生存、关乎信赖、关乎文学的未来发展。我以为，讲无法批评不免武断，因为就是无法进入的批评依然成立，还可能是另外一种言说。讲难以面对、难以进入，可能是更有弹性的一种判断，因为在传统文学批评家与网络文学之间肯定有阻隔、有难以沟通之处。在我看来，80后与网络这两个关键词就构成了难以否认的双重阻隔，而本书的学术目标之一就是打通阻隔，进入学术研究对象本身。

（一）80后：代际差异导致文化空间的阻隔

我2004年开始进入80后文学研究，最初写文章时曾经引用过一个故事：一位女博士觉得在她周围的好男人都成家了，于是开始一场轰轰烈烈的网恋，三个月终于找到了一个她心目中最优秀的男人，他无事不晓，对答如流，且与她情投意合。网恋最后结果是要见面的，她决定在全城最好的咖啡厅约见这位白马王子。结果，准时出现的却是一位初二小男生。他说，姐姐，对于你的任何问题，我都可以在三秒内用google找出答案。那个女博士哭笑不得，无可奈何之下让他点了最好的咖啡。喝完咖啡以后，小男生拜拜走人。女博士感慨地说：他身处网络之时学富五车，他离开网络之时却是一张白纸。当时我写作的引用动机是为了说明80后一旦离开网络，他们并没有拥有什么，网络仅仅是他们获得知识的工具。但是当课题进入到第二年的时候，我意识到自己的判断是错误的。其实80后在获得网络信息的同时，也获得了观察了解这个世界的多重视角。更为重要的是，获得一种自由共享的精神，包括对权威的消解，包括一种后现代态度，包括一种对生活这样那样多方位的选择。

第二个例子是我研究的当代文学史的一个现象的发现。20世纪80年代中期，中国音乐学院学作曲的学生刘索拉写了一篇小说《你别无选择》，颇有影响，随后徐星发表了《无主题变奏》，上海作家陈村又写了《一个与七个》，相近创作倾向的还有陈建功的《卷毛》、刘西鸿的《你不能改变我》、刘毅然的《摇滚青年》。我当时认为一个文学流派的雏形出现了，并将其命名为"骚动与选择的一代"。这是80年代中期出现的一种青春写作，可以说是一个亚文化的现象。但是，这种青春写作现象两年后就消失了。我在一本文学史里写过一章，试图记录这一短暂的文学现象，审稿时被出版社删除了，他们认为这个不值得成为我们的研究对象，不值得进入我们文学史研究的视野，因为它还不能构成一种现象。到了2004年，进入80后文学之后，我看到了一个有趣的现象，就是网络流行词的流行时间基本上只有两个月，很少超过三个月，但是80后这个词流行的时间非常长，为什么会这样呢？从2004年2月，北京少女作家春树登上了《时代》周刊的封面，是我们主流社会第一次很庄重地看到80后这个词，但有差不多两年的时间，媒体对80后基本上都是以批判为主，最早的消息是80后叛逆成风，他们发育比较早，所以犯罪的比较多，80后的心理比较有问题，但2007年后主流媒体的态度变化很快，从包容接受到赞扬，过程时间不长。为什么会有这样的情况呢？后来我意识到"网络"起了很大的作用。如果从亚文化这个角度来说，从前的青年亚文化表现也在承受批判，年轻人戴蛤蟆镜、穿喇叭裤、听流行音乐也是主流社会质疑批判的，这些东西往往难以形成气候，为时不久，无疾而终，为什么呢？

也许伯明翰学派对亚文化的研究三个关键词可以帮助我们理解，1985—1994年出生的一代人，1984年之前的对网络的接触还没有达到完全的数字化程度。"网络的一代"成长于网络，网络是他们名副其实的"第二生存空间"。于是，这一代人全部拥有相近的价值观念，相近的认知方式，相近的知识结构。当我们的身边，我们的孩子，我们年轻的同事们都普遍拥有这种观念的时候，启发是普遍的，力量是普遍的，影响也是普遍的。你无法回避，主流社会不得不接受它，所以这个收编的过程被大大缩短了！①

需要我们注意的是，收编作为一种态度或者一种策略，并不等于传统文学界包括传统文学批评家对80后的完全接纳，观念的分歧、立场的分歧、情感方式的分歧，最终是价值系统的分歧。很难否认当代中国的代际差异，它几乎是与我们的日常生活如影随形。我对80后一代人的两个定义：价值断裂的一代，从印刷媒体向数字媒体过渡的一代。而我对传统文学批评家面对80后及80后文学的两个判断是——在新的文化空间之外；对新空间的接受还处在一个理智与感情的挣扎之中，面对或回避或无法进入。

平心而论，年轻的一代尚且在"断裂"与"过渡"之中，如今以50后60后为主力的传统批评家，面对80后依赖网络所形成的新文化空间、面对80后作为生产者与消费者主要参与的"三分天下"的文学现场，产生一些观念上的阻隔，不但在情理之中，也是现代社会飞速发展出现"代沟"的正常现象。我们在引用前贤"一个时代有一个时代的文学"名言的同时，其实就要理解一个时代有一个时代主角的现实。谁是主角，谁正在成为主角，不言而喻。尽管你在理智情感上都有一个接受的过程，但新的文化空间已然形成却是无法回避的事实。

（二）网络：传播变化导致媒体经验的阻隔

2000年以后，中国最大的变化就是网络的迅速普及，它几乎与中国高速发展的经济指标共同构成世界公认的奇迹，绝对优势的人口数量基数，使得网络的各项指标在10年的时间里就位列世界各国之前列。而网络中的代际差异就体现得十分明显，网络主角无可辩驳的是80后90后的一代，他们的成长、他们的青春期与网络成长同步，他

---

① 江冰：《"三分天下"文学格局的网络时代背景》，《文汇报》2009年11月15日。

们的性格、他们的精神史与网络空间同在。美国学者云：除了上帝，一切靠数据说话。历年发布的《中国互联网报告》所有数据就是可靠有力的证明。

网络文学以及那些无法用文学所涵盖的网络写作，都是网络一代青春期的发散物，这些发散物带着前所未有的表现形式与内涵特征，比如他们的交互共享，比如他们的大众狂欢，比如他们的公共空间，比如他们的"去中心化"，比如他们的搞笑风格……而所有这一切都是传统批评家们所不熟悉的。这里既有年龄段的问题，还有社会人群的问题。从年龄段看，中年人把网络更多看成是工具，是传播平台，而青年人则更多地视其为"生命空间"，是与现实空间交相辉映的第二生存空间。这并非仅仅是一个定性的判断，科学家们已经从各个方面证实了网络一代在心理与生理上的不同。

其实，透过网络文学可以看到原有文学生态环境所看不到的许多全新的表现形态。一切都源于新媒体时代传播方式的变化。比如，与传统纸介媒体的文学相比，网络文学就更多地建立在"虚拟空间"。而网络等新媒体提供的"虚拟空间"成长经验是80后90后"网络一代"与前辈最大的区别。与网络普及同步，网络成为"第二生存空间"。网络空间的"虚拟体验"，是网络一代区别于前辈的重要特征。一个可见的事实在于，80后一代的每一个人几乎都拥有现实与虚拟的两个身份，可以自由地出入现实与虚拟的两个生活空间，在现实与虚拟两个世界的不同"人格"往往反差极大却又和平共处，这在前辈人群那里却是十分困难的事情。影响之大难以尽言，但有一点明确无误，网络虚拟的出现将会对我们的生活乃至人类的文明产生近乎颠覆性的影响。这一点，对于80后90后来说，已经成为行动中的现实；而中年以上的人群对此却相当陌生。一个有趣的事实可以佐证，在80后人群中几乎每一个人不但有两种身份而且有两套话语系统：一套是进入主流社会，写给家长、老师、学校、社会看的；一套是进入网络空间，写给Q群好友"社区大虾"甚至自己看的。他们可以一边按教科书的规范语言应付学校的作业，一边按网络江湖的规矩进行无厘头的交流。前者严谨庄重，有条不紊、一丝不苟，后者随意诙谐、搞笑游戏，一点正经没有。按媒介传播方式来说，从前年轻人是受众、是信息的接受者，而传播者往往是传统社会信息的权威发布者，是握有信息资源的中老年人。在传统金字塔由上而下的信息发布中，传播是线性的、是单向的，受众是没有选择权和发言权的。网络时代，情况陡变，受众迅速摆脱线性单向的束缚，既是信息的接受者，同时也是信息的传播者，权威被消解、中心被消解、壁垒被消解，金字塔结构被网状结构所替代，原有的主流的、传统的、经典的，无不处在颠覆中、挑战中，绝大部分都处于体制内的传统文学批评家们，也不可避免地处于颠覆与挑战之中。在现有教育系统中，青年学生从网络中获得的价值观和知识信息，与主要由中老年组成的教师所传授的知识系统，显然在明里暗里形成一种对峙与挑战，真实的现状就是最有说服力的例证之一。

在我进行的80后文学课题几千份的问卷调查中，一个十分突出的感受就是，80后与网络的亲密程度。比如我们提问：假如给你两万元，半年不准上网可以吗？几乎所有80后的回答都是否定，只有几个人说给十万元可以考虑。网络空间里的所有事物都成为80后90后网络一代的成长元素，而这些不但是传统文学批评成长历程之外的东西，也是批评家奉为经典、奉为武库之外的异类。也许，有批评家并不服气，因为他们也在熟练地使用网络，但除了上文提及的"工具"与"生命"区别以外，科学家已经用研究证明青春期前后接触网络会对人的大脑发育以及思维方式产生深刻的影响，文化性格的影响就更加明显了。限于篇幅，我想暂且将看似"自然"的问题搁下，集中谈一下话语权的问题，也许这本身就是构成阻隔的一个重要的社会原因。毫无疑问，网络等新媒体的出现导致传播方式的改变，同时也导致新的知识视野与知识系统的出现，导致新的媒介产品的出现，相对以印刷纸媒为载体的传统文学产品来说，以数字媒体为载体的网络文学就是新生事物，从而形成一种"旧"与"新"的对峙，问题在于它们之间还不仅仅是一个量的过渡，恐怕更多的是一种质的飞跃，一种颠覆后的重新洗牌、重新建构，由于中国社会的全球化与急速发展，数字鸿沟在此直接转化为代沟。对此，文学界表现得不无暧昧与复杂，出于文化管理需要的收编行动，出于和谐共处良好愿望的差异抹煞，出于轻蔑轻视、不无揶揄的冷眼旁观，与大光其火、大失所望的愤而指责，多种情绪交织，多种态度并存，多种动机混合。其实，背后都有话语权维护的立场缘由，进一步深究就是话语权后面的利益问题。不得不提到某作家"假如给我权力，我要灭了网络"的言论，抛开俄罗斯知识分子当年"人民崇拜"、当下多位具世界影响的作家"同情弱者"的立场表述以及网络是现代文明标志之一的道德化不论，这至少是话语权自我维护立场的极致表达。其实，这一极端言论恰恰一语道破天机，将不少文学人心底情绪真实发泄。网络构成天然隔膜的重要原因由此也就表露无遗了。

处于21世纪第一个10年的文学批评家，面对双重隔膜也许是一个历史宿命，因为他们也是新媒体时代过渡历程中的"中间物"。问题在于他们具有20世纪"80年代"的辉煌记忆，启蒙先知的历史要求成为今天时代无法逾越的精神标杆，那个也许永远无法再现的梦想时代——他们曾与中国作家一道以"快半拍"的姿态领跑。而今天，身份定语为体制内、学院派、中年人、经典派的传统批评家们，则以"慢半拍"的姿态处于一种历史的尴尬之中，面对双重隔膜，他们是破冰前行重返先知，还是文化保守维护经典，持守另一种平衡？历史无疑又给出了一道并不容易的现实选择题。

（三）文学史视野与研究特色

1. 80后文学是新世纪"历史语境"下最重要的文学现象之一

全球化、市场经济一体化、高科技化、数字化、都市化，等等，均为新世纪"历史语境"中的一些关键词，80后文学从诞生之日起，即与上述关键词关系密切，作为新世纪以来中国大陆最为重要的文学现象，其本身就呈现出复杂多变的形态。其发展态势在特定的"历史语境"中呈现出包含社会学、文化学、文艺学等多方面的丰富而深刻的意义。本书选取了"80后文学与网络互动关系"这一特殊视角，比较全面地揭示了80后文学是在与网络的互动中诞生发展起来的文学史事实。并从多个方面证实：80后文学是网络新媒体时代的文学。没有网络就没有80后，也没有80后文学，两者相互交存，双向互动，形成血肉般的亲密关系。本书为新媒体时代的文学发展路径做了比较系统的探讨，文学的多种可能性均收入研究视野。

本书可以说是第一部80后文学史。在新媒体、新人类、新文学的理论框架下，第一次对80后文学进行文学史的描述，涉及三大文化背景、三个写作群体、三个创作标杆。首次全面评价80后。在文学与网络的互动关系中，找到80后的历史必然性、文化合理性与全面评价的可能性。可以说是首次通过文学、网络、社会文化对80后进行全面论述，从而反驳了"文学衰退论"，对建立"文学新机遇论"赋予了信心与理由。

在新媒体、新人类、新文学的理论框架中，在充分考虑多向互动关系的因素中，从媒体学、传播学、文化学、社会学、文艺学等多种理论视角，考察80后文学，并在聚集之后，阐述具体文学形态包含的多方意义以及延伸性的理论启示，也是本书试图探索的学术路径。我们意识到：现有的理论已经无法阐释当下鲜活的社会现实与文学现象，新的技术不仅仅具有科技进步的意义，而且可能带来新的历史变革乃至新的文明。在理论阐释的同时，注重以文学事实历史为基础，在一定的范围里结合定量与实证分析，也是本书有意识进行探索的一种努力和尝试。

2. 三个关键词体现研究特色

新媒体 在新媒体时代的网络引领下构成了全新的网络空间，与传统现实社会形成奇异反差。从未来学的角度，是高技术对应高情感；从传播学的角度，是传播改变社会文化结构；从网络技术的角度，是新的网络空间形成；从青年亚文化的角度，是新的青春文化的生成；新媒体的技术背景与代际差异构成相辅相成的共生关系。

代际差异 无论是对网络的依赖、对手机等新媒体的喜爱乃至对信息处理方式的改变，还是对自我的重视、对集体的疏离以及非主流文化趣味的凸显，伴随互联网长大的80后90后一代，都有着巨大而普遍的变化。在数字化鸿沟面前，我们不难看到新中国成立 60 年以来最为明显的代沟。相同的数字化背景和网络成长的独特空间，是代沟形成的最大原因。80 后 90 后是"网络一代"，同时面对现实生活的"代沟"和信息社会的"数字化鸿沟"。这也是本书最为重要的切入角度。

青年亚文化　网民主体是青少年，网络文化天然具有其青春文化及其青年亚文化的特征。80 后所体现的当代青少年视角，对文学与网络互动关系的特别关注以及新一代文化趣味与艺术生成方式的发现，都从不同层面体现了本书的深度。本书的理论视野也由此得以放大：探究新一代的文学与文化及其广泛而深远的影响。

第一章 80后文学的历史轨迹

第一节 80后文学命名的意义

一、引发文学行动

80后文学命名获得的第一个意义是促成了中国大陆文学界的一次青年行动，一次在极短的时间里打出共同旗帜的集体行动。

不必讳言，美国《时代》周刊对80后的命名起到了推波助澜的作用，此后80后不但成为圈内圈外的焦点，而且成为一个正式取代其他称呼，被广泛使用的命名。

2004年2月2日，北京少女作家春树的照片上了《时代》周刊亚洲版的封面，成为第一个登陆美国《时代》周刊封面的中国作家。同时，这期杂志把春树与另一位20世纪80年代出生的写手韩寒称作中国80后的代表。这一明确命名与定位，引起人们对20世纪80年代出生的一代文学写手（简称80后）以及他们的写作行为与作品的关注，关注迅速地从网络、从80后小圈子上升至读书界、文学界。

80后并非腾空而起。

假如以《时代》周刊命名为界，可以分为"命名前"与"命名后"两个时期。

"命名前"80后文学依赖两个平台成长，网络与《萌芽》杂志。

首先是网络。可以说没有网络就没有80后，如今赫赫有名的80后作家，无不是早几年就驰骋网络的少年骑手，各人在网上都有一批追随者。不少人是在网上"暴得大名"，然后才由出版商推出出版物，从而名利双收，获取更大声誉的。比如春树，2000年17岁时写出《北京娃娃》的前后，就以另类、出格被列为用"身体写作"的

"上海宝贝"卫慧的同类,引起广泛争议。比如李傻傻,其作品专辑被新浪、网易、天涯三大网站同时推出。网络成了这批少年作家宣泄、倾诉、表达欲望的最佳平台和自由成长的空间。更为重要的原因还在于,网络正好是80年代出生的这批年轻人共同的空间,这保证了80后文学成长的土壤以及庞大的读者群。

其次是《萌芽》杂志。在中国目前文学杂志极不景气、难以维持的情况下,《萌芽》杂志得益于一个策划,即"新概念"作文大赛。80后代表作家中有相当一批出自"新概念"。比如,韩寒,1999年首届新概念作文大赛一等奖得主;郭敬明,新概念第三、四届一等奖得主;张悦然,新概念一等奖得主;周嘉宁,新概念一等奖得主;蒋峰,新概念一等奖得主;小饭,新概念二等奖得主。应当承认,"新概念作文大赛"是一个相当成功的策划,它富有创意地整合了多种社会资源,巧妙地利用了现行大学招生制度以及广大考生与家长的心理,既相左于当下"分数教育"的呆板,为少年写手尽情挥洒才华找到了一个宣泄出口和展示平台,又因大学的介入获得高考优惠待遇而形成有大回报的激励,抓住了广大中学生及学校的"利益点"和眼球,并能迅速地连接市场,80后的写手们借此台阶,平步青云,进入文坛。

在青春少年已成气候之时,《时代》周刊的介入,"命名后"的迅速崛起与集体登场,也就是水到渠成的事了。

由于"命名"者有意或无意对后来被称作"偶像派"的偏向,因此,此前数月《萌芽》网站已展开的争论烽火再度点燃,且急剧加大了讨论的范围和激烈程度,韩寒、春树、郭敬明能否代表80后成为争论焦点——

2004年3月9日《南方都市报》做了题为《80后文学:未成年,还是被遮蔽?》的报道,对这场争论进行了梳理,首次明确提出80后作者"偶像派"与"实力派"的划分,并分别列出两派的名单:韩寒、春树、郭敬明、张悦然、孙睿等人属于"偶像派",而胡坚、小饭、张佳玮、蒋峰则被归为"实力派"。

2004年6月,由20世纪80年代中国先锋小说代表作家马原主编的《重金属——80后实力派五虎将精品集》面世,马原作序,大力推出"五虎将"：李傻傻、张佳玮、胡坚、小饭、蒋峰的作品。

2004年7月19日，中国文联出版社主办的"80后读者见面会暨《我们，我们》（80后文集）首发式"在北京举行，号称"73位80后作家集体登场"。当天下午，中央电视台《读书时间》栏目以该书的出版发行为背景，邀请评论家白烨、作家莫言，以春树、李傻傻、彭扬、张悦然等作者为嘉宾，制作了一档名为"恰同学少年——关注80后的一代"的专题节目。

至此，80后局面形成，完成了由网络的自发写作、零散写作向文学群体的过渡，正式进入文坛。

这一由"命名"所引发的迅速过渡，也给媒体和出版界带来一次冲动，一些自许为"先锋姿态"的报纸急不可待地宣布"文坛已到了以80后为中心的年代了"。出版界更是看好"命名"后的巨大市场，期望在韩寒、郭敬明出版奇迹之后再创高峰。80后写手的长篇作品大规模登陆，周嘉宁的《女妖的眼睛》、蒋峰的《维以不永伤》、张悦然的《是你来检阅我的忧伤了吗》及《重金属》《被爱打扰的日子》《夏天在倒塌》等相续面世，外在于文学的包装、炒作，时尚的因素明显可见，被称作"青春玉女作家"张悦然的《是你来检阅我的忧伤了吗》（上海译文出版社2004年5月第1版）配有多幅类似明星照的华美照片，策划者指称此书为"最新图文集"，"优秀而奇特，是当下最时尚最高贵的文字类型"。就连以"实力派"标榜的《重金属——80后实力派五虎将精品集》（东方出版中心2004年5月第1版）不仅以著名先锋作家马原主编并作序，而且找来著名评论家陈思和教授做后援，其包装倾向也是不加掩饰。可以肯定，这种"包装上市"的倾向将愈演愈烈，利益驱动的竞赛，行动及时快捷，"与时间赛跑"已成当下80后文学的特殊景观，由此看来，命名所引发的文学冲动也是时代的产物。

二、谁来担当命名？

80后命名前后，关于谁来担当80后以及谁能代表80后的争论异常激烈，但在命名后的第5个月，"抛弃命名"一说公布，使我不由地联想到《第三次浪潮》作者托夫勒描述的"一用即扔"的现代消费观念,大有轻率之嫌。

被称作"偶像派"的几位少年直接被冠名80后,也许是出道早、知名度高、作品销量大的缘故,他们的态度相对平和,曾经几度排在畅销书头一名的郭敬明表示:"每个人写的东西都是千差万别,因为每个人的生长环境是不一样的。他笔下反映出来的世界始终是他自己思想下的世界。有些人喜欢按年龄来划分出我们这些80年代出生的写作者,称之为80后。80后其实并没有一个整体定型的风格。我和春树的风格是完全不同的。我个人认为80后这个概念本身就是不成立的。""有些人的作品有一定的高度和思想,但是有些人的写作纯粹是爱好,我觉得自己应该是后者,我在文学上没有过多的追求,我觉得就是一种生活习惯。"关于"谁是80后文学的代表",郭敬明表示,20世纪80年代出生的人的写作各不相同,本来就不能互相代表,春树也表达了类似的观点:"我讨厌当什么80后的代言人,因为我并不了解他们,当然也无法代表他们。"与此同时,她也相当自信,认为自己的写作是走在同龄人前列的,是"偶像和实力"的结合。至于商业化的指责,郭敬明说:"一个作品卖得好就是商业化,那么反过来说,是不是一个作品卖得不好,就很有高度?我觉得这完全是本末倒置了。"退学写作的春树则相当实际,她在接受《中国青年报》采访时说:"《时代》让更多的人知道了我,知道了我的小说。我在台湾的出版商,知道我上《时代》,立刻加印了我的书,这是很实际的。所以即使是被误读,我还是很高兴。我不能得了便宜又卖乖。"

"偶像派"之外的80后写手们反应快且尖锐,春树刚上《时代》封面,"新概念作文"一等奖得者AT即在《南方都市报》上发表了《谁有权力代表80后发言?》对春树等人能否代表80后以及80后文学提出质疑。文章被多家网站转载后,争夺"命名"的话题急剧升温。自视为"实力派"的少年作家则态度激烈地自我辩护,张佳玮郑重陈述道:"请不要误会80后写作就是肤浅的,就是单一的,就是低俗的,就是孩子气的,就是商品化的,也请不要误会所谓文学就仅仅是叙述完一个故事、抒发下感情、让人领悟人生的体式",同时他有意将这些误解归咎于那些具有商业化色彩的写手。小饭甚至直指"偶像派"：如果人们印象中的80后文学就是传媒所宣布的这样，那是一件很丢脸的事。韩寒、郭敬明等人写的东西称不上文学，只是一些廉价的消费品，他们打着文学的招牌却靠一些文学外的因素吸引注意，而这些被偶像化的写手，遮蔽了80后写作中富有创造力的部分，混淆了80后写作的真相。小饭和张佳玮一样，对80后的写作相当自信："我们接受的信息和阅读面都相当广，而且作品质量也是前辈在同一个年龄段所无法比拟的。""将来80后肯定会出现一些站在世界文学顶端的人，他们是无可替代的。"（以上言论参见《南方都市报》2004年3月9日）

四个月后，情况发生了变化。

2004年7月8日，在上海作协召开的"80年代后青年文学创作研讨会"上，80后代表作家蒋峰、小饭、陶磊及众多80后写作者，首次集体向评论界及文坛表示和韩寒、郭敬明等先期走红的80后划清界限，并表达自己对80后这一概念的反对，在随后的媒体采访中，李傻傻也明确表示：生于80后的写作者要想真正地创作而不止是期待市场的宠幸，就必须抛弃所谓80后的概念。李傻傻甚至主张废掉80后概念。同样被邀请上中央电视台80后专题节目的作家李萌表示赞成李傻傻的观点，她认为在80后这个概念的掩饰下，那些媚俗的、浅薄的、不合格的文学产品也堂而皇之地装进了这个箩筐，这就使得人们对所谓的80后文学产生了偏见。（参见《南方都市报》2004年7月23日）

为什么自我否定？而且在如此短暂的时间里忽然变脸？仿佛昨天还在争夺一面旗帜，争"偶像派"还是"实力派"当代表，今天却恨不得连这个代表席位都彻底取消！

道不同不相为谋，还是有人占了便宜，有人占不到便宜？面对80后大群写手，80后的命名显然产生了不同的理解。"过河拆桥"，"升级换代"，抑或是"公共汽车心理"：我得上，拼命往上挤，挤进了，人太多，其他人别上！或者更进一步，这车太挤，我得换辆新车！人上一百，形形色色。值得庆幸的是，80后如今有了不同于前辈的更大的选择空间。

20年前很有几分"叛逆"的著名作家马原动作敏捷，他比那些仅为80后作品写序褒奖有加的名人更具行动力度，不光说，还真干，编选了《80后实力派五虎将精品集》，以自身的名誉和实力担保"20年后的又一群好汉！"的文学品质，并且明确了2004年"实力派"与20年前的"1984年"的某种承继关系。马原是善良的，他的好意其实除了表面上的提携后生以外，依然暗含了对80后"偶像派"商业化、明星化写作的一种贬抑。文坛自有文坛的门槛，批评界也有批评界的规范，这都不难理解。在文学以及文化的发展历程中甚至还是必需的程序，关键仍然在于80后命名的含义，可以肯定地说，80后不是年龄段的概念，同样也不是商业化的概念。

三、命名的误读与不确定性

美国《时代》周刊写道："《时代》周刊2004年2月2日封面人物春树所在的这个国家，年轻叛逆者的数目正如此迅速地扩张，就像美国当年'垮掉的一代'一样，他们也已经有了自己的名称：另类。这个词曾经是贬义的，意指品格低劣的流氓，但是在最新修订的《新华字典》（中国最权威的字典）中，对'另类'的解释则是一种特别的生活方式。与西方的叛逆青年不同，中国另类的主要方式是表达而非行动"。

同时这家杂志把春树与另一位20世纪80年代出生的写手韩寒称作中国80后的代表，虽然《时代》周刊并非专指文学，但可以为我们考察80后提供一个参照。

我注意《时代》周刊的关键词是"另类"，而他们的评判标准来自于美国当年"垮掉的一代"。且不论美国人的价值观和评判标准（这是一个既疯狂又执着向全世界推广"美国价值观"的国家），这可能会陷入更为复杂的话题，也不谈误读的因素，只说"另类"对于文学的意义。我认为，《时代》周刊对80后的命名，其实更多的是着眼于"另类"这一社会学与文化学的意义，至于"年龄段"只是一个限定词，更多的指称在于社会学上的"代沟"与文化学上的"亚文化群落"。

在集中阅读了韩寒、春树、郭敬明、张悦然、周嘉宁以及"实力派五虎将"的代表作之后，我更加确认了对《时代》周刊"命名"的认识，并形成如下初步想法：

第一，80后的"命名"可由春树、韩寒来担当，原因在于他们的作品的本质是"另类"的姿态。80后文学还可以覆盖郭敬明、张悦然等人的部分作品——那些带有年轻人叛逆性精神的作品。"另类"不但是80后的存在理由，而且在80后写手们的作品中也只有春树、韩寒等人创作的作品具有相近的"另类"主题和"另类"风格，对于一种带倾向性的文学创作而言，相近的主题艺术特征显然比作者相近的年龄更具文学意义。春树的《北京娃娃》《长达半天的欢乐》、韩寒的《三重门》是代表作，这一路文学更似青年文学思潮的一个雏形，自有其前景。

第二，80后也不完全等于"偶像派"。因为，目前人们普遍认为的"偶像派"其实有两种类型，一类是所谓青年"另类"文化和叛逆精神的偶像，另一类是青春派风花雪月消费文化的偶像。比如，张悦然、周嘉宁这些"好孩子"只是"哈佛女孩"的翻版和"美女作家"的延续，不过更温和，"美女"换成"玉女"罢了。这样说，有些苛刻，张悦然毕竟还有《葵花走失在1890》佳作几篇。但深究下去，他们作品的精神实质与春树、韩寒还不是一路。说通俗一点，"坏孩子"是另类，基本归属80后，"好孩子"则大多属于商业化的"偶像写作"。

第三，所谓"实力派"完全可以同所谓"偶像派"分道扬镳。道不同不相为谋。从目前的创作实绩看，"实力派"几位代表显示出一定的实力，读读蒋峰的《维以不永伤》，就不难看出他们在先锋的道路上已艰难地摸索了很久。但从整体上看，"实力派"并没有走出创作前辈的影子，从文学思潮和创作手法上尚未呈现更新的艺术经验，也没有某些媒体评价得那么具有实力："与经典的写作拉近了距离"，"文坛已到了以80后作家为中心的年代了"。我认为，他们不但离经典就是离当下文坛的中心也还有不短的距离，"实力派"既然坚定地拒绝商业化、明星化，那么大可不必为"命名"所累。坚定地走自己的路，因为路很长，得有耐心和韧劲。

简而言之，不必让80后的命名"无限扩大化"地蔓延，不必让争论旷日持久，何况，命名本身具有不确定性，其本身并不一定那么举足轻重。

马原先生在他主编的《重金属》一书中重提"1984"，让我回到那个恐怕再也不会重现的"激情岁月"，那是怎样的一个年代！后来者即使通过史料和讲述，也很难体会当年的情景，文学人的悲壮、慷慨、激情、热烈，文学旗帜如三月春天的遍地鲜花，文学口号如百鸟齐鸣的森林交响乐，"文学创新像一条疯狗追着人跑"，文学新潮一浪盖过一浪，从"各领风骚二、三年到各领风骚二、三月"……20年不长也不短，潮涨潮落，大浪淘沙，无意义的自然消退，有意义的自然留存，好作品终如海中礁石历经岁月淘洗，海涛拍击，巍然屹立。所以，以"网络写手""新概念"乃至80后包装出来的写手们尽可各自发挥，各人头上一片天，各擅其长。时代已经提供了更为广阔的空间，时代也已经容忍了"出名要趁早"的口号，那么，你要在文学创作的路上走下去，重要的不是发言，重要的是不停地去写，重要的是写出真正属于你的具有原创性和新经验的优秀作品，还是"好作品主义"好！

最后，让我们为"命名"小结：20年后，今天的这批80后写手们，无论"偶像派"还是"实力派"，假如都没有拿出堪称经典的作品，那么，2004年关于"命名"的具有戏剧性变化的事件，仍然可以成为一种文学现象载入文学史。其意义在于从一个侧面解读了当下中国文学界的心态，并且成为从网络成长起来的青年作家群体生存状态的一个写照。

我以为，80后命名的意义至少在于此。

第二节　80后文学的"偶像化"写作

一、何谓"偶像化"写作？

自80后文学浮出水面，"偶像"字眼如影随形，从网站写手的偶像化包装，到大小媒体的明星式运作，直至"偶像派"命名的出现，其存在已无可置疑。2004年至2005年初，数月以来，一个结论愈见清晰：处于信息社会的今天，许多响亮而显赫的"名头"仅仅是一种暂时性的指称，所有指称在获得命名的同时，就在经受选择、淘汰和沉淀的过程。它的消失也许同它的成名，具有相同的速度：快速成名和快速消失。对此，我们大可以宽容之心对待，视其为某种"命名暴力"的行为，反而是抬举和高估了它的力量。在网络和新媒体极速发展的当下，许多命名就像奇幻世界中的小精灵，一个个令你眼花缭乱地登场，又一个个变戏法式地消失得无影无踪。当然，"偶像化"或"偶像派"还不是一场稍纵即逝的风花雪月，其存在的合理性与必然性，构成了本节试图探究的动力所在。就80后文学形态看，我们试图从以下几点描述"偶像化"写作的基本特征——

1.追求形式的甜美。被称为"偶像派"的80后写手，登场之初，就深知形式的重要性，优美轻灵的文字，奇幻飘忽的感觉，浪漫主义的风格，不求深刻但求动人的青春话语……所有这些都很容易使我们联想到广告文案的创作公式，"KISS公式"，即英文 Keep It Sweet and Simpl。直译为"令其甜美并简洁"。KISS公式的核心是甜美，甜美的要领是打动人心。

从几千年中国文学史来看，没有哪一个时代的作家和文学作品传播者，比80后更看重文学形式传播效果，在"偶像化"写作中，形式常常大于内容。在80后的写手和他们身后的市场策划者那里，作品被作为一件可意的商品，精心的包装向消费人群昭示："多么甜美动人呀！"打动人心也是偶像化作品传播的第一要义。

2."青春偶像"的装扮。80后文学的巨大市场是中国上亿人口的青少年，在14—24岁这个年龄段的青年心目中，偶像的号召力极大。

80后文学之前，中国的作家并非没有成为偶像的可能，但在偶像之前，必须有一个成名的阶段：多年艰苦写作→作品巨大反响→作家出名→渐成偶像。这个阶段第一需要相当一段时间，几年、十几年乃至几十年，第二即便成为偶像也大多在相对狭窄的领域，因为文学作品在媒介中较之文艺演出及体育竞赛并无传播优势。但80后写手在网络崭露头角之始，就已经自觉地装扮成"青春偶像"，从而大大缩短了出名的距离。媒体的神奇力仿佛点石成金，丑小鸭变天鹅，灰姑娘成公主。中央电视台"非常6+1"栏目正是今天传媒打造偶像理念的通俗化演绎。

3. 扣住"青春"的书写。"偶像化"写作的一个关键点是紧紧扣住"青春"。他们清楚地知道：扣住青春，也就扣住了人心；扣住了人心，也就扣住了阅读市场的命脉；扣住了市场命脉，也就扣住了"出名"和利润。

一个显而易见的事实在于，偶像化写作的内容，题材、风格、形式都属于青年题材，并具有强烈的时尚色彩，作品的主题多定位在当下青少年的"青春遭遇"，读者对象也定位在固定年龄段的阅读人群中，同时通过网络达到一种良好的互动。80后写手"青春"的书写甚至借助网络空间形成一个相对独立的青年"亚文化群落"，或者称之为"青年文化空间"。这种空间氛围的着意渲染甚至造成了一种"圈子"，在青春旗帜的虚掩下，原本试图宣判集体主义终结的个人话语，重新"统一"为一种与"公众话语"相对疏离的"分众话语"，原本属于虚拟空间的网络竟然成为一个大本营，某种属于"分众"的"断代史"似乎正在被奇怪地书写。而80后写手在这一空间中上下翻腾，游若蛟龙。

4. 明确的商业化运作。在每一个成功的现代商业故事后面，大多有一个精心的策划。80后文学的迅速成长至少已经是一个商业成功的范例。那么，在80后的背后又有什么呢？

80后文学成长的背后始终站着一批老谋深算、用心良苦的商业策划高手。回顾中国策划行业，第一拨策划师往往从如何借助媒体抓眼球入手，他们的商业意识更多的是通过媒体炒作、活动宣传来体现，比如新华社记者出身的王志纲，他认为"成功策划的核心是理念设计"。尽管王志纲也强调按市场经济规律办，但他所处的时代，毕竟是中国市场经济发展的初始阶段。

80后文学诞生的年代则不同，网络的泡沫消退了，股市的疯狂平静了，金融的冒险收场了，经受了市场风风雨雨的策划人也逐渐成熟了。他们的策划从一开始就成功地跳过理念，按照市场运作的规律，在鲜明的商业意识的指导下，一步步地实现利润最大化的目标。网站的成长其本身就有赖于高明的商业策划。包装郭敬明等人的辽宁春风文艺出版社，多年前就以"布老虎丛书"品牌营销成功，从而积累了运作品牌的丰富经验。而80后文学偶像化的趋向，正是品牌营销和目标营销战略计划的一个具体实施环节。中国历史上某位皇帝眼见青年才俊摩肩接踵进入科举考场，不禁仰天大笑曰：天下英雄尽入我掌中。今天的策划人虽未作仰天状，但内心早已盘算百遍如何将天下之利一网打尽！

二、"偶像化"与"偶像派"

在80后文学的写手中，韩寒、郭敬明、张悦然三人的"偶像化"程度最高。

韩寒已经成为反叛现行教育制度的青年偶像。我以为将来写中国当代社会史，韩寒也可提上一笔，因为高考制度把几千万的高中生压抑得太惨，终于有一个人出来"尖叫"一声，"沉默的大多数"虽无法公开响应，私下里都不免津津乐道。很难说韩寒的一声"尖叫"对教育制度改革起到什么作用，但至少成为"被压抑群体"的一次宣泄。发行110万册的惊人数目，多少也说明同龄人的一种回应。韩寒在他的成名作《三重门》增订版里自撰的个人简历，活画出他作为"叛逆者"的形象，文内有这样的一些句子——

1999	浮出海面	获首届新概念作文大奖
1999	顽主	写《三重门》一年
1999	看上去很美	成绩单挂红灯七盏　留级
1999	过把瘾就死	于《新民晚报》上抨击教育制度
2000	活着	老子还没死　老子跨世纪
2000	一个都不能少	还是七门功课红灯，照亮我的前程
2000	千万别把我当人	我成为现象　思想品德不及格

| | | 总比没思想好 |
| 2001 | 无知者无畏 | 有人说我无知 那些没有文化只有文凭的庸人 |

　　"韩寒现象"引起教育界讨论，也让众多家长担忧，但"被压抑的群体"却自有看法，韩寒遂成"另类"偶像。韩寒成为偶像的原因并不完全在于媒体的包装和炒作，除了他陆续写出的《零下一度》《像少年啦飞驰》《毒》《通稿2003》《长安乱》等作品外，他拒绝了复旦大学允许旁听的升学机会，靠自己的努力，成为一名职业赛车手，参加了全国汽车拉力赛，拿了上海和北京的第4名。畅销书为他带来了200多万元稿酬收入，他拥有了属于自己的车子和房子，过着经济独立的生活，因此，被称为"开自己奥迪赛车的天才写手"。韩寒的照片年轻、帅气、潇洒，写手＋畅销书＋赛车手＋自己的房子＋自己的车子＋经济独立，几乎所有的因素都与时尚和偶像吻合。

　　郭敬明是继韩寒之后的另一名走红大江南北的畅销书作者。与韩寒相同，也是"新概念"作文大奖得主。不过，他是让父母放心的"好孩子"一类，考进了上海一所大学，边读书边写作。从"偶像化"的角度看，郭敬明商业包装更加讲究，估计出版社也有了更多包装少年写手的经验，因为他没有韩寒"另类"的内核，所以"秀"的成分有增无减。

　　以正统文学经验的人来读郭敬明的成名作《幻城》，确实会有新奇之感，以至于著名的北京大学教授曹文轩为郭写了赞赏有加、热情洋溢的序，这无疑也提升了郭的身份。打开《幻城》，不能不承认作品具有阅读诱惑：神的力量、魔的幻术、人的情感、仙的容貌、侠的武功、商的财富、王的威严、跨越人神两界，尽得天地间风光无限。在作品中我们可以感受到诸多现代时尚因素的聚合：好莱坞大片《魔戒》的神妙奇幻，金庸武侠小说的侠肠义胆，琼瑶爱情作品的似水柔情，《格林童话》的瑰丽与奇迹，韩国青春剧的时尚靓丽，日式动漫的潇洒飘逸，福尔摩斯推理破案小说的诡异神秘，007虎胆英雄身怀绝技以及虽危机四伏却有惊无险的悬念迭出……

　　反过来说，所有这些又同时成为作者想象的起点，假若你不熟悉80后的阅读经验与接受世界，你会倍感惊奇；假若你逐渐了解并熟悉了80后一代所接受的文化资源，你的激赏之心也就会平淡许多。当然，我们这样说，并不等于抹杀郭敬明的写作才能，他在对80后一代文化资源的感悟之中，毕竟在某种意义上成了新的代言人。他随后推出的《梦里花落知多少》《左手倒影右手年华》《爱与痛的边缘》等，都一而再再而三地证明了他的"代言"地位。代言什么？代言一种青春期的宣泄和倾诉，关于友谊，关于爱情，关于亲情、关于成长的疼痛，关于"痛并快乐着"的青春旅途。也因为代言，郭受到少年一代的热捧，遂成"偶像级写手"。

　　应当说，郭敬明的作品定位也相当准确，恰得80后一代少年之心。其写作策略正如作者所言"只要我们以相同的姿势阅读，我们就能彼此安慰。"（《爱与痛的边缘》自序）郭笔下的文字几分矫情，又有几分真切："我喜欢 / 站在一片山崖上 / 看着匍匐在自己脚下的 / 一幅一幅 / 奢侈明亮的青春 / 泪流满面。""为赋新词强说愁"原本就是少年的青春期特点，加之处于社会转型期的中国少年也自有其压抑的一面，这些也构成了郭敬明作品得到热烈回应的心理基础。

　　令人惋惜的是"抄袭事件"的出现，这是不是"江郎才尽"的一个征兆？郭敬明近期成立工作室，所出作品的文学性减弱，时尚性增强，偶像化的趋向更加明显，比如2004年8月由春风文艺出版社推出的《岛》。在我的预感中，《幻城》已成为郭敬明自己跨不过去的"一道高栏"。

　　被《萌芽》网站评为"最富才情的女作家"和"最受欢迎的女作家"的张悦然，是与郭敬明并称为"金童""玉女"的另一位"偶像级写手"。张悦然的成长也具有"偶像化"的因素。14岁开始发表作品，"新概念"作文大赛一等奖获得者，考进大学并去新加坡留学，乖乖女、"好女孩"，外形靓丽，一如其优雅的文字。充满小资情调的包装，一如其作品的时尚品位，虽然她没有韩、郭那般"红得发紫"，却也在"偶像化"的路上名声遐迩，春风得意。加上才女出手奇快，在韩、郭二人炽风渐凉之时，势头强劲。《葵花走失在1890》

奠定地位之后，又有《樱桃之远》《是你来检阅我的忧伤吗》《红鞋》《十爱》等作品在 2004 年相继推出，并连续居文学类畅销书排行榜前列。

把张悦然五本书放在一起，时尚的印象十分突出，尤其是 2004 年推出的四本书，虽然出自"春风文艺""上海译文""作家"三家出版社，但却不约而同地选择了封面黑底托红的色调，其中作者大幅艺术靓照、文中插图和图片、图书装帧和版式均有强烈的现代时尚色彩。像《红鞋》《是你来检阅我的忧伤吗》更是当下流行的图文小说。上海译文出版社更是精心策划包装，并带有自我炫耀地宣布："本书是张悦然的最新图文集……优秀而奇特，是当下最时尚最高贵的文字类型，配有多幅华美的照片，诠释诗一般美轮美奂的意境，人如其文，文如其人，相得益彰。"（见《是你来检阅我的忧伤吗》扉页）"偶像化"的意图十分明显。

《红鞋》被称作张悦然"最新图文长篇小说"。但一部约有十万字的长篇，人物单薄，故事矫情，没有多少文学内涵可言，无法烘托出"红鞋"这原本可能深邃无比的神秘意象。用笔较《樱桃之远》显得潦草，用意比《葵花走失在 1890》显得肤浅。张悦然在"偶像化写作"的潮流中似乎同时在写两类作品：为时尚为市场为畅销的是一类，写内心写意象写人性的是另一类，张也因此成为 80 后写手中最有潜质最具文学性的作家。但愿成为"玉女偶像"的张悦然不为"偶像"所累，在不被潮流吞没的同时，借他人之风潮，扬自我之风帆，在时尚褪色之后，有真正属于自己的本色作品。《葵花走失在 1890》与《樱桃之远》使我们对张悦然多了一份信心。

以张悦然的文学历程来看，"偶像化写作"可能抹杀天才，也可能造就大家，至少为大家铺平第一个台阶。不过，是否成为大家，依然取决于作家本人的潜质与态度，而态度尤为重要。

三、"偶像化"有合理性吗？

作为文化产业的一种运作方式，"偶像化"的手法早已在所有需要明星的领域里大行其道，操作得十分熟练了。文学，从前只是作为一种后援，一种资源，需要通过艺术形式的转换进入传媒，不过时至今日，文学也急匆匆地挤上前台，推出属于自己的"一线明星"。

1994年出道的香港女作家张小娴就是香港出版界第一个当作明星来运作的小说家。张小娴在业界创造了多个第一，第一个拿下《明报》头版做新书发布整版广告的小说家，第一个在地铁做广告的小说家，香港第一本本土女性时尚杂志《Amy》的创办人。从度身定做，到设计形象，张小娴的创作生活完全按照明星来包装打造。这位女作家从1997年开始长居香港畅销书首位，被称为都市爱情小说的掌门人。20世纪80年代以来，所谓"文化北伐"中的香港经验对中国大陆影响不小。这一次，与国际接轨的香港显然又在为大陆文化产业运作提供先行一步的经验。

传统营销中的所谓4P（产品、价格、通道、促销），早已向现代营销的4C（消费者、消费者满足欲求成本、购买的方便性、沟通）转变，从前产品制造商的座右铭："请消费者注意"，已经被"请注意消费者"所取代。市场就在消费者的需求当中，谁能最大限度地满足并创造需求，谁就拥有市场，谁就抢得先机，谁就是最大的赢家！既然将文学作品作为产业化链条中的产品环节，那么这个环节也是可以按消费者的需求量身定做的。于是，在文学产品的制造者那里，传统的教堂布道方式"我说你听"和"我写你读"，迅速转变为"你想听什么，我就唱什么"，"你想读什么，我就写什么"。

倘若将文学也视作文化消费产品，这样做又有什么错呢？

承认这一前提，"偶像化"的合理性也就明确了，我们之所以将作家包装成明星式的偶像，正是为了投合少年青春期"偶像崇拜"的心理，在时尚的包装下，提供满足并创造一种需求的消费产品。按照目标营销的理论，所有市场都可以细分，从而找到目标顾客，提高获利性和经营效率。80后文学由80后一代人构成"目标顾客"，偶像化正是通往"目标顾客"的有效途径。

对此状态，文坛反应不一。青年评论家路文彬甚至认为："80后写作的时尚现象已经是属于一个世界性的文化现象，写作缩短了与影视娱乐行当间的距离，作家开始逼近偶像，正是一种以迎合和自恋为本位的时尚，其取悦的永远是大众最浅层次的享乐与放松。"①

与路文彬等北京评论家不同，处于南方的学者，大概由于久居商业的社会而见怪不怪，比较宽容地用"类型写作"的概念加以解释，他们认为："类型写作和产品相类，产品的诉求对象，就是读者（市场）。那么，80后写作，总体上说，是针对同龄人的，所以就没有必要生拉活扯地去和70后，60后甚至50后相比。更没有必要去质问他们，你写出经典了吗？"②

一北一南的两种观点，其实恰好从正反两个方面论证了80后文学"偶像化"写作的现实合理性。我在80后系列之二以一组公式表述"偶像化"的过程③，并肯定这一行为的合理性。当"偶像化"成为一种文学趋向之时，你是很难通过外在手段随意"叫停"的。因为这同时也意味着文学真正多元时代的到来，文学正在成为满足不同层面需求的审美消费。即使按照文学精英们的原则：呼唤"神圣"、看重"命运"，其实也无须驱逐"类型"。

我一向看重评论家李敬泽的敏锐。编辑的职业感觉使他少了些学院派的呆板，常有一针见血的智慧之言。针对部分80后写手及拥戴者自恋加狂妄画地为牢的做法，李敬泽视其为"青春的独断和骄横"，"一种毁坏文化的逻辑"。④李的文章阐述了两个观点：文化有其无法更改的延续性；反对肆意降低文学的艺术价值。李敬泽的观点是警钟一响！

在我们承认"偶像化"市场前提以及文化消费合理性的同时，不可因此认为平面化、娱乐化、消费化是当下文学的主要趋势，甚至唯一出路。也不能因此降低文学的精神高度。我们是在肯定文学品质重要性的同时，承认"类型写作"的合理性，宽容地看待"消费型""偶像化"写作的存在与分流。

---

① 路文彬：《80后：写作因何成为时尚》，《中关村》2005年第1期。
② 张念：《80后写作市场分级和命运共同体》，《南方都市报》2004年12月28日。
③ 参见江冰：《论80后文学的文化背景》，《文艺评论》2005年第1期。
④ 李敬泽：《一种毁坏文化的逻辑》，《深圳特区报》2004年12月19日。

即便如此，我们仍将常怀隐忧，担心风花雪月之下的意志消解、精神丧失、人心失重；担心为市场为时尚创造的趣味成为唯一的趣味。人们在推倒权威的同时是不是又可能受制于另一种权威，人们在娱乐自己的同时，是不是正在被无形中的力量奴役。当现代消费社会中所有文化产品都只为娱乐人们而存在之时，当所有大师的经典都被强行转化为传媒的娱乐版内容之时，当一切公众话语都日渐以娱乐的方式出现并成为一种文化精神的时候，人类就得警觉起来了。因为，我们可能将面临新一轮的灾难。我第一次在书店里看到《娱乐至死》译著时，就被它的封面吸引：坐在电视机前的一家四口人，人人都是只有躯体而无头颅！世界著名媒体文化研究者和批评家尼尔·波兹曼（1931—2003）生前曾将当下时代特征描述为"娱乐至死"，并对电视等新媒体导致的娱乐化倾向深怀警觉。尼尔·波兹曼教授在著作中郑重其事地写道："有两种方法可以让文化精神枯萎，一种是奥威尔式的——文化成为一个监狱，另一种是赫胥黎式的——文化成为一场滑稽戏。"①

但愿80后文学的风花雪月不要演变为"一场滑稽戏"！

第三节　80后文学的"实力派"写作

一、何谓"实力派"

几乎与80后命名浮出水面的同时，所谓80后"偶像派"与"实力派"之争就以多种形式出现于各大网络以及平面媒体。在市场化和消费化的时代，这一富有文学以及文学以外意味的现象，完全可以视作走入21世纪之后的中国文学的一个特殊的现象。"实力派"与"偶像派"的称谓，来自较文学更早迈进市场化和消费领域的娱乐界。娱乐界将那些脸蛋迷人、外形俊美的演员称为偶像派，而将那些主要靠演技展示角色魅力的演员称为实力派。两派各有擅长，均有风光。但从艺术主流派一向的观点来看，排开市场炒作的因素不论，实力派更

---

① ［美］尼尔·波兹曼著：《娱乐至死》，章艳译，广西师范大学出版社2004年版，第201页。

有分量，更有内涵，也更有长久的艺术生命力。在艺术主流派的眼里，他们不反对一个演员以偶像化方式进入娱乐界，但他们更看重一个偶像派演员向实力派的过渡和蜕变。

不必讳言，所有80后的写手都沾了80后命名的好处，而命名行为的本身其实就是一次"偶像化"手段的成功实施。命名的社会认可，意味着一次成功的托举——80后从网络"小圈子"走向传媒"大天地"。但是，"偶像派"与"实力派"之争为何立刻出现并迅速升温？一个旗帜下的战士为何刚刚进入大众传媒即喊着叫着要分道扬镳？分流的动因何在？

我以为，"艺术主流"的价值取向构成一股传统的力量，是导致"分流"最为重要的原因。

艺术主流价值的影响力首先促使一批80后写手主动"划清界限"，他们一再表白自身的"纯粹性"以便拒绝"商业化"，并对"眼球指数"以及书籍印数表示一种拒斥，因为在这一点上，两派的差距十分明显，根据2005年3月21日来自Google数据搜索制成的下列表格可一目了然：

姓名	词条	备注
蒋峰	3280	实力派作家
胡坚	2710	实力派作家
小饭	2460	实力派作家
张佳玮	1160	实力派作家
郭敬明	21500	偶像派作家
春树	21300	偶像派作家
韩寒	14600	偶像派作家
张悦然	4340	偶像派作家
孙睿	2380	偶像派作家

点击数、词条数、出版印数等，所有这些数字无形中与商业化、市场化联系起来，于是一种意见就自然地形成了——

（1）媒体上呼风唤雨的"80后写手"实际上只是消费品的组合；
（2）除了这批制造消费品的少年们——他们所构成的"80后写手"是肤浅的、低俗的、孩子气的、商业化的——还有一批在"认真地学习大师们同样不被关注的伟大著作并且认真严肃地写作，唯一的遗憾在

于他们并未浮出水面。"（张佳玮语）

其次是主流文坛对两派的褒贬，无论介入深浅，无论温和还是激烈，文坛里的作家和批评家们，以偏向"实力派"的居多，其中动作最为明显的是作家马原，当年先锋派的骁将，拍马出阵，亲自操刀主编了名为《重金属——80后实力派五虎将精品集》一书，此书在80后文学发展历程中几乎成为正式宣告两派分流的标志化产物，意义非同小可。更为重要的还在于"重金属"书名所暗含的价值取向，明褒实力，暗贬偶像，依然是艺术主流价值的观念在发挥潜在的作用。

二、"实力派"作品的文本分析

还是让我们把目光回到文本，因为当媒体炒作的潮水退去之后，真正留在文学史上还是文本，尤其是集中文学成就的长篇小说。

先说蒋锋的《维以不永伤》（春风文艺出版社 2004 年 5 月第 1版）。

这部 25 万字的小说因为篇名出自《诗经》，似乎为作者带来庄重、含蓄、底蕴深厚的声誉，但作品却似乎没有具备与来自古代题目相匹配的内涵。《维以不永伤》围绕一桩少女奸杀案展开，借此描写了与少女毛毛关系密切的父亲、母亲、继母、情人杜宇琪以及作为正义化身的警察雷奇。西方小说的圈套式结构设计，富有悬念；好莱坞电影硬汉警察诈死、对罪犯穷追不舍的情节安排，具有可读性。可以看出，作者蒋峰是认认真真地在写小说，精心设计的故事结构，冷静的叙述，简练的笔法，自如的控制，显示出一种为小说而写作的职业才能，青春期不顾一切的自我宣泄在这里已经被某种洞察给化解了，作品似乎在昭示：蒋峰是把小说当作人生使命来完成的小说家。

然而，如此较高的评价恐怕只能限制在小说家职业性的敬业精神上，因为，在消费化的泡沫年代，蒋峰写小说的认真固然可贵，但深究下去，《维以不永伤》仍然是一部可读但不耐读的作品，是一部技巧胜过内涵的作品，苛求一点说，主题不免流俗，艺术难有回味，更难论精神高度了。

再说说张佳玮的《加州女郎》（湖南文艺出版社 2005 年 1 月第 1

版）。

比起上部实力派作品，《加州女郎》更难称力作。这部 15 万字的小长篇像一杯稀释的果汁饮料，全书 247 页，但读至 100 页，尚没有真正展开故事，作者的思绪仍然停留在对一条手机短信的"无限感慨"之中。太淡，太薄，缺少长篇小说应有的分量：紧张、冲突、人物、情节、环境、心理……作品贯穿着对《加州女郎》唱片的寻找，但这一情节设计细若游丝，随风飘荡，难以凝聚成艺术冲击力的因素。"犀角项链""唱片店主""异国男子 A"等花费笔墨描写的人与物，均游离于主情节之外，结婚的人是谁？H 是什么样的女孩？面纱迟迟没有揭开，既然不是刻骨铭心的爱，何必如此长篇大论、虚无缥缈地伤感抒情？作者的创作态度不免轻浮。在后记中，张佳玮提到福克纳和村上春树，这使笔者联想到《加州女郎》主人公试图用音乐家舒曼、克拉拉、勃拉姆斯的人生遭遇自比，作者与他笔下的主人公一样，自恋倾向明显。所谓"看齐大师"也只停留在自我标榜的表层，缺少生命的体验，缺少心灵的沟通，其实是无法进入大师的精神殿堂。

上述文本分析，也许近于苛评，但作为以看齐大师为口号的实力派，应当承认，他们远没有超出前辈。再苛求地说，他们距离中国当代主流文坛的核心地带尚有不小的距离。

三、文化背景的负面作用

80 后文学能在文学史上留下什么，是留下一次文学热潮，还是一批有分量的作品？"实力派"任重道远，就像中外文学史上每个时期的文学思潮与流派一样，最后检验其创作实力的，还是应当具有此时期此流派作家特有的"核心竞争力"的作品。

我在 80 后文学系列论文之二《论 80 后文学的文化背景》[①]中，试图以文化背景的独特，确认 80 后作家所拥有的写作资源，进入 21 世纪的 80 后生人，由于时代的急剧变化，或许只有依靠自己写自己。

---

① 江冰：《论 80 后文学的文化背景》，《文艺评论》2005 年第 1 期。

"代沟"无情地把50、60、70年代生人拒绝在80后的世界之外,但是,80后写手能够承担"书写一代人"的历史使命吗?

"实力派"面对的另一个可能的"陷阱"是充满世俗欲望的大众消费文化。尽管笔者愿意正视市场化时代的大众"欲望",正视"世俗精神",正视"青春书写"与"青春期阅读期待"的合理性,但依然担心网络一代将一切精神产品欲望化、娱乐化、平面化、快餐化,依然担心80后写手整体写作的精神高度和人性深度。也许,"偶像派"会以"类型写作"作为理由,他们将理直气壮地说:我们写的就是"青春消费品"。而"另类写作"的春树等人,则可能明确地表达宣泄自我的愿望。但是,以"实力派"标榜的80后写手们则没有托辞,别无选择,必须在文学的崎岖山道上攀爬,任何对文学马虎,对大师不恭的态度只能成为提升自己实力的障碍。"实力派"呀,你真是无路可退!

当然,文坛还得有些耐心,因为对好作品的期望,还在于80后文学是否具有"可持续发展"的可能,以"恨铁不成钢"的急切对应"出名要趁早"的浮躁,难免会失去等待的信心。反观新时期以来的文学创作,"五七一族"、知青作家、反思文学、寻根文学,均有一个对作家自身生命历程"反刍"的过程。相比描写当下的改革文学,回顾历史的作品总是写得更深沉一些。也许,只有等到青春期的躁动平静之后,真正透视"青春期"的好作品才可能出现。人到中年,也许才能够对青年时代有更加深刻的体悟。"曾经沧海难为水,除却巫山不是云"不正是古人回首人生所发出的感慨吗?!50后生人顾长卫,在与张艺谋搭档多年后,终于走向前台,亲自执导了电影《孔雀》。这位摄影出身的艺术家身手不凡,出手即有国际反响,影片获55届柏林电影节评委会大奖。静观《孔雀》,你可以感受这一代人对青春岁月的回首、体悟、感叹、惋惜,并由个人的伤感情绪上升为对特殊时代特定空间人性的深度开掘。影片随处晃动着导演本人的影子,顾长卫的"童年视角"仿佛就是诉说自己,没有二十多年的"反刍",没有二十多年的"剪不断,理还乱",他能够如此冷静,如此深刻吗?

让我们再读一读2003年诺贝尔文学奖得主、南非作家库切的

《耻》吧，读一读2004年诺贝尔文学奖得主、奥地利作家耶利内克的《钢琴教师》吧，其实中外艺术家的心都是相通的，因为人性相通，从《孔雀》，从《耻》，从《钢琴教师》，你都能够清楚地知道童年与青春的记忆在大师那里是如何转化为一生写作的宝贵资源，是如何转化为对人类对人性深且广的忧虑与思索。哦，艺术的标杆呀！既然名为"实力派"的80后作家愿意向大师看齐，既然你们渴望写出文坛认可的作品，那么，请对你们所拥有的特殊文化背景和写作资源，既充满自信，又深怀戒心吧！

第四节 80后文学的"另类派"写作

一、另类是什么？

在传媒呼风唤雨的时代，"另类"大行其道。大众传媒的过度曝光，使"另类"不但消退了神秘的色彩，而且由于司空见惯反而变得不那么"另类"了。传媒近于疯狂地对"另类"进行抽脂整形美容，炫眼夺目般地包装，流水线式地成批生产，使之迅速走向市场指向利润的同时，导致肤浅化与消费化。"另类"正在成为一个"语词陷阱"，其意义的捉摸不定，使我们不得不怀有戒心。由此看来，将80后文学的部分作品归类为"另类写作"，是不是多少也有些理论上的风险呢？还是让我们开始一次尝试性的探讨吧——

另类是什么？一个大大的问号！

另类首先是一种"出格"的形态表现。

在充斥传媒的"另类服饰""另类化妆""另类艺术""另类音乐""另类建筑""另类文学"名目下，各种奇异的表现形态纷纷亮相，它们一个共同点就是"出格"，反常规、反传统、反主流社会。它们剑走偏锋，逸出轨道，不在人们惯常视野中，甚至挑战你的接受极限，让你感到新鲜、惊奇、刺激乃至反感和愤怒，总之一句大白话：他就是有意"出格"，和大众不一样！

其表现形态也有深浅之分，个体与群落之别。生活中的一件有意裁剪得破破烂烂的牛仔服，一个闪闪发光的白金鼻饰，一对超大型的怪诞耳环，一头爆炸式的染红短发……可以视作个体浅在的表现形态；蓬乱的、染成黑色或彩色的短发，褴褛的、带安全铆钉的丁字衫，牛仔裤、钢刺护腕，狗的项圈或缠在脖子上的链条，拿着人标志作为徽章，还有一只老鼠作宠物……这是朋克群落里年轻人的装扮。1968年，"嬉皮士"从朋克中出现，他们更是一反传统服饰，追求怪诞奇特的装扮：蓬松的大胡子，不论男女，头发都乱糟糟地披在肩上，佩戴大量首饰，脸上装饰花纹……这是20世纪60年代西方各国年轻人的群落，他们显然拥有较个体更为鲜明的群落特征。

另类其次是一种观点和精神。

无论是20世纪被官方及文化界命名的"垮了的一代"的英国青年，还是遍及欧美各国的朋克或"嬉皮士"群落，他们的意义绝不仅止于表面的装扮，而是拥有他们有别于主流价值观念的一整套标准和规范，说穿了，也就是一套非主流的、另类的价值观念和文化精神，是以他们殊异的生活方式昭示一种另类的精神。

另类同时也是一种时髦和时尚。

由于时髦、时尚本身吻合了人类亘古不变的逐奇求新的心理，因此，凡是文明历史以来，崇尚时髦的欲望历久不衰，时尚的表现也是层出不穷，其中另类成为时髦、时尚的重要内涵和主要支撑。回首历史，逢天下大乱纪纲紊乱之际，遇社会进步自由宽松之时，就是"另类"蓬勃生长的大好机会。中国古代社会所谓"乱世冠巾杂"与"盛世奇妆出"，都是很好的例子。到了现代，由于看中时髦、时尚的消费性与商业价值，"另类"更是借东风扶摇直上，飘荡于消费的天空。看看来势汹汹的互联网，就是另类起舞的最佳空间之一，另类借助各种传播力量，在市场利润与人类心理的牵引推动下，迎来了它前所未有的黄金时代！

简而言之，另类是一种复杂多变的表现形态，是一种受时间和空间限制的概念，但其本质精神是共同的，即保持与主流、传统不同程度的对立，包含有挑战、叛逆、求变、颠覆、革命和个性的因素。另类作为一种精神，与中世纪禁欲主义、人文主义、文艺复兴、启蒙主义、青年文化与青年运动，都有着千丝万缕的联系。归宿有三：或短命消亡，或融入主流，或挑战成功蔚为大观。其对人类、对历史、对文明的影响，或消极，或积极，或难以界定，或兼而有之。我认为，从"另类拉动观念"的角度看，另类一不可无，二不嫌多。说偏激一点，另类不但拉动观念，同时拉动历史。

二、80后文学的另类表现

80后文学从它的诞生之日起，就表现出不同于传统主流文学的多种创作观念与作品形态，它的"出格"明显可见，在80后文学系列之首的一些作者中，我对韩寒、春树等"另类"作品的定义为："带有年轻人叛逆精神的作品"，"属于所谓青年'另类'文化和叛逆精神的偶像"，"说通俗一点，'坏孩子'是另类，基本归属80后"。① 半年后的今天，随着80后写手队伍的分化，命名的严格区分已不那么重要，因为无论是"坏孩子"，抑或是"好孩子"，依据上一节的理论判断，80后的作品普遍具有区别于主流文学的"另类"因素。不妨从以下几个关键词入手，结合文本探讨80后文学的"另类"表现。

一是"焦虑"。凡是带有自我倾诉型的80后作品，大多透露出一种深深的焦虑，一种发自内心出于生命体验的焦虑。春树的两部长篇最为典型，《北京娃娃》《长达半天的欢乐》显然带有自传性质，对于这一点，春树在接受媒体采访时也坦然承认。作品女主人公在失学后的生活中，几乎时时处于一种焦虑的状态之中，生活漂游，精神彷徨，天天无所事事，青春日日虚度。

表面颓废，内心焦虑，是春树笔下北京少女与韩寒笔下的中学生形象的共同特点。《三重门》主人公林雨翔的日常行为远不如春树的北京少女"另类"，但其内心对现有教育制度压抑的抵抗却相当顽强。

20世纪90年代，中国文学处于彷徨的转型期，恰于此时，80后文学趁势而上，80后文学与80后生人同样面对的是中国社会的转型期，转型期的一大特点就是社会的方方面面，从生活到精神都处于剧

---

① 转引自《青春的第三种救赎》，文化先锋——www.whxf.net。

烈的变化之中，在这样的"失范年代"，每个人都处于激烈的震荡之中，惶惑、彷徨、无所适从。传统东西不灵了，新的规范尚无建立，精神无所依傍，行为也随之失范。加上市场竞争加大了80后生人求学的压力，作为小康社会中年轻学生最大的生存障碍，它同时也是父母/社会强加给年轻人生存预备期训练自己的唯一途径。巨大压力所导致的挫折感、压抑感也进一步加剧了年轻人的普遍焦虑，价值观的断裂与分数教育的高压构成了80后生人的双重痛苦。于是，文学这种被弗洛伊德称作"白日梦"的写作行为，也就成了焦虑心态的直接宣泄。

二是"自由"。一边是焦虑，一边是对自由的向往，尽管80后生人并不一定清楚自由的概念到底是什么，但他们借文学倾诉表达向往自由、渴望理解，寻求慰藉的强烈欲望。米兰·昆德拉说过："青春是一个可怕的东西：它是由穿着高筒靴和化妆服的孩子在上面踩踏的一个舞台，他们在舞台上做作地演着他们记熟的话，说着他们狂热地相信但又一知半解的话"。[①]"秀"与"说"构成"青春写作"与"青春阅读"的两大特点。这样一来，80后写手的撒娇与愤青也就不难理解了。压抑之下需要释放，焦虑之中需要倾诉，80后生人有幸找到了最适合的方式——互联网时代的新媒体和新渠道。

比如手机短信，比如博客语文，比如"MSN语文"。手机短信已随着手机的普及如水漫金山弥漫到全社会。人们可以迅速地、低成本地享用那些原本上不了台面的、与宏大叙事沾不上边的、不成体统、谐多庄少、对社会秩序道德礼制有所调侃揶揄，属于随意、即兴、民间、边缘，一句话，就是有点"出格"的言论。"博客语文"是只说私事，不言公事，是"公开的情书"，"大白于天下的私人日记"，"惊世骇俗的性爱写真"，"木子美事件"为博客网站做了一回面向大众的广告，其效应足令任何广告客户妒忌。"人在江湖飘，哪能不发骚"——一位网友的留言恰好道出了文青、愤青、城市白领的共同心声。难怪在学者的眼里，博客空间被视为"个人性情展销会"，"自恋集中营"，而"博客语文"则被称为一种自恋的、炫技的、少戴面具的、任性撒

---

① 黄集伟：《2004语文观察报告》，《南方周末》2004年12月30日。

娇的与率性直陈兼容杂糅的语文。"MSN语文"这是网上即时聊天的一种文体，在"相见恨晚"与"百感交集"的心绪中，尽情倾吐的急迫与"打字速度"之间的反差，居然衍生出一种时髦，即在"MSN语文"中，海量错别字不但没有成为一种交流障碍，反成网民们热衷的网络时尚，尽情地"错"，即兴地"错"，居然生出一种前所未有的快感，透过冰凉寂静的网络，你仿佛能感受一种火热，美女被写成"霉女"，帅哥被读出"衰锅"，驳杂的口音泛滥，汉语的规范被颠覆，圈子外的人如看天书："偶稀饭滴淫8系酱紫滴"——意为"我喜欢的人不是这样的"，还有"偶稀饭"（我喜欢），"粉稀饭"（很喜欢）之"口音"居然已成为"MSN"上的"语法"和"行规"。[①]

这真是一次网络语言的狂欢，80后生人在这一狂欢的背景下表达对自由的向往和追求。新的媒体不仅提供了80后生人的倾诉平台，而且迅速地成长为一个自由表达的空间，在中国这样一个古老传统的国度里，这一"自由空间"的出现是空前的，其意义之非凡很难用几句话论定。明乎于此，80后文学的另类表现——无论是情绪表达，还是文字风格的特点，都可以找出一些注解。

三是"崇尚品牌"。80后生人眼中的品牌主要是符合小布尔乔亚和城市白领、中产阶级趣味的各种现代产品，当然，也多数属于舶来品。南方日报报业集团主办的《城市画报》，一向以新潮小资著称，是城市青年白领的心仪刊物。《城市画报》将崇尚品牌的青年一族命名为"新贫贵族"，颇有意思。编者是这样描述的：与从前那些勒紧裤腰带买回名牌套装以应对职场需要的男女不同，"新贫贵族"的消费更多地是为了表达自己的专属品位，而不是凸显身份或是应对社会压力，更不想建立什么高人一等的贵族感，他们有意无意地抹杀了传统奢侈品的隆重感，转而青睐所谓的"STREET FASHION"，又或者，索性贯彻"HIGHSTREET FASHION"精神，即将传统的奢侈品牌街头化——这些昂贵的顶级奢侈品被"新贫贵族"们混搭得崇高感全无。一到周末，这些"新贫贵族"便脱下千篇一律的校服或刻板的套装，

---

① 参见江冰：《试论80后文学命名的意义》，《文艺评论》2004年第6期。

换上有强烈个人风格的街头服装，以各种姿态出现在北京、上海、广州这些中心城市的街头。对他们来说，奢侈品就是必需品，穿一条3000多元的指定品牌牛仔裤对他们而言，比吃一顿山珍海味，或者睡在高床软枕，更有意义。

"新贫贵族"的主体是一群生于80年代的年轻人，在崇尚品牌的他们看来，重要的是建立属于自我风格的"LOOK"，消费的不仅仅是T恤、牛仔裤、鞋、包、手机乃至越野车，而是这些品牌后面的文化。值得注意的是，"新贫贵族"对"圈子"的认同，因为他们需要在同一"圈子"里被认同，同样欣赏的新奢侈品，具备了情感亲和力，就像春树笔下诗人与摇滚乐手圈子里的男孩女孩也有着相同的情感基础。[①]

类似的与物质消费相联系的情感因素的社会现象在20世纪并不陌生，70年代欧美嬉皮士就用自己特定的趣味和模式对奢侈品进行"另类"的选择、过滤和诠释，用以表达自身的"LOOK"并以此实现对于主流的抵制。从青年文化的角度看，物品都是一个隐喻，年轻人以"另类"的形式表达自己。

联系到"新概念征文"获奖作者写作资源和文化背景的庞杂，不难看出80后写手逸出传统视野，对21世纪"世界视野"目力所及所有品牌，包括精神层面到物质层面的产品的"照单全收"。来自国外强势文化的文化与物质产品，给予他们一种超乎寻常的丰富想象，于是这种想象的产物也就顺乎逻辑地使80后文学具备了有利于中国传统的"另类"品格。

三、另类文学的轮回与前景

从2005年往前推20年，正好1985年，有三部作品可以视作青年"另类文学"，倘若与今天我们所检视的三部长篇小说摆在一起比较，让人不由地生出感叹：20年文学的一个轮回！试比较分析如下：

刘索拉：《你别无选择》VS春树：《长达半天的欢乐》；

---

① 参见杨凡：《新贫贵族》，《城市画报》2005年第7期。

徐星:《无主题变奏》VS春树:《长达半天的欢乐》。

刘索拉的《你别无选择》当年影响不小，近于轰动，批评界毁誉参半，美学家李泽厚说是他所读到的"中国第一部真正的现代派小说"。女作家描写的是中央音乐学院作曲系学生的生活，虽然貌似"另类"，但骨子里仍属于文化精英，学生们抵抗的只是守旧势力的代表"贾教授"；到了少女作家春树的《长达半天的欢乐》人群就大为不同，属于被主流社会边缘化的"中国朋克"一群。他们的对手就不仅仅是一个贾教授，而是整个主流社会的不认同，因此，春树的作品也有被主流媒体开始拒绝又后宽容的接受过程，春树笔下的主人公似乎没有回到主流的意思，而在刘索拉的作品里，结尾是庄重而光明的，表达另类青年重返主流的愿望。

徐星的《无主题变奏》一面世，即被1985年的文坛认作彻头彻尾的另类，主人公毫不忌讳"代沟"在人生中随处可见，他大胆地嘲弄现行的一切成才之路——因为那些是使他感到压抑的社会所规定的人生程序。他虽以"痞小子"姿态反主流，但他的思考路径似乎仍然属于知识精英。著名西方哲学家费尔巴哈的一句话让"我一直琢磨至今"，什么话？有一点深奥，"人没有对象就没有价值"，尽管徐星比刘索拉更"另类"，作品人物走得更远，对传统成功标准、青年人的"自我设计"更加不屑一顾，但他依然带有几分文化精英的贵族气，《无主题变奏》的开头与《你别无选择》的结尾异曲同工，依旧呼唤一种并非反传统的理想，因为当年的徐星"还持着一颗失去甘美的种子"，他的希望仍然是"待生命的来年开花飘香"。相比之下，韩寒以他个人的言行及作品则更为决绝地拒绝了现行的大学制度，《三重门》的主人公林雨翔几乎就是韩寒的代言人，他的生活中只有障碍和挫折，也似乎已经放弃了对主流的回归和认同的可能。韩寒最终成为一名赛车手，其职业选择也有很强的象征意味，从人生姿态上说，他与春树确是80后文学中另类的代表。

真是一个轮回呀！历史也确有惊人的相似处，但我宁愿相信似曾相识的河流下面毕竟有着不同的河床。80后生人的文学创作显然比刘索拉、徐星他们走得更远，21世纪提供的文化视野与人生经验毕竟比

20年前要宽广深刻一些。但是，这并不等于说，80后文学的"另类写作"达到了怎样的一个精神高度与艺术深度，相反，我认为，这一派代表青年叛逆精神的作品只是刚刚起步，"另类"的青年生活经验如何提升，还需要更加深刻的洞察力，同时也需要更加精湛的艺术手段使之成为属于中国80后生人的经典。"另类"是一个很好的跳板，但不等于成功，不过，时代的飞速发展，的确又为"另类"的生长提供了良好的空间，因此，我们有理由对80后文学"另类写作"怀有期待，因为，青年总是希望所在。

第二章　80后文学的时代背景

第一节　80后文学的文化背景

倘若我们承认文学不仅仅只是一门艺术，它同时也是一种社会现象、文化现象，甚至是一种生命现象的话，那么，就很难将2004年正式形成的"80后文学"简单地视作一群网络少年的写作行为，80后的命名其实包含了多种意义。作为中国进入21世纪社会发展阶段的特殊产物，80后文学成长期的文化背景值得探讨。我认为，以下三种文化构成当下80后文学的三大文化背景——

一、网络文化：自由表达的生长空间

在21世纪的第四个年头的秋天，探讨网络对中国当代文化的影响，我不由得将目光停留在海外著名华裔学者李欧梵发表于2000年的一篇名为《从知识分子和网络文化》的文章上，李欧梵在文中明确指出：

> 众所周知，二十一世纪是网络文化的时代，知识分子上网在所必然。然而，知识和网络的关系究竟如何？网络所带来的大量讯息如何选择？如何消化？知识分子自设网站，是否又将扮演一种启蒙的角色？然而这种经电子媒体中介而制造的"启蒙运动"，是否会使知识变质，或将知识立即转化为权力？网络是否会变成争夺文化霸权的空间？或是可以构成一种新的"公共领域"？这种"公共性"和民主的建构有何关系？它所提供的"共时性"是否可以促进多种意见和声音的表达？而"众声喧哗"的结果是导致自由讨论的空间扩大还是缩小？这一连串的问题，显

而易见，至今却不见有人深思反省，彻底探讨从印刷文化转向电子网络文化的问题。①

之所以不厌其烦地引述这段文字，意在表述如下想法：

1.李先生确有先见之明，但他的立场显然属于知识精英的立场。他担心中国知识分子在网站上"你争我夺"，掌握不好，反而失去这一"新的空间"，导致知识分子本身和其影响力的没落。然而，几年后的实际境况表明，知识精英们并没有全力投入这一"新空间"，反而是一群80年代以后出生的青年人成了网络的主角。

2.中国知识精英以20世纪初直到今天所形成的心理状态以及千百年中国文化传统所养育的表达习惯，使他们更多地将网络作为一个工具平台，而不是像"80后写手"那般，将网络作为完全归属于自我表达的文化空间。简言之，在文化精英那里，文本第一，网络第二，网络大多成为文本传播的平台；而在80后写手那里，网络就是文本，文本就是网络，他们的精神呼吸、欲望表达、思想观念如茂盛的野草，随时随地在网络的土壤里丛生，在他们的心中，网络与其说是一个传播的工具和平台，不如说是他们生命的一部分，他们的青春，他们的成长，正是在网络这个空间里得到滋润和孕育。网络作为技术的产物，已经成功地进入他们的生命，不是工具，不是方式，而是与自身融为一体的生命空间。

很难用几句话来估价和表述网络对于80后生人的深刻影响，也许"影响"这个词仍然意味着一种外在的进入，真实的情况或许更像"现实空间"与"虚拟空间"在网络中的融合。80后生人正在这一彼此融合的空间中成长。

这真是一个"如鱼得水"的年代，80后生人有幸享用着全新的网络时代，他们一无障碍地接受着网络文化的高科技性、高时效性、开放性、交互性以及虚拟性，而所有这些，在20世纪80年代（恰恰是80后出生的年代）新启蒙运动中成长的知识精英们那里，却是陌生

---

① 李欧梵：《知识分子与网络文化》，见 http://www.9238.net/stone/zhongjianfu.ntm。

的、隔膜的，小心翼翼对待的新事物，更遑论知识精英所持有的传统姿态与价值观——本身就与网络交互、平等的特性有所抵触。

因此，网络命定地成为了80后的家园，而非传统知识精英们的战场。从四年后的这一事实来看，李欧梵先生当时的忧虑虽然"精英"，但也不无道理，他所向往的"公共领域"的社会使命是不是正在交到新一代的青年手中？！从更深层次追问，80后的所作所为，是否对知识精英的既得利益所制造的文化霸权构成挑战？80后的原创力到底是什么？真是一代人自有一代人的历史宿命。

据中国互联网信息中心2004年1月15日报告，截至2003年12月31日，中国网民总数达到7950万人，较2003年7月（第12次互联网统计报告）半年间增加了1150万人，增长率为16.9%，与去年同期相比增长34.5%；上网计算机总数为3089万台，半年增长了517万台，增长率为20.1%，与上年同期相比增长48.3%。其中，CN下注册域名数量增长迅速，达到34万个，半年增长10万个；www站点总数接近60万个，半年内增长12万个；国际出口带宽达到27216M，报告分析认为，域名数量及www站点的增长进一步说明了中国互联网正在稳步地发展。[①]

专家预测，到2005年，中国互联网用户将达到2亿人，上网人口普及率将达到15%左右。网络用户的增长意味着网络的增长和网上信息资源的动态快速增长，中国真正的网络时代已经来临！

互联网发展的事实证明了专家的预测——

到了2009年6月30日，我国网民规模达3.38亿人，宽带网民达3.2亿人，手机上网用户达1.55亿人。中国青少年网民规模为1.75亿人，半年增幅5%，目前这一人群在总体网民中占比51.8%。而截至2013年6月底，我国网民规模达到5.91亿人，互联网普及率为44.1%。网民规模进入发展平台期，手机成新增网民第一来源。农村普及速度较快，半年时期新增网民中农村网民占到54.4%。手机一族在向各个年龄段和各个地域职业蔓延。我国手机网民已经达到4.64亿人。

---

① 引自CNNIC发布第13次互联网报告，2004年1月15日，见http://www.sina.com.cn。

如何面对新媒体，我们的讨论应当迅速地超越接受还是拒绝的态度层面，因为现实不容你迟疑和彷徨。网络就在面前，虚拟的世界正在对现实的世界全方位地进入，二者正在相融。我赞成这样一种态度，应当深入探讨新媒体真正的内在机制和运作逻辑，它们不一定要颠覆传统，却一定会变革传统，变革整个媒体世界。我们无法逃避，必须正视现实。按照传播学的表述，新旧传播媒介之间，并非革命、消灭、取而代之的关系，并非遵循优胜劣汰的法则，反而更符合互助互动、共进共演原理，它们相互叠加，同时又导致了新的"整合性的状态"。

从这一立场出发，观察与肯定网络文化对80后文学的影响，应当没有道德评价的负担，从文学创作的角度来看，网络对80后文学的推动至少有两个具体的表现——

一是"零进入门槛"；

二是"交互式共享"。

所谓"零进入门槛"①，指的是网上的个人出版方式，所谓"五零"条件：零编辑、零技术、零体制、零成本、零形式。任何人想进入文学领域，无须按照传统的程序，达到发表文学作品的目的，他只要想，网络就帮他搞定。按照评论家李敬泽的话说，就是"绕开文学的CEO"，传播学中的"守门人"不见了，文学传播开始了从大教堂式到集市模式的根本转变，在这一转变的过程中，受到网络学者方兴东等人竭力推崇的"博客"（blog）网站，催生出了"共享媒体"（WE MEDIA）和一种崭新的"交互式共享"②的讨论模式，为80后文学写手们带来了全新的文学体验和观念冲击。从一对多的传播，发展为多对多的传播，所有人真正地参与到文学创作之中，无障碍地沟通，快速地即刻阅读、反馈、创作，在一群人闪电般地进行着，个人的传播能力得到空前的强化和扩张。

于是，网络为80后文学提供了自由表达的生长空间。在传播障

---

① 参见方兴东等：《媒体荣的经济学与社会学》，《现代传播》2003年第6期。

② 参见方兴东等：《博客与传统媒体的竞争、共生、问题和对策》，《新闻与传播》2004年第7期。

碍消失，"守门人"隐退的同时，文体的边界，道德的规范，观念的限制也随之松动，80后文学因此获得较传统纸介文学更大的自由度。"非主流的声音"频频出现，"众声喧哗"迅速形成浪潮。在"个人的宣泄和表达"无约束的同时，文学中一些属于内核的东西也在被稀释、忽略乃至抛弃，文学作品在高速写作的同时，既出现了新质，也同时出现了"一次性消费"的"失重"。网络文化的正负面效应显然同时对萌芽于网络的80后文学产生影响。

更加值得深究的是由网络传播所引发的80后文学写手们艺术观念的变化，文学接受者阅读观念的变化，最终导致文学观念的变化。这些变化已经对传统主流文坛，以纸介媒体为正统的主流文学构成挑战，具体形态研究远非本文可以展开。但当下的种种现象，已经不容置疑地昭示了网络文化业已成为80后文学最为重要的文化背景。关于80后文学在网络上的崛起，我在80后文学系列论文之一①中已有论述，无论是上了美国《时代》周刊封面的春树，还是因六门功课亮红灯，拒绝上大学的韩寒，抑或是被称作"金童""玉女"的郭敬明、张悦然以及被誉为实力派的蒋峰等人，无不是在网上赢得网友热捧，"暴得大名"，获得各种桂冠，从而顺利地转向纸介媒体，逐步进入主流传媒和文坛。网络对他们来说，是摇篮，是温床，更是成功的平台和"跳板"。

二、青年文化："裂变"的价值观念

青年文化，一个很难说清的话题，因为它青春而冲动、飘忽而易变，另类而叛逆，丰富而庞杂。观察80后文学的青年文化背景，使我自然地回想起20年前刘索拉的《你别无选择》、徐星的《无主题变奏》、陈村的《少男少女，一共七个》以及由这批作品所带动的一种属于青年文化的创作倾向。属于这一倾向的代表作品还有陈建功的《鬈毛》、刘西鸿的《你不可改变我》、刘毅然的《摇滚青年》。

我曾经把这一创作倾向命名为"骚动与选择的一代"，将其特征

---

① 参见江冰：《试论80后文学命名的意义》，《文艺评论》2004年第6期。

归纳为反文化、反价值、反崇高和反英雄，在当时的批评界，这批作家的这批作品，受到完全相反的评价，可谓毁誉参半，褒贬不一。20年后的今天来看，这个并没有持续发展蔚为大观的"短命"的文学创作倾向，其实更具有社会文化的意义，与其说它是"先锋小说"，不如说它是青年文化在文学上的一次冲动。

刘索拉、徐星的创作冲动之所以短暂，有两个原因，一是它可以归属于80年代文学界涌动的思想解放运动，或称新启蒙运动的一个支流，大潮滚滚，汇流成河，足以覆盖支流；二是尚缺乏属于青年独立性的思想和文化基础，在大文化的背景下，亚文化的群落尚未形成，所以除了青春期反叛的经验外，写作的独特文化资源不够，无力供给支流源源不断的原创力，使其可能有成为20世纪80年代的一个思潮或是一个流派。由此也可看出，文学思潮与流派产生的根本原因，不是缺少文学才子，也非特殊经验，说到底，是有没有强大而独立的文化资源作为原动力。

与20年前的刘索拉、徐星相比，80后文学显然拥有比较深厚的青年文化基础。或者说，刘徐一辈尚未从父辈和前辈的文化精神中分离出来，而80后生人则与父辈和前辈截然不同，价值观念的真正而全面的"裂变"始于70年代生人，但迅速地在80后生人手中实现，80后生人以一种满不在乎，睥睨一切的姿态，迅速地告诉70后生人：你们老了！我们才是今天的主角！

在这个急剧变化的年代，代际差异凸显，一条条代沟无情地将50年代生人、60年代生人、70年代生人、80年代生人隔离在彼此的河岸。"十年一代"，正是中国当下社会的现实，而80后生人的青年文化正是以精神层面上的某种"断裂"以及价值观的全面"裂变"为标志的。在80后生人的青年文化中，全球化、现代化、后现代、网络化、消费化、大众化、共同构成一种真正的"无主题变奏"，而在他们日常生活中亲密接触的网络、武侠、动漫、手机、随身听、咖啡厅、party、摇滚乐、前卫电影、网恋、足球、明星、文身、名牌、任天堂、俄罗斯方块、圣斗士以及VCD、DVD、MP3、掌中宝、数码相机……那些只有他们自己听得懂的网络语言，那些令他们自我欣赏、自我陶醉的手机短信和图片传送……80后的精神状况也许可以从下面的歌词中体会一二：

> 我要出发　此刻出发　去西伯利亚
> 我的梦想　所有希望　消失在悬崖
> 每一天　每一天　有新的发现
> 每一天　每一天　瞬间的改变
> 我永远了　我永远了
> ——便利商店乐队

真是一个飘忽的年代，一个瞬间万变的年代，一个无法把握自己、没有目标、没有激情的年代！每一代有每一代人的生活方式和表达方式。1994年的校园民谣，代表大学生宣布了精神上的独立，1999年的花儿乐队宣布了80后一代在物质社会里的精神寄托，花儿乐队的主唱这样说："我出生于80年代，一个连我自己也说不清是好是坏的时代，从小到大我都是在一片赞扬声中成长，是典型的蜜罐中的一代，没有经受什么挫折，这种平庸的感觉使我感到乏味、无聊，空虚地过着每一天样板式的生活……"[①]

这位乐手坦率的表白也只是一种表述，倘若以此进行道德评价以致"倚老卖老"，居高临下不屑式的指责，很难穿越隔阂，跨过代沟，进入80后的精神层面和文化内核，反而会陷入鲁迅当年笔下"九斤老太"一代不如一代的历史叹息之中，这样的叹息颇似无力空洞的老调重弹。也许，用贴近和理解的姿态通过某些描述，可以帮助我们回到80后文学。选择"好孩子"类型来展开探讨，对"新概念"征文大赛的作品的一次文本分析，可能会有所发现——

上海《萌芽》杂志2004年第3期，公布"中华杯"第六届全国新概念作文大赛一等奖名单，并且列出复赛赛题《我所不能抵达的世界》以及刘强、刘宇、刘宁三人的同题作文，另有两位一等奖获得者

---

① 朱小珍主编：《生于80年代》，汉语大辞典出版社2004年版，第31页。

的文章：章程的《飞翔》、李正臣的《凌波微步》。

五篇作品给我一个整体阅读印象：在作者的内心独白中透出强烈的诉说愿望，苦闷压抑下的激情释放如青春冲动，文字无一例外地才华横溢，介于抒情与说理之间，有西方文论的理性色彩，也有先锋小说的流风余韵。象征意味、虚拟空间、意识流动、迷茫中的内心挣扎，质疑中的一份自信，思索、探询、叩问。少年作家落笔成文、倚马可待的才气，在华丽辞藻中回旋自如，在古今中外的历史空间中游刃有余。

他们洞察历史，穿越空间，评点名人，平视权威，毫不胆怯，毫无敬畏，更无仰视之态。作者的价值观若隐若现，变幻莫测，有时坚固如磐，有时海滩沙器，难以把握。读书、心境、青春期的遭遇：苦闷、挫折、失恋多为抒情的起点。存在主义、结构主义、现代主义、后现代主义，马克思、尼采、黑格尔、卡夫卡、博尔赫斯、海德格尔、乔伊斯、萨特、达利、梵高乃至李白、沈从文、郭沫若、张爱玲、阿城、余秋雨、贾平凹、李泽厚、棉棉……都是他们探寻的对象。与其说他们是试图站在伟人的肩膀上，不如说他们是企图穿透伟人的心灵，用自己的方式去解说人类文明历程中里程碑式的人物，阐释加重构加解构。那些在他们眼中尚不入流的名人则遭到轻率的揶揄和嘲弄。

《在我们不能抵达的世界》同题作文中，刘强的结论："现实是我不能抵达的世界"。刘宇的结论是："精神家园，我的潜意识中的记忆，还在"。刘宁的答案在于："这个世界是一个繁复庞杂的大病房，在我未被感染之前，我终究不能抵达"。除了刘强的答案，对传统有所回归、重返现实以外，另两人的答案均是"没有找到答案"。

同题作文之二是阅读一段文字后自拟题目作文。章程拟题《飞翔》，写了一则童话，大意为我是一只名叫阿呆的小鸟，在大海中飞翔，以此表达"成长中的疼痛"，作文偏于循规蹈矩，想象力不够飞扬，精神境界提升不够，但文字流畅且美，有一定的文字功底。更具现代气息的是李正臣的《凌波微步》，金庸小说《天龙八部》中人物段誉所擅长的武功与精卫填海、明星乔丹、NBA竞技、中国围棋、儒家思想、姚明出场"一勺烩",成一拼盘。文风如纵横捭阖的杂文,批判之剑横削竖挑,笔笔诛伐锋芒毕露,用意颇深,耐人寻味,于种种生活现象中生发出别致的道理,令人击掌!

倘若将上述五篇作品视作80后文学的一个标本的话,不难看出作者写作的几个特点:属于对自己的青春书写;敢于质疑并评点一切的自信和狂放;写作资源的丰富和庞杂;无视文体规范和边界的洒脱。当然,我们也可以用一组相反的词语进行概括:肤浅浮泛的青春书写;怀疑一切的相对主义;知识的拼盘与背景的庞杂;对传统文体的肆意颠覆,等等。

无论从正面还是反面去看待80后的文化背景,有两个结论应当明确:

其一,80后文学尽管不仅仅是一个年龄的概念,但20世纪80年代出生的一批青年已经初步具有了属于他们自己色彩的青年文化,这种文化由于同50、60、70年代生人明显的"代沟"而凸显,还必须承认,所谓"裂变",是因为在全球化的网络时代,整个"语境"发生了根本的变化,不是80后精神层面出现断层,而是整个社会的价值观念出现了裂变。80后青年文化因此也拥有了较20年前"骚动与选择的一代"更为普遍和深厚的社会文化基础。

其二,80后生人,也就是80后文学的文化背景,是一种丰富而庞杂的文化,是一种在全球化语境下具有中国特色的动态发展的青年文化。莫言在对80后作家张悦然的评价中,有十分精辟的观点:"他们这一代,最大的痛苦似乎是迷惘"。"这代青少年所接触的所有有关的文化形式,基本被她照单全收,成为她的庞杂的资源,然后在这共享性的资源上,经过个性禀赋的熔炉,熔铸出闪烁着个性光彩的艺术特征"。①

以莫言的概念放大至整个80后文学,乃至整个80后生人的文化背景,可以看出,"迷惘"是他们前行探索的动力,"庞杂"和"共享性"的资源,则是青年文化色彩斑斓而又个性突出的原因所在。

---

① 莫言:《她的姿态,她的方式》,见张悦然:《樱桃之远》,春风文艺出版社2004年版。

三、大众消费文化：书写一种欲望

80后文学的第三个文化背景，与整个中国文学在 20 世纪 90 年代的"背景置换"有直接的因果关系。

发轫于 20 世纪 70 年代末 80 年代初的"新时期文学"在十年的历程之后，发生一个戏剧性的变化："文学黄金时代"的呼唤声犹在耳之时，文学便失去了轰动效应。作家们鼓起勇气准备背负十字架悲壮上路之时，"时代"与"民众"已呼啸而去，将自视甚高的作家遗忘在路边，"吾似狂飙落九天"之气势，倏忽转为古驿道边"寂寞开无主"的明日黄花。一切都因"中心话语"的替换："政治"———"经济"，市场经济物质时代的到来，宣布了文学背景的"置换"。启蒙／革命的精英文化背景，被置换为消费／利润的大众文化背景。80后文学正是在如此"背景置换"的历史过程中萌生、衍变、成长。

80后文学的创作动机出自于 80 后生人关于"青春的自我书写"，由于前文所述的价值观念"裂变"，原有社会所提供的"青春读书系列"供给线也戛然中断。依据惯性前行的青少年文学读物已无法对接80后"精神断层"后的阅读期待，于是当年被评论家讥讽新潮实验小说的"自己写、写自己、自己读"的"自我循环"境况在更大范围中成为现实，80后生人开始自己经营自己的精神家园。

80后书架文学书籍目录的变换就是明证。

从单纯明快继承父辈观念的《小朋友》《少年文艺》，到试图进入青少年精神世界的汪国真、席慕容的诗，琼瑶等海外言情小说，从郑渊洁的《童话大王》到秦文君的中学生系列以及铁凝、曹文轩等"主流作家"的少年小说……而对中国 2 亿 5 千万少年儿童，这个庞大群体的需求量来说，中国作家对这一"年龄段"的创作不但力量薄弱，而且供应量极少。传统"供应链"的终结可能发生在 1998 年 3 月——网络上出现了台湾大学生蔡智恒（网名：痞子蔡）的长篇小说《第一次的亲密接触》的连载。痞子蔡以平均两天一集的速度，从 1998 年 3 月 22 日到 5 月 29 日，费时两个月零 8 天在网络上完成长达 34 集的连载。海峡对岸，一位大学生个人的写作行为，为 80 后文学带来了巨大的启示，"第一次亲密接触"所具有的"轻舞飞扬"的风采，顿时折服了无数年轻的网民，迎合了他们青春的渴望，无数次的"亲密接触"由此发端。仿佛推开了一扇窗户，仿佛沟通了一条水渠，网络写作一发不可收拾。80后终于在中国网络中造就了一次关于"青春书写"的文学运动。

这种"自我书写"直接满足了80后的"阅读期待"——

春树：寻求"边缘化"的个人生活圈子的情感需求，以"另类"姿态张扬自我；

韩寒：表达现存教育制度压抑下个人精神自由的渴求，以叛逆行为抵抗社会；

郭敬明：明丽的"青春忧伤"与亲情渴望，强烈地表达一种青春期的情感诉求；

张悦然：青春的迷惘与成长的疼痛，在美丽而迷幻的境界中讲述伤感的故事。

所有上述表达都十分贴切地叩响了成千上万青少年的心扉，为"青春期阅读"提供了生理的快感、审美的愉悦以及成长的答案。笔者曾就80后文学在三百余名不同专业的80年代出生的大学生和一些中学生中做过问卷调查，有90%以上的学生阅读过80后文学作品，有80%以上的学生认为80后文学比其他作品更能安慰和愉悦他们，理由很简单：他们写的正是我们这一代人，一位17岁的女生（katrina）在问卷中这样写道："非常真实的情感，能够引起共鸣，让人怀念青春的一切幸福的故事。社会对青少年的定义过于陈旧，在现实中，我们的心智远比大人们想象的成熟许多，我们无法与他们沟通，同时渴望一种认同，于是在80后的作品中找到了我们所需要的东西，郭敬明就是一个典型"。

网络上追捧80后写手的庞大网友群，出版物上百万的发行量，连续数月居于榜首的畅销书，80后的文学创作很好地形成了自己独立而完善的循环系统，可用以下两组公式表述：

表述一：作家→作品→读者→作家

表述二：包装偶像→偶像作品→点击率与发行量→偶像走红

　　80后写手网上作品受到热捧，"青春的叙述"获得热烈的反响，满足青少年的"阅读期待"，文学消费成功实现，网站因此成为热门，反过来激赏作家，并以现代方式进行"偶像包装"，广告推广，进一步刺激生产和消费。作家于是提供更多的作品，新的循环迅速开始，雪球越滚越大，"马太效应"出现，网络升温的同时，媒介转换成功，使文学资源转换为更大的利润。在网络经营者和出版商眼里，80后的文学作品由于进入了"产品→销售→利润"的快车道，成为巨大的利润符号。80后生人的"青春消费"与市场在此达成了一种默契，多边互动，同惠共利，皆大欢喜。"谁是最大的赢家"？自然首先是以大众消费为支撑的市场，其次是利益的分配，"北京娃娃"春树在接受央视栏目《面对面》采访时，就直截了当地回答了网络出名后出书的动机："我需要钱！"80后写手们书写的"青春欲望"在某种意义上与"市场欲望"汇合，构成了21世纪中国社会的一道奇异景观。

　　这是一种十分自然的市场行为，也是一种大众消费文化的正常行为，它们显然属于"世俗的层面"，但从中国社会历史变迁的角度看，世俗层面的大众消费文化具有两面性：既具有消解一元意识形态与一元文化专制主义，推进政治与文化多元化、民主化进程的积极历史意义，也有将文化"欲望化"、平面化，快餐化，文化品位与审美格调降低的消极作用。这是一个比较复杂的理论问题，以这一尺度衡量80后文学，可能过于严重。明确结论还为时过早，也许正视市场化时代的大众"欲望"，正视"世俗精神"，正视"青春书写"与"青春期阅读期待"的合理性，我们才有可能不会将复杂问题简单化，将血肉丰满的现象作"冷冻式"的理性化处理，在"感性"和"理性"之间，甚至在"欲望"与"天使"之间去理解80后文学吧！

　　哦，青春啊，青春。同样的字样，不同的情怀，站在不同彼岸的歌者，能否同唱一首青春之歌呢？

第二节　80后文学与80后概念

　　确定"80后文学"的概念有一个很大的障碍，那就是媒体对80

后的使用。媒体一方面促使80后在负面转向正面、非主流转向主流过程中,从小心翼翼逐渐趋向放心大胆乃至随意滥用的地步,同时又将80后简化为一个年龄段出生的中国公民群体的指称。且不论当下媒体"抓眼球"本能的驱动,就是在使用代际差异概念上,它对我们文学研究中的80后概念也造成了很强的覆盖替代作用。为了便于文学研究的深入进行,本文拟将文学命名与媒体命名的界限有所划定,并试图在对研究对象初步的把握中,界定作为文学命名的"80后文学"与80后的概念。

一、一个不等同于年龄段的代际概念

依我的文学记忆,20多年前,代际差异的指称在当代文学研究中,就被广泛使用,比如作协代表大会上的"四世同堂""五世同堂"的说法,就是表述自"五四"以来不同年龄段作家共居一室切磋创作的文学盛景,其中又以"归来派诗人"和"知青一代"共同组成的"五七大军"所呈现代际差异或称特点最为明显,前者以"右派下放"身份为特征,后者以"插队知青"经历为标志,前者多出生于20世纪40年代,后者多出生于20世纪50年代。这两个年龄段的作家群无疑成为新时期文学的中坚力量,知青作家延续至今成为主流文坛的核心人物。顺着十年一辈的区分,下来就到了60后:余华、苏童、格非、孙甘露一辈,歌手刘欢也曾出歌碟为60后歌唱;再下来到了70后,扳着指头也可以数上几个作家,比如知名度较高的慕容雪村、安妮宝贝、还有卫慧、棉棉等"美女作家",但70后过场太匆匆,"蝴蝶的尖叫"毕竟显出单薄,作家群似乎也是"阴盛阳衰",尚未形成对文坛更集中更持久的冲击力量,尽管他们已打出"70年代人"的旗帜,但一个浪头似乎就过去了,而迅速覆盖他们的则是80后这个更大更醒目的文学浪头。

80后这个称呼最先出于何处,有待考证,但其所以迅速成为超出文学范畴进入社会视野的代际标志,却是与下述几个原因有关:

1. 现代大众媒体强有力的广泛传播,信息加速流动,流动中促成变化;

2. 文化转型期的作用，市场化、全球化时代的真正到来，中国人的意识正在发生根本性的变化；

3. 新媒体的广泛使用，比如网络对中国人日常生活的全面进入；

4. 文化消费与商业炒作的作用；

5. 80后这一代人自身的文化差异特征强烈程度远远超过70后、60后，并出现某种文化断裂迹象，表现在文学中也有观念方式全新的明显趋向。

恰恰因为此种"断裂"，80后代际差异凸显，带动了全社会对于50后60后70后的指称流行，其实这里也就蕴含了人们对于"代沟"的关注与认同。

然而，在我看来，文学研究领域的80后，仍然与社会广泛使用的80后有很大的不同，它是小于社会流行概念的，并非简单的指称1980—1989年出生的一代人，而是有如下的几个限定词：

1. 指出生并成长于大都市的青年人，即城市里的80后；

2. 一般指出生于中产阶层以上，相对富裕家庭的独生子女，即独生子女的80后；

3. 具有现代消费观念，融入时尚生活的青年人，体现出都市消费文化的精神，即现代消费的80后；

4. 乐于接受新媒体，在网络空间中自由穿行的青年人，因此1984年至1989年出生的80后，因为他们的青春期与1999年开始在中国大陆普及的互联网保持完全同步，即新媒体的80后。

第一点是80后的一条清晰界限，它似乎一下推开了出生于农村的广大青年，但我以为无论是作为"后现代文化"，还是"全球化"浪潮的产物，农村80后由于还处在温饱生存线上，他们即使已经进入城市，仍然在城乡徘徊的心态上与父辈没有太大的区别，更遑论某种文化承传上的"断裂"。因此"大都市"就是一个迅速缩小范围的圈定，为何是"大都市"呢？主要是考虑独生子女人群、富裕收入家庭、消费文化与新媒体空间唯有大都市才具备存在的前提。目前，世界通行的贫富悬殊已经不仅仅放在物质财富的衡量上，同时也将标准定在对信息占有的富有与匮乏上，在网络时代和数字化的世界里，我所说的大都市的、独生子女的80后显然是"信息富裕者"的一群人。这也是80后文学得以生存的特殊的"历史语境"。

二、一个青年亚文化的概念

青年文化的背景，我在论文《论80后文学的文化背景》中已有论述，三年后，笔者强调的是：80后生人的青年文化以精神层面的某种"断裂"以及价值观的全面"裂变"为标志的，而造成此种"断裂"的主要原因可以归结为社会提供了比较深厚的青年文化基础与强大且独立的文化资源的支持。① 作为与社会主流文化相对独立的青年亚文化，总是在不同的时代不同的地域空间展示其不同程度的叛逆性。尽管民族、国家、时空的不同，但其文化精神本质以及与主流文化既反抗又妥协、既疏离又融合的趋势却是相近的。

重读被誉为"垮掉的一代"文学之父杰克·凯鲁亚克的剧作《垮掉的一代》，仍然惊讶于作品的某种混乱的气氛，隔着半个世纪的岁月，隔着大洋彼岸的距离，我揣摩着凯鲁亚克的创作初衷。据说，作者使用"垮掉的一代"这一术语，源于对战后海明威的"迷惘的一代"的参考，但他的术语意义更积极，垮掉的一代是摆脱偏见束缚的"极乐"之人，因为垮掉的一代没有什么可以失去的，即使跌下来也无所谓一落千丈，他们追求的是一种自由，一种不受任何束缚的自由，犹如飞翔，穿越时空。然为何生存？没有答案，存在只在此刻当下。② 遥想1957年的美国，这位狂放不羁的剧作家所描述的一堆无意义的喧闹低俗的场景，传达出的也是一种青年亚文化的叛逆精神。文学确如美国批评家苏珊·桑塔格（1933—2004）所言，是情感的、感觉的、非理性的，用同为女性的国内批评家李美皆的话说：是反智的。因此，这些文本更接近特定时空下青年人真实的情感状态。我在研究80后的今天，也就有理由将其作为精神文本"参照物"来比较当下中国80后写手们的作品，比如春树的《长达半天的欢乐》，比如

① 参见江冰：《论80后文学的文化背景》，《文艺评论》2005年第1期。

② [美]杰克·凯鲁亚克：《垮掉的一代》，金绍禹译，上海译文出版社2007年版。

韩寒的《光荣日》，等等。在跨越时空的想象中，我又试图在崔健的"一无所有"到80后的"最大的痛苦似乎是迷惘"（莫言语），同海明威的"迷惘的一代"到杰克·凯鲁亚克"垮掉的一代"之间，找到一种对应关系，或者是一种相似的文化渊源和精神脉络。我相信，虽然时空不同，但一个社会发展到一定的阶段，其主流文化与亚文化的关系都完全可能有相似的呈现。杰克·凯鲁亚克已写入世界文学史，《垮掉的一代》也成经典作品，青年亚文化向主流文化的回流，其实也是主流文化保持生命力的一个资源所在。由此也可反证今天中国内地的80后不但有存在的理由，而且也有研究的意义。

近读日本青年作家青山七惠的长篇小说《一个人的好天气》，此书被誉为日本80后的杰作，代表日本"飞特族"（Freeters）青春自白，也是2007年芥川奖夺冠作品，日本最受瞩目畅销小说。浏览全书，似乎并无惊喜，作品虽然细腻地描写了中学毕业的少女知寿出外打工春夏秋冬四季的生活，其中却没有中国80后"青春写作"的那份倾诉的冲动，青春期的喜悦与忧伤，平淡无奇波澜不惊的日常生活，缺少人生目标的闲散，是不是也构成日本青年亚文化的某种精神特征呢？我没有看到更多的材料，只能想象那个较我们更加经济发达的日本国的青年人生迷惘的心态。值得称道的是《一个人的好天气》中对舅婆吟子和我的单身母亲的形象塑造，从三代日本女人的生活态度中似乎又可以寻找出一种精神脉络，二十多岁的日本少女作家青山七惠毫无疑问也是凭着艺术直觉，传达出某种青年文化的信息。生活态度，人生追求、生命价值，这些理性的词语其实都是试图在接近青年亚文化的真相，沿着"反智"的路径，也许扯远了，上述两部相隔五十年的作品的阅读，意在找到一种精神上的呼应，历史上的相似。回到结论，还是为了佐证"80后文学"是一个青年亚文化概念，而不仅仅是年龄段的概念，归纳结论有四：

1. 80后文学拥有了完全不同于前辈的文化背景与文化资源，这是他们的优势也是幸运；

2. 具有不同时空青年亚文化所共同的文化精神特征，即叛逆性；

3. 80后文学的文化精神与前辈文化和世界文化，不同国度时代的文化具有精神延续的脉络可寻；

4.青年亚文化殊途同归，最终将支持、改造、回归社会主流文化，就文学而言，80后的"青春写作"入史无疑，代表作品也有望成为时代经典。

三、属于新媒体时代网络文化的概念

我在"新媒体、新人类、新文学"论坛上表达过"新媒体对于造就新人类至关重要"的观点，同时即有不同意见，我在试图摒弃绝对化倾向之后依然坚持己见，认定没有新媒体就没有80后，没有网络就没有80后。[①]进一步的思考的结论是，关键还不在于基于网络平台的新媒体技术成为80后成长的必备空间，而在于新媒体时代网络文化空间所提供的特殊氛围，与80后的青年亚文化精神有一种相互呼应同生共长的对应关系，两者关系亲密乃至血肉一体。如果将80后文学的发展简史与中国大陆网络的发展历程平行比较，我们即可以看到两者双向互动的关系中，有着十分明显的联系，新媒体的诸多特征：移动化、分享化、精确化、社区化、单元化、即时化，几乎全部都平移到80后文学的形态中去，特征彰显，真是貌合神通，形神兼备！

这是一种什么样的精神相通呢？

首先，网络空间保证了80后行使他们的文化权力。我第一次读到福柯时，就惊讶于他洞察事物的非凡能力，他能够在人们习以为常的生活中发现不寻常的关系，并于此进行颠覆性与革命性的全新阐释。比如福柯认为："在我们这样的社会中，基本上也是在任何社会中，有许多种权力关系渗透到社会机体中，确定其性质，并构成这一社会机制；如果没有某种话语的生产、积累、流通和功能的发挥，那么这些权力关系自身就不能建立、巩固并得以贯彻。如果没有一定特定的真理话语的体系借助并基于这种联系进行运作，就不可能有权力的行使。我们受制于通过权力而进行的真理生产，而只有通过对真理

---

① 江冰：《新媒体时代的80后文学》，《小说评论》2008年第2期。

的生产，我们才能行使权力。"①由此可以推论：80后将网络作为"话语生产"的空间，并以此功能的发挥建立他们的文化权力。倘若这个推论成立的话，我们也可姑且列出以下等式：

80后写手 = 话语生产者

80后文学 = "特定的真理话语体系"

80后代表作家 = 文化英雄

80后网民读者 = 文化拥戴者

总之，无论是80后话语的生产者还是消费者，他们一道完成了一场网络英雄引导网民，网民拥戴网络英雄的文化狂欢，他们相互造就共同行使文化权力，并在极度地自我张扬中促成特殊的文学气氛与文化精神。

其次，网络空间形成80后的集结地与大本营。80后一代借助网络等新媒体空间形成自有的文化地盘，并集结队伍，形成力量，以此抗衡父母及教育界所代表的成人世界。虽然这样一种反抗时常以消极逃避、非激烈冲突的方式存在着。十分有趣的一个现象在于，80后虽然身居都市富裕人群，属于教育和财富的享用群体，但他们却不喜欢高雅文化。社会学家在讨论文化偏好的取向通常是，教育与财富高雅文化偏好联系在一起。80后显然背道而驰，表现出解构高雅与反抗精英的强烈倾向。②在80后文学中，无论是春树《长达半天的欢乐》中对身体的放纵，还是韩寒《三重门》中对现行教育体制的嘲讽，抑或郭敬明《悲伤逆流成河》对父母和学校的决绝抗争，其实都代表着一种明显的后现代文化倾向，解构正统，嘲讽精英，扁平化、碎片化等既构成一种特定"文化语境"，又透露出某种反文化的非主流倾向。

最后，也是最为重要的即是80后文化追求与网络精神沟通吻合。网络的精神是什么？是自由共享！"博客"之所以在中国大行其道，除了对中国意识形态及民族心理等进行反拨的原因之外，其意味着"自媒体"（we media），也可称作"个人媒体"的出现。博客的使命是

---

① ［法］福柯：《两个讲座》，转引自［美］马克·波斯特：《信息方式》，商务印书馆2001年版，第120页。

② 参见郭景萍：《80后消费文化特征：世俗浪漫主义》，《青年研究》2008年第2期。

"把属于互联网的还给互联网"。80后一代人追求什么？很多，但"自由"是具有最大概括力的一个词。自由是网络的精神实质，也是网络文学之魂。网络的无限空间迅速且极度地拓展了80后心灵自由驰骋的空间，尽管他们试图将这种自由延伸到现实空间却屡遭阻击，但文学艺术本身其实就有弗洛伊德所言的"白日梦"的性质，在梦幻空间中追求现实人生的自由，表达此种渴望，倾诉些种压抑，对80后而言，网络与文学真是再好不过的地方。

回到网络，80后真是有福了！他们在网络构成的无数个"网眼"中各自为战，自成中心，同时又在80后文学中建构一个自由的空间，并成就了属于新媒体时代的一个文化符号，一个文化概念。

四、属于"新世纪文学"的概念

80后文学是新世纪"历史语境"下最为重要的文学现象之一，全球化、市场经济一体化，高科技化、数字化、都市化等均为此历史阶段的一些关键词。80后文学从诞生之日起，即与上述关键词关系密切，其本身呈现出新变的多种形态，充分体现了"新世纪文学"不同于20世纪80年代以来"新时期文学"的各种特征。

我一直关注《文艺争鸣》杂志近年来关于"新世纪文学"的讨论，看到不同学者在阐释不同时期文学时所做出的不同方向的努力。作为发起人之一的张未民先生的研究尤见功力，其"新现代性"的提法值得重视。在张未民的阐释中，"新现代性"在与"新时期文学"疏离的同时，表现出新的时代特征，比如，对生命欲望合理性价值的肯定，物质的日常生活的重要性的提升，现代媒介网络生活的出现，文学多样化局面的构成，主流与边缘的界限模糊等等。[①] 倘若，参照英国学者鲍曼所区分的两种现代性："沉重的现代性"与"轻灵的现代性"[②]所体现的不同特征，认真回顾现代文化到后现代文化的过渡与变化，我们就不难看到80后文学、80后概念与"新时期文学"的某些不同特征，并有可能在这种特征的理论描述中，凸显"新世纪文学"

---

① 参见张未民：《中国"新现代性"与新世纪文学的兴起》，《文艺争鸣》2008年第2期。

② [英]鲍曼：《流动的现代性》，欧阳景松译，上海三联书店2002年版，第134页。

的特征，这恐怕既是我们研究 80 后文学与 80 后概念的一个时代与理论的背景，也是探寻某种文化秘密的动力所在。

第三节 80后文学的三大标杆

一、标杆一：青春资源的成功转换

20 世纪给中国作家留下太多的艰苦和伤痛，就像著名翻译家冯至老先生在逝世前接受记者采访时，对自己一生的总结就一个字：难！

一个世纪的风云变幻，跌宕起伏，中国作家经受了多少次精神的炼狱和肉体的折磨："五四"告别传统，抗战民族危难，延安整风运动，新中国成立，1957 年反右，1958 年"大跃进"，1964 年"阶级斗争论"，"文革"十年浩劫，天安门诗歌运动，80 年代思想解放运动，90 年代市场化浪潮，21 世纪边缘化加剧……但是，中国的作家依然在顽强地书写回忆，尽管也有反映当下的作品，但属于少数。作家们试图告诉读者，我们和我们的民族、国家是怎样从昨天走过来的，著名的伤痕文学已经过去了 20 多年，中国社会乃至世界都发生了巨大的变化，但作家，尤其是小说家——天生具有怀旧气质的小说家们，依然在抚摸伤痕，咀嚼从前的岁月，确如精神分析大师弗洛伊德观点所表述的那样：少年时代的记忆往往影响一个人的一生。

可以说，凡是用心写作的作家，尤其是依赖个人经验的小说家，其作品很大程度上都晃动着青少年时代生活的影子，对于小说家来说，愈是年幼的生命经验，愈像一张白纸最早涂上去的色彩，最为清晰，最为动人，也往往是最深刻的记忆所在。因此，青春资源是一个以写作为职业的小说家一生写作的重要资源。

曹雪芹原作《红楼梦》的主要内容是大观园的贵族少男少女，这正是来自于他本人出身官宦世家的亲身经历。鲁迅的小说中也无处不晃动着绍兴水乡少年鲁迅的影子。当代的作家中，凡有较大成就者，其作品都在相当大的程度上带有"自传体"的性质，从"右派作家"至"知青作家"，"60 年代作家"从王蒙、丛维熙、刘绍棠、张贤亮到韩少功、王安忆、铁凝，再到莫言、余华、格非、苏童，几乎少有例外。

历届获得诺贝尔文学奖的小说家，也屡屡提及少年时代对自己写作的决定性影响，远的不说，就说2003年、2004年两届得主：南非作家J.M.库切，如果没有处于白人与黑人、西方与非洲之间少年生活的经历，他很难对南非社会形态的现状，在其名作《耻》中以文学的特殊方式提出令世界警醒的文明冲突问题；2004年诺贝尔文学奖得主是奥地利女作家埃尔夫丽德·耶利内克，她的代表作《钢琴教师》更是具有自传的背景。耶利内克出身于小市民家庭，自幼受到怀望子成龙梦想，集暴君和刽子手一身的母亲的严格管束，又与精神失常的父亲多年相伴，一度自己也出现过精神心理疾病，以致休学一年。《钢琴教师》里变态的母女关系，显然带有强烈的自身体验。

相似的例子，不胜枚举。目光回到80后作家，青春资源更是他们写作的重要乃至唯一的资源，假设删去青春资源一项，就很难想象80后文学靠什么作为作家的经验支撑了！青春资源既是80后作家的强项、特点，也是他们的弱项和软肋。从正面说，80后生人的青春期经历与心理经验确与前辈有某种断裂性的区别，这是80后存在的理由，也是80后迅速自成格局的主要原因。从负面说，当青春资源成为80后作家写作的唯一资源时，他们的视野也可能因此被限制。更值得注意的是，当80后生人在网络上一再宣布他们的文学只能是他们自己圈子里的事情时，一种夸大自恋、自我局限、闭关自守的状态就有可能于有形或无形中形成。事实亦是如此，诞生并勃兴于网络的80后文学，已然通过网络这一既虚拟又现实的"小世界"形成他们自己的平台和"王国"。还有"偶像化写作"，也是80后作家青春写作必须面对的现象。

这是好事，还是坏事呢？恐怕很难用非此即彼的方式评价，因为80后已经不单纯是一个文学现象，其作为文化现象的内容要复杂得多，何况作为现代社会，亚文化群落的存在也是不争的事实。我想要表达的仅仅在于：80后作家能否实现青春资源的成功转换，将是决定80后文学能否真正留在文学史上——以其作品成就，而不仅仅是一种文学现象——的前提所在。

如何转换？前述中外作家的探求即为有力的例证，关键在于能否通过自身的创作，通过自身的青春经验打开一条通道，与社会、群体、民族乃至人类记忆与经验的沟通，当然，这里所说的沟通是建立在作家个体思考体悟的基础上，而非取娱大众或是"小圈子"的"大路货"产品。本雅明所言：小说只诞生于孤独的个人。即为此言。唯有实现此种沟通，80后的作品才可能在提升中走出"青春困境"的小格局，拥有21世纪文学的大境界。

二、标杆二：都市生活的深刻体验

对都市生活的体验是不是80后作家的强项呢？

我想，应当是。因为80后作家绝大部分成长于都市，这里所说的"都市"有两层意思①：不是中小城市而是具有城市中心地位的"大都市"②；是可以与国际接轨的现代城市。

80后生人的成长过程，正是中国大陆城市迅速成长的过程，两者的轨迹恰好吻合，人与城市共同经历了"青春发育期"。感同身受的80后，具有其他时代作家完全不同的生活经验，他们身在其中，恰如游动在城市中的一条自由的鱼，这条鱼不是外来的，而是生在城市，活在现代城市钢筋水泥的丛林之中。

从世界范围看，20世纪是城市的时代，是城市主导人类生活的时代。随着政治、经济、科技和文化的发展，世界城市化的步伐越来越快，比较而言，中国城市化的步伐自20世纪80年代中后期才开始加快节奏，如今，一发不可收拾，不但大都市出现，而且像珠三角、长三角这样的城市群也在崛起。城市文化、城市问题、城市经验已经写入中国人的议事日程。

中国当代文学的发展形态也印证了从乡村走向城市的历史过程。

20世纪80年代以前，中国大陆真正书写城市经验的作品十分罕

---

① 参见江冰：《论80后文学的"偶像化"写作》，《文艺评论》2005年第2期。

② 参见郭素平：《血总是热的——雪漠、江冰访谈》，2011年2月24日，见 http://www.xuemo.cn/show.asp?id=212。

见，有专家认为唯一的一部就是周而复的《上海的早晨》。当然，40年代以前，像张爱玲等人还是有一些城市体验的作品。但50、60年代可以说是农村题材和战争题材的天下，因为作家缺少这方面的经验，"都市里的乡村"普遍存在，用乡村的视角书写城市，是几代作家——且不说从城市重返乡村体验生活的柳青等老一辈作家——就是到了写出《手机》的刘震云那里，仍然是乡村情怀揽城市风云，最终的精神归宿还在乡村。城市在他们的精神体系中仍然像雷达网中飘浮不定的UFO，难以呈现清晰，难以把握。"走向城市"的道路似乎比现实生活中农民工走向城市还要艰难。

曾经受读者广泛好评的陕西已故作家路遥的长篇小说《人生》，在拍摄成同名影片后，其情节颇具典型性。以乡村青年高加林试图走向城市而最终失败的结局，垫出一条乡村—城市—乡村的回归路线图，并以巧珍的形象表现了城市诱惑下一种永远的失落。几年之后，处于改革开放前沿的广东创作拍摄的电视连续剧《外来妹》，几乎与《人生》一样指导了农村青年走向城市的人生历程。耐人寻味的是，在特区挣足了钱的打工妹重新回到故乡去寻找爱情的归宿时，却发现她已经无法离开城市了，深一层看，这位返回乡村结婚的打工妹并非留恋城市的繁华和钱财，而是选择了属于城市文化的人生观，于是新的人生选择路线图又出现了：乡村→城市→乡村→城市。

这是不是在中国大地上一种观念的进步呢？也许，不甘于做一辈子乡下人的高加林，在今天，也会像《外来妹》中的打工妹那样，再次走向城市吧！

可惜，上述的观念进步在当代文学创作的进程中始终未能成为主流，尽管我们也出现了武汉的方方、池莉，上海的王安忆、程乃珊，北京的陈染、邱华栋，广州的张欣、张梅等一批城市题材的小说家，但真正属于现代城市文化的中国城市文化仍然在艰难的成长之中，更遑论中国大陆城市文学较世界发达国家，比如美国、英国、法国要晚了几个世纪。

然而，这种艰难到了80后作家手中，似乎一下子被化解成月亮边上的缕缕轻云，原有的文化冲突、观念碰撞忽然消失。因为80后生人没有前辈的乡村记忆和观念参照，他们是改革开放春风里播的种子，逐步发育成熟的现代城市文化空间是他们呼吸的唯一天地，全球化时代迅猛发展的历史浪潮，构筑了代沟，形成了某种记忆"断裂"。在春树的《北京娃娃》《长达半天的欢乐》中，缠绕中国几代作家的乡村记忆荡然无存，浏览80后作家长长的名单，除李傻傻之外，几乎全部成长在都市：韩寒、春树、郭敬明、张悦然、周嘉宁、苏德、张佳伟、胡坚、小饭、蒋峰……

80后生人显然拥有对现代城市完全进入的天然优势，因此，能否将对现代城市生活的个人经验转换为一种更具典型性、普遍性和深刻性的文学体验，既成为80后作家的机会，也成为他们是否能取得更大创作成就必须跨越的标杆之一。

三、标杆三：网络空间的精神超越

在80后作家的创作生命中，网络远远地超出了传播工具和平台的意义，业已成为他们生命的一部分，他们的青春与成长，正是在网络的空间里得到滋润和孕育。80后作为一个"亚文化群落"，网络是群落的栖息地；而作为一个文学创作和阅读群体，网络同样是他们的"社会沙龙"，一言以蔽之，网络是80后的生命空间，或者再说极端一点，没有网络就没有80后。

确立了这一前提，我们就可以稍稍回过头来看看网络空间的文化特征。这是一个十分复杂的问题，无论你多么谨慎地指出网络文化的高科技性、高时效性、开放性、交互性以及虚拟性等多个方面的特征，其实都很难对其进行一个简单而肯定的价值判断。我们虽然可能在一种宽容从容的心态下，卸去对网络文化进行道德伦理评价的心理负担，但网络对人类方式，包括人类精神活动之一——文学的深层影响，仍然使我们有一种判断认识前的彷徨和犹豫。网络无疑也是一把双刃剑，它对传统的冲击、变革乃至颠覆是无法回避的话题，它对传统的消解、解构也是颇具杀伤力的。

因此，作为期望取得更大创作成就并加入文坛主流的80后作家们，显然需要谨慎地对待网络对文学的正负双面的影响，在张扬自由共享的网络精神的同时，传统的文学精神是不是也在被消解和解构呢？比如：

——文学中的游戏心态，导致核心价值的消解与玩世不恭的游戏人生，从而放弃文学对于苦难、怜悯、爱心、善良、坚强、坚守、坚持等人生状态的关注；

——文学中的自恋心态，导致以个人为中心的自我膨胀，博客等小圈子可能形成的自我封闭，使得社会视野随之狭窄；

——万花筒式令人眼花缭乱的状态，导致文学体式的变幻不定，即时快捷的发挥替代处心积虑的精致刻画，图像型、马赛克式，非连续性的艺术思维，替代通过文学的再想象，重构现实人生图景，作家内心独白式的艺术追求；

宣泄式、口语化的语言表达消解了作为语言艺术细致入微、曲折委婉的无穷魅力；

互动式、零碎化的文学创作进行式，造成文学作品艺术"整体性"的解构，"碎片化"趋势进一步明显，口语简洁灵动效果所付出的结构松散、抒情泛滥的负面效应……

上述这些由80后文学所表现的网络特征均构成对于文学传统的挑战和冲击，说白一点，80后文学作为青春化写作，在获得同代人认可和市场回报的同时，也有可能使自己"下落"为一种消费性的类型写作。关于这一点牵涉传统文学性对精神追求的问题。比如，有一种观点认为——

在传统的青春文学描述中，我们判断其写作水平往往是以这一青春写作向成人世界靠拢的程度，是否能揭示世界的本原、深度、厚度和本质成为判断标准。其实青春写作的评判标准不一定非得是深刻和本质，相反应该以其"捍卫青春权利"的程度来判断，不放弃鲜活的"青春感受"，才是最好的青春文学。这就是80后的青春，属于他们自己的青春，无论成人社会主流文坛如何诟病，80后以及他们的青春文学如何幼稚、如何偏差、如何远离经典，但不可否认的是：他们就是他们，80后就是80后。

但是，文学作为人类精神活动的产物，一向如日月大地一般地伴随着人类的成长，假若从人类的文明史中剔除文学，人类的文明史即刻变得残缺不全，人类的精神也因此而残疾。文学并非强大无比，相反，文学时常是无力的、软弱的，文学不是改变世界的刀和剑，她是人类社会崇山峻岭中的一股清泉，一阵清风，一朵洁净的白云，成为人们一个向往的东西，一个召唤心灵原则和信仰的东西，一个对世俗功利进行某种精神超越的东西。表达这个意思的动机在于试图说服我的作家评论家同行：文学应该缩小自己的范围，回归一种平凡的角色，千万不要把文学说得太高尚太重大，甚至有一种拯救世界的悲壮感觉。同时，文学应当找到自己独特的方式，这种方式包括表现方式，包括对人类影响的方式等等。可以肯定地说，缺少精神，缺少信仰，缺少崇高心灵的作家肯定写不出好作品，即使一时红火，一时大卖，但一定走不远，红不久。道理很简单，这类作家的作品最终会因"含金量"低，无法长时间地吸引读者，无法经受历史的淘洗。况且，一个作家在当今媒体和消费社会中过于红火，并非好事。因为真正的大作品时常产生于孤独与寂寞的创作状态，好的小说一定是作家"孤独一心"的产物——毫无疑问，这里表述的又是传统文学观念。回到80后青春文学来说，我们是否可以找到一条"中间道路"，即在肯定其青春经验合理性的前提下，期望它具有更高的精神追求，具有更多的精神含量——也正是在此起点上，我们与80后作家试图沟通。

第三章 80 后文学："我时代"的青春记忆

第一节 当代文学的青春记忆

由于时代的动荡所导致"代沟"的凸显，每一个时代的人们在今天都表现出空前的自恋，这也许是中国文学在 21 世纪的一个特殊现象。大家都想为自己这一代人建一座纪念碑，几乎到了形成"集体自恋情结"的地步，老三届、新三届、知青一代、50 年代生人、60 年代生人、70 年代生人……不胜枚举。媒体更是推波助澜，不停地撩拨培育每一代人的"自恋情结"，而自恋又大多停留在青春时代的纯情记忆，也许，只有青春时代的记忆最能表达一代人的特殊情怀，最可彰显一代人之所以不同的"特殊性"，而这种"特殊性"常常又是这一代人维系精神的所在。多么有趣又有意味的文学现象！应该感谢 80 后，正是 80 后的横空出世，让 50 后 60 后 70 后都以"代际"的名义进了文学与社会的视野，真是"十年一代"啊！中国文学的"代际差异"空前凸显，涉及创作、传播、观念、实践等多个方面。面对文学空前自恋的当下时代，由青春记忆切入，相信会有不同角度的全新发现。回顾六十年的当代文学史，明显的"青春记忆"文学书写大致四次——

一、50 年代以王蒙为首的"青春万岁"的表达

50 年代中期以前，社会在历经近百年战乱后，休养生息，人思安定，执政党朝气蓬勃，共和国蒸蒸日上，一切向东看，苏联老大哥是

榜样，共产主义目标明确，青年人自觉融入时代洪流，青春万岁与祖国万岁互为一体，"少年布尔什维克"与红色党旗相映生辉。文学青年发自心底吟唱，亲爱的祖国、党、人民与时代、青春、革命均水乳交融，共同汇成时代颂歌，其情亦真，其调亦高！就连杨沫取材于从前往事的《青春之歌》也在多次的修改中，自觉地将青春记忆纳入颂歌时代的宏大叙事之中。此种青春记忆之投入之忠诚，也可从王蒙于八九十年代陆续出版的系列长篇小说中得以印证。

二、70—80年代以北岛、刘索拉为代表的青年文学

在现行的文学史中，没有将北岛与刘索拉联系起来谈，对我来说也有一个思考和发现的过程。我在二十年前参加编写中国当代文学史时，受北京学者张志忠对当代文学流派研究的启发，也想在流派上做些研究，张志忠当时在《中国社会科学》发表论文谈及流派的几种类型，我于是也试图对最新的新时期文学现象有所归纳：20世纪80年代中期，中国音乐学院学作曲系学生刘索拉，写了一篇小说《你别无选择》颇有影响，随后徐星发表了《无主题变奏》，上海作家陈村又写了《一个与七个》，相近创作倾向的还有陈建功的《卷毛》、刘西鸿的《你不能改变我》、刘毅然的《摇滚青年》。我当时认为一个文学流派的雏形出现了，并将其命名为"骚动与选择的一代"。这是80年代中期出现的一种青春写作，可以说是一个亚文化的现象。但是，这种青春写作现象两三年后就消失了。我在一本文学史里写过一章，试图记录这一短暂的文学现象，审稿时被出版社删除了，他们认为这个不值得成为我们的研究对象，不值得进入我们文学史研究的视野，因为它还不能构成一种现象。我当时还没有一种学术自信，确认此种流派业已成为雏形，并具有文学史意义。对我自信的动摇还答由于"骚动与选择一代"文学现象的转瞬即逝与昙花一现。[①]

2004年我进入80后文学研究之后，从前的记忆复苏了，近似的文学场景，相同的叛逆情怀，呼应的抵抗情绪，是我重新打量从前文

---

① 参见江冰：《"三分天下"文学格局的网络时代背景》，《文汇报》2009年11月15日。

学现象的动机所在。进一步的史料研究，又使我在北岛等开始于 20 世纪 70 年代的诗歌创作与刘索拉等 80 年代的小说创作中发现一条"青春写作"的历史线索，这条长达十年的线索呈现了当年一大批青年作家写作精神的来龙去脉，牵涉面极大，概言之，北岛的"今天诗派"是对日益走向非人性的意识形态的"我不相信"为号召的一种知识精英式的抵抗，北京作家居多，难免政治色彩，与 80 年代的思想解放运动合流，勇敢地发出年轻人自己的声音，也是当时的时代最强音！到了刘索拉等人的小说里，"我不相信"的时代呼唤转为小人物的苦闷与迷茫，开始具有青年亚文化的特征，精神面貌与文学格局陡然一变：由宏大而微观，由激动昂扬而伤感消沉，由愤世嫉俗而玩世不恭。但仔细辨识，其中脉络依然一以贯之，北岛是愤世的开始。索拉是嫉俗的结尾。他们共同的特点是以一种价值追求抵抗宏大叙事，其中的"个人"依然隶属于一个庞大的抵抗集体，个体的人生追求也依然有一个隶属于知识精英的某种理念。刘索拉的《你别无选择》有一个理想而高贵的曲式，徐星的《无主题变奏》以费尔巴哈的名言为宗旨，"人没有对象就没有价值"——何等精英的人生追求与文学想象啊！因此，一是融入集体的"个人"，一是介入国家意识形态的"抵抗"，成为第二次"青春记忆"的时代特征。

三、"60 年代生人"的青春记忆

以余华、苏童、格非、北村、海男、毕飞宇、艾伟、东西、陈染等为代表人物的 60 年代出生的作家群，在他们的一批文学作品——主要是小说——对少年时期的青春记忆，这种与"文化大革命"特殊历史时期相吻合的青春记忆大面积地在文学叙事中的出现，俨然构成了对于一个时代的集体记忆。虽然，同样的叙事也出现在前辈作家中，但与青春期的密切程度，却是这一代作家所独有的。历史正是以不同的"伤害方式"进入不同年龄段的中国公民，在历史记录相当不健全的今天，文学依然承担了历史记忆的重要功能。也许青春期的压抑更具有个人色彩，在可能释放的条件下，被压抑的部分也就成为最有激情的写作动力以及对这一代作家来说最有个人体验的写作资源。

余华就不忌讳地谈到少年记忆对他小说创作中"血腥"与"暴力"描写的影响："我从 26 岁到 29 岁的三年里，我的写作在血腥和暴力中难以自拔。……白天我在写作的世界里杀人，晚上我在梦的世界里被人追杀。"因为那就是一个充满了血腥与暴力的时代。毕飞宇虽然强调记忆常常会带有道德化和美学化倾向，但他依旧承认童年时代的记忆是他文学想象的起点，在童年场景中通过想象虚拟的世界可能比他当年生活的那个真实世界更真实。苏童的说法就更加直截了当，他在余华的小说里看到"一个躺在医院太平间水泥台上睡觉的小男孩形象"，在毕飞宇的作品中则看到"一个乡村男孩要突破藩篱看世界的野心"，至于自己，潜藏在自己作品后面的"是一个身体不好、总在一条街区上游荡并东张西望的少年"。[①]这一代作家的青春记忆的特征是一种"战栗的世界与狂欢的图景"，不断重复出现的童年视角，不断被激活的人生初始经验，几乎全部都与青春期相交的时代密切相关。[②]

第四次就是下节重点论述的由新世纪正式开始的"青春写作"。

第二节　80后文学开创"我时代"的青春记忆

一、从极端集体主义到极端个人主义——一切以个人为中心，进入"我时代"

毛泽东时代是"军民团结如一人，试看天下谁能敌"，个人消融于集体，小我服从大我，从 20 世纪 80 年代开始，思想解放运动发出个人声音，但依然属于一个集体；90 年代，市场经济，肯定消费、肯定身体享受，由个人感官打开个人禁锢，个人浮出水面；直到 2000 年以后，网络时代、全球化、地球村，80 后开始彻头彻尾地"个人化"，90 后则完全享受这一历史发展过程的结果，因此，90 后的"个人化"程度最高。在多种 80 后 90 后的大学生调查中明确显示：在利

---

① 《作家们的小时候》，《信息时报》2009 年 12 月 13 日。

② 参见洪治纲：《中国六十年代出生作家群研究》，江苏文艺出版社 2009 年版，第 30 页。

己又利人或利己不损人的前提下，先为自己利益着想的人数大多在50％左右。表现在80后文学和网络青春写作中，主人公"我"的地位空前突出，传统作品中的"集体"逐渐淡化以至消失。这一点，几乎颠覆了此前当代文学作品以集体利益为首位追求目标的人生状态。

二、从极端信仰到极端无信仰——价值茫然，信仰分散

红色时代，共产主义曾经是唯一的信仰，但中国社会历经几个历史时期，已经发生变化。也许，说"信仰真空""价值真空"是过头话，虚妄之言。但近日我们80后文学与文化研究中心一项调查表明，80后大学生对何谓信仰并不十分明确，往往将一般价值观与信仰画等号。我所主持的80后文学与文化研究中心，最近进行了一次完全由80后大学生设计实施的问卷调查：《广州地区高校学生信仰问题调查报告》。此次调查以随机抽取的方式调查了200名大三、大四的学生，在一个"你认为当今大学生的信仰状况"的问题中，有40.3%的人认为大学生出现了信仰危机，关于信仰主题具体数据见下表一。

表一 《信仰状况调查》

信仰类别	宗教	国家	文化	权利	金钱	共产主义	祖先	道德	都没有
学生	7.7%	29.%	26.5%	7.1%	9.7%	8.2%	9.7%	35.2%	12.2%

从表一可以看出，受调查的学生普遍认为自己有一定的信仰，但80后学生并不清楚信仰的概念。信仰是一种价值追求，有其不可逾越的底线，它同信念、价值观等的差别在于人们可以为自己的信仰付出任何代价，而受调查学生未能对此进行深入的考虑，将一般性的价值追求当成了信仰。①

无论上述信仰主题的设计是否符合学理，但有一点是明确的，即从表一可以看出，受调查学生虽然普遍认为自己有信仰，但在选择信

---

① 参见温远扬等：《广州地区高校学生信仰问题调查报告》，广东财经大学80后文学与文化研究中心，2009年11月。

仰时则出现较大的分歧，没有一项信仰的比例超过三分之一，信仰主题相当分散。一个民族或者社会的凝聚力源于人们对某一价值观念的普遍认同，若人们的价值选择太过分散，则难以有效面对共同的危机或者挑战。这也许是我们民族在21世纪遭遇的最有挑战性问题之一。

三、从现实空间到虚拟空间——网络成为"第二生存空间"

网络等新媒体提供的"虚拟空间"成长经验是80后90后"网络一代"与前辈最大的区别。与网络普及同步，网络成为"第二生存空间"。网络空间的"虚拟体验"，是网络一代区别于前辈的重要特征。一个可见的事实在于，80后一代的每一个人几乎都拥有现实与虚拟的两个身份，可以自由地出入现实与虚拟的两个生活空间，在现实与虚拟两个世界的不同"人格"往往反差极大却又和平共处，这在前辈人群那里却是十分困难的事情。生活影响之大难以尽言，但有一点明确无误，网络虚拟的出现将会对我们的生活乃至人类的文明产生近乎颠覆性的影响。这一点，对于80后90后来说，已经成为行动中的现实；而中年以上的人群对此却相当陌生。数字鸿沟在此直接转化为代沟。隔岸观火，握有话语权的中年人群常常大惑不解甚至大光其火。其实，这种"数字化代沟"不要轻易上升到意识形态的层面去对待，需要的是包容态度下的学习与理解。家长们极易将其简单地划入网络游戏，管理者也会视其为"网瘾"的源头，文化人又可能将它看作"去经典化"的后现代行为。我以为，对虚拟世界存在的合理性以及有益性的质疑，还要持续相当一段时间，这也并非异常现象，即便是文化保守主义的声音也可能形成一种互补与平衡。

四、从人格压抑到自我狂欢——中国历史上思想言论表达最自由的一代

网络空间"匿名性"与社会民主的逐步开放，使得80后成为中国历史上思想言论表达最自由的一代，90后则更加自我、大胆，民族性格悄然变化，真正成为"断裂的一代"。

网络狂欢体现了新人类对新媒体的天然亲密关系。众多80后能

迅速介入网络写作，形成一种文学现象，说明他们对网络有一种天然适应的媒介素养。虽然80后的作品还远谈不上深厚和纯熟，但不要小看这一群青少年，在以往的历史上，在纸介媒体中，从未有过如此之多的青少年投入文学写作，只有网络的出现，才让众多青少年有参与制作和发布信息的可能。作为传播者，80后比上辈人更熟悉新媒体的特性，更懂得如何在新媒体中生存和发展，使用键盘比使用笔更得心应手，他们是新媒体造福人类的最大受益者和见证者。就中国的社会现状来看，为何几代人同时面对网络，唯有80后进入最快？得风气之先？结论是，80后的青春期与中国互联网成长几乎同步，而作为尚未形成固定世界观的青少年最易接受新事物，也最易受到新事物的影响。80后有幸于21世纪初的生存空间中遭遇了互联网，网络的特性与80后价值观念的开放与多元相契相合，形成强有力的亲和性。真是如鱼得水的历史机遇！① 网络帮助这一代完成了从人格压抑到自我狂欢的转换，中国历史上思想言论表达最自由的一代也由此产生。

五、从身体成熟到心理成熟——形成身体与心理的错位

80后身体发育提前，感官欲望释放，但心理成熟滞后，形成身体与心理的错位。假如与80后进行一下"换位"，我们还会发现一个关于"身体"的观察角度，即人类的身体如何面对急速变化的自然环境与生活方式。从人类漫长的身体发育史来看，一旦生活环境发生变化，人的身体也会相应发生变化，以便适应与匹配新的环境。20世纪对人类来说是大飞跃的世纪，其中最为重要的一点就是科学技术的大发展，但负面的影响也很大，其中突出的一点就是人类的身体很难跟上环境的变化，30年前未来学家的预言几乎都成事实。事实在催促我们做出思考：当我们"改变"世界的同时，身体也在被改变；人类过于强势的发展不仅破坏了生态平衡，也给自己身体带来病患；人类在伤害地球的同时，也在伤害自身。值得追究的是这种"改变"有没有一个极限？专家在疾呼这个危险的极限——人类的身体已经不再适应

---

① 参见熊晓萍：《传播学视角下的80后文学》，《天津师范大学学报》2007年第3期。

今天的世界，人类的世界已经产生了极大的错位！关键是此种错位对于青春期的80后90后来说，伤害更大！在急剧变化的中国大陆，一个非常醒目的事实就是社会心理成熟与身体成熟之间的错位。①

六、从印刷文化到数字文化——从印刷文化到数字文化过渡的一代

网络时代的数字化生存就在眼前，80后成为"从印刷文化到数字文化过渡的一代"，90后则是"数字化的一代"。他们所面对的是从P时代（印刷时代）到E时代（互联网时代），是进入影像时代、图像时代，以平面印刷符号文字为媒介的传统文学正在受到挑战，新的文学标准与观念正在进入"文学重建时代"。同时，80后文学属于青春文化、青年亚文化，处于非主流文化与边缘另类文化之间，它是全球化、网络化、民主化、市场化背景下的文化，是成长中的文化。作为一种文化形态——80后文学继"先锋小说"与"七十年代人写作"之后，彻底完成了"去意识形态化"的文学过程，并以青春文学与网络写作两种形式蓬勃生长，形成与主流文坛的某种对峙与挑战的态势。可以说，旷日持久的当代文学的"意识形态写作"，在新的青春写作中被真正终结了。80后文学作品中的网络特征以及洋溢全篇的"青春风貌"，不难看出他们异于传统作品的写作立场。

七、代际差异理论视角下的青春记忆

从学术研究上说，青春记忆也可归属于"代际差异"研究的范畴。所谓"代沟"，在中国流行了二三十年，是20世纪80年代学术界的"舶来词"。美国女学者玛格丽特·米德在她的《文化与承诺——一项有关代沟问题的研究》提出了著名的"前喻文化、并喻文化和后喻文化"的概念，她将人类的文化划分为三种基本类型："前喻文化"是指晚辈主要向前辈学习；"并喻文化"是指晚辈和长辈

① 参见［英］彼得·格鲁克曼：《错位》，李静等译，上海科学技术文献出版社2009年版，第35页。

的学习都发生在同辈人之间;"后喻文化"是指长辈反过来向晚辈学习。玛格丽特的大胆与精彩处在于她明确地指出当下的时代属于"后喻文化",即"青年文化"时代。"在这一文化中,代表着未来的是晚辈,而不再是他们的父辈和祖辈,"在全新的时代面前,年长者的经验不可避免地丧失了传喻的价值,瞬息万变的世界已经将人们所熟知的世界抛在身后,在时代剧变的面前,老一代的"不敢舍旧"与新一代的"唯恐失新"的矛盾,不可避免地造成了两代人的对立与冲突。①

或许,我们可以从"前喻社会"来理解"第一次青春记忆"的文化定位。革命前辈的成功,共和国的经验,传统社会的长辈权威,为那个时代的年轻一代所认同,父母与孩子站在同一阵营,因此,20世纪50年代的环境没有为青年亚文化的产生提供可能。

20世纪七八十年代,人们开始对国家意识形态提出质疑,其中"五七大军"中的两支队伍,即"归来的一代"与"知青一代"组成,主要由40年代和50年代生人组成,尽管他们质疑的立场因年龄而有所区别,前辈人是"苦恋"(白桦《苦恋》),后辈人是"寻找"(顾城《一代人》)。但代际差异不算明显,远没有达到"断裂"的地步,作为抵抗意识形态尾声的刘索拉、徐星的小说,尽管呈现出青年亚文化的形态,但总体社会文化氛围尚未形成,还不足以支持一种亚文化,这也是"骚动与选择的一代"转瞬即逝的根本原因。

进入80后文学研究之后,我看到了一个有趣的现象,就是网络流行词的流行时间基本上只有两个月,很少超过三个月,但是80后这个词流行的时间非常长,为什么会这样呢? 2004年2月,北京少女作家春树登上了《时代》周刊的封面,是我们主流社会第一次很庄重地看到80后这个词,但有差不多两年的时间,媒体对80后基本上都是以批判为主,早期的媒体消息是80后叛逆成风,他们发育比较早,所以犯罪的比较多,80后的心理比较有问题,但2007年后主流媒体

---

① 参见[美]玛格丽特·米德:《文化与承诺——一项有关代沟问题的研究》,周晓虹等译,河北人民出版社1987年版,第4页。

的态度变化很快，从包容接受到赞扬，过程时间不长。为什么会有这样的情况呢？后来我意识到"网络"起了很大的作用。如果从亚文化这个角度来说，从前的青年亚文化表现也在承受批判，年轻人戴蛤蟆镜、穿喇叭裤、听流行音乐也是主流社会质疑批判的，这些东西往往难以形成气候，为时不久，无疾而终。为什么同属青年亚文化现象，有一短一长的不同命运呢？

也许伯明翰学派对亚文化的研究的三个关键词可以帮助我们理解：第一个是抵抗，第二个是风格，第三个是收编。抵抗，所有的亚文化对主流社会都有一种抵抗，我要把牛仔裤搞破就是一种抵抗，抵抗整洁庄重的传统；第二是风格，我要形成我独特的风格——无论是衣饰装扮还是行为方式，无风格毋宁死，这就是我亚文化的生命和标志；第三是收编，商品社会和意识形态对青年亚文化的收编，把你的风格转化为商品，为大众享用；把你的主张变为主流的一部分，无形中化解你的独特性。

富有意味的是，今天这个收编的过程比从前缩短了很多，为什么呢？因为网络，从前亚文化的参与者比较少，支持者人群也比较少，而到了今天这个网络的时代，出现了"网络的一代"，按照我们从网络的角度概括就是："1985—1994 年出生的一代人"，因为，1984 年之前的对网络的接触还没有达到完全的数字化环境。"网络的一代"成长于网络，网络是他们名副其实的"第二生存空间"。于是，这一代人全部拥有相近的价值观念，相近的认知方式，相近的知识结构。当我们的身边、我们的孩子、我们年轻的同事们都普遍拥有这种观念的时候，启发是普遍的，力量是普遍的，影响也是普遍的。你无法回避，甚至无法选择，主流社会不得不接受它，所以这个收编的过程被大大缩短了！在文学的"三分天下"格局中，实际上 80 后 90 后在三分之二的格局中占了重要的位置，他们既是创作者，又是消费者。进而言之，亚文化的气氛形成的不仅仅是依赖一小群人，而是依赖网络改变的整整一代人。历次中国互联网报告飞速增长网民数量以及网民的年轻化，即是有力的例证。

我的结论是，网络不仅改变了文学传播环境，而且改变了一代人对文学的价值确认，更为深层的变化还在于网络悄然改变着中国人的性格，改变着传统社会的方方面面。改变如同水银泻地无处不在，也正是网络所提供的这种"普遍性"，为新的文学格局提供了一个前所未有的时代背景。就此而论，白烨先生"三分天下"的宏论不是预言，更非"虚构的危机"，而是一种真实描述的开始。因为，在我看来，文学的"千年未有之大变局"也许并非危言耸听。上述当代文学所传达的几次"青春记忆"的递进变化，就从一个侧面说明了这一历史事实。

第三节　80后文学的网络特征

80后文学区别于此前所有文学思潮、流派、群体的一个重要特征就是网络，可以说，没有网络就没有80后，网络对于80后而言，不仅是被孕育的温床，崛起的平台，聚合的空间，更是他们生命的一部分。如果说，80后之前的文人多将网络作为一个文本传播的平台的话，那么，在80后写作中，网络就是文本，文本就是网络。他们的精神呼吸、欲望表达、思想观念如茂盛的野草，随时随地在网络的土壤里丛生，网络与其说是一个传播的工具和平台，不如说是他们生命的一部分，网络进入他们的生命，不是工具，不是方式，而是一种生命的空间，一种生命的存在形式。我在《论80后文学的文化背景》[①]一书中，曾将网络列为三大文化背景之一，本文延续这个思路，对80后文学的网络特征进行较为明确的梳理。

一、青春化、都市化与时尚化

以当下的事实作为研究的起点，新鲜但冒险，它比依据以前的经典文本、公认历史有高达十倍的风险。但既然选择了80后，选择了网络，研究者也就别无选择地着眼当下，让我们从近日的一则消息开始探险吧——

中国著名电影导演陈凯歌将他的新作《无极》的小说改编权交给

---

① 江冰：《论80后文学的文化背景》，《文艺评论》2005年第1期。

了郭敬明。稍前，报刊就以80后作家争夺《无极》小说改编权为题对此事做了报道，关于为何没有找与导演陈凯歌同样声望的知名大作家来改编《无极》，制片人陈红的回答可以归结为两点：一是《无极》最大特点就是充满想象力，80后作家可能更能拓展电影以外人的想象空间；二是陈凯歌一直关注80后，了解年轻观众的品位，希望借此吸引更多的年轻读者来关注中国电影。据陈红透露，陈导很早就读过郭敬明的《幻城》，并且非常喜欢《流氓兔》等漫画。

作为50后生人的陈凯歌是否由衷地喜欢80后暂且不论，他显然已经十分清楚地意识到，现在的年轻一代拥有于前辈迥然不同的趣味与观念，识时务者为俊杰，陈导再接再厉还要当新世纪的俊杰。

那么，什么是80后生人的精神风貌呢？题目很大，但可以从网络作为进入口。20年前就有一句话颇为流行，新一代是"看电视长大的一代"，此结论从发达国家传入国内，被学术界接受，并为媒体津津乐道，套用此话，当下的80后一代则是"玩网络长大的一代"。

据2005年7月21日的中国互联网信息中心（CNNIC）"第16次中国互联网络发展状况统计报告"显示，截至2005年6月30日，我国上网用户总数首次突破1亿人，为1.03亿人，半年增加900万人，和上年同时相比增长18.4%。其中宽带上网的人数增长迅速，首次超过网民的一半，达到5300万人，增长率为23.8%，这也是宽带用户首次超过拨号上网用户人数。我国网民数和宽带上网人数均仅次于美国，位居世界第二。

这一正式的权威信息除了数字外，其实还从宽带上网人数首超拨号上网人数这一信息中，透露出稳定、长时间上网人数剧增的情况，而宽带上网者主要集中在大城市，而且主要是年轻人。各大网站历次的统计数字均表明：18—25岁的年龄段是中国网民的中坚力量，也是最大数量的上网群体。因此，青春化也就顺理成章地成为80后文学的第一个网络特征。年轻人写，年轻人读，构成一个"自己写，写自己，自己读，读自己"的文学生产与消费空间，其中供求关系一目了然。

80后文学作为"青春化写作""校园写作"，一开始就与都市年轻人群密不可分，尽管中国农村人口数量庞大，但网络的普及空间主要集中分布在大城市的青年人群，不断扩大的城乡差别，使进入21世纪后的网络成为都市文化的最为重要的空间之一，80后生人既生长于其间又反过来发展这一文化空间，80后写手文学描写对象的活动场景主要也是都市。这当然与80后生人成长的时代有关，20世纪80年代中期以后，尤其是20世纪90年代至21世纪初，是中国大都市快速发展期，以北京、上海、广州、深圳、天津、武汉、南京、杭州、成都、重庆等为代表的中国大陆城市不但迅速地拉大了与乡村的差距，而且扩大了与中小城市之间的区别，况且这一区别既在外表——城市规模等，更于内在——都市文化精神等多个方面凸显出来。

如果说80后生人的父辈兄长面对的是"都市里的乡村"，那么这代年轻人却是真正面对与国际接轨的现代都市，假如说前辈们还在都市回望乡村的话，那么，80后生人则完全是城市里长大的一代，没有从前的记忆，乡村经验空白，国际化都市的生活是他们成长的资源与依据。

与青春化、都市化相关联的是时尚化，这种产生于都市的大众流行文化典型，从一开始就深刻地影响着80后生人所在的网络空间，因此为长辈所陌生乃至排斥的小资方式、小资情调甚至成为一种旗帜，遍布网络。看遍80后写手，除李傻傻是一个例外，绝大部分写手与读者都是时尚中人，韩寒生活于大都市上海，如今是一个时尚的赛车手；春树是北京大院的子弟，辍学后出入于如今都市最时髦的群落之一，朋克圈子；郭敬明在上海读大学，来自四川城市，有一个在生意上成功的母亲；张悦然在新加坡留学，有当教授的父亲；周嘉宁是典型的上海姑娘，从青葱的少年时代到走进复旦，所有生活的经验都来自上海滩；擅长描写都市情爱和心理细节的苏德，也是上海大都市里成长的女孩。大都市的空间，中产阶级的消费，小布尔乔亚的情调，潮起潮落的时尚，共同构成他们文学写作的想象空间。

这是一个合乎逻辑的发展，青春化、都市化、时尚因此成为启于网络的80后文学最为醒目也最表浅的特征之一。

二、自由共享的互联网精神

一个理论家提出某种理论,其价值不仅取决于当时理论界的轰动程度,更在于影响的深远程度。假如这种影响由一个相对狭小的领域逐步扩大到更为广阔的空间,乃至超越具体学科遍及社会思想界,大众传播空间,那么,理论家就可能成为思想家,杰出、卓越、优秀的形容词就有可能置换为伟大乃至天才,因为,成功实现这种形容词置换的理论家,常常开启了一个理论的时代,在他旗帜的引导下,众多的理论高手,如当年罗马军团的战士,开始集结成队,征服世界,征服大众。

马歇尔·麦克卢汉就是旗帜般的伟大学者。他的名言"媒介即信息"石破天惊地为全世界推开了一扇窗户,为全人类提供了一种思考的方式,媒介不再仅仅是媒介,它决定了人类社会及人的思想、行为等等,看似形式的媒介,其性质其实远胜于其传播媒介的内容。麦克卢汉道出了极易被人们所忽略的真理奥秘。

了解了麦克卢汉,我们就不难理解制造《第三次浪潮》的阿尔温·托夫勒,描述《大趋势》的约翰·奈斯比特,道出《数字化生存》奥秘的尼葛洛庞帝,就不难感受这些世界级学者为人类前途命运而焦虑的急切之心。由上述学者的思想历程,我们可以将网络时代的特征简要概述如下:

1. 网络不仅仅是新媒介,它为人类开启了一个崭新的世界;

2. 传统权威呈现被分解、分化、分散的趋势;

3. "地球村"使信息共享的梦想成为现实;

4. 所有传统观念都在面临撞击与冲突,呈现出松动变化的一种动态。

在对天才的麦克卢汉看似悖论的"媒介即信息"的理解的前提下,我们不妨在思路上也来一个跳跃,由上述四点阐述网络精神,并由此接近网络文学的精神与特征——

首先,我们不能将网络仅仅看作为一个传播平台,而应当将其本身视作具有革命性的人类存在方式、一种生命的体现,这是它作为信息存在的最大价值，由此它也具有了人类精神的意义，这是理解网络的一个前提，重要的前提。

其次，网络之所以被译为汉字的"网"，大有寓意所在，网状是平行的，一个"网眼"联络着另一个"网眼"。网络组织提供了不同于传统社会的金字塔结构的一种东西——横向联系，而并非从上而下，自下而上的纵向联系，网络组织最为重要的特征在于传统社会集中的权力被分解了，一个中心被置换为无数个中心，所谓无处是中心，处处是中心。金字塔的顶端中心被无数"网眼"中心——"每一个人都是中心"所颠覆，所取代。

再次，由于每个"网眼"都是个人，每个人之间的关系是平等联络的关系，因此，信息垄断、话语独霸被网络造就的"地球村"方式所替代，信息共享成为现实，信息的制造也成为每一个"网眼"的权利和存在方式。

最后，因为平等，因为"网眼"的无限扩张，因为人类每个成员创造力与想象力的狂放不羁，传统的束缚力愈来愈弱，所有观念均在"瞬息万变"的动态之中。

于是，网络文学自由共享的精神也就成为了可能和现实。

目前在国内大行其道方兴未艾的"博客"便于我们理解自由共享的意义所在。"博客"一词源于英文BLOGGER，是WEBLOG的简称，它是一种在网络上书写日志的活动，按照日期的先后顺序记录文字，然后在网络发表，发表这些BLOG的人，称为BLOGGER，中文音译成"博客"，通俗点说，BLOG就是一个文章集合的网页，它通常是由简短且经常更新的Post构成，内容涉及日记、照片、诗歌、散文甚至科幻小说。从一开始，博客就意味着一种全新的交流方式，是继mail、BBS、ICQ(IM)之后出现的第四种网络交流方式，意味着一种新的媒体形式——"自媒体（we media）"或"个人媒体"的诞生。博客首先是指一群人，其次才是指某个人；首先是指"我们"，其次才是指"我"。它通过多链接的、导言——正文式的网络日志，使"我"成为"我们"，并让更多的人汇入到"我们"中来，单个的博客不是一个立足点，而是一个知识网络上的节点。博客的使命是"把属于互联网的还给互联网"。

理解了"博客"，就接近了网络文学的精神，同时也就为我们理解80后文学区别于中国当代文学其他种类的实质所在，这种自由共享如空气一般弥漫于整个80后文学的创作空间，如血液一般流贯于80后文学的创作躯体，如旗帜一般引领着80后文学的发展潮流，当下"芙蓉姐姐""超级女声"等网络事件，对及对"芙蓉姐姐为什么这样红"的理论盘问，对"超女"风潮的文化评论，其实也都可以帮助我们理解自由共享的网络精神。

明乎于此，80后文学的创作方式、文本传播、作品风貌、精神特质，就不难为评论者所逐步理解。明乎于此，我们也才能更加清楚地理解"零进入门槛"出版方式与"交互式共享"讨论模式，对于启于网络的80后文学的非凡意义。[①]

三、万花筒式的变幻文体

80后文学的变幻文体与上一小节论述的精神联系紧密，可以说是上述精神的具体化形态，因此，本小节文学也可以视作是对上一节精神特征描述的具体化补充，借此也可填补由于思路跳跃所导致的抽象有余具象不足、微观文本分析不足的弱项。

让我们再次回到麦克卢汉，仍是对麦氏思想的开掘和阐释。国外学者拉潘姆先生依据麦克卢汉的思想归纳出两组相对的词语，把印刷文化和电子文化进行对比，这一对比被专家评为"对比生动、醒目、切中要害，深得麦氏思想精髓"。同时，它可以帮助我们理解启于网络的80后文学的文体特征，特摘录如下：

印刷文字电子媒介

视觉的 /visual	触觉的 /tactile
机械的 /mechanical	有机的 /organic
序列性 /sequence	共时性 /simultaneity
精心创作 /composiyion	即兴创作 /improvisation

---

① 参见江冰：《论80后文学的文化背景》，《文艺评论》2005年第1期。

眼目习染 /eye	耳朵习染 /ear
主动性的 /active	反应性的 /reactive
扩张的 /expansion	收缩的 /contraction
完全的 /complete	不完全的 /incimplete
独白 /soliloquy	合唱的 /chorus
分类 /classification	模式识别 /pattern
中心 /center	边沿 /margin
连续的 /continuous	非连续的 /discontinuous
横向组合的 /syntax	马赛克式的 /mosaic
自我表现 /self-expression	群体治疗 /group therapy
文字型的人 /Typographic man	图像型的人 /Graphic man[①]

拉潘姆先生认为印刷文化是现代文化，电子文化是后现代文化，依据对两种文化的理解，上述两组两两相对的词语可以给予我们深刻的启示和丰富的联想。试将80后文学的网络写作的文体特征归纳如下：

1. 即时快捷，文体变幻

与其说网络是一个文学创作的空间，不如说它首先是一个交往的空间。许多人在网上写作，不一定冲着文学去，常常是一个话题，即兴创作，形成一种"共时性"的响应。他不一定有完整的构思，而是受到某一网友的刺激，当下反应，驱动创作。因此，从传统意义上说，网络上的许多作品，甚至是以文学为召唤的网络文学作品，更大部分地属于"泛文学文本"，它们是较传统纸介媒体的文学更松散随意的作品。传统文学界限比较分明的小说、散文、诗歌、戏剧四大家族的文体界限似被铲平或淡化，一种相互渗透、互为融合、你中有我、我中有你的"四不像"文体在网络的写作空间里大行其道，确如万花筒式变幻多端，缘起缘灭，此消彼长。因为写手们并不在意其作品的归属，版主们也无须考虑编辑门类。原因简单，一是当下即兴，二是快速反应。

---

① [加] 马歇尔·麦克卢汉著：《理解媒介》，何道宽译，商务印书馆2001年版，第8页。

2. 宣泄式与口语化

有人说，网络是社会心理的集散地，此言甚为有理，尤其是针对青年网民而言，网络是他们青春宣泄的主要出口。不少关于当下青年苦闷心理的调查表明，找父母说话，看心理医生，寻求书籍帮助比例都比较低，大多数人的方式是"闷在心里"或向同龄人倾诉，网络常常是他们的首选。在国内的网民中，青年网民占85%以上。80后生人这个年龄段的城市网民有不少人属于独生子女，沉重的学业，明显的代沟，遽变的社会，转型的文化，青春期的苦恼，成长中的迷茫，都给他们带来了无限的"郁闷"，上网于是成了生活的一个重要部分。在宣泄中寻求心理平衡，在交往中寻求朋友认同，是80后生人上网的主要动机，他们也因此成为网络生活的主角。

浏览网上作品，一个有趣的现象十分明显，年轻写手们言语风格与他们在学校学习过程所接受和使用的言语风格反差极大！同样的意思，不但有完全不同的言说模式，更有天壤之别的言语方式，这种方式最大的特点就是口语化，即使是文学性强的作品，口语的表述也占据了作品的主要篇幅。青年写手们显然在寻找他们共同认可的一种言语方式，并在有意和无意中创造了属于他们自己的，"圈子里人"的新兴网络沟通语言。这种受到"网络同侪"认可的网络语言，不但充分体现了自由共享的网络精神，而且由于其"青年特点"形成一种对传统父辈文化模式的"叛逆"和反抗，同时也对网络文学作品的文体特征形成有着深刻影响。

3. 互动式与零碎化

网络写作的原始动机是属于互动式的，它同传统文学创作的月下苦吟，内心独白不同，"交互式共享"的特点，就是不止一个人，而是一群人在"手谈"一个话题，不断地交流，不断地变换视角是网络文学作品的文体特征。被誉为"网上第一部畅销小说"，台湾青年作家蔡智恒的《第一次亲密接触》就颇具代表性。作品描写的一出网恋悲剧，从网络上的邂逅，咖啡厅见面，同看电影《泰坦尼克号》，到女主人公消失，思念，所有情节和场面描写都是在一种口语化的互动中进行的，排版也是典型的分段空格，比起传统纸媒作品，更加简洁灵动，但同时也显现出"零碎化"的趋势，总体结构容易松散，抒情泛滥以至故事的"河床"都无法确定。

当然，平心而论，对80后文学有特殊影响的《第一次亲密接触》，虽然也有"轻舞飞扬"灵动所导致的另一面：轻飘灵动有余而结实沉甸不足的弱点，但其语言的诙谐，恋爱细节的运用，情绪的控制仍有可称道之处。网络文学的一批作品由于互动式、宣泄式、口语化、即时性，难免成为快餐消费型的作品，似乎也是正常。网络以其海量见长，也就有着相同的匹配：无尽的网络垃圾，其文体特征也可归结为零碎、散漫、随意。恰如一位新浪网友所说，"网络文学：百草齐放且杂花丛生"。面对于此，文体家们只能一笑了之，大不可过于认真。不过，原野之上，总有奇花异草，这是希望所在。

四、网络文本与纸介文本之比较

为了更好地理解网络文学有别于传统文本的文体特征，笔者引述下列三段文字，与读者共赏，并期望借此有所体悟：

1. 曹文轩《天瓢》

杜元潮与采芹手拉着手，在雨中不停地奔跑着。

太阳晃晃悠悠在天上浮动，雨却下得有声有色。整个天空，像巨大的冰块在融化，阳光普照，那粗细均匀的雨丝，一根根，皆为金色。无一丝风，雨丝垂直而降，就像一道宽阔的大幕，辉煌地高悬在天地之间。

这是一个爱下雨的地方，下各种各样的雨。

他们奔跑着，被他们的小小躯体所碰断了的雨丝，仿佛发出金属之声，随即在他们的身后又恢复了原先的状态。天在织布，织一块能包天的布，金布。①

2. 莫言《檀香刑》

孙眉娘提着狗肉篮子，推开了西花厅的门，只见一个面皮微麻、皮肤黝黑、嘴角下垂的女人，端坐在太师椅子上。她灼热的

---

① 曹文轩：《天瓢》，长江文艺出版社2005年版，第28页。

身体，骤然间冰凉；怒放的心花，像突遭了严霜。她模糊地感觉到，自己又一次陷入了一个圈套，而编织这个圈套的人，还是这位知县夫人。但她毕竟是戏子的女儿，见惯了装腔作势；她毕竟是屠户的妻子，见惯了刀光血影；她毕竟是知县的情人，知道了官员的德行。她很快地就控制住了自己的慌乱，抖擞起精神，与知县夫人斗法。两个女人，四只眼睛，直直地对视着，谁也不肯示弱。她们的眼睛交着锋，心里都铿铿锵锵地独白着。①

3. 蔡智恒《第一次亲密接触》

看到一个活泼可爱的女孩子，学男人装豪迈，是件很好玩的事。

所以我也举起同样盛着可乐的杯子，与她干杯。

也因此我碰到了她的手指。

大概是因为可乐的关系吧！她的手指异常冰冷。

这是我第一次接触到她。

然后在我脑海里闪过的，是"亲密"两个字。

为什么是"亲密"？而不是"亲蜜"？

蜜者，甜蜜也。密者，秘密也。

每个人的内心，都像是锁了很多秘密的仓库。

那么如果你够幸运的话，在你一生当中，

你会碰到几个可以打开你内心仓库的钥匙。

但很多人终其一生，内心的仓库却始终未曾被开启。

而当我接触至她冰冷的手指，我发觉那是把钥匙。

一把开启我内心仓库的钥匙。②

曹文轩是北大学者，同时是享有盛誉的儿童文学作家，此次推出《天瓢》被认为属于"情色小说"，又被誉为"浸透着古典浪漫主义艺术芳香的唯美小说"。但笔者读后的感受却是，古典的唯美已成为曹

---

① 莫言：《檀香刑》，作家出版社2001年版，第310页。

② 蔡智恒：《第一次亲密接触》，知识出版社1999年版，第71页。

的羁绊,笔下情色终难撩动人的欲望,似乎还是太清洁、太干净了。想写情色,却又羁羁绊绊,无法放开手脚,很难像川端康成那般既唯美又情色。但有一点可以肯定,他的文字一以贯之地保留了"传统的纯真诗意",所写江南雨景已臻经典境界,上引段落可见一斑。

莫言是具有狂飙突进气势的作家,他的民间文化积累异常丰厚,一向被称为"语言狂欢式"的小说家。走出马尔克斯和福克纳的巨大身影之后,这位既敦厚又带几分野性的山东汉子,一发不可收拾,小说语言更显汪洋恣肆。《檀香刑》是今年茅盾文学奖的热门作品,虽然落选,但原因归咎于文坛主流暂时不能接纳,其成就各方大家均予承认。上引一段文字可见出莫言小说语言之铺张、饱满、丰厚与结实。

蔡智恒以笔名"痞子蔡"在网络上写作,一本《第一次亲密接触》不但暴得大名,而且对中国内地网络文学影响巨大,对启动内地网络文学有不可替代的特殊地位。这是一个花开灿烂,却转瞬即谢的爱情故事,套路陈旧,情节一般,但由于适合了年轻网民的阅读期待,吻合了年轻网民快写快读的阅读习惯,迎合了年轻网民的青春期心理,所以大受海峡两岸网民的青睐。转为纸介媒体正式出版后,其文体特征与传统作品比较就凸显出来:单纯、轻灵、口语化、简洁、即时、快节奏,如长叙事诗一般的排版,适合了电脑屏幕的阅读舒适,可以感受一种"电子因素"所带来的节奏。按作者自己的话说,排版独特,依个人习惯而定,语句的断句方式比较频繁,写作和阅读的同时都有可能在交流,即时性写作——"写到哪里贴到哪里"。这种边写边受作品读者影响的创作方式,导致互动,加之网络的轮回迅速,作者受读者影响的可能性更大。同时,网络小说作者由于年轻,一方面受文字的训练不多,另一方面也少束缚,比较随意自由地发挥。80后文学的文体特征由此也可见出基本轮廓。

根据上面三位作家三段文字的比较,又可以提出值得思考的下列问题:

(1)网络电子文本的简洁明了和单纯明快,似乎难以做到传统纸介文本文字的诗意和饱满,那么它的"电子优势"在哪里?如何扬长避短?

（2）网络电子文本向纸介媒体转换时，其润色改写的部分值得研究，网络文学最终是向传统文学靠拢，还是既独立又影响，并最终确立自己独特的文本特征？

（3）除了《第一次亲密接触》属于比较"标准"的电子文本，还有哪些不同的电子文本类型？

总之，关于80后文学的网络特征，仍然属于一个一时难以说清的话题，你很难像文体学问家那般分门别类，条分缕析，A、B、C、D，清清楚楚。也许，一个更为宽泛的标准，一个更为宽容的胸怀，一个更加开阔的视野，一个容忍跳跃的思维，更加有利于网络文学的成长，更加有利于我们去观察和发现目前处于边缘的网络作品如何慢慢地进入中心，影响中心，最终融入主流。文学观念、创作方式如此，语言文体等诸多因素也是如此，因为，我们面对的是一个全新的网络时代，你应当也必须宽宏大量地去看去想：这就是 E 时代的方式、E 时代的声音、E 时代的文体！

第四节　80后文学的代表作家

一、韩寒：争议不断的"意见领袖"

韩寒，作为80后的代表，一直以他犀利的文字、敏感的题材和不羁的个性特征受到80后的热捧。1999年，他以《杯中窥人》一文获得首届新概念作文大赛一等奖，开始初露头角。从2000年出版的第一部长篇小说《三重门》累计销量130万册，引发"韩寒现象"讨论。在高一第二学期休学后，他继续从事写作，陆续发表了散文集《零下一度》、小说《像少年啦飞驰》《毒》《通稿2003》《长安乱》、赛车随笔《就这么漂来漂去》《一座城池》、长篇小说《光荣日》、博客精选《杂的文》等作品。文集《韩寒五年》有法国、韩国、新加坡、日本等版本，其中法国版本成为法国2004年10月最畅销图书。2006年开始从事博客写作，关注探讨一系列现实问题，浏览量很快超过2亿。

2000年6月，作家出版社出版了他的21万字的长篇小说《三重门》，并由北京大学中文系教授曹文轩作序，引起轰动，该书刚发行即销售一空。本书通过少年林雨翔的视角，向读者揭示了一个真实的高中生的生活，把亲子关系、师生关系、同学关系的种种矛盾和问题展现开来，体现了学生式的思考、困惑和梦想。主人公林雨翔就是韩寒本人的影子，他的青春经验是这部小说的基础。《三重门》文字流畅、尖锐、机智风趣，从中我们看到了一个天才少年的灵光一闪。接下来的长篇小说《像少年啦飞驰》《毒》《通稿2003》都继承了《三重门》的特色，以青春经验为基础，但是文字已不如从前精彩。拿他自己的话来说：文字在《三重门》里玩过了头，到最后自己再写些什么都不知道了。但是他的写作风格、处事作风和成功路程无疑影响着80后的一代人。在2007年出版的《光荣日》中依稀可见《三重门》的影子。21世纪出版社的营销口号是："韩寒首部魔幻现实主义作品，开天辟地，重装上市"。自然是言过其实，哗众取宠，大不必认真。从作品本身看，韩寒的小说创作依旧沿着反叛现行教育制度的青年偶像路子前行，一贯的嘲讽是底子，试图营造"亦幻亦真"的魔幻是新手段。由于这里的"小魔幻"是建立在"小讽刺"的基础上，所以作品全篇在整体上缺乏一个"大魔幻"的空间与结构，加之作品人物之间缺少整体的联系，人物与环境、现实的冲突也未能形成真正的张力，人物性格与形象也未完全立起来。因此，就像作品结尾的"大爆炸"一样，不了了之，过于轻飘，10万字的规模也未能建构"孔雀镇"这个魔幻空间。这位青年赛车手的速度与随意出手，使我们有理由质疑作品的文学质量。

　　韩寒的博客写作引人注目。此时的韩寒并不只是代表他自己，更是代表着一种具有批评性的新言论。他文字批评的范围广泛，从个人到社会，从生活到政治，从学校到教育体制以及社会生活的方方面面，不但传达了80后"新人类"的心声，而且成为网络"草根阶层"的代表。从某种角度上说，在80后作家中，韩寒是与社会联系最紧密的一位。而这种思维的快速跳跃与社会批评的锋芒也让读者产生了阅读的快感。《南方人物周刊》把韩寒评为2006年度最经得起考验的文化先锋，同时获得这一称号的还有李银河、陈丹青和易中天。一个

1982年出生的青年与阅历丰富的学者们并列出现，证实了"韩寒现象"在社会上的受关注程度，韩寒的言论常常造成强烈的反响，引起众多青少年的共鸣，颇有"意见领袖"的风范。韩寒的声音表明80后一代青年人不仅仅停留于自己感伤忧郁的小世界，也能够参与社会的发展，在纷繁的世界中发出自己的声音。韩寒的文学创作乃至超出文学范畴的博客写作影响与日俱增，这是否意味着80后作家的另一种选择呢？一种借写作借助媒体进入社会"公共空间"的努力呢？

二、郭敬明：物质主义英雄？

郭敬明，1983年生于四川自贡，网名：第四维。第三届、第四届全国新概念作文大赛一等奖得主。主要作品有：《爱与痛的边缘》《幻城》《左手倒影右手年华》《梦里花落知多少》《猜火车》《1995—2005夏至未至》《悲伤逆流成河》等；成立"岛"工作室，出版《岛》书系列，主编《最小说》系列作品；不论是他创作抑或主编的每一部作品，几乎都与畅销画上等号。

郭敬明是一个身上聚集了众多争议的80后作家，《幻城》被人指责严重的模仿了《圣传》，《梦里花落知多少》的抄袭事件弄得沸沸扬扬，加入作协引来争议，以作品的畅销自诩为"中国最好的作家"惹起网上骂声一片；但《梦里花落知多少》和《幻城》以印数逾百万取得2003年文学畅销书排行榜的第一、二名却证明了其确为市场的宠儿。许多人认为，郭敬明是文学市场化、商业化之后包装宣传最成功的一个作家。郭敬明已经不只是一个单纯作者，他俨然成了一个青春偶像和创业者。他自己建立起公司，组织起写作团队出书；他在博客中，几乎每一篇文字中配有其着装时尚的个人写真照片；他签约娱乐公司，推出"音乐小说"并全国签售，挑选演唱人；为湖南卫视《快乐男声》填词主题曲《我最闪亮》，为《快乐男声》13强音乐特辑写真作序；为电影《无极》改写影视小说、主持电视节目《读书正流行》等等，一系列与娱乐化密切相关的行动，无不标志其偶像化的身份。

作为一名作家，郭敬明备受关注的并不是其作品所取得的文学艺术成就，而是不断打出的"青春招牌"和畅销书的发行数目。郭敬明的文字渲染的是青春期的忧伤，追求文字的唯美，多以感性文字和忧伤文字为主。细读郭敬明的《1995—2005夏至未至》可以发现，这部小说反映了作者成名的心路历程。就算并非对号入座，我们也还是可以从作品中体会到作者通过文字所表达的个人情感，或者说"自我生活的表述"。他的作品几乎没有脱离青春校园的主题。笔下的人物大多是校园的学生，对现实的反映表现的是淡淡的哀愁与无奈，玩味孤独与悲伤。如《爱与痛的边缘》全书分《白昼明媚》与《暗夜未央》两辑，讲述的是成长的故事，是学校生活中高考的压力。《梦里花落知多少》描写一群生活在北京的大学生的生活，反映了一部分学生对生活、爱情的想法。《左手倒影，右手年华》写的是青春成长往事，学业的困惑，面临高三毕业的惶恐，以及少年人敏感内心世界。《悲伤逆流成河》讲述的依然是高中生的故事，有关爱情，有关友情，有关亲情。少女易遥在17岁时爱上不良少年后怀孕，经历了一系列本不该是这个年龄所该承受的残酷经历。好学生齐铭、顾森湘是老师的宠儿，父母的掌中宝，却也有着自己的青春忧伤。以悲伤为基调，以悲剧为结局，被称为郭敬明的转型之作。而这种文字恰好与中学生的生活与心理比较相近，因而郭敬明的作品的阅读群体绝大部分就是中学生。

郭敬明善于把握一种情境，文字流畅，不无华美。然而，郭敬明作品从整体上看，又有故事单薄、老套，重复的弱点。"青春是道明媚的忧伤"是郭敬明作品的最突出特色，也是其无法突破的坎。他的作品有着近乎泛滥的悲伤，着意去刻写青春期内心的孤独寂寞。而这种悲伤往往局限于个人的小情感；往往是故事中的某个主角有着许多成长的伤痛，这些伤痛便成为作品伤感的基调。郭敬明用悲伤书写着一个个关于青春友情、爱情、亲情的故事，这样的青春上面刻满了斑驳的伤痕，布满了一道道忧伤的印记，显示一种青春的苍白无力。《悲伤逆流成河》被视为是郭敬明的"转型之作"，改变了以前那种唯美梦幻的手法，以现实主义的笔法写出了青春的残酷与社会的龌龊。北京大学教授张颐武评价其作品意义在于为残酷的青春留下了痕迹，认为个体生命的高度敏感和情绪的起伏一直是80后作家作品的关键。

可以说，郭敬明作品中不变的"青春历程"，让阅读者以"我们写我们"的认同感获得了情感的共鸣。而这些"我们写我们"的文学表达了青春期的少年特有的阅读期待与精神需求。他们需要一个反映青春烦恼与孤独的代言人。80后的写作内容大多囿于爱情、友情、虚幻等的传统故事模式，内容方面也有很大的重复性；不同之处在于它运用的是属于青少年群体自己的话语符号系统和价值观念；他们的写作更坦诚、更纯粹；在他们的作品中不再有那沉甸甸的历史背景，伤痕记忆等；他们直接表达着自己的情感，描述着商品经济时代的物欲、困惑、情感、压力等，更贴近年轻一代真实的生活。而郭敬明恰好把握了这一诉求点，从而赢得了其畅销的市场机遇。

三、春树：残酷青春的书写

春树，1983 年生人。2002 年，以《北京娃娃》一书成为青春文学营垒叛逆、另类的代表。2004 年 2 月，她被贴上"另类"的标签登上美国《时代》亚洲版封面，并成为中国新一代的"激进分子""垮掉的一代"的代表。在《北京娃娃》里，春树赤裸地揭露了自己 14 岁到 17 岁悲惨坎坷的情感历程，毫不遮掩对爱恨情欲的书写，流露出作者困惑绝望的生存情绪。自我放纵叛逆的前卫风格，引人侧目。《长达半天的快乐》是这种风格的延续。《抬头望见北斗星》《2 条命》则流露出一些女孩天生敏感、无助的情绪。她的作品还是表现出了某些 80 后的生存状态——虽然这只是部分的真实。

2003 年，《长达半天的欢乐》出版，小说里充斥其间的思考告诉我们它并不是一部颓废之作，它所流露出的对"麻木"的反省，对曾经"坍塌"的重塑，无不令人感慨。《长达半天的欢乐》是春树的半自传体小说，她用漂亮语言成就的一个人的青春，是我们曾经或正在拥有的年轻的味道。2004 年，她又出版了新作《抬头望见北斗星》。它是作者生活中的一些偶然而灵性的句子和散文，包括不少诗歌和短篇小说，笔风轻盈、灿烂、冰雪透明，也体现了她对自身生活的肯定和感受，憧憬和执着，充满了青春活力和热情想象，即使是享乐、颓丧、忧郁、悲伤，也仍旧闪烁着青春、自由和欢乐。沉寂两年后，春树改变了观察的视角，抛开了"半自传"的讲述口吻，转而呈现另两个女孩的生活。在发表了被称为"残酷青春"代表作的《北京娃娃》和《长达半天的欢乐》之后，春树认为《2条命》是专为女孩写作的小说，因为那里面带着女孩天生的敏感和柔弱，尽管春树这个女孩的面孔有时看来刚强而冷峻。

2007年，春树再推新作《红孩子》。该书是其成名作《北京娃娃》的前传，继续书写着那个叛逆的女孩"林嘉芙"小学与初中的时光。早在《北京娃娃》出版时，就有人说那是春树的自传，而春树也承认"《北京娃娃》中展现的是与世界作战的春树"。如今，1983年出生的春树长大了，叛逆性格似乎也有收敛，她说在《红孩子》里她是"一个安静地讲述故事的人"。书中的友情是激烈而神奇的，爱情则淡如柳絮，与家庭的冲突矛盾也是80年代出生的孩子生活中必不可少的元素。小说的语言风格延续了春树惯有的清冽与干脆，不论忧伤和欢乐都不矫揉造作。

或许大部分人都无法理解春树的生活和思维方式，但无论如何，我们必须承认这样一群人的存在，一个时代总会有一些不想按照既定轨道走的人，他们天生敏感，天生具有冲击力和爆发力。像三毛，像海子，大抵就属于此类。接受他们也许比批判他们更体现了一个社会的宽容度和文明度。一个有趣的事实是，这样一群人往往有不同于常人的艺术潜质和表现力，也因此具备了彰显自身的某种优势和可能。春树一直是其中比较有争议的一个。从开始的"自传体"到"半自传体"，再到后来的《2条命》，她尝试放大想象的力量，加重虚构的成分，这也可以看作是她创作的一种努力。

四、张悦然：忧伤梦幻的少女

张悦然，1982年出生于山东济南，2001年第三届全国新概念作文大赛A组一等奖获得者，被誉为"青春玉女"作家。《陶之隅》《黑猫不睡》等作品在《萌芽》杂志发表后，在青少年中引起巨大反响，并被《新华文摘》等多家报刊转载。2002年被《萌芽》网站评为"最富才情的女作家""最受欢迎的女作家"等称号。第三届华语文学传媒大奖上,张悦然获得"2004年度最具潜力新人奖"。第五届(2005年度)"春天文学奖"评选中,张悦然与苏瓷瓷两人获得"春天文学奖"桂冠。几年来,她先后在《芙蓉》《萌芽》《特区文学》《青年思想家》等报刊上发表了许多小说和散文。主要作品有:《葵花走失在1890》《樱桃之远》《是你来检阅我的忧伤了吗》《红鞋》《十爱》《水仙已乘鲤鱼去》等。

"青春玉女作家""最富才情的女作家""最受欢迎的女作家""最具潜力新人",张悦然的身上聚集了过多的名头;她同时也是偶像派、实力派都青睐的新锐作家。《十爱》等图文小说中配有许多作者的艺术照,俨然是明星式的展现,而其《樱桃之远》《誓鸟》等作品表现的实力又让许多评论者承认其文学创作能力。张悦然的《樱桃之远》《誓鸟》等充满幻想的写作中则融入了自己对生命、友情、爱情等的独特理解。正如莫言在《葵花走失在1980》中的序言中所说"飞扬的想象"和"透明的忧伤"。同时,张悦然也是最受到主流文坛看好与赞赏的80后作家,2004年出版的长篇小说《樱桃之远》赢得一片喝彩。莫言为她的《樱桃之远》写的序中称赞其为:文字锋利、奇妙、简洁、时髦而且到位。敏感和梦,飞扬的灵感和驾驭语言的熟练技能,显示着张悦然完全可能成为优秀作家的潜质。她被公认为是"新概念作文大赛"推出的最具实力和潜力的女作家。

2006年度中国小说排行榜上,其长篇小说《誓鸟》被认为是张悦然告别80后的转型之作。莫言评价,张悦然小说的价值在于记录了敏感而忧伤的少年们的心理成长轨迹,透射出与这个年龄的心理极为相称的真实。青年作家邱华栋评价《誓鸟》时说,作品想象瑰丽、语言瑰丽,保持了作家一贯的唯美诡谲的写作风格,同时,奇特的结构、宏伟的叙事又彰显了张悦然作为新一代作家领军人物的超强写作实力。

《誓鸟》讲述了一个华丽炫目且凄美的悲剧。誓鸟是精卫鸟的别称,白嘴红脚,一生只为填海这一件事劳碌,至死不渝!而作者也正是讲述着一个关于信念、执著、坚忍的神话。故事发生在大航海时代的宏大历史背景下,美丽的中国少女春迟远下南洋,海啸夺走了她的记忆,她在大海里、岛屿上颠沛流离,被欺侮、被抛弃,饱受生育、病痛、牢狱之苦。她为了寻找自己的过去，甘愿穷尽一生。

春迟最终没能在沧海中找到那枚藏着她记忆的贝壳，但她并没有把自己的故事归于茫茫。她刺瞎了自己的双目，只为寻找遗失的记忆。海盗、歌女、宦官、部族首领、西洋牧师，他们的命运在南洋魔幻旖旎的风光里交汇。张悦然延续她华丽、残忍的笔触，增添了魔幻的色彩，书写了一部摄人心魄的悲剧。而这部小说的缘起：是在神奇的南洋历时 700 天，张悦然从历史遗迹中寻找一个断了线的故事，在亲历的大海啸中受到生命的撞击，从一枚贝壳中得到神秘的谕示，从而诞生出这部瑰丽动人的长篇小说。

张悦然的作品文字敏锐流畅、富有想象力，作品中的人物似乎都有着一种神秘与忧伤的内心世界。张悦然用自己灵性的文字建构着凄美的人物与凄美的爱情；让人沉浸在一种绝望的美之中。

作家出版社重点推出了张悦然的个人小说集《葵花走失在1890》，著名作家莫言为该书作序，对这位文坛新人给予了高度评价。序言中说道"她的小说不以故事取胜，但凭靠对外在世界和个人心灵的敏锐体察和聪颖感悟，细细密密地串起了一串串梦想的文字珠链，便营造出了一个个五光十色、美轮美奂的奇景。强烈的梦幻色彩使她的小说显得超凡拔俗而又高贵华丽。她的小说，读起来既冷飕飕又暖烘烘，既朦胧又明澈，既真切又虚幻。这些近似梦呓的诉说，来自青春始端的敏感，来自骨子里的郁悒，来自成长的愉悦与茫然，有时尖利，有时低沉——它们，飞扬而又忧伤"。[1]莫言在该书序言中又说："张悦然小说的价值在于记录了敏感而忧伤的少年们的心理成长轨迹，透射出与这个年龄的心理极为相称的真实，他们喜欢什么、厌恶什么、向往什么、抵制什么，这些都能在她的小说中找到答案。"[2]

张悦然的故事，是在用她令人惊讶的想象力与冷艳凄美的语言，构筑着一个个关于爱情、亲情、友情的世界。她的作品主题就是"成

---

[1]　莫言：《飞扬的想象与透明的忧伤》，见张悦然：《葵花走失在1890》，作家出版社2003年版。

[2]　莫言：《飞扬的想象与透明的忧伤》，见张悦然：《葵花走失在1890》，作家出版社2003年版。

长是一场疼痛"。她用细致的细节描写表现人物的心理变化，用各种新奇的意象营造独特的故事氛围。许多故事背后都有一个蕴含丰富的意象贯穿其中。如《红鞋》中红鞋是一个饱满而凄怆的意象；《誓鸟》中誓鸟是关于信念、执著、坚忍的神话等。可以说，张悦然的作品在讲述青春成长的心路历程中，丰富而新奇的想象使其作品总能给人以新奇感，她的作品是以一种温情的方式来展示孤独，细腻传神地传达了这个时代年轻人的成长困惑。作品中弥漫着一种浪漫主义的感伤气息，感叹盛宴之中的无可奈何与青春记忆的莫名惆怅。张悦然钟情于对青春的种种缅想，她用丰富的想象力反映了80后一代的心灵状态和内心世界。以她独立个体的感受去观照世界，把对生命的感触通过小说中的人物传达出来，去接近生命的本质与存在的真相，在虚构的背景里反映现实中的人和事。这也使其作品获得了独特的个性与魅力。

第五节　小说内外的韩寒和郭敬明

一、80后的一对"欢喜冤家"

媒体之所以喜欢把韩寒和郭敬明放在一起PK，是因为他们有很多共同点：都是男性，都是80后，都是新概念作文大赛出名，年龄只相差一岁，而且他们的居住地都在上海。郭敬明更有特点，他是四川人，到上海上大学，然后对上海很迷恋，由衷地喜欢上海。韩寒曾经讽刺说：郭只有在上海这样的大都市才能找到安全感。说自己则无所谓，"我到乡下去也没关系，我本来就是乡下人"。他们可以说都是上海这片土地成长起来的年轻俊杰。

80后文学在2007年就出现了"三极分化"的趋势：首先就是韩寒向社会化、公共性领域进军；郭敬明向文学的商业化、市场化、消费化进军；张悦然回归于主流文坛和传统文学。他们的身份也是这样三极分化的。韩寒，一手博文，一手驾车。在写作之外，他找到了职业赛车手这个身份。郭敬明，他干脆是走了青春文学、消费化、市场化的这样一个道路，甚至直接做了一个出版商人。张悦然，回归传统作家行列，她的身份都是传统的——北京作家协会签约作家，出文集，走专业作家的道路。她和他们已经迥然不同了。韩和郭通过网络开始全面发展，远远逸出传统的文学圈子。韩寒由于其评判公共事务的社会批判性，得到了两个美名，一个所谓"公民韩寒"，一个所谓"当代鲁迅"。这两个评价都是媒体加给他的，但是这样的评价使韩寒的粉丝，开始转移到中年，甚至知识分子阶层，公共的领域。中国人民大学张鸣教授对韩寒的评价是，整个中国知识界的力量加起来都比不上一个韩寒。评价不可谓不高，可见他的粉丝已经发生明显变化。另外韩寒占据了一个很重要的传播平台，就是他的博文。他的博文接近4亿的点击量，在全世界都是一个奇迹，也是网络传播带给我们的一个巨大的奇迹。

作为小说家的郭敬明一开始把握的就非常准，他始终走青春文学路线。有一段时间他写作品的定位就是12岁到16岁，甚至更低龄的学生。这个年龄段的学生的青春期，是需要有人去理解他们的。在我的观察中，2000年以后，安徒生、格林兄弟、曹文轩、秦文君、郑渊洁的作品渐渐地不能完全抓住少男少女了，当代作家的作品被青少年渐渐地疏远，传统的作品显然无法满足新生代。恰在此时，郭敬明给他们提供了一半明媚一半忧伤这样的东西，大受喜爱。左手是什么，右手是什么，这样的东西他们喜欢，他们需要这样的读物。郭敬明的粉丝相对来说比较低龄一些，可能90后的人相对多一点。80后的跟韩寒的可能比较多。我在网上浏览还有一个发现，韩寒跟郭敬明PK的文章中间，一般挺韩寒的人多，鄙夷郭敬明的不少，我觉得这里头其实有一个非常深刻值得玩味的缘由。

二、南辕北辙：对原有意识形态的消解？

韩寒和郭敬明从不同的角度，以南辕北辙的方式，对我们原有的意识形态，或者说对我们原有的观念都有冲击和消解，只是一般人不一定看到这一层。而且把他们两个放在一起PK也是很有趣的，PK是媒体为了抓眼球的一个惯用的手法。不要说他们两个人了，只要随便什么人，都希望他们能够 PK 起来。因为只有 PK 才能制造一种张力，张力就可以给读者阅读提供一种诱惑力。这是惯用的手法，其实大可不必在意。为什么在网络上很多人在挺韩寒、贬郭敬明呢，因为韩寒的一个特点是：虽然 1981 年出生，但对于中国 50 后 60 后甚至 40 后的话语系统极其熟悉，在他的小说当中我们随时可以看到对于"前意识形态"的讽刺，那样的一种揶揄，那样的一种批判，这种批判是在原有的话语系统下的一种颠覆。但是现在的网络公共议论空间里面挺韩多、挺郭少，恐怕与参与者的年龄段有关。可以说，他们两人的符号和套路是完全不同、南辕北辙的。

韩寒和郭敬明有相同处：都是青春化的偶像，第二都是年少出名的公众人物，粉丝均达数亿，第三都是体制外生存，也是市场化生存。不同的地方呢，我以为第一，关乎海派文化，韩寒虽然是在上海出生、在上海成长，但是他身上没有上海那种买办文化的色彩，对于物质的迷恋，他不强烈，他恰恰没有什么"上海的味道"。但是他又保留了海派文化中那种敏锐的、批判的、质疑中原文化的一种精神。所以最近有一个突出感受是："上海的两个男人让我改变了对上海的印象"，一个是韩寒，还有一个就是清口创始人周立波。韩周二人在精神本质上有相似的东西，此点另文再述。再说郭敬明，他本非沪人，但在上海上大学，继而开始迷恋上海，在他的身上反而显示出了很多海派文化的色彩。比如对物质的迷恋，强烈的物质主义，比如对消费的迷恋，财富至上的观念。他多年排在中国作家财富榜的首位，2009年虽然调到第二位，仍然是名列前茅。可以说，郭敬明保持了非常好的财富记录，他的每一部作品均稳居畅销书排行榜前列，他的商业化操作也十分成功。那么郭敬明代表的是什么呢？假如说，韩寒是一种在原有话语系统中的崛起，表达一种质疑，那么，郭敬明则是完全把你原有的那一套东西给摆开了，回避掉了，我所关心的就是我个人的生存，我个人的消费，我个人的生活。所以，"我时代"这样一个 80后的概念，在郭敬明身上体现得更加充分。但是网络上的愤青比较多。网络上关心公共事务的热心人比较多，他们更看中韩寒。而在传统的观念中间，对文人的要求，也会倾向韩寒那一种，而不是郭敬明这一类。但是，郭敬明恰恰对我们的文学有另一个方向的发展，就是"去意识形态化"，他把文学做成一个艺术消费的东西。其实，文学本身就是这样的东西，只是我们从 20 世纪开始给文学加了极其重的负担。文学为什么非要是工具、是匕首？鲁迅的杂文产生于一个非常特殊的年代，使文学呈现了那样一个性质。毛泽东的时代把鲁迅推向了一个旗手的位置，实际上也是强化了文学的某一种功能，而文学恰恰具有一个消费和娱乐化的功能。在市场化的年代，郭敬明及时地把握了这一点，这同 80 后 90 后成长的历程也是相当吻合的。

从 2006 年到 2007 年，韩郭就显示出南辕北辙的趋向：韩寒理性，是一个挥舞利剑活跃在公共事务领域的一个批判分子。而郭敬明呢，是舞动长袖在商业领域中如鱼得水。郭敬明极其勤奋，善于抓住每一个商机。即使从这样一个角度来说，他也是 80 后中的一个商业天才。韩寒代表了公民社会的一个价值追求。他的舞动长剑，批判社会现实；郭敬明代表的则是消费社会的一种价值追求，这是一种普世的价值观，如果说，80 后和 90 后有区别的话，可能 90 后更注重物质，这可能也是中国由发展中国家过渡到发达国家的一个正常社会心态。而且 90 后就认为，郭敬明所写的东西，就是他们所想的。郭敬明所表达的那些东西，他们也喜欢。有什么理由不喜欢呢？难道我们的长辈们一生就穿那么几件衣服、一生朴素的生活就是唯一值得提倡吗？难道人们不能生活得更好吗？这可能就是世俗社会的价值追求。或者我们换句话说，韩寒是为这样的社会的到来而奋斗，而郭敬明就在描述这个社会的通道。他们两个人的作用从这一点来说，是异曲同工的。这是很有意思的选择。韩寒的关键词是"叛逆的另类"，他是一个意见领袖，活跃在博文的公共领域里面。而郭敬明呢，是一位青春代言人，而且他构成了一个物质社会消费的符号。可见，韩郭大有区别：一个是精神的，一个是物质的。一个是理性的，一个是消费的。其实再深入地说，他们是从两个方向解构了原有的意识形态。

三、回到小说家的韩寒和郭敬明

在我看来，任何一个东西都有多元性，世界上有诺贝尔文学奖，它支撑着文学最高的标杆。但同时从广泛的意义上来说，文学也是人们修身养性、愉悦大众的，在这样一种愉悦的过程中实现教育和审美功能。其实，韩寒的文学观还是比较传统的，而郭敬明的文学观相对来说有新变化。郭敬明对时代的一些描写，起初偏于幼稚，但到了2007年的《悲伤逆流成河》开始获得自己观察社会生活的视角，对学校和父母——成人世界的"对峙主题"已然形成。他的《小时代》1.0和2.0版也是对生活的写照，至少在他眼眸中的世俗生活开始具有不同于传统的一套价值观。韩寒的小说，总体上说人物关系比较单纯，叙述视角也显单一，虽然在《光荣日》中的"魔幻现实主义"的艺术处理有可称道之处，但总体上看，也是巧妙有余，深沉不足，诙谐有余，哲理不足。艺术上也比较粗糙。应该说，韩寒和郭敬明在小说创作上都是有待提高的。也许，我们重要的不是看他的艺术，而是看他的思想，他的价值诉求。

我可以肯定地说，在韩寒、郭敬明、张悦然、春树、李傻傻、颜歌、笛安以及唐家三少、饶雪漫、明晓溪、郭妮、尹珊珊、安意如、我吃西红柿等一大批纸媒与网络写作的80后作家作品中，我们都不难看到他们不同于传统主流，并与传统纸媒作家迥然不同的题材、角度、技巧、风格、观念，也许根本的差异还在于体验世界的方式与人生价值观的不同，这里肯定不仅仅是年龄差距的问题。而所有的不同，我暂且都称为"另类"，目前可以结论的是：另类的网络时代、另类的青年形象、另类的生存空间，为我们提供了另类的文学阅读经验。[①] 即便单论今天韩寒和郭敬明在小说内外已经取得的成绩，他们作为80后文学的代表已经在文学史中占有一席之地。如果下一部文学史写到2000年以后，不写他们两个人的话，我觉得是不成熟的文学史。当然，迄今为止，韩寒和郭敬明的小说文本影响，还有很多文本之外的东西。另外，他们的小说创作也还大抵上属于纸媒语言的范畴，与新媒体的网络小说创作还有距离，换言之，他们的小说创作手法还大致属于传统的白话文创作，因此，我们也有理由在艺术上对他

---

① 参见江冰：《80后文学的文学史意义》，《文艺争鸣》2009年第12期。

们提出更高的要求和期待。从小说艺术上来讲，他们远非成熟，还有很长的一段道路要走。当然，他们的可能性和将来的发展，也有赖于社会的发展。

简言之，韩寒以小说起步，迈过《三重门》，走进《他的国》，寻找《光荣日》，如今俨然是举足轻重的"意见领袖"；郭敬明同样以小说《幻城》发端，在经历《梦里花落知多少》的青春梦幻之后，掀起《悲伤逆流成河》，重塑新上海滩的《小时代》，并以《最小说》紧紧抓住庞大的少年读者……不必讳言，他们已经成为当代小说不可忽视的存在，他们对80后90后乃至全社会的广泛影响，将为当下的小说创作提供丰富而多样的启示。

第四章　80后文学的代际权利
与社会权利

　　80后文学是一个模糊的、描述性的、进行时的概念，主要是指由80年代出生的作家所创作的文学。江冰先生在80后文学的早期分类中[①]，有偶像派和实力派之别，偶像派以郭敬明、韩寒和张悦然等为代表，其创作主要以青春写作为中心内容，表现对教育体制和家长的叛逆，描写青春的伤痛和成长，也有一些评论把80后含有这一内容的写作归为青春写作，从而淡化了80后写作这一命名的代际含义。实力派以春树、蒋峰等为代表，其创作视野比较宽阔、接近于传统文学的创作观念，因此也便失去了80后这一代际命名的意义。在发展过程中，80后文学创作也在不断分化，比如郭敬明，虽然也在不断地创作，但是，其创作倾向却越来越明确，也即越来越走向娱乐化，越来越像是一位文化商人，其文学包装、杂志运作、文学比赛虽然也在探索着新的文学创作、阅读和传播的轨道，但是，总体来说，他更注重将文学看作是文化商业。80后另一位主将韩寒，在风格上并没有什么大的变化，而是坚持着他一贯的叛逆立场，其社会身份的选择也导致他的"文学性"写作稀少，似乎赛车手才是他的职业，而写作不过是"余事"，相对于文学写作，他更喜欢的是博客写作，把博客作为了自己意见表达的孔道，韩寒的"意见"式博客写作产生了巨大的影响，其博客的点击率截至目前达到了4亿多，只要他的博客内容一更新，点击率几乎可以用铺天盖地而来形容，其表达的意见成为了风向标，影响着一大批人，韩寒甚至被认为是"意见"领袖。而实力派写手则越来越回归传统写作，并且随着更多80后一代作家的出现，其文学创

---

① 熊晓萍：《论"青春写作"与网络的双向互动》，《文艺争鸣》2009年第6期。

作水平也在提高和发展，特别是像颜歌、笛安和郑小琼等，显示出了80后一代人对接传统写作的强大实力。其中张悦然是走向传统写作的80后代表作家，其社会影响力也不可忽视，张悦然的加入中国作家协会，几乎可以被认为是80后叛逆性消散、回归主流创作的标志；其创作倾向也在向传统回归，尽管这种回归还需要我们拭目以待，但是在传播意义上，以上三个昔日80后偶像作家除了都是80后生人之外，已经失去了统一的80后命名的意义。倒是在网络写作上的80后群体显示着更加强大的创作后劲，体现着80后代际的某些特质，甚至引导着文学创作、阅读和传播的方向。

第一节　80后文学的权利诉求及其具体表现

面对以上80后作家发展的状况，从代际的角度来说，如何理解80后文学呢？实际上，关于80后研究，虽然国内最早是从文学领域开始的，但是由于其文学面相的复杂多样、文学评价话语的缺失以及更为主要的是他们文学创作的时间太短，以致还不足以支撑经典意义上的判断，因此导致现在的80后研究主要是在文化意义上得到普遍关注，在纯粹文学意义上的研究，至多尚是处在文学、网络和文化的互动关联意义上的探索阶段，还没有更为深入的探索，"文学性"研究的缺失，是80后研究现场的普遍面貌。由此看来，80后文学研究在外围的绕来绕去意味着80后文学实质内容的被忽略与代际权利的被关注，这样，研究80后文学的代际权利与其后面的社会权利有着深层的重要意义。

那么，如何理解80后文学在其文学成就尚未辉煌的时候就获得了生命的显赫呢？如果不是去浅薄轻率地否定，那么一定会注意到它有着更深层的意义在里面，为什么一代人会有如此突兀的、以命名而引起众目睽睽的聚光效应呢？它带来的社会关注度并且由此关注度引起的社会效应的内在肌理是什么？在80后渐成时代焦点的时候，其"文学性"是不是正在逐渐走向淡漠？由时代语境带来的文化意蕴到底是什么？本书认为，上述这些问题都和80后文学所禀赋的代际权利和社会权利相关，只有向时代深处的话语权力的争斗场域探寻，才会发现其中的奥秘，才能解释80后这一符码背后的多元意义。

　　作为文学研究，我们下面首先拟从80后具体文学现象中透视这一"代际权利"和"社会权利"的关系，试图从理论把握和文本现象分析两个方面审视其内涵。从80后文学的文学史意义角度看，80后文学具有一种突破以往意识形态写作的特点，这一点在郭敬明的写作中表现得非常突出，郭敬明以远离意识形态的方式为80后写作终结过去的意识形态写作，但是这并不意味着郭敬明的写作放弃了代际权利，而是从另一个角度解构了权利的无处不在性，郭敬明代替80后一代，构成了他们自己的意识形态，这是一种对传统意识形态终结的意识形态，是对基于网络时代建构自己的话语体系的一种意识形态。只不过作为一种意识形态诉求的80后代际权利，要求的是以文学诉求开端的政治诉求和权力诉求。在郭敬明那里是对消费话语的极端张扬，在韩寒那里是对传统精英意识的极端继承，在春树那里是青春叛逆的极端追求。从纯文学的角度说，韩寒作品中的思想锋芒过于锐利，以至于其文学风格并不为权威话语所激赏，但是，如果承认这也是文学风格之一种的话，韩寒的文学审美趣味使得他的作品只是超出了传统文学所能涵盖的意义罢了。伴随着时间的延续，因为上述这种思想的锋芒，韩寒的文化身份却在悄悄地转移，即便在文学创作中，这种转移也有明显的征候，《光荣日》的书写，便打上了这种由文学80后到文化80后的印记。《光荣日》自称是中国首部魔幻现实主义作品，其包装方式都打上了大众文化取悦于观众和大胆出位的想象力。但是阅读全书，会发现其叙事、生产直至审美趣味在"魔幻现实主义"方面了了，反倒是颇类似于当下的"恶搞"，这部文本可以说是一部全面颠覆旧有文学观念和审美趣味的文本，延续了韩寒一贯痛快淋漓、率真自然的风格，《光荣日》中对教育的戏谑、反叛直到颠覆，实质已经超过了一般青春文学对于课堂的叛逆，这种反叛一如既往地采用了对身体的关注，那场精子大赛隐喻了当下教育的失败。此处，生命的本能——正如80后文学中其他青春文本一样，乃是反叛的最基本力量。本能，是人的最原始的生命力量，青春文学写"问题学生"的意义亦在于此，挑战的力量总是来源于最有生命活力、最不安分的部分。然而面对文化，身体的力量则显示为某种"异在"的声音。在《光荣日》中，对家长和教育制度的反叛以粗鄙的方式、以更加切近身体和欲望的方式表达赤裸的真实，比如在小说中经常以"谐音"的方式将语言"男女"器官化或者隐语性行为，当然这种手法的运用过于尖锐，在挑战虚伪的雅致和表现真正的粗俗之间往往会差之毫厘，失之千里；另一方面，故事的身体化也在这篇小说中肆意张扬。借助身体描述符号化生活意义，《光荣日》中的身体描写和身体欲望直接就是故事本身。比如以"麦片"为中心的故事总是喜欢围绕生理行为展开。

另一位80后重要写手春树的《北京娃娃》则表现了青春文化的权利诉求。事实上，在《北京娃娃》中还没有出现真正的"自由和理想"，只有"成长中的青春"和由此带来的关于对"自由和理想"的情绪冲动以及由这种冲动引发的叛逆的表象：这一表象既渴望"自我"的绝对化，又渴望被外在的力量所认可，在矛盾纠结中，所谓"残酷青春"，不过是处于青春"荷尔蒙"中的青春冲动，正如霍尔顿说的："我现在只是在过年轻人的一关。谁都有一些关要过的，是不是呢？"[①] 从阅读角度看来，"艺术生活"的认同，消解了"残酷青春"的力度，换句话说，"我"的选择的自觉性使得"我"走向了艺术，而非大众，这样，在"艺术生活"和"社会生活"视角中，《北京娃娃》并没有从普通意义上完成"自由和理想"的建构，而只是展示了另类生活。《北京娃娃》中"我"之所以呈现出一种"艺术的姿态"，其实是个体与社会挑战的反映，在现实生活之中，要想获得特立独行的自由生活十分艰难，但是，艺术的特质使得个体以艺术的方式变形存在，却可以解决其"异在"性的难堪，因此，《北京娃娃》中的"自由和理想"并没有获得普遍意义，其呈现出来的"自由自在"也并非每一位饮食男女都可以获得的真正的解放。

事实上，"青春的冲动"在中国当代文学史中一直就有，在代际划分中，我们也可以看到其中的轨迹。以50后为主体的七七、七八级

---

① [美]塞林格著：《麦田里的守望者》，施咸荣译，译林出版社1998年版，第14页。

大学生，在北岛的"怀疑"声音中发出了青春的挑战，唤起了一个时代，一个以文学启蒙的时代，其总体价值指向其实是传统认同；而以60后为主体的一代，则在80年代末社会事件的惶惑不安中结束了"自我"与"社会"关系的对话，其现实选择走向了与传统妥协；70后一代，喊叫着"身体叙事"，实质是对"个体"的更加关注，随着时间的流逝，激情消失了，人却依然要渐渐回归传统。虽然如此，从50年代开始、经60年代、70年代，在文学的青春叙事中，"个体—社会"框架内不断走向"个体"的脉络仍然依稀可见，从《青春之歌》《组织部里来的青年人》《班主任》《无主题变奏》《你别无选择》《顽主》《单位》到90年代以后的青春影视剧，在"个体—社会"博弈的过程中，一方面社会在不断地吞噬着个体，另一方面个体也在不断地扩大自我的权利，50后文学的青春色彩本身就是集体主义的，60后的痞化和写实化实质是想与生活抗争、取得平等对话的权利，70后以"堕落"的方式希图引起关注。事实证明，强大的传统、迅捷而来的资本遮蔽了50后60后70后的冲动，其"青春的冲动"并没有找到"自由和理想"。时间到了80后一代，却有了一个崭新的语境元素——网络，由此给这一代人带来了更多的"个体"表达空间，80后的个体主义才大为张扬。网络为80后文学作者们的出场提供了简捷的方式，在中国这个新媒介正在勃兴的场域实现了商业运作和文化工业策略的胜利。而媒介的自由正在悄然置换业已形成的体制化和文化积成的审美权威，文学水平高下的判断者也不再为传统知识分子所独享，新的文学立法者正在诞生，在杂乱和纷争的表象背后，80后文学作为一种时代欲望的征候，是一种生命力对理性的出轨，溢出规范的河堤。事实上，80后文学依然在被"社会"同化，资本的力量如此强大，以至于早初的80后写手们分崩离析，走在"个体—社会"对话语境的各个纬度，韩寒被冠以"意见领袖"的大众标签；郭敬明游弋于商业化、娱乐化的潮流中；张悦然迅速地归于正统；笛安、颜歌等大部分80后作家几无80后当初的冲击力。在"个体—社会"的两极中，只有偏向于社会，才能有更多的显示度和生存空间，作为借助大众化允许露出地面的那一部分，韩寒、郭敬明现象正是适当地向生活妥协的结果，所以，韩寒、郭敬明产生后皆有延续。80后写手们左冲右突，徘徊于商业、政治之间，其精神的孤寂与荒凉无法尽诉。

第二节　80后代际权利诉求的背景

一、遭遇网络的80后：成为网络一代

由于80后一代的青春成长期与中国网络的成长相伴，客观上给他们提供了独特的生活场域，在现实之外，网络一代的虚拟生活空间提供给了他们这一代最为明显的代际特征：虚拟空间、表达自由，这些特点转换了他们的阅读、写作和传播方式，那种迥然不同于前辈的文化标识出了他们独特的身份符码，如果说50后60后的青春logo是"革命"和"理想"，70后的logo是"迷惘"和"小资"，而80后的logo则是"网络""娱乐"和"博客"，这样的logo当然过于简略，但从文学的写作、阅读和传播角度来说，确实能反映出80后一代不同于前辈的代际标识，这可以从阅读方式的变化、写作传播方式的变化和文学价值评判机制的变化三个方面约略看出。首先，从阅读方式角度来说，网络提供了不同于纸质阅读的电子阅读，对于那些从小就习惯于纸质阅读的一代来说，尽管电子阅读能提供更大信息量，但是却存在着生理器官、阅读习惯的不适应，从心理上，他们就认为网络阅读只是纸质阅读的补充；而对于从青少年开始就接触网络的一代人来说，则正相反，网络阅读便是他们的童年经验，在他们那里，不存在网络阅读之外的另一种更为强大的阅读习惯，而且，网络阅读的迅捷性、信息大量性、复制与传播的方便都给他们带来了丰厚的体验，这是纸质阅读所没有的体验。其次，网络论坛、博客以及QQ空间使网络一代拥有了新的写作平台[①]，这一写作平台由纸质的纯粹个人化写作场域移植到可以广泛传播的网络场域，它带来了更多的分享写作的快感、自由传播的快感，更深层次则是由这种传播方式带来了文学阅读目的指向的新维度：平等和即时对话得到回应与关注的快感，为什么

[①]　田忠辉：《博客、80后与文学的出路》，《文艺争鸣》2007年第4期。

他们关注点击率？因为点击率意味着被关注和某种肯定。最后，这样的阅读方式不同于以往，网络阅读带来了阅读的自由化，由此也带来了评价机制的自由化，每一个阅读者都可以以自己的阅读趣味来选择阅读，好和坏、有价值还是无价值，都由自己选择，虽然这样的状态会带来某种欲望的阅读，但是，自由的快感总是试图冲破禁忌。网络一代人写作、阅读和传播权力的自由化也带来了评判机制的自由化，这些便构成了网络一代代际特征的背景。

二、表演的 80 后："优伶化"的正负面

80后文学的出场带有明显的网络新媒体时代的特征，作为一种表演方式，"优伶化"是其主要特征，所谓"优伶化"是指新媒体时代文化出场更注重有没有影响力，这种影响力不是来自知识探索的权威，而是来源于借助新媒介对知识传播方式的新的表达；其吸引受众的也不是意识形态的价值判断的合法性，而是体现在他们身上的消费逻辑的成功符号化表征。这种消费逻辑打破了知识经典和价值判断高高在上的地位，直接以"被关注"实现其表达价值，舞台的中心位置被表演取代——学术以"优伶化"的方式引人注目，而这些都源于新媒体的传播作用，这涉及文化表演形式的变迁，媒介的改变是对表演机制的挑战，传统审美机制的权威性被当代媒介的大众化所解构，表演本身成为目的，成为意义，这是大众文化的策略：一切在于吸引"注意力"，既然"被关注"可以成为一个商业运作的平台，谁还去考虑表演内容的价值？这里的审美判断标准被悄然置换，已经不是审美趣味，而是"观"注，"被观注"的"点击率"代替了被点击事物的实质。以这个意义打量80后文学会发现：在某种猝不及防的情况下，80后文学无可挽回地被打上了商业炒作的标签，它也确实是借助这一标签简捷加迅捷地走上了文坛，网络和新媒体的桥梁，迅速地把他们导引到了聚光灯下，享受着大众文化狂欢时代的"飞来横财"，是新媒体，为这一切以"表演"代替了实质的"优伶化"提供了机会，80后文学的出场恰得其时。因此，"优伶化"的表演方式，对80后现象的出场和扬名起到了促进作用。

第一，网络媒介创造了80后，为80后的出现塑造了它自己的权威形式："被关注"和"点击率"。80后文学与网络有着不解的关系，其创作主体和阅读主体在网络上找到了一个不受传统评价机制评判的场域，并且迅速壮大起来，它从传播的生成环节上进入，引起传播接受链条的振动，这样广大受众群体的80后文学现象不可能不受文化工业和传统媒体的关注，商业逻辑与"后"文学传播媾和的结果导致了一种新的权威产生形式，"点击率"和"关注率"取代了"意义"和"经典"的评判笼罩。这是网络媒介的功劳，网络媒介区别于传统的纸质媒介，它如同人类的神经，具有迅速的播散功能，它快捷的传递和复制功能，为讯息的接收、传递展开了无尽的空间，作为技术性的传播，它可以脱离开或者干脆不做任何价值判断，所以，造成了文化传递的"无价值"和"平面化"，传递的意义仅仅在于传递，这个信息链的存在仅仅在于信息的串联，而不在乎信息的意义。这样的一种传播，打破了纸质传播的速度，因此也打破了在传统慢速传播中的阅读过程，传播速度越快，其中内涵的价值判断就越少，这就为"优伶化"的表演提供了合法性。第二，网络论坛为80后的表达提供了空间。80后文学因此在网络世界中可以呈现，网络中并非全部是机器，网络世界的施为者依然是人，但是这里的人却不仅仅是生存在平面历史的线条中，而是生存在网状结构、点式联结的空间之中，其传播速度如同脉冲一样又迅捷无比；在这个世界中，信息不是单线条的接收和传递，而是多点传递，并且多向发出和反馈。所以也造成了价值判断的复杂和多样化，那种传统的凌驾一切之上的唯一判断——"真理"，在这里岌岌可危，价值的泛化实际上为价值的"虚空"制造了前提，再没有哪一种价值具备绝对权威的地位，"一切坚固的东西都坍塌了，一切神圣的东西都烟消云散了"，价值的"虚空""破碎"和"失衡"导致了信息单纯的"能指"传递，所以也为"优伶化"的出场提供了合法性依据——因为不再在乎"意义"，所以更加在意"表达"。第三，80后文学的需求规则"自己写，自己读"支撑了80后。80后既是网络的传播主体，又是其受众主体，现代化造就了大众，"去神圣"和"去崇高"不仅有负面的意义，它同时把所有人拉回到一个平面上来，因此，大众文化天然就包含了民主的元素，大众塑造着他们自己的"崇高样本"——"娱乐至死"——实质是主体的自觉——寻找"专制"下的"自我"，当然在这种寻找中商业元素相伴而生，剥离开文化产品的书写问题，从文化接受内容来看，大众也在引导着商业性文化运营的方向。既然有这样"平民化"知识，为什么我们不去接收？（不是接受！）"优伶化"表演方式证实了爆发的可能，在今天，"优伶"已经消弭了其贬义的内涵，人们之所以去"优伶化"是看到了大众文化时代人们急匆匆地阅读方式的状态，"优伶化"表演方式的形式意义使它适应了业已变化了的阅读模式，实现了大众文化需求的浅思维、低品位、重影像和即时性的消费愿望。"优伶化"也成为攫取的一种方式，人们渴望的是"优伶化"带来的利益，而不是它的形式，这样，"表演"或"影响力"便具有了形式意义，它已经超越了价值追问，成为一种方法，在自我刺激中快速成型。

三、文学的80后：显性在场与深层虚化

白烨先生在谈到80后文学概念时说道："我们这里所说的80后，指的是1980年—1989年间出生的学生写手，有时候它与其他一些概念相互交叉或相互替代使用，如'青春写作''新概念写作'。80后这个概念现在看并不十分准确，包括80后的作者自己也很不满意，但目前还没有更好的概念来替换，因为80后更多的是一种文化现象，还不能说是一种具备了文学思潮或文学流派特点的文学倾向，只能先用这样一种年龄和年代的概念来概括。"[①] 从80后早期文学形态来看，白烨先生这一认识是非常准确的，时至今日，尽管80后写作在向更富有"文学性"的创作前进，但是在80后文学研究方面，这一判断还是有可参考的价值，更多的研究者关注的还是文化80后或传播视野中的80后，80后文学依然是一种显性的在场、深层的虚化，也即说的是80后文学，讲的却是80后文化现象。

为什么会出现这样的状态呢？本文认为：被广泛关注的80后文

---

① 白烨：《80后的现状与未来》，《长城》2005年第6期。

学实际上更多的是在思想"新锐"意义上的被关注，而非"文学性"意义上的被关注，在向网络转轨时代，文学以80后的名义又一次地充当了思想"新锐"角色，80后文学成为社会意识诸多层面的代言者，是时代权力话语权利征候的显性面貌。

首先，任何时代都需要思想的挑战：文学又一次领军。我们知道，80年代末期以后，一直存在于中国人心中的政治热情开始淡化，特别是1992年以后，经济社会的大踏步前进已经成为不可阻挡的潮流，卷入现代化进程中的中国，非常适时地迎接了网络时代的来临，90年代中期，互联网全面进入中国，而这时正是80后一代处于青春成长期，对于他们，互联网迎头而来，塑造了他们的文化接受、阅读、传承的基本方式。可以说，互联网的开放性，直接打开了这一代人的意识，互联网可以自由发言的空间给了他们言说的可能，快速的讯息传播互动，给了他们创作的冲动。而在这些文化功能中，互联网的交互平台展示得更多的是文学言说，尽管不被经典的文学评判尺度认可，但是情感性、想象性和自由的审美选择，还是赋予了网络写作太多的文学性质，80后以文学的"新锐"形式充当了网络时代的领军人物。其次，继之而来的是由文学表达的思想"新锐"性与网络场域的全面偶遇。这里"新锐"性的内涵包括：（1）反叛（自我意识）；（2）新的主体；（3）新的价值观；（4）新的行为方式；（5）新的审美模式；（6）亚文化区别于主导文化的趋新特征（或求异特征）；在80后的文学创作中，我们可以看到上述思想的"新锐"内涵是普遍存在的，尽管这种"新锐"内涵与青春亚文化界限模糊，但是，我们从中试图发现的80后文学不同于传统文学的特质还是存在的，打着他们独特经历的特有烙印，其反叛集中体现在对以"高考"为核心的教育体制的抗争，对既定规训的不苟同（《三重门》）；这一代主体在思想上的独立意识与玩世面貌（《梦里花落知多少》）；面对伪饰的现实，貌似叛逆，实际则是找不到真诚的归属（《北京娃娃》）；网络与动漫因素在文本中的特色体现了新的审美模式①。这里我们特别注意的问

---

① 王涛：《代际定位于文学越位——80后写作研究》，四川出版集团巴蜀书社2009年版。

题是：以文学表现的思想的"新锐"的意义何在？实际上，这是网络时代的多重身份的显现，其中有公民主体、小资主体、青春主体，等等，但是，他们无疑都在渴望自由的表达，而正是网络场域为思想的"新锐"提供了空间。网络文学的特征表现在：（1）吸引大批阅读者；（2）商业资本上的成功；（3）"意见"表达的孔道；（4）文学形态上产出的泡沫化，消费快餐化，营养内容的玄、炫、眩，欲望；这些特征也正是80后文学的特征。最后，80后文学的虚化集中体现在他们的代言性质。这也是80后的权利呈现方式，表层的文学性终于在媒体运作下呈现为显性的权利代言者，包括：第一种是代言娱乐化（郭敬明的青春写作、出版，是"文学性与娱乐化"相结合的典范，这些内容几乎包含了当代大众文化的所有前台景观）；第二种是代言"意见"领袖（韩寒和他的博客）；第三种是代言传统（李傻傻的文学写作）；第四种是代言青春与被忽略的领域（春树的写作和她的生活方式）。

第三节　80后文学权利诉求征候根源：文化矛盾遭遇新人类

随着现代化进程的全面推进，中国在场的文化矛盾处于多重纷争的状态，既有主流意识形态的强力主导，又有伴随资本而来的拜金主义意识形态的实际盛行；既有以"国学复兴"为表象的传统儒家文化的呼吁，又有以民主自由为口号的现代公民社会建设的倡导；既有平民文化、民间文化的复兴，又有所谓贵族精神的想象，转轨时期精神面貌的复杂坦然纷呈。所有这一切，又与网络媒介迎头相撞，其间的缠夹纠结，都成为时代语境复杂化的构成要素。80后面对这样一个价值规范混杂的时代语境，可以想见其精神信仰寻找的困惑与艰涩。因此可以说，80后文学的症结实际上是80后一代所面临的时代征候的显影，80后生存在一个价值断裂的时代，作为与网络媒介相伴而生的新人类，其生存徘徊在资本与精神矛盾的裂隙之间，而网络导致了其生活方式的变化，在经典价值的传统权力控制真空中，80后文学现象实际上是时代矛盾的综合征候。文化从来都是分层的，精英文化与主流文化时而合流，但是主流文化在需要的情况下亦要与大众文化秋波频送；因为大众文化具有双重性，一方面，大众文化的商业运作使它有可能摆脱直接的主流意识形态控制，从道德禁忌中突破出来，打破"秩序"，其实是建立符合大众文化规则的"秩序"；另一方面，大众文化在媚俗的同时，为了其合法性的生存和商业目的，并不排斥主流文化的收编。因此，表面上的文化争夺，实质上是文化价值观上分歧的表露，更深层面，则是意识形态观念上的分裂与融合。文化以"优伶化"作为一种策略，便于在这种微妙的斗争中获得最大的利益，既取媚于大众又得到主流意识形态的暗许，双赢的结果，"优伶化"的表演，何乐而不为？因此，"优伶化"是一种以貌似"二丑"的形式，适应今天话语权力"关注度"和"影响力"转型的面貌，实现其"话语声音"的争夺。

这种"优伶化"表现的原因在于80后话语权的焦虑，实际上则是80后一代面临转折时代的内心惶惑的状态展示。80后价值观面临冲击，处于矛盾的纠结之中，作为一种征候，首先表现在80后新人类生存在资本与精神矛盾的裂隙之间。一方面是资本的大肆膨胀和由其所导致的后现代景观的碎片化，另一方面是精神和信仰上的断乳状态，80后在反思父辈时说："作为我们的父辈，他们有足够的理由受到尊重，但在我们自身的成长年代，在我们于迷惘中急切盼望精神导师的年代，他们中没有一个人有资格站出来，教给我们一些关于爱、善良乃至幸福的真理……《上海文化》杂志的编辑、同为80后的张定浩认为，80后不想从上一辈作家那儿感受到怕、恐惧和抗拒，他们需要的是爱、真实和希望。然而这一切没有在他们那代人身上实现，所以，'再见，我们的少年偶像，我们要去描述的世界不再是这样。'"① 面对勇敢的80后质询，长辈们应该勇敢地表达羞怯，而不是凭借手中的话语权说长道短。其次，当我们认真地分析造成80后们对长辈们的

---

① 田志凌：《80后集体反思父辈 羞于提起曾经喜欢先锋派》，2009年9月17日，见 http://gcontent.nddaily.com/3/32/3323fe11e9595c09/Blog/f27/677338.html。

反叛原因后，我们会发现，正是网络这种新的生活方式的变化导致了传统权力控制的真空状态，可以说，这是一件幸事，它给80后们提出新的价值观念和信仰伦理以应有的自由空间，给他们以足够的机会创造新的更加符合人性的价值观念，给他们以自由和民主的选择余地。因此，最后，随着传统话语权在网络空间控制的虚弱，80后乘虚而起，借助网络发出自己的声音：如"自己写，自己读"的文学阅读观念，填补了传统文学的虚饰和空白。可以说，文学在这里给了80后们以出路，文学也无意中又一次充当了时代的先锋。

总之，80后文学现象是时代矛盾的综合征候，表现在80后文学现象中的特征：青春、网络、虚拟和亚文化等正是时代语境的影响，是时代征候的体现，然而，80后文学还是要走向文学化、市场化和文化化共同发展的道路，文学的评价机制在话语发言权利、读者阅读方式和文本评价尺度等方面期待有更加宽松、自由和美好的前景。

第五章　80后世代写作的文化气质
与文化意义

　　这注定是一次冒险的精神之旅，为中国目前为止最具个性的一个世代命名，最具青春风采的人类学采样，是你遭遇到的从来未有的挑战与冒险。这是这个命题的学术风险所在，也是其魅力所在。这个近乎不可能的命题之所以存在，就在于它蕴藏的无限可能性。为什么从这一代人开始，我们这个有着几千年历史的民族开始有了自己的代际言说，而且以这一代人划界，其他代际因而也有了自己的代际属性与代际命名。为什么中华民族从这一代人伊始，有了代征分明的一个世代。从某种意义上说，没有儿子便没有爸爸，没有孙子便没有爷爷，没有弟弟便没有了哥哥，那么，在当下的中国，没有80后的命名，便也没有了此前的70后，60后，50后以及后来的90后、零零后，等等，正是因为80后的命名，使得此前此后的"代际"有了自己的代际归宿与代际定义。

　　虽然我们需要承认并指出，这一代人如以往及以后的任何一代一样，每个独立的个体都是不同的，都是无法命名的，但是我们却不应该让这成为对80后这一代际研究课题的障碍。事实上，这种代际言说已成为我们现实生活中的常事，抱怨其局限性不是人们促进80后作为公众话语的最佳途径。当下的中国，80后不仅成为一个巨大的社会符号与文化标签，也正成为学术研究的热点论题。把80后作为一种文化现象进行研究，探究这代人理解与把握世界的方式。这样的命名也多少系于一代人作为一个整体的某种"共同性"。当80后作为一代人被关注时，实际上是关注的这代人与其他代际之间共同的差异性，这种差异性恰恰构成了这一代人的实质。因而，如果某种文化现象可以被恰当地当作一个时代的文化征候，那么80后无疑是最合适的选择，它无疑在多重意义上都可被当作当代中国文化的一个极具征候意味的文化网节点。

第一节　世代概念下的文化品格

在这个消费主义时代，不能不说，80后这个概念也被过度消费了。那么，在笔者看来，这个以代际命名的概念，首先不是一个标签，而是一个文化征候。每代人都不能被"标签化"，但却可以被置于"世代"的视野里去观察。每个世代都会觉得自己是特别的、独一无二的一代，那么为什么会以80后这一世代开始命名？在我看来，这种命名，不是彰显一种"年龄主义"，而是由世代区隔昭示的一种文化品格。

"世代"是一个相当抽象的概念，或许我们可以这样说，生在在同一时空背景下长大的就是同一个世代（Generation）。世代作为一个群体，其长度大约等于一个生命阶段，其界线由同侪个性（peer personality），来界定。这个定义包括两个要素：世代长度和世代界限。世代长度即一个生命阶段，指的是孕育下一代所需要的时间长度。一般每18至24年为一个新世代；世代界限取决于同侪个性，即同一时期出生的一群人之间流行的行为模式和信仰。因而，首先需要探讨的是，本文所使用的"世代"概念的有效性在哪里？

世代概念在分析上的有效性，不在于指出人们在生物学上的年龄一致或相近，而在于说明他们如何因为处于同一社会的特殊历史过程，经历类似的社会变迁力量，因此在生活经验与反应上有某种的共同性，并使他们异于其他世代。一群人年龄相近，至多只是他们共同社会行动的必要条件，而非充分条件。特定世代要引发重大社会变迁，不会只是因为生存于同一时空，而必须是他们发展一种具有共同意识的连带关系，足以激发他们参与共同的命运。

其次，世代因素成为人们共同社会行动的显著基础，经常是在社会变迁快速或社会政治动荡时期。在这种历史阶段推动社会、知识潮流的变化上，年轻的世代尤其扮演重要角色。从这一理论角度来看，

1980 年以来出生的 80 后世代明显处于共同世代"位置"（亦即属于同一历史与文化地区、出生于同一时代者）。而这一代人中在各个界别出现的积极活跃分子，成为推动政治社会文化变迁的主力。因此构成这个实存世代中的一些核心，即所谓的"世代单位"。从文学世界的"世代单位"出发，可以窥探一代人的世代书写与文化情怀，从而认知一个世代的文化品格。

"不论我们是否愿意，我们总是属于自己的时代"（奥古斯特·孔德 Auguste Comte）你来到这个世界走一遭，没被安排在其他时空，就正好是这个时代，世代书写者无可逃避，必须去回应时代给出的考卷。从某种意义上说，所有生活在 1980 年代之后的中国人都很幸运：跟世界上其他国家的人不一样，我们处在一个大变动的社会和一个大变动的时代当中。东方这个古老的民族由 20 世纪 80 年代进入到 90 年代一直迄今，发生了人类历史上从未有过的大变化大转折。无论是在文学上、文化上还是在生活中，均发生了很大变化。变化之巨，只能用那句耳熟能详的话来形容——"三千年未有之大变局"。

那么，接下来的核心问题就成为：在当代中国，为什么 80 后会成为代际命名的开始？为什么这一世代在当代中国变得如此重要？简单地回答是，当代中国重大的政治、经济、文化变迁，始于 20 世纪 80 年代。由此开启了中华民族的又一个"新轴心时代"。这一时代诞生并成长的 80 后，成为当代中国这个"新轴心时代"的"新轴心世代"。

需要说明的是我们在怎样的范畴里，认定与使用"轴心时代"这一概念？

"轴心时代"是德国哲学家亚斯贝尔斯提出的，他认为在人类思想发展的历史上，公元前 6、7 世纪是一个非常重要的时代，这一时期世界上的各大文明都出现了一批重要的思想家，如西方有苏格拉底、柏拉图、亚里士多德，印度有释迦牟尼，中国出现了"百家争鸣"。这一时期产生的思想，大大推动了人类文明的进程，所以称为"轴心时代"。另外，西方学者认为"文艺复兴"是西方文明的第二个"轴心时代"。这是"轴心时代"这个概念的一个基本内涵，而轴心时代的另外一个重要内涵则如亚斯贝尔斯所说的"到那时为止被无意识地接受的观念、习惯与环境，都受到审查、质疑与清理"。因此，本书既是在一个古老文明当代复兴的语境里使用这个概念，更是在"到那时为止被无意识地接受的观念、习惯与环境，都受到审查、质疑与清理"这一范畴里重新定义这个时代。当代中国进入20世纪80年代，笔者认同于把这个时代定位为"新轴心时代"的观念。这样做不仅仅是为了方便起见，因为采纳一个分析家的解释要比从杂乱的"直接"描述性材料中开始分析更容易些。而且是因为如果分析的目的是为了了解80后的文化性格与文化环境的关系，那么，把文化环境作为分析80后文化性格的背景知识时，从文化上可能更容易感受它们。这种研究可以将研究者们从描绘研究对象的难题中解放出来，从而使人们能够研究文化事象是如何汇集在核心问题周围的。直面80后这一问题的复杂性，而不是使这种复杂性消失在标签化的描述中。从80后世代书写探究其文化品格，进一步从世代面相上探究当代中国社会与文化的变迁，应当成为当代中国文学与文化研究中一个重要的取向。80后这一世代概念，不能仅仅当作描述用语，而应该成为分析的概念。现有的描述性成果固然提供了一个贴近对象过程的现象描绘，而后来的研究者如欲从文学书写出进一步从世代角度探讨当代中国社会文化变迁，则必须在理论分析上再加以提升精进。这或许是"新轴心时代"里的"新轴心世代"这一理论命题之于80后的意义。

如果说，20世纪80年代中国进入历史的轴心时代，那么诞生与成长于这个时代的80后，便成为这个不断成长时代里的正在成长中的生命。他们属于青春的中国，属于成长的力量。或者说，他们的青春恰恰与一个古老民族的走向复兴的历史际遇重合了，是一个大的时代托举出一个世代。那些经历青春的觉醒、迷惘转化，具有鲜明的世代认同，在青春书写中定位自我、世代与社会的逐渐成熟的知识青年所构成的80后世代，就其在中国当下与未来的社会与文化上的重要性来说，我们可称之为中华民族走向复兴途中的"新轴心世代"。

正是在社会政治剧变中，80后世代反思自我的处境与角色，对这种世代差异倍加敏感。这一代人因而有着鲜明的集体记忆建构与世代意识。他们的世代认同镶嵌于青春的书写，依附于社会变迁而展开。他们在青春叙事中自我定位、寻求存在的意义，这代人的文学书写与文化实践，成为当代中国社会变迁与文化发展的重要承载者。

　　80后世代，是个体生命阶段、社会变迁与全球化进程辐辏际遇的结果。被当代中国文化所形塑的世代认同，成为这代人行动的重要动力，既是特定社会变迁的产物，也是激发进一步社会变迁的动力。80后的文化再现与知识建构活动，涉及集体记忆与集体认同、青春书写与文化语境的关系。80后的集体记忆是一种集体经验被"结构化"或"模式化"的青春写作。集体记忆并非这一代人现实生活实践与实际经验的简单呈现，不是许多个体对现实零散记忆的总和，而是80后文学的写作者们在公共领域里借着修辞论述，将这些生活经验与零散记忆与其他引发不满与关注的社会文化议题结合起来所表征化的青春书写。它传达出一代人的成长焦虑生存焦虑与文化焦虑，并最终成为这个时代文化焦虑的征候性文本。80后的集体记忆与这个时代的文化焦虑互相建构，而成为一体的两面。从世代出发，分析当代中国社会、文化变迁，呈现世代与时代、解构与结构、自我与时代的密切关联。努力寻求一种不是以孤立和封闭的方式来把握对象，而是通过联系背景和综观全体来把握对象。因而，从新轴心时代里的新轴心世代出发，这个意义上的80后世代研究，便必然地构成了对当代中国的价值观念、观念基础、文化背景之理解，乃至对其总体的政治格局、社会变迁、经济趋势、教育体制等之理解的一个不可或缺的关节点。

第二节　个体与世代：一个时代的文化征候

　　任何一个世代的存在，首先都是以个体的方式存在的，80后也不例外。

　　实事求是地看，80后的写作者们，无论韩寒、春树、张悦然、郭敬明、李傻傻、胡坚——不管谁单拎出来，都算不上汉语文学世界里的重镇；但是当他们与其身后的一代人共同集合在一起成为80后文化现象作为一个世代集体亮相时，便显露出逼人的锋芒。这不仅是中国文学史上，也是中国文化史上少见的文化景观，围绕在韩寒周围的不仅有"韩粉"，甚至出现大量的韩寒伪作，由此形成当代中国文化风景里的"韩寒现象"。因此，80后这个世代概念，既是个人的，又是集体的，是一代人的"集体表征""集体意识"与"集体想象"。

从这样的角度来看，无论是2004年20岁的春树登上了《时代》周刊（亚洲版）的封面，还是2010年韩寒入选"全球最具影响力人物"候选榜单，都不仅仅是他们个人的魅力与"影响力"使然，而是站在其背后的世代与时代、国家与民族的魅力与影响的合力。这一世代人生展开的过程，与中国改革开放三十多年的进程正好吻合，正是这不平凡的三十多年，造就了中国历史上不同寻常的一个世代，正是分量越来越重的中国，将这一世代的杰出代表托举到了世界的舞台。因此，他们的荣光与困境，既是个体的遭际，也是世代的遭遇，而且又是时代与民族共同的承担。这一代人个体的命运，与时代的命运联系在了一起，这一代人的杰出书写者就是通过自己的命运洞察了时代命运和危机的那种人，就像卡夫卡说自己——他本人的弱点恰恰与时代的弱点结合在一起。

从自我认知来说，80后的文学书写可能是了解这一世代思想情感变迁的轨迹，了解生命分裂与连续关系的"征候性"文本。对一个历史时期的精神风貌，时代气氛，对一个世代的思维、表达方式特征的理解，也多少能从这一代人的文学书写中窥见其摇曳多姿的光影，从他们的表意行为中可以见到这个时代最突出的精神氛围，因此，他们的世代书写又成为一个民族自我认知的镜像。

每个时代都有自己的青春世代，都有自己的青春书写，正如有着中年书写、老年书写一样。80后是当代中国在20世纪末21世纪初出现的这一时代的"这代人的叙事"，它展示的是青春中国的面影。80后的青春书写与文化实践，既是关于一个世代的集体经验的特定叙事，也是特定时代的时代叙事。集体记忆，即为透过叙事化而将人们对一代人生命困境的理解模式化、结构化的过程与结果。青春书写具有重要的文化结构性质与作用，他在揭示一代人生命的困境的同时，也形塑了一代人的世界观与文化行动。他们的书写，不仅在叩问着

"我是谁""我的过去是什么""我的将来在哪里",而且在寻找着"我们是谁""我们的过去是什么""我们的将来在哪里",因此,由个体写作者的个体行为,便成为一代人的集体征候,他们表征了这个时代的所有的矛盾与缺憾、焦虑与求索。因此,这一世代的世代书写,不仅属于中华民族的特定历史,也是属于特定的社会与文化的。

青春的成长本身就是一种生命的舒展与书写。人们对生活或生命历程的体验理解,几乎难以避免叙事的性质。人们用青春的书写的方式为自己建构这些体验与理解,也用青春的书写的方式向他人陈述这些感受与诉求。因此,青春与书写难分难解。青春书写,是这些体验理解的元素,也是一代人追求意义的重要凭借。没有青春,何来青春书写?没有书写,青春岂有寄托?个体如此,民族亦然。一代代的青春书写,都在探索着这块土地上的人们从何处来,欲往何处去。80后世代书写,正是一代人生存困境的展示与对未来的探寻。"80后的写作通常都以自身的青春成长为题材,充满了忧郁、寂寞、孤独、哀伤、颓废,还有些许疼痛与残酷。在80后的世代书写中,我们可以看到这个世代的青年人面对世界、面对命运时的表情;可以看到这个世代的青年人对自身行为的反思,对自身道德人生、道德实践的观照和剖析;对人性缺点与优点的揄扬。它是这个世代青年人的心灵史。它传递着这个世代的青年人的美善哀痛、喜悲苦乐、爱恨情仇,一个世代的怕与爱。一句话,它是一个世代生存困境的审美表征,它审美地揭示了新轴心时代的新轴心世代的生存境遇、体验与困惑,并显示出一个历史时代人们的生命涌动的轨迹。80后世代作为青春一代在走向成长的过程里遇到的问题、矛盾与困境是每个世代的青春都会遭遇的,只是在与"三千年未有之大变局"巨大的变革与转型的这个时代相遇后变得异常凸显与强烈了,这种青春的"悲伤逆流成河"在80后世代书写的诗意言说中被夸大了。于是,自我的发现与迷失,个性与妥协,时尚与务实,悲情与调侃,不仅是成为这一世代的文化姿态更成为这一世代的审美风范,韩寒的戏谑调侃,张悦然的婉约灵动,郭敬明的华丽忧伤,胡坚的黑色幽默,共同彰显着一个世代的多样化的审美风采。

　　这无疑是中国历史上到目前为止最具个性风采的一个世代。"自我"是思考这一世代的最小公分母。他们拒绝平庸，"亚洲有我"的刘翔和"文坛算个屁"的韩寒是其代表。80后被称为"我世代"，但这个"我"却是个分裂而矛盾的"我"，"我"的分裂矛盾，不仅存在于每一个个体，也存在于每个世代，但是，应该说，迄今为止，没有一个世代的个体的"我"的分裂与矛盾来得像这一代人这样激烈。时代的矛盾困境似乎更多地纠结在这一世代身上。就如一位杰出的小说家所说，"历史的加速前进深深改变了个体的存在。过去的几个世纪，个体的存在从出生到死亡都在同一个历史时期里进行，如今却要横跨两个时期，有时还更多。尽管过去历史前进的速度远远慢过人的生命，但如今历史前进的速度却快得多，历史奔跑，逃离人类，导致生命的连续性与一致性四分五裂"。（米兰·昆德拉《加速前进历史里的爱情》）从新中国成立以来，中国人经历了50年代的革命传统价值观、60年代的"文革"阶级斗争价值观、80年代的改革开放价值观、90年代的跨国公司价值观及2000年后的互联网和娱乐化价值观几个断代，这些价值基因都在这一世代的思想光谱里留下斑驳的光影，他们出生于西方思潮大量涌入的20世纪80年代，成长于消费主义兴盛的90年代，得意于自由精神泛滥的互联网时代。与前辈世代不同的是，他们的成长过程里，像是取消了线性的时间之箭，转向多层历史交叠的圆形时间，从这一世代开始，人常常要处于两个，甚至是更多的历史时区，个人独特的经验不免断裂、毁坏。

　　应该说，80后的命名与言说，与媒体有着分不开的关系，而媒体似乎对80后怀有极大的兴趣，在媒体大量的"表述宣传"中，似乎真实地描述了大多数可观察的表层现象，这是媒体眼里这代人的肖像：没有哪个世代像80后这样给出两个分裂而矛盾的形象：一方面，他们是中国移动制造的一代，我的地盘我做主；是超女一代，想 × 就 × ；他们是耐克JUST DO IT一代，是不提民主自由只知及时行乐的我世代。另一方面，他们是中国走向世界最有竞争力的一代，在扁平的世界舞台上是竞争压力最大的一代；他们是最全面履行普世规则、认同全球价值观的一代，或许是中国历史上最伟大的一代。①

在当代中国巨大的转型与变迁中，"一切坚固的都烟消云散了"（马克思语）。网络流行的那个段子，颇能反映出一个时代的社会心理："看了《色戒》觉得女人不可靠，看了《投名状》觉得兄弟不可靠，看了《集结号》觉得组织也不可靠……"从这一世代的中国人开始发现，面对世界，他们失去了最基本的确定性。宇宙基础的危机、社会基础的危机和认识基础的危机联合在一起，形成同一个危机复合体。80后的世代书写呈现出的文化品格具有深刻的二重性：他们有如此多的清醒、敏锐、发现、发明、验证，但经常是在同一人的思想中又有如此多的谬误、盲目、幻觉、谵妄。人的精神的自我追求与社会组织的控制，这两种过程正在从相同的源泉出发向前挺进，并互相争斗。新的极权对个体的无法抵御的统治与个体解放要求的紧张与博弈一直在这一世代进行着。时代巨大激流的漩涡冲击着这一代华夏子孙，仿佛时而把他们推向分解和离散，时而又把他们引向复杂与斑驳。我的方向在哪里？我是否能把自己的青春游荡变为生命旅程？我无法排除对自己的现实的不确定感和对一切未来命运的不确定感。我只能打赌，并承担自己的赌注。这个赌注就是，精神、人类、社会、历史相应地具有发挥自己的复杂潜力的可能性。这个时代正处在一片混乱之中，各种文化印记和规范正在不断地解体和重建。各种文化试图相互齿合，但同时又像一个打散的拼版画一样分裂成千万个碎片。自我经常看不见自己。这个时代的巨大的精神疑难还在于，合适的提问在哪里？恰当性在哪里？在这种复杂性中，复杂性究竟是什么？"或许我们最终还是要回到休谟那里，像他那样去要求一个怀疑主义者的特权。但这种怀疑的态度同时也可以成为一种'好的怀疑主义'的开端。它会促使我们以一种积极地态度去重新把握那些最原初的世界经验、重新品味那些最根本的生活感受。图根特哈特便说，'以往的大多数时代都曾相信知道，什么是善，而在这些时代中产生的各个哲学体系则恰恰可以说，什么是真正的善的生活的观念，黑格尔也是如此。

---

① 参见闫肖锋：《〈新周刊〉的世代观——为新人类画像，给"飘一代"立传》，《青年记者》2008 年第 6 期。

我们今天已经失去了这种可靠性。但这种损失也可以是一种赢得。正因为不再相信拥有真理，我们便可以重新体会苏格拉底的经验：正是在不知的知中，对善的展望才被给予我们，而且在这种被回掷到我们自身的状态中，我们才学会珍视，我们可以去探问真正的善"。①

80后世代文化品格带着各种复杂性（互补、对立、矛盾），正体现出当代中国文化现实的全部复杂性。因此，对80后文化的理解／阐明可以照亮当代中国文化。这时，我们便可以允许自己朝着复杂性的难结方向溯源而上，复杂性的难结不仅表现为80后与当代中国所有文化问题都难解难分地连在一起，而且把80后文化与时代、社会、历史问题也难解难分地连在一起，而凡诸这些复杂纠结的文化语境正是这一世代生长的"灵魂气候"。

桑塔耶纳（George Santayana）在第一次世界大战期间一直住在伦敦，后来写了一册《英伦独语》，据他说：决定英国人性格的，乃是他内在的氛围、他灵魂的气候，亦即植根于灵魂深处已经定型的性格倾向，它赋予他生活的方向感。这种内在氛围，倘若非要具体用语言说出来，可能只会像政治口号般，是几句简短的语句或过于简化的理论。因为单纯的语言无法表达这种内在氛围，它的思想层次远比任何语言或想法都要深邃，它是无言的本能和静默的坚持。桑塔耶纳所形容的英国人灵魂气候，看来迷离不着边际，说了仿佛没说。但用来描述80后的文化品格，恐怕恰好适用。这种灵魂的气候，在抽象的话语系统里，可以落实为一种观念的现实。而80后世代身处的文化环境并不是由观念之物组成的抽象世界，而是一个涌动着生命的世界，这些生命具有生物学意义上的使命的某些关键特征；因此必须探索这些精神存在和人类存在之间的相对自主和复杂关系问题。这样，我们在考察80后成长的精神文化语境时，必须清晰地看到，这种精神文化圈以自己独有的生命从这一代人的全部活动中突现出来，但同时我们必须承认这种突显本身具有不可简化性。这或许正是开启了80后研究的精神现象学的向度。

---

① 倪梁康：《自识与反思——近现代西方哲学的基本问题》，商务印书馆2002年版。

80后的成长，不仅仅是一种文化模塑的过程。它本身就是一种文化生成过程，是一种发生在文化之内同时也发生在人们理解之外的过程。这个过程，对于一个世代的整体来说，既是"主观的"也是"客观的"。在80后成长的过程中，很多人发现他们经历了两个认识经验的过程，一个是解构过程：重新认识、重新评价那些被认为理所当然的事情；另外一个是建构过程：一个新的主体，或新的文化在批判中建立起来。或许正是从这个意义上，我们可以理解韩寒的意义。80后的世代书写，正是这一自我解构与建构的文化表意实践。"文化"一词在这儿不单单用来指称人们所思所想的内容，而开始更多地用来指代知识和思想产生和延续的过程。对文化的这一理解，非常适合我们观察与理解80后作为一个世代的生成与建构的过程。它是一种现在进行式的动态的文化。80后的文学经验所特具的"动态性"，这种"动态性"的文化品格，既是80后的文化征候，也是我们把握这个问题的症结所在。因此，这样的命题的意义，不单单在于它的过去与现在，更指向它的未来。

在当代中华民族的整体文化版图里，80后世代文化呈现出逐渐地由文化边缘向整体民族文化的中心位移的趋势，它必将成为未来的中国民族文化志的一部分。80后的世代书写必将以自己一代人的智慧改写一个民族的历史。80后的世代书写将成为当代中国的民族文化志的重要构成。探讨80后世代书写的社会组织与文化模式是如何产生的以及人们对社会的认识是如何因其行为而改变并产生出新的规范。这如何成为可能的？80后的世代写作的文化表意实践，是一个现在进行式的过程，历史仍然在试炼着当代中国与每一个世代，质问它何去何从。

因此，从这种意义上来说，80后这一世代的自我发现与建构与中华民族的重新发现自我与建构自我的过程联系在一起，这一世代的"世代焦虑"也正是一个正在走向复兴的民族的"时代焦虑"。在一个民族进入新轴心时代里，我们发现了这个民族的新轴心世代，因而这个世代的自觉，不仅仅是个体的自觉，必将伴随着世代的自觉、民族的自觉乃至整个人类的自觉。

第三节　"文化反哺"：一个重要的文化特征

80后文化作为新轴心时代的新轴心世代文化，与中国历史上所有的文化不同的一个重要的文化功能即"文化反哺"。社会学家周晓红先生从文化传递的角度，将年轻一代把知识文化等传授给年长一代的现象称为"文化反哺"。所谓"文化反哺"，是指"在疾速的文化变迁时代，年长一代向年轻一代进行文化吸收的过程"。[①] 其实质是青年文化对成人文化积极、主动影响的过程。从社会学角度看，"文化反哺"是一个"反向社会化"的过程，即传统受教育者对教育者反过来施加影响，向他们传授社会知识、价值观念和行为规范的一种自下而上的社会化过程。[②] 中国进入新轴心时代，以80后为主体的青年文化对成年文化的"反哺"，不仅涉及文化的表层，如流行时尚和新器物，甚至也影响到成年人价值观的判断和生活方式的选择等，"文化反哺"成为新轴心时代的一个重要的文化特征。

著名学者汤一介先生认为："'新轴心时代'的文化发展与公元前五百年左右的那个'轴心时代'会有很大的不同。概括起来说，由于经济全球化、科技一体化、信息网络的发展把世界连成一片，因而世界文化发展的状况将不是各自独立发展，而是在相互影响下形成文化多元共存的局面。各种文化将由其吸收他种文化的某些因素和更新自身文化的能力决定其对人类文化贡献的大小。跨文化和跨学科的文化研究将会成为21世纪文化发展的动力。'新轴心时代'的文化将不可能像公元前五百年前后那样由少数几个伟大思想家来主导，而将是由众多的思想群体来导演未来文化的发展。因此，真正有成就的思想家将既是民族的，又是世界的"。[③] 敏锐的媒体似乎早已觉察到了这一命题的意义："关注这个世代就是关注中国未来几十年"。1837年，美国精神之父之一，当时30多岁的拉尔夫·瓦尔多·爱默生这样定义美国的学者：学者要"把事实从表面现象中揭示出来，鼓舞、提出、

① 周晓红：《试论当代中国青年文化反哺的意义》，《青年界》1988年创刊号。

② 周晓红：《现代社会心理学》，上海人民出版社1997年版。

③ 汤一介：《"新轴心时代"下的文化超越》，《人民论坛》2008年第16期。

引导（男）人们"。从某种意义上，当下中国的80后世代研究也当如此，让80后世代研究成为"鼓舞、提出、引导一个世代"时代命题，成为深刻地改变当代中国社会的一部分，从而使文化既是我们的分析对象，也是我们不可避免要参与其创造的一种现象。80后世代书写以怎样的方式参与了我们这个民族"文化现代性"或者是"审美现代性"的塑造？这种世代书写的文化实践给我们这个古老的民族注入了怎样的文化品格？提供了怎样的审美范式？仍然是值得进一步探讨的命题。80后或将继续作为学术—文化史上聚讼纷纭的题目。

2010年是80后世代的而立之年。对于个体而言，80后"三十而立犹未立"；对于一个民族来说，只是"吾家有女初长成"。可以预期的是，随着个体生命的成熟，80后必将与这个东方的民族一起走向成熟，将由消极的"自在世代"，转变为积极的"自为世代"。一个自觉而积极的实存世代，或者说"历史世代"必将创造一个民族新的历史。虽然由于种种缘故，这个话题似乎已经被人们谈论过度了，但是，必须清醒地认识到，我们的研究不是臻于完善，而是需要重新提出最初的问题，并意识到必须以新的方式提出这些问题。我们对这一代人的认识并没有说明80后的文化品格，而只是打开了这一问题的重重空间。或许首先需要检讨与反思的仍然是我们的话语模式。即如这一命名在公共领域里的过度消费与学术领域里对世代概念的反思。应该说世代的建构大致以媒体为主要媒介，尤其是网络媒体发挥了高度传播功能；在建构中的"他人"即成人往往是优势主体，大部分青少年只是被诠释的客体，听到的大部分是成人的声音，而非青少年在说话；建构中往往带有嘲讽味道，这种代际命名变成社会使用的简便标签，用以标示对某个年纪人群的另眼看待；建构目的大都具有商业性，以消费为主轴，大部分以年轻人为锁定对象。这些任意的建构有时候仍会获得部分认同，有些人甚至被唤起虚假的主体性。然而，当青少年行为被这些建构证实时，青少年的异己性也就渐次在一般人脑中巩固成为或多或少的敌意和戒心。因此，只有经过深切的社会学文化学诠释才能走出这样的困境。正如人类学、文化学家道格拉斯所说的"文化理论是驱散说教迷雾的工具，而文化分析则是拓展争议空间的实际行动"。对80后文学的文化品格的分析，正是拓展80后这一争议空间的实际行动。本文正是沿着这条路迈进的一步，但绝不是最后或最终的结论。无论如何文学研究都不可能独自地完成这个任务，它需要学科之间的合作，它需要用多学科的方法，人们完全可能而且有理由通过不同的途径进入这一共同领域。用道格拉斯的话来说，如果我们能谨慎地接受，而不总是以一种玩世不恭的态度对待争议，多听听别人的声音，那么，文化分析便可以为我们"驱散迷雾"。如果话语的参与者愿意倾听，那么，这种理解便能拓展80后的讨论。"归根结底，为文化束缚的人，只可能靠文化来解放自己"。①我们已经开始看到，并将越来越清楚地看到，今天，答案开始成为问题。例如合理性从内部质询自己，质疑自己。80后不仅属于自己的世代，也属于这个时代，也属于历史。它需要在世代、时代、历史、文化中认识自己与定位自己。

---

① [法]埃德加·莫兰：《方法：思想观念（生境、生命、习性与组织）》，秦海鹰译，北京大学出版社2002年版。

第六章　80 后文学的传播学阐释

第一节　大众狂欢：人人都能成为传播者

"所谓传播，即社会信息的传递或社会信息系统的运行"①，是人们通过传播社会信息来相互影响、达到沟通和互动的过程，而传播者则是"传播行为的引发者，即以发出讯息的方式主动作用于他人的人。"②在传播过程中，传播者充当着传播主体，是信息制作和发布的源头，并以传播的信息对他人产生影响。对于每一个社会环境中的人来说，都会渴望在大众传播中成为传播主体，通过传播自己的信息影响他人，以得到社会的认可和个人价值的实现。但我们也看到，在传统的大众传媒中，传播者的角色受到种种限制，并非人人都能获得传播主体的权力，"传播者总是处于一定的社会位置上，或者说都具有一定的社会地位。"③传播已成为一种权力话语，被少数精英人物所垄断，平民大众尤其青少年，是没有发言机会的。中国这个注重传统的国度，"半部《论语》治天下"的现实，人们看重的是老年人的经验和权威，按照美国著名学者玛格丽特·米德的"代沟"理论，我们在很长的历史阶段处于"前喻社会"，④而欧美发达国家进入"后喻社会"⑤的现实，大概推迟了 50 年才在中国大陆出现。虽然民族、文化、国度不同，但历史却常有惊人的相似之处。或许人类社会进程就有相近的定数，定数即规律。"后喻社会"虽然已具雏形，但青少年一代仍然无处发言。

---

① 郭庆光：《传播学教程》，中国人民大学出版社 1999 年版，第 5 页。
② 郭庆光：《传播学教程》，第 58 页。
③ 邵培仁：《传播学》，高等教育出版社 2000 年版，第 72 页。
④ [美]玛格丽特·米德：《文化与承诺》，周晓虹等译，河北人民出版社 1987 年版。
⑤ [美]玛格丽特·米德：《文化与承诺》。

然而，在 80 后文学的传播中，情况发生了逆转。众多的传播者（即写手）是普通平民，而且大都是青春期的青少年，这些 80 后生人俨然成为传播中的主角，口无遮拦，百无禁忌。他们队伍壮大，十分活跃，建网站、开博客，创作热情和创作数量令人吃惊，呈现出群体狂欢的状态。是什么原因让这些既无社会地位，又非专业传播者的无名小辈们获取了在大众传播中的话语权呢？答案不难得出，一切归功于网络这一新媒体的出现！

假如说 21 世纪中国有什么事物发展速度最快，那肯定首推网络。不少经济学家都反复说到"跨越式发展"对于发展中国家的重要性，网络在中国大概就属于"跨越式发展"。最新的互联网报告表明，截至 2010 年 6 月底，中国网民规模达到 4.2 亿人，突破了 4 亿关口，互联网普及率持续上升，由 2009 年底的 28.9% 增至 31.8%。较 2009 年底提高 2.9 个百分点。而且，手机网民规模继续扩大，截至 2010 年 6 月底，手机网民达 2.77 亿人，较 2009 年底增加了 4334 万人。回顾中国网络发展史，可获得印象较深的概念，即"两个十年"，一个是技术的十年，1994—2003 年；一个是普及的十年，1999—2008 年。前者属于技术，后者属于社会，因为网络随着电脑进入大城市的中国家庭大约在 1999 年，这也与世界"网络影响期"（1998—2002）大致吻合。

"两个十年"的概念，对我们的 80 后研究有直接启发，于是在 80 年代生人中有了"前 80 后"（1980—1984 年出生），"后 80 后"（1985—1989 年出生）的概念，除了社会学"五年一代"划分的影响，更为重要的一个参照标志在于 1985 年出生的人，在 1999 年恰好 14 岁，作为青春期开始接触电脑。确定"后 80 后"的理论依据还在于，一个人在青春期世界观未形成之时接触电脑，与世界观基本形成后接触电脑，会产生不同的影响力以及导致不同的世界观。在此理念以及不同专家质疑 80 后的反思过程中，"网络一代"的概念渐渐清晰，即打破"十年一代"的零位对接模式，将网络对中国青少年的影响定位在 1985—1994 年出生的一代。就网络的普及与影响提供的媒介环境看，从网络传播生态的成熟与丰富程序上看，也许将这十年出生的一代人称为中国的"网络一代"会更加贴切与妥当，网络与他们的成长密不可分。

传播大师马歇尔·麦克卢汉有一句惊世名言："媒介即信息"。网络带给人们的重要信息是：新媒体已成为具有革命性意义的人类存在方式，它改变了人类固有的思想和行为。正是网络打破了传统媒介的传播格局，向所有社会公众提供"零门槛进入""交互式共享"这些前所未有的宽容与自由，构建了一个恰似狂欢节广场的传播平台，平台促成一种改变，昔日的受众成为今天的传者，众多80后因此得以跻身网络，参与狂欢。

俄国思想家巴赫金有一个著名的狂欢理论，其中提出了两种生活概念，一是日常生活，一是狂欢生活。前者强调服从等级和秩序，严肃、禁欲。后者是"脱离了常轨的生活，在某种程度上是'翻了个的生活'，是'反面的生活'。"[①]这种生活是平等、自由、快乐、无拘无束的，充满对权力、神圣的戏谑和不敬。人类一直与这两种生活相伴，在日常生活中不能得到的自由和快乐，就期望在狂欢节中获得。

对于80后生人来说，狂欢的期待恐怕更为迫切。他们生于80年代，长于90年代，他们的成长期，恰是国内经济飞速发展、社会气氛较为宽松、个性有望得到充分表现的时期。80后独生子女的背景，更扩张了这种表现欲。他们渴求表现，渴求倾诉，他们青春的、飞扬的、另类的、躁动的思想急需要宣泄和传播。但在学校中，由于仍存在师道尊严观念、填鸭式教育方式，学生在学校只有接受教导的份而几乎没有话语权；在家庭中，大部分父母都持教化者的思维定式，也少有让孩子畅所欲言的机会；在社会上，传统的大众媒介更不可能满足他们的需求。毋庸置疑，处于青春期的80后，在受到成人世界压抑的同时，更是传媒世界弱势群体中的弱势。因此，能在网络上获得话语空间，进行众声喧哗的传播，对于80后生人来说有着十分重要的意义。

符号学大师罗兰·巴特在20世纪60年代就开始关注现代符号学

---

① 参见[俄]巴赫金·陀思妥耶夫斯基：《诗学问题》，白春仁译，三联书店1988年版，第176页。

与大众传播学之间的现实与理论关系。网络传播的符号特征之一就是"复制性"，任何现实生活中的"原版"都可以被数字化，原版与"复制品"并无差异，"复制品"同时成为一种被认定为真实的"符号"，这些符号则形成了似真似幻、非真非幻的"超真实世界"。同时，这些符号还具有"集体想象"的功能，于是，数字化的网络"虚拟世界"真正成了"网络一代"的青春放牧地、百花园、化妆舞会和狂欢广场，是他们"秀"的舞台、"酷"的空间、"雷"的天地。

首先，网络狂欢表明传播主体的多元化已成现实，80后"脱离现实生活""翻了个的生活"的愿望得以实现。狂欢广场般的网络打造了开放的平台和传播渠道，没有身份等级的要求，把关人退隐，传统媒介中的话语权垄断已难以为继，人们可以轻而易举地改变自己——从毫无社会地位的、被动的信息接受者变成大众媒介的、主动的信息传播者。只要有创作意愿，你就可以成为网络写手，过一把文学瘾，平民大众也获得了在公共媒介上既作为传播客体又作为传播主体的话语自由，体验在狂欢节中不仅当观众，更可以成为表演者的狂欢乐趣。从1998年3月——网络上出现了台湾大学生蔡智恒（网名："痞子蔡"）的长篇小说《第一次的亲密接触》起至今，无数年轻网民在网络共同完成了他们"青春的自我书写"。可以说，80后迅速介入网络写作，创作热情高涨、队伍蔚为大观，其中并不完全是对文学的爱好与痴迷，而是期望借助网络使他们能在众人面前"秀"出自己，在大众媒介的话语空间中占有一席之地，"想唱就唱，要唱得漂亮"。从传统文学批评的角度看，网络的"零门槛进入"会造成写作者水准失范，作品良莠不齐，但平民参与的传播意义不可否认——众多80后因此摆脱了等级观念束缚，尤其是政治、经济因素的束缚，与传媒精英同样拥有大众传媒话语权，培养了作为传播主体的自信，而这种自信是80后文学健康成长不可或缺的。

其次，网络狂欢体现了新人类对新媒体的天然亲密关系。众多80后能迅速介入网络写作，形成一种文学现象，说明他们对网络有一种天然适应的媒介素养。虽然80后的作品还远谈不上深厚和纯熟，但不要小看这一群青少年，在以往的历史上，在纸介媒体中，从未有过如此之多的青少年投入文学写作，只有网络的出现，才让众多青少年有参与制作和发布信息的可能。作为传播者，80后比上辈人更熟悉新媒体的特性，更懂得如何在新媒体中生存和发展，使用键盘比使用笔更得心应手，他们是新媒体造福人类的最大受益者和见证者，"当代儿童有能力影响成人世界"[①]已成了不争的事实。就中国的社会现状来看，为何几代人同时面对网络，唯有80后进入最快？得风气之先？结论是：80后的青春期与中国互联网成长几乎同步，而作为尚未形成固定世界观的青少年最易接受新事物，也最易受到新事物的影响。80后于21世纪初的生存空间中恰恰遭遇了互联网，网络的特性与80后价值观念的开放与多元相契相合，形成强有力的亲和性，真是如鱼得水的历史机遇！相比较上辈人将网络当成是工作学习的工具，80后使用网络可谓生命的需要，他们的生活才是真正意义上的"数字化生存"。

第二节　自由空间：释放才情与思想

网络到底为"网络一代"提供了什么样的平台与生存空间呢？

首先是网络技术平台的迅速提升，为80后、90后提供了"虚拟社会"的生存空间，就是一些学者称为与现实生活相伴的"第二生存空间"。那些可以促使团体或者社群沟通和写作的"社会性软件"功不可没。最早风行的是BBS，1998年，"痞子蔡"《第一次的亲密接触》就贴在那里。最值得提及的是腾讯QQ在中国的诞生，这个"中国制造"从诞生之初就带有模仿的印记，从ICQ的基本功能，到后来MSN Mess enger的界面，朗玛Ucr的一些创意，MSN的魔法表情等等，交流集合，融会贯通，使之大受青少年网民的欢迎。还有QQ空间(Q-Zone)也是一个很好的交流平台，这个为腾讯QQ推出的网志系统，可以输出RSS、Q-Zone中包括日志、相册、留言板、音乐盒、互动、个人档等功能，同时有大量装饰物品如首页动画、皮肤等。QQ属于完全娱乐性软件，与MSN的工作性质是完全不同的概念。

---

① 方梅：《当代儿童有能力影响成人世界——访周晓虹教授》，《少年儿童研究》1998年第5期。

与 QQ 同享网络风光的还有 blog（博客），这种类似"网络日记"的形式，不但与 QQ 一般零门槛，易操作，而且以其个体性的"自媒体"优势，迅速颠覆了以即时互动见长的灌水和发帖等网络交流方式的霸主地位。它比 BBS 具有更大的自主管理权限，比 QQ 即时互动具有更高的内容针对性。它真正实现了 80 后所喜爱的："我的地盘我做主"的欲求指向，自己做自己的"斑竹"，自己把握自己的思想与行为，同时以其个性化和公开性接受天下人的阅读与监督。可以说，网络造就的自由空间不仅为 80 后提供了一个非常适宜的文学创作平台。从 1998 年到 2008 年，在 10 年的光景中，无数年轻的网民在网络共同完成了"青春写作"的文学运动，视其为运动，也正是透视此种"青春的自我书写"背景所体现的两种"断裂"：新老两代价值观念延续上的某种断裂；原有社会文学系统提供"青春读书系列"供应链的断裂。于是青春写手因势而动，对接了青少年一代"精神断层"后的阅读期待，形成一种真正的"自我循环"："自己写、写自己、自己读"。[①]

韩寒以"偏才少年"的面目出场，在网上引起热议，由网络漫延到纸介媒体的信息传播，几乎与其《三重门》的热销同步。"韩寒现象"的进一步升级，则完成于网络博客。郭敬明比韩寒有更加自觉的网络意识。他不但在出道之初就被称作网络青春写作的"金童"，而且在网上拥有大批粉丝。即使面对抄袭风潮，粉丝热情有增无减，甚至到了以无条件肯定来应对"抄袭骂名"的地步。李傻傻的文学历程崛起于网络。在他尚未有任何纸介出版物时，已经在网络赢得"80后文坛第一高手"的大名，著名作家马原曾将他推为"80后实力派五虎将之首"，借以对抗以郭敬明为首的五大偶像写手，网上网下一时大红。张佳玮则是以写作实力证明网络优势的另一位"青春写作"代表作家，被誉为是 80 后中向古典文学寻找写作灵感的代表人物。他在网上以"信陵公子"为网名，在"虎扑"体育专栏关于篮球的评论文字被热捧，聚集了一大群共同兴趣的人。北京少女作家春树之所以作

---

① 江冰：《论 80 后文学的文化背景》，《文艺评论》2005 年第 1 期。

为"青春写作"代表作家首个登上美国《时代》周刊，也同她的网络经历有很大关系。曾经在"诗江湖"网站掀起巨大波澜，其板砖被选入《南方周末》"板砖爬行榜"；曾经被"诗江湖"网站称为最年轻的优秀诗人。

网络不仅让众多的年轻人写出他们青春的渴望，展开无数次的"亲密接触"，还让80后有了参与社会、展示思想的公共领域。

公共领域理论由德国哲学家、思想家哈贝马斯在1962年出版的《公共领域的结构转型》一书中提出。"公共领域"其完整概念应是"资产阶级公共领域"，它于17、18世纪出现在英国、法国，由具有批判力量的私人自发聚集，以沙龙、咖啡馆、报刊为媒介形成的针对公共权力机关展开讨论批判，通过讨论的方式调节社会冲突、构建理性社会的一个公共话语空间。按照哈贝马斯的界定，就是"允许市民自由发表和交流意见，以形成共识和公共舆论的地方。公共领域向公众开放，所有社会成员都享有平等的权力和机会，在这块地方自由讨论有关公共利益的任何事务"。①

网络时代的今天，公共领域理论再一次在网络上得到印证。网络的特点与哈氏公共领域相契合已被学术界广泛认可，这三个特点为：第一，参与的平等性。平等是能够理性交流意见的前提，网络向所有公众开放，而传统的大众传媒如报刊、广播、电视等对参与者有限制。第二，在信息的收集和发布上网络是自由的、多元的，而传统的大众媒介有"意见领袖"和"把关人"，很难真正反映民意。第三，公共领域最重视的是互动，网络不受地域、种族、性别、年龄的限制，提供了广阔的讨论场地，这在传统的大众媒介更是难以做到。由此看出，网络较传统的大众媒介具有更多的公共领域优势。

正是在这种具备公共领域特性的环境中，博客、网站、BBS等作为参与公共事物、思想交锋的场所，成为生发民主萌芽的园地，这一情形正如英国政治思想家约翰·基恩所说："新的数字技术是具有革命性的核心技术，对整个公民社会和国家产生了影响，削减了成本、

---

① 冉华：《中国传媒公共话语领域的建构》，《武汉大学学报》2007年第5期。

拓宽了可利用的范围，使公民用以前不可想象的方法进行沟通。他们是一种潜在的'民主技术'"。①与网络同步成长的80后写手们，由于网络的这种特性，也十分自然地改变着文学创作者的身份属性，成为公共事物的参与者和重构者。他们不但传播文学信息，还常常传播文学以外的信息，这使他们表现出与传统的作家很大不同，因而也引起更多的争议，最具代表性的当属韩寒。韩寒以文学写作出道，却在传媒界引起更大的轰动，"韩寒现象"应引起我们注意。这个考试多门功课挂红灯的少年人，并不忌讳自己在求学经历上的失败，他以自己的行动证明一个人可以有不同的成功样式。正如他在《时代》周刊的采访中所说："在今天的中国想实现自己的愿望有许多不同的路。当有这么多不同的道路可以选择的时候，没有理由总是沿着那条正经的路去走。"他不仅写小说，上排行榜；而且以仅有的初中物理水平，在高科技行业的赛车运动中成为一个优秀的赛车手，并获得自己职业生涯中第一个全国年度车手总冠军；他写小说，同时也在他的博客里经常对社会问题发表看法，言辞尖锐，大胆叛逆，这为他的博客赢得超过1亿1千万次的点击率，数年名列前茅。他批判现行的教育制度，不屑某高校同意免试为旁听生的优待；他抨击作协，拒绝加入官方组织，愿意靠版税与车手的收入过日子。种种言论通过网络的广泛传播，使这位因80后写作而驰名的小说家平添了社会言论家的风采。

在一些评论家眼中他是个不断制造媒介事件的商业化运作的典型，他的那些言论被认为是玩世不恭、不成熟的宣泄，但那些出格的话却常常在社会上造成强烈的传播效果，并引起众多青少年的共鸣，颇有传播行为中"意见领袖"的意味，这不能不让我们加以审视。如果我们放下成年人习以为常的训导者架子，就会看到80后比上一辈人更愿说实话的直率，看到年轻人在网络环境下自觉不自觉介入公共事务的举动。对此，有人这样评价韩寒，"他正在成为真正意义上的知识分子。所谓知识分子，在这个时代，其实便是能够秉持常识与良心，

---

① 参见[英]约翰·基恩:《媒体与民主》，谷继红、刘士军译，社会科学文献出版社2003年版。

以一个公民的身份说话"。①这是否是溢美之词呢？但应当承认，"韩白之争"后的韩寒，以"叛逆青年"的形象已在中国言论界占有了一席之地，他的言论文字已然成为当下社会的"另一种声音"。在文学界他也许并不被看成是最有成就的，但在传媒界却一定是最具影响力的人物之一。

由此，"韩寒现象"让我们看到网络作为文学平台以外的更丰富的传播学意义。因为新媒体，80后写手们有了与传统作家不同的人生选择和生存方式，也许"我们不一定非要去评价他有多大的文学才能（这一部分功能被书商和市场取代了），而要分析其中的消费机制和社会病症。我们要看他为什么会起来，读者为什么会喜欢他，而不是孤立地分析它的美学意义。"②哈贝马斯曾指出，资产阶级公共领域最早就是以文学公共领域的形式出现，这种文学公共领域不具备批判功能，但随着其社会批评的范围扩大到政治、经济，文学公共领域才转化成具有政治功能的公共领域。③80后文学似乎也有这样一个过渡的趋势，其代表作家韩寒的文学、博客似乎就是特例之一。

第三节　虚拟与现实："粉丝"获得成就感

"网络一代"与网络的关系亲密、暧昧、复杂、生动，一言难尽。而且，他们的关系是互为依存的，网络改变了80后，80后构筑了网络。他们既是接受者又是传播者，既是观众也是演员。也许下列词组可以帮助我们理解80后与网络的亲密关系——

网络——虚拟、互动、快捷、丰富、自主、未知、无限、强调、抓眼球

80后——梦幻、寂寞、宣泄、求新、独立、前卫、自由、另类、秀自己

---

① 赵健雄：《韩寒印象：拒上大学却成知识分子》，《中国青年报》2007年12月26日。

② 张柠：《市场黑洞和批评缺席——批评家张柠谈80后写作》，《南方都市报》2004年2月10日。

③ 郭奇：《把媒体打造成公共话语平台》，《协商论坛》2007年第1期。

青春期的躁动、憧憬、叛逆、自我，都在网络"虚拟社会"中得到对应的生长空间，在制度化现实社会的对应下，网络给予青少年以叛逆的可能，现实的缺失，转而在虚拟中拥有，青春期就在网络"虚拟世界"与现实生活的"切换中"度过，青春期的所有渴望与诉求不是在现实世界，反而是在虚拟世界得到最大的满足。假如我们确认中国"网络一代"的特殊生活方式，那么就不难看到网络在这一代人身上留下的鲜明烙印。换言之，也给他们烙上了特有的精神标记。

对于韩寒等网络写手，80后的青少年除了阅读层面上的普遍认同，我们更看重某种精神上的呼应，青少年一代显示了将青春写手视作他们"代言人"，视作他们行使"话语权"的领袖，视作他们青春文化的偶像。80后对韩寒《三重门》的高度肯定，对其不上大学的人生选择普遍认同；对郭敬明《左手年华，右手倒影》中青春成长叙述的痴迷，对其所有作品"粉丝"般的无条件喜欢；对春树《北京娃娃》《长达半天的欢乐》的青春叛逆，乃至处于边缘的另类生活的激赏；对张悦然等青春疼痛感觉的自恋式的珍爱……都显示了这种偶像化情结，对自己心仪的写手有着偶像般的崇拜。2003年的《超级女声》选秀，让国人第一次领略到了偶像崇拜的巨大力量，也第一次对"fans"这个词有了深刻的理解，这个被汉语写成"粉丝"的词，成为了追星一族的统称，也成了当下众多青少年在现实生活中的另一个身份。韩寒、郭敬明等80后写手的"粉丝"人数众多，各自为政，为自己的偶像摇旗呐喊，偶像化情结促使他们如狂欢一般投身其中。

青少年在心理上出现认知失调是偶像化情结形成的主观因素。"认知失调理论"，最早是由美国心理学家利昂·费斯汀格提出的。这一理论的基本出发点是，"人们在观点、态度、行为等之间具有一种一致的或平衡的取向，即两个认知元素之间要达到一致的趋向。"[①]不一致的话就出现认知失调。比如，在对自我价值认定方面，一个人对自己的认定与周围人对他的认定不一致，这两个认知元素之间就产生失调，人们就会产生心理上的不舒服，认为自己"生不逢时"，"怀才不

---

① 彭兰：《网络传播概论》，中国人民大学出版社2001年版，第314页。

遇"。为了消除这种不适感觉，人们就会想方设法，或改变自己的行为，或改变所处的环境，以减少认知失调。

对于处在成长期的青少年来说，周围人对他们的评价与他们对自身的评价常常是不同的，因而他们感到压抑，这就是认知失调。他们往往会通过改变自己的行为来加以调整，以求让周围的人能改变看法，认同自己。如一个平时腼腆不多话的小女孩，在听摇滚歌手崔健的演唱会时，发出从未有过的尖叫，并对旁边目瞪口呆的父母大声抱怨："你们为什么都不叫！"显然，小女孩内心认定自己是大胆而非腼腆的，于是用这样不同寻常的方式来表现自己，以颠覆旁人对她的既定看法，释放心理失调的压力。正因为如此，众多的青少年们投入追捧偶像的狂欢，极其投入地参与制造明星。这样做与其说是为他人，不如说是为自己，因为偶像的制造成功就是他们个人的成功，在追捧偶像的过程中，他们找到了自己，找到了家园，得到了心理的极大满足。

网络技术是偶像化情结迅速形成并扩张的客观因素。在现实生活中，减少自己的认知失调需靠改变行为或改变环境来实现，事实上并不容易做到，尤其是改变环境，就如小女孩在摇滚歌手演唱会上会做出超常举动，在现实中这种场合毕竟十分有限，但有了网络，改变就变得轻而易举。

在这个匿名的虚拟世界中，个人自主性极大，通过积极参与，生活中的弱者，在网络中就可成为强者；轻点鼠标，就可能呼风唤雨。成千上万期望"改变"的青少年不约而同聚集网络，利用贴吧、博客、QQ群、社会软件甚至还有"粉丝网"，进行热情广泛的互动，迅速形成不同的"粉丝"团体。这种由偶像化情结引发、借助网络而聚集起的群体力量是惊人的，如果没有这些忠心耿耿的拥趸，韩寒、郭敬明等80后写手不可能创下今天这样的知名度，图书市场将失去巨大的购买力。事实恰恰如此，没有"粉丝"的追捧就没有80后文学的盛况，也就没有80后作家的赫赫声名。而这些80后文学的受众与写手一样，感受到了网络狂欢的快乐，并在这种可以持续的狂欢中"改变"了自己，这是今天司空见惯的事实，却也是中国历史上前所未有的事实。

相对于"粉丝"们对80后文学的热情追捧，主流评论却一度疏离，形成极大反差。80后大批写手出现，大量作品发布，但评论却长期陷于冷淡或道德批评。主流评论的意见年轻人并不认同，就如80后写手张佳玮所说："一群人在谈论少年写作的弊病：生活阅历少，文笔稚拙，题材单调，诸如此类。另一群人——大多数是80后读者——说：你们成年人不懂得我们的世界。在这个时候，塞林格式的拒绝长大成为一种有效的抵抗方式，于是双方各行其是。"① 信息阻隔即源于代际隔阂与文化"断裂"。

由于主流评论的疏离，作为同辈人的"粉丝"便自行填补，用自己的追星言行表明对80后文学的评判，网上"粉丝"踊跃，跟帖无数，但"粉丝"的热情追捧也引发不少问题。"粉丝"们大都属低龄受众，理性分析能力较弱，受众的选择性心理使得他们在信息的选择上是按自己的需求选，只听好话，不受逆言，而从众心理更使各"粉丝"团内几乎是众口一词，所以我们常常看到"粉丝"的网络发言宣泄有余而理性不足。一度在新浪名人博客上引起轩然大波的"韩白"之争就是如此，由于某篇评论文章，引发韩寒的"粉丝"在白烨博客上大骂，双方阵营继而对骂，出言不逊、言语污秽，学术之争变成骂仗。郭敬明的"粉丝"们对其偶像的维护也是一例，当有人指出郭的小说《幻城》有抄袭之嫌时，郭的"粉丝"们极力为其偶像辩护，甚至放言："你们有本事也去抄"。如此失去理智，对写手的成长、对80后文学势必产生不良影响。偶像化情结可谓双面刃，既能成全偶像，也能毁掉偶像。"粉丝"借助网络催发的偶像化趋势与80后文学关系紧密，如何对这些极其熟悉网络新媒体的年轻受众进行研究和引导，至今仍是非常需要的。

---

① 壮丁：《80后文学：未成年，还是被遮蔽？》，《南方都市报》2004年3月9日。

第七章　80后文学的后现代风格

在当下文化图像化与媒介化明确转型的过程中，80后作为一个突出的写作主体，摆出了一副与他们前辈完全不同的写作新姿势与新状态。无论是以专职鬻文为业，还是以业余娱文为乐，这些20世纪80年代以后出生的作家或写手，凭借文学纸媒杂志与新兴的互联网络等不同渠道，或表达出他们自我青春现实的忧伤与叛逆感受，或营构出种种虚幻无边的动漫式想象与情景。人们看到，这些不断引起同龄人广泛阅读、疯狂模仿与追逐的80后文学，以其种种非历史化和影像化的叙事面貌，基本摒弃了20世纪以伟大想象、宏伟场景见长的既成叙述模式①。而更为突出的是，这些作品与文字除了描绘各种客体特别的意态之外，还密切注意作者主体时尚形象与文本媒介受众阅读兴趣的打造。80后文学无疑契合了当下中国大众化与城市化的推进过程，最大限度地依恃了新兴的消费物质环境与多元化精神背景，展示出了多样、具体而特殊的后现代文化风格。

实际上，与其说某一文学创作具有后现代主义文学艺术风格，不如说它体现为后现代社会生活中一种文化存在的状态或标志。换而言之，在当下媒介时代传统的文学与文化某种既有边界消失，文学性已经逃逸到文化之中仅仅成为大众文化形象符码的情况下，80后文学已经出现了后现代文化多维度混杂的更新面貌。这些文学作品与网络文字无不表征了哈桑所言的众多后现代意义，诸如其中的不确定性、零散性、非原则性、凡俗性、虚无性、反讽、狂欢、行动参与、构成主义、内在性等特征不一而足②。在中国当下由商品化的广告、电视、录像、电影所构成的影像汪洋中，80后所居时代生活与各种文化亦产生

---

① 参见王玉冰：《80后文学叙事的影像化和非历史化》，《现代语文》2006年第10期。

② 参见王岳川：《"文学性"消解的后现代症候》，《浙江学刊》2004年第3期。

了相互模拟与复制的现象，全球化、无中心、反权威、日常化、无深度等詹姆逊明确指出的后现代主要特征，交汇着哈维概括的人们对变易性、碎片性、断裂性和混沌性无条件接受的那些"感觉结构"。故而从某种意义上说，80后文学文本必然形成一种"大杂烩"式游戏文化形态①，其中诸如结构的非逻辑化，意象的零散化变异，雅俗言说合流的同一，题材现实与幻象的差异、作者与读者行动和参与可谓相互交织，包括专事仿作的网络"副文学"(Para literature)情状都无不异常地突出。

第一节 私语化青春的消费化表现：
80后的世俗化浪漫生活

随着消费主义的兴起与大众文化大行其道，文学必然被裹挟进入了这种势不可挡的后现代文化潮流。在这个由大量实物、服务和商品生产丰富物象所包围的生态中，文学的大众化与消费化倾向与表征不可避免地粉墨登场。80后文学作为商品市场的宠儿，是以一种迎合姿态取悦着读者的消费性感受和期待视野，其商业性的成功面貌在深层次上改变着文学的原有品格。在一种私人化内心感情的宣泄与个体生命体验的张扬中，80后文学所特有的青春私语色彩与世俗浪漫精神，即是映现他们生活态度、思维方式和价值取向的介质。其中有关青春的文化叙述，尤其是都市化青年存在想象的描绘，成为了当代文学后现代特色一种标志性的话语符号。

从内容上来看，80后青春文学大多属于同代人的生活私语，书写了当代青年人校园青春生活以及少年的成长过程，其中既有校园的纯真浪漫之情，也有青春成长中的孤独、怅惘与伤感。韩寒《三重门》中，中学生林雨翔始终处于一种无处倾诉的独行状态，偌大的校园众多的同龄学生并未让他摆脱孤独的滋味。张悦然《葵花走失在1890》中那株美丽而伟大的向日葵，也始终无法以人的姿态走进画家梵·高

---

① 参见王军：《"游戏"，后现代主义文学的叙述策略》，《外语与外语教学》2008年第11期。

的生命，最终只能孤独地在梵·高的墓前进行一种拜祭。郭敬明《幻城》在曲折与隐喻中释放、抚摸着生命与人本的离别、猜忌、死亡等带来的孤寂。综观80后代表作品的主题，包括爱情、亲情和友情的表达都几乎浸透着忧伤情调。郭敬明《梦里花落知多少》中的都市富家子弟的友情与恋情，种种年少轻狂、出言不逊、挥金如土的行为，正是脆弱与敏感的青春和命运的消极浪漫表现。即或是表现80后的青春心灵的骚动与反叛，如韩寒《三重门》中林雨翔这个极具才气、思维活跃的新式少年以种种"不轨行为"对传统教育体制的公开批评和发难，孙睿《草样年华》中一群叛逆大学生充满愤世嫉俗而又破碎荒凉青春面目的呈现，都无不流露出无羁自由青春岁月里如梭易逝的伤感。①

这些80后伤感风格作品的创作动机，即往往出自一种"青春的自我书写"方式，在本质上说它即属于一种青春消费文化的建构模型。在当下价值观念的断层和演变过程中，80后们的青春消费的过程，同时也就是通过文学与文化表达，来装扮他们美好青春年华与生产青春的过程。这种青春文学能以共有的成长经历和生活体验叩击同龄人的心扉，作家个人化的独语方式，实际上为一代人的"青春期阅读"提供着生理快感、审美愉悦以及成长答案。故而，在这种后现代消费青春的支配心态下，80后文化欲望往往建构在消费青春的自恋风格上。这种"青春"的自恋文化情怀，确切地说是一种青春的自我表现主义，青春的经历、体验、情感、烦恼乃至身体本身的叙述，都成为80后消费文化最基本与最值得炫耀的一种资本。这样看来，与其说80后写作是一种文化创作，不如说是一种社会生活态度的集中展示。文学成了他们信笔涂鸦和嬉哈漫画的自由王国。作品中书写的那些青春的热情快乐，种种行为的矫揉造作，道德底线上的种种精神徘徊，颓废生活方式的不同尝试，对新潮事物的开放接纳，不但是对一代人青春的独特认可方式，而且还与"反美学"的消费主义文化达成了合谋。80后由此通过文学的喧闹，发泄着青年人一些并非完全现实性的

---

① 参见陶东风：《青春文学、玄幻文学与盗墓文学——"80后写作"举要》，《中国政法大学学报》2008年第5期。

温和不满。文学这种最普及化的形式，成为他们高调表达自己世俗化声音与浪漫形象的载体。①

　　也就是说，在80后的身上，精神生活与物质生活之间形成了某种不连贯的分裂症状。他们作品中的青春消费化叙述，总是在表达一种世俗的浪漫主义消费文化精神。这种浪漫主义消费首先来源于其青春特有浪漫气质的书写，种种平凡普通的日常生活被浪漫幻想的青春色彩着色，呈现出了时尚、纯真与唯美的特色及面貌，许多作品堆砌着极富感染力的丰富想象与唯美色彩的语汇。如《幻城》开篇便呈现了一系列如漫画剪影般具有形象性语言，张佳玮《倾城》描述倾城之貌的女子夕颜挣扎又难逃宿命的故事，从头至尾都以华丽唯美的语言、梦幻般的风格来书写爱情的悲伤。许多作者对真挚亲情、友情和爱情的呼唤和追寻更是情有独钟。郭敬明《幻城》人物关系中家属亲情、兄弟姐妹之情无一不彰显着至尊至纯状态，《梦里花落知多少》中朋友之间也无不充满相互包容、亲密无间与无私奉献。张悦然《樱桃之远》里主人公亦获得了无微不至无怨无悔的爱护与照顾。那些执著浪漫、纯真清醇的忧伤爱情得到了极力的渲染。《幻城》中卡索为了自己心爱的女人甘愿经受孤独甚至舍弃生命，《夏至未至》中立夏为了爱人可以作出自我牺牲而悄声离开。张悦然在《毁》中即希望在"生活悬空"状态下建筑起"玫瑰雕花的城堡"，女主人公无不期待着掌心会开出"心爱的细节""浪漫的花朵"的"王子"的到来。张悦然小说中，大都有一个为所爱男子而自虐般默默奉献一切的女性。《葵花走失在1890》即悲壮地展示了这种为心爱男人不惜粉身碎骨的"美人鱼式的爱"。

　　而伴随着商品经济成长，青春文化的消费必然带有流行的世俗消费形式。80后追求个体的欲望和个体化的体验，表现的是一种顽主佯狂和玩世不恭的消费伦理，其世俗浪漫主义消费还感染着一种享乐的奢靡物化情调，光怪陆离的霓虹灯影，悠扬美妙的音乐元素，杯影魅惑的摇曳风景等都无不撩拨着青年人的心弦。故而，在80后文学作

---

① 参见郭景萍：《80后消费文化特征：世俗浪漫主义》，《当代青年研究》2008年第3期。

品中，我们通常看不到宏阔的动荡历史、尖锐的社会矛盾和复杂的政治斗争批判，他们更多是对校园生活、青春期风花雪月作出想象与描绘，其中对个体经验的宣泄和非智性体验的赞美，即带有明显顺应大众消费主义梦想和享乐主义倾向。这些作品一般都迎合着青年大众的时尚趣味与丰富感受。在郭敬明散文集《左手年华，右手倒影》中，我们可以看到流行歌曲、电影成为80后生活重要的组成部分，张悦然《十爱》《樱桃之远》中由酒吧、漫画、时装等构成的小资生活，即引发众多青年读者的追逐、模仿而形成一种时髦。在张悦然的许多作品中，青年人面对商业文化、时尚物质符号的侵蚀表现出过度迷恋。在一定程度上说，这种书写甚至消解了她力图建构的纯真童话世界与对精神世界的沉思。

于是，种种休闲物质性的青春状态描绘，连同作品中调侃和戏谑的娱乐生活方式，建构出80后青春文学满足青少年消费心理需求的种种狂欢气息，使他们暂时可以逃避主流文化强加给他们的厌烦说教[1]。对于80后而言，都市消费文化是他们主要消费生活的源泉。充满快乐欲望和神奇情调的都市消费景观，足以满足和抚平他们躁动不安的心灵。后现代物质和精神的消费文化阻止了他们对传统文化的记忆，其青春的消费化表象已大大区别于前辈们所经历的青年文化，手机、网吧、酒吧、夜总会、足球赛、海选、明星、阿迪达斯、圣斗士、超女等都市文化元素与景观，组成了他们热闹与狂乱的文化生活模式和风格。故而许多作品中，反映的只是人物率性而为过度发挥的青春自由，一种慵懒无奈与玩世不恭的生存态度与情调，让他们远离了"高雅"或"有修养"的文化品位追求，世俗世界的喧闹与城市享乐主义、种种前卫新奇的幻想和渴望成为他们青春的象征。春树《北京娃娃》《长达半天的欢乐》描写了在理想、情感、社会、欲望之间奔走呼号甚至绝望的女孩的成长经历，青春被充满世俗欲望的商业大潮侵蚀而失去了它本来的面目，这种后工业时代生命的"加速"成长，必然带来后现代人类更大的精神伤痛和"残酷"体验。李傻傻

---

① 参见王玉冰等：《从80后文学看中国当代青年文化的后现代走向》，《山东省青年管理干部学院学报》2006年第3期。

《红×》对沈生铁边缘人生活的叙述，也就没有了某种精神高度的行为反思与价值判断，而有的只是一种对认同凡俗，享受现在的生活观念的展示。

审视整个80后文学中的青春消费文化，或者将其与王蒙《青春万岁》这类作品建构的主流青春文化相对照，人们会发现，它当然地对正统的青春文化意识形态的霸权形成冲击，不过这对推进青年文化多元化、民主化进程有着积极的历史意义。此外，这种青春消费意识也将文化和文学的"欲望化"、平面化和快餐化特色体现出来，呈现出与传统精英文学立场格格不入的文化审美属性。[①]

第二节　苍白混乱的技术性模拟：
80后的超现实魔幻想象

80后无疑有着年轻的激情与丰富的想象，并不时创造与引领着生活的潮流及文化的风向。不愿循规蹈矩又追求休闲娱乐文化的意愿，使得他们在当下文学的创制方面亦有重要开拓。没有了对生活与历史的严肃思考，在一种超越现实的轻松游戏感之中，80后提供心灵寄托与无羁想象的"魔幻文学"应时而生。这种文学形式充盈着青春世界的浪漫美丽梦幻，各种上天入地的奇幻人物营构出缥缈无极的虚拟世界。特别是在网络媒体的巨大支持下，"魔幻文学"自2005年开始在各媒体上遍地开花，近百家文学类网站或综合性网站文学栏充斥着这类作品，数以千万计的80后成为其作者与读者的主体。在"起点中文网""幻剑书盟"等此种类型小说的网站上，相关热门作品的点击率动辄以百万甚至千万计，"魔幻文学"的流行成为一种不可忽视的80后文学现象[②]。

80后这种"魔幻文学"在具体内容上，又有"玄幻文学"和"盗墓文学"的差异。"玄幻文学"特色在于其"玄"和"幻"，旨在创

---

① 参见何丹丹：《作为消费主义文化表征的80后文学》，《科学教育家》2008年第4期。

② 参见傅秋：《不要指责玄幻文学和80后——兼与陶东风教授商榷》，《艺术评论》2006年第8期。

造出不可思议、超越常规、匪夷所思的虚幻、神奇、不真实的场景世界，相关故事演绎的是刀剑与魔法、文明和野蛮不断碰撞的主旋律。《诛仙》《小兵传奇》《坏蛋是怎样炼成的》是这类玄幻特色的代表作。萧鼎《诛仙》构建了一个跌宕起伏、如梦如幻而又真切动人的幻想世界。出生普通农家的张小凡因机缘巧合而入青云门修道，因救命恩人的欺骗导致信念崩溃而陷于疯狂，后在他人舍身相救后性情大变反出师门加入魔教，成为融会魔、道、佛三家思想令人闻风丧胆的非凡人物。"何为正道""天地不仁，以万物为刍狗"是这部小说探讨的主题。而玄雨《小兵传奇》叙述自小有着统领天下兵马的野心、天性开朗背景单纯的富家子弟唐龙，参军后以一介小兵身份崛起于混沌宇宙中展开了绚丽的人生传奇。六道的《坏蛋是怎样炼成的》叙述谢文东在一个虚拟的黑社会世界里的"成长故事"。原本文弱、本分、听话、成绩优秀但被人欺负的好学生，最后却"成长"为极端性格杀人不眨眼的黑社会老大。在这些虚拟而完整的"装神弄鬼"的文本世界里，各种超现实超能力的人和奇奇怪怪、虚构出来的生物形象担当着主角，他们相关行为的规范不受自然世界物理定律、社会世界理性法则和日常生活常识规则的制约，而只顺从故事的游戏性和人类本性中反规范、反秩序的冲动。

而"盗墓文学"则是在此特色基础上的进一步发展。它往往以一个远古葬墓的奇特发现为故事框架，其在"装神弄鬼"程度上则作出了更加神奇、刺激与不可思议的表现。在融合某些地理学、历史学、考古学知识之后，许多作品呈现出怪力乱神满天飞，牛鬼蛇神遍地走的现象世界。《鬼吹灯》《盗墓笔记》《盗墓笔记2》《盗墓之王》《盗墓者》《墓诀》《西双版纳铜甲尸》《茅山后裔》等代表性盗墓作品在网络与图书市场里走俏成风。天下霸唱《鬼吹灯》故事由一本主人公家中传下来的秘书残卷为引，叙述三位当代"摸金校尉"（盗墓贼）利用风水秘术，去解读天下大山大川的脉搏，寻找那些失落在大地上的一处处龙楼宝殿，沙漠、雪山、森林、峡谷、急流、草原、鲜为人知的神秘动植物的故事得以展开。作者在危机四伏的陷阱、离奇诡异的地下世界中揭开了层层远古的神秘面纱。南派三叔《盗墓笔记》中，主人公守护着先人从古墓不名怪物手中拼抢来的战国帛书。他在偶然发现其中的秘密后，即纠集了一批经验丰富的盗墓高手前去寻宝。作者一系列灵异探险类小说，叙述了一场场代表性意义的诡异神秘的盗墓历程。而"盗墓小说界"掌门人肥丁的《西双版纳铜甲尸》《墓诀》《我的爷爷是个鬼》《海盗王》等作品将各种悬疑、惊悚与盗墓题材融合一起。如《西双版纳铜甲尸》酷似人们熟悉的僵尸电影，人们在其中可以看到"茅山道长桃木剑姜黄符精光四射，黑凶白凶铜甲尸怨念鬼轧轧乱跳"的灵异情节。大力金刚掌《茅山后裔》等作品，则以一些道教文化及茅山术的驱鬼阵法为背景来建构故事。

80后们打造的这一奇异的魔幻文学"变种"，一度使沉闷的图书出版市场与网络空间成了最为热闹的世界。实际上，80后魔幻文学无疑属于当下最具中国特色的幻想类文学形式的探索。我们看到，伴随西方后现代魔幻小说、电影、网络游戏的全球化渗透与影响，东方神话传统、中国通俗武侠文化、当代世界电子科技背景形成了这类文学作品的强力支持与稳定基石，如《风姿物语》《搜神记》等小说结合着武侠、魔法、神话三种形态。它们无疑展示出了一代作者丰富而极致的时空想象力，满足了新一代青年读者追求自由、渴望自由的天性。对于这些充满好奇心并着力寻求神秘感、刺激性的80后们而言，魔幻风格的文学想象与写作必然具有强大的吸引力。而作为当下消遣娱乐的大众文学之一种，"魔幻文学"当然有其存在的理由与文学的价值，它提供了一种多元开放的类型化大众文学写作模式，还呈现了后现代文化生产所具有的批量化、集约化复制的特征。当然，这些特征也使"魔幻文学"总体上存在着传统文学的种种缺陷，诸如内容题材与故事情节雷同重复，叙述语言平庸单调粗糙乏味，人文精神的蕴藉薄弱甚至稀缺，场景描绘基本脱离现实，价值评价标准的模糊与虚无，等等①。

而这些充满"缺陷"的"高科技"文化世界的营构，使得80后魔幻文学呈现了后现代特色的混乱颠倒状态。这些作品与电子游戏中

---

① 参见陶东风：《青春文学、玄幻文学与盗墓文学——"80后写作"举要》，《中国政法大学学报》2008年第5期。

的魔幻世界呈现出极度的相似性，魔术化、非道德化、技术化的想象是其创造世界的方式。许多作品中，主人公所具有的淡然迷人的张狂戾气与忧郁悲伤，情节中绚烂斑驳的色彩与变化多端的机玄，心灵和情感体验中人文精神的散失，无不说明这类作品只是一个游戏化的技术世界。这与中国传统的志怪文学的意趣还是存在不少差异的。而这种虚拟的游戏世界成为道德的真空则是必然的。诸如《小兵传奇》宣扬一种赤裸裸的大汉民族或种族主义，人物的思想意识中毫不隐瞒地昭示出对权力的崇拜。《坏蛋是怎样炼成的》也直接认同黑社会"坏者为王"的强盗逻辑与宣言。在一种深刻的虚无主义想象力畸形的发挥之下，这些魔幻作品显示了当下后现代生活道德价值的沦落，人们对政治热情的冷漠与对公共关怀的缺失，积极参与现实与改变现实的愿望与信心完全消失殆尽。

　　《诛仙》作为80后魔幻文学最具代表性的作品之一，可谓与《无极》这类电影大片"神出鬼没"的非逻辑化影像异曲同工。小说讲述一个不幸少年在异人帮助下习得各种异能，历经各种奇地与种种磨难征服上古神兽、异禽的故事。书中辅以少年与奇女动人、凄美的爱情故事，神奇的想象与细腻的情感勾勒出一场人、神、魔之间的传奇。不过它完全走向了一种纯粹神鬼境地的描绘，魔法妖道的能量显示是故事人物唯一的醒目特征。所有幻想的场景都建立在胡乱杜撰的魔法妖术和歪门邪道之上，千奇百怪的魔杖、魔戒、魔法、魔咒、怪兽、幻兽变幻无穷不可思议。正魔两道的高人交手都是法宝魔力的较量，而不是武功修为与善恶道义的较量，传统儒家文化不轻言怪、力、乱、神的稳定价值观被彻底消弭，传统神魔小说中仙、妖、魔法术使用强调的道德正当性、人物形象的生动丰满性与人格特点的稳定性亦被彻底颠覆。有时作者为故意显示一些"文化底蕴"，常常通过诸如《易经》《山海经》一些碎片化的古代历史文献与考据知识，在虚虚实实之中呈现的是天马行空式的莫名想象。"传统文化"在其中只是一些装潢门面的摆设，并未能建构出文本恒定的精神世界与内在价值根基。

　　而为了进一步增加作品吸引力激发大众读者的阅读兴趣，许多作品一般都力图综合诸多流行文学的基本技术性元素，如"盗墓"作品中即常见种种奇观展示、紧张历险、侦探悬疑、珍奇物品展陈等方式，大量运用各种真假难辨生动有趣的东西进行拼凑。这些小说专门选择新疆楼兰、陕西秦岭、青藏高原、大兴安岭等地域要塞，戈壁沙漠为背景，而这类偏远、边陲地区的奇异神秘之境的确增加了故事的色彩，如《鬼吹灯·精绝古城》中关于精绝古国路上的沙漠风暴描绘堪称惊心动魄。许多盗墓冒险经历充满了种种神秘紧张的奇遇与发现，盗墓的过程同时也是在谜团、悬念中逐步猜测、推理、斗智、揭秘的过程，而其中各种神奇古怪的动物、植物和古文物则比比皆是，诸如七星疑棺、青眼狐尸、九头蛇柏、尸香魔芋等生僻事物经常见到。人们看到，现实世界的无奈与想象世界的高蹈形成了强烈对抗，而这种对抗中的文化精神的焦虑，使得80后创造能量明显遁入了后现代的玄想、疯癫与偏执一隅。

第三节　另类虚无的碎片化言说：
80后的网络游戏书写

　　80后对后现代文化转型的深刻体察，在网络文学时代得到了最有力的证明。互联网"零进入门槛"与"交互式共享"两大功能，使得80后各种写作文本在网络实现了虚拟的自产自销。基于对文学的网络发布与阅读需求方式的顺应，"起点""榕树下""红袖添香"等文学网站甚至还取得了商业化的成功。一时之间，这种新兴传媒与文化生活方式成为80后快乐的源泉，任何人从此都可以成为网络作家，都可以借助网络来抒发自己的感情和思想，最大众化的"祛魅"工具——互联网媒介真正交到了普通民众的手中。许多人并不以网络文学创作为事业追求和维生手段，网络写作只是他们玩票性质的娱乐、消遣或生活调剂。于是，写作个体都可以在没有"主流文学"压力、没有"中心主题"掣肘的网络视窗上，实现最真实的自我袒露、最率性的心灵表达和最诚恳的交互沟通，文学创作由现实中"自律"转向"他律"最后变成网络的"无律"。我们既而看到，由于互联网络具有天生的后现代主义品格，基于其产生并飞速发展的网络文学的后现代文化特色也同样得到了强化①。

当写作彻底回到民间并走向了大众生活，文学与现实的距离感完全消失而实现了真正的艺术生活化。有了这种写作表达的自由，传统写作预设的思想观念与意识形态便成为不受欢迎的戒律。由于80后们在物质需要上大都基本得到满足，精神上则还有许多苦闷烦恼需要某种消费与娱乐方式。于是，网络大众写作也逐步以消费娱乐意识形态淡化了政治意识形态。除了一些专业的文学网站发挥功能之外，更多反映80后喜怒哀乐的网络文字，出现在了各大综合性网站的相关版块。从这些相关文字的修辞学意义上看，网络写作者们在其生命本色的喧哗中，实现了对各种生活素材自由的夸张、暗喻、影射式的游戏书写。这种书写借助了想象上的自我精神与无拘束的自由力量，在一种离奇古怪乃至含糊混乱的现实背景上，利用生活意念的种种"他者""异化"与偶然性想象等创造出了审美愉悦的阅读效果②。

可以这样说，在网络"无我"匿名表达与大众娱乐功能的基本要求之下，80后写作的网络"互动文本"已成为相互狂欢、发泄与自我满足的一种文化工具，他们常常坦荡无忌地喊出"思想有多远，你就给我滚多远"（悲惨世界）这样的口号，各种去中心与自由的"破坏艺术"的搞笑娱乐方式的全面展开，既往诸多写作概念在网络上则得到了反动式表现。80后如鱼得水地寻觅到了一块属于自己的写作"秀"场之后，另类的"疯言疯语"在网络空间中便得到淋漓尽致的展示：

比美军还厉害的就是美色，和美色一样厉害的就是美元！（天涯灌水专区）

元旦，我虽然没吃到老婆烧的红烧肉，但是，我知道，老婆看到我当时失望的样子，她心里也会很难受的。晚饭后，新闻上说，人均收入以每年百分之九地增长，人均住房已经达到22平

---

① 参见杨延生：《网络文学：后现代文化语境中的自由书写》，《新疆社会科学》2006年第1期。

② [美]戴维·哈维：《后现代的状况》，阎嘉译，商务印书馆2003年版，第419页。

米。看到这，我关了电视。我对老婆说，今天是元旦，虽然我们没吃上猪肉，走，我们一起到猪厂去看猪跑。（特大号秤砣）

他们基于社会生活中各种自我独异的心理体验，喜欢运用"无厘头"文化中一种貌似幽默轻松与洒脱不羁的陈述。不过，这种方式也总能清晰表现出他们作为小人物的调侃、自嘲与无奈。尤其值得注意的是，这种颇具当代生活创意的"便条""碎片"表达形式，通过对当下社会文化种种散乱事象的"调侃"或"恶搞"，确实地规避着传统的整体性正统义理表述的影响，从而间接地表达出当下大众日趋多元又独异的文化认知意识，在其他领域无法确切阐释表意的社会批评与政论主张也得以显现[①]：

[社会新闻]北京市出租车行业黑车治理工作初见成效。全市7万多辆黑车已经被分别涂成红白蓝等颜色。/国家将重拳整治农民看医生难的问题。卫生部等有关部门日前强调：医生不能只一味坐在诊所里，必须要经常下到农村，亲自让广大的农民瞧瞧。（胡淑芬）

黑夜给了我黑色的眼圈。/十年前，我常常很傻；十年后，我常常装傻。/总有人在我面前说：先生存，再生活。可是我发现，当你忙完生存后，生活已经荡然无存。（《格言》网）

这些精练而简明的"碎片"式文本可谓五花八门。它不仅是80后们一种生活消费时尚、观念、信息的传递，而且还是一种特殊的流行性文化形式的创造。这种写作基于青年个体思想与某种无意识效果的追求，往往通过精练化、简约化甚至某些逆向化的策略，随意地使用调侃、玩世不恭与插科打诨的反诘，以"集中到一点以改变以往对事物看法"的另一种眼光，去触及发现现实生活人事的别一种面貌与本质。故而，这种写作不经意的幽默也时常透出"语不惊人死不休"的某种"哲理"，并形成了当下社会独特的后现代"思辨"性的语言

[①] 参见朱步冲：《无厘头．从娱乐行为到颠覆冲动》，《三联生活周刊》2005年第47期。

景观:

> 走别人的路，让别人无路可走。/ 所谓"人"，就是你在它上面再多加上任何一样东西就不再是"人"了！/ 其实世上本来没有肥，减的人多了也就有肥了。/ 有些事情本身我们无法控制，只好控制自己。/ 现实如此现实，何必那么现实。(《格言》网)

当80后们的网络写作以这种随意、无序、混乱甚至盲目的状态出现之时，其后现代思想与形式自由的种子，就早已经种植在网络这片沃土之中。在抛弃传统固有的文化指责与限制之后，表达生活不同状态与环节中的自由思想与意志，成为后现代网络世界里人们竭力追求的快乐与精神满足。目前80后青年们的网络写作通过这种能指形式的"嬉戏"，所建构的文字本身即增加了各种可能性与不确定性的意义的开拓实践①。

基于社会复杂多元的文化现实，80后们的网络搞笑式狂欢化叙述，一方面以热切的大众情绪倾述来消解以往文本的"深沉"话语，另一方面则尽量将小人物游戏人间的"反讽"处世精神发扬光大。写作内容不但涉及大众喜闻乐见的社会八卦、恶搞、玄疑事件，其中的种种怪论方略已经渗透到当代文化表达各个领域，各种寓言、典故也因吸取这种娱乐精髓②，而成就了许多新的消费性与狂欢化流行文字"经典":

> 傻子偷乞丐的钱包，被瞎子看到了，哑巴大吼一声，把聋子吓了一跳，驼子挺身而出，跛子飞起一脚，麻子说:"看我的面子就算了。"疯子说:"就是，人要有理智。"(《格言》网)
>
> 臣对巨说:你看，我和你有同样的建筑面积，但我却有三室两厅——善于规划真的很重要啊！(西门懒吹雪)

---

① 参见[法]雅克·德里达:《书的终结与文字的开端》，见汪民安等主编:《后现代性的哲学话语》，浙江人民出版社2000年版，第96页。

② 参见安文军:《后现代主义与网络文学》，《兰州学刊》2008年第11期。

青蛙是保守派，坐井观天；而癞蛤蟆是革新派，想吃天鹅肉。（天山派）

这些近似癫狂想象的选择性平面化的语言游戏形式，已纯粹是为了发泄一种对现实生活的荒谬想象的快感。通过这种"时尚"与"奇观"的话语形式赢得某种文化身份，原本就是后现代所蕴含的一个颇具诱惑的大众表达梦想①。

80后通过网络成为了一个有影响力的"社会"角色，对社会文化观念、模式与进程生发着相关影响。作为一种动态发展的青年亚文化，80后网络书写"碎片"，明确地对传统文化的等级结构与思想意识作出了解构。网络虚拟化"民主"使得这种作品的发表非常方便快捷，传统文学编辑、审核与管理方式由此相形见绌，在"文学写作"的"民主解放"意义上说，这种表达对于释放大众的文学写作冲动，消解精英的文学霸权无疑具有革命性的意义。借助使用这种网络新媒体的表达活动，80后们实现了对成年人掌控世界的逃避和抵抗，并对社会既成文化形成一种挑战和选择性的对抗批评②。于是种种既成文化情理、逻辑能够被随意地改写和调笑，相关"新式格言"文本也无不呈现出后现代的虚无意义：

不抵制洋货，只抵制蠢货。/只有在大排长龙时，才能真正体会到我们是"龙的传人"。/大学就是大概学学。/我长得很耐看，你要耐着性子看。/磨刀不误砍柴工，正好借此磨洋工。（《格言》网）

顾城：我有一双黑色的眼睛，有时只能用它来翻一翻白眼而已。（仗剑天涯）

《战国策》：士为知己者装死，女为悦己者整容。（痴人说梦）

---

① 参见潘知常等：《大众传媒与大众文化》，上海人民出版社2002年版，第463页。
② ［斯］阿莱斯·艾尔雅维茨：《图像时代》，胡菊兰等译，吉林人民出版社2003年版，第241页。

这类复制性与互文化"文学"写作，已存在着传统文化政治意识形态无法接受的渎圣方式，固有的文化观念包括文学的边界也已面临严峻的挑战。但是总的说来，这类后现代方式及意义的呈现也应大体理解为一种积极现象。因为在社会政治结构中某些纯粹传统主义的完结，在本质上是属于社会历史某种有趣开端的标志。80后们一般不大青睐于既有正统文化或高雅文化叙事，而特别偏爱于去消除文化"艺术"创作与日常生活、审美意识与切身感受、高雅文化与流行文化之间的差距，故而网络上这种扁平化、非权威化、碎片化的文本写作是有一定意义的。网络空间中80后写作丰富的另类娱乐化言说碎片，同样是分析80后文学与文化征候不可回避的命题。

第四节　视觉影像化的喻形表达：80后写作的复合范式

在80后写作的新POSE中，还出现了既往文学范式中很少有过的特殊意态和具象，它使得艺术话语中一种后现代的"喻形"方式得到了彰显。这种喻形方式基于艺术一种外化的语言与行为上的意义，即通过当下传媒丰富的视觉图像、某种直截了当的提示来解读相关艺术的含蕴。对于作家提供的作品，人们除了从修辞学意义来理解之外，还可从相关文字与话语的外在视觉的美术线条或图像形式上进行感知和考察①。换句话说，文学言说可以通过一种显像与图案式的直接功能，在融入某些暗示性的幻觉营造的视觉与形式元素后，复合地建构出文本种种新的可能性意义，文本中某些非文字现象与事件亦成为文学的重要因素。这种"喻形"话语表达，既强调文学内涵的积累，更注重外在表象与造型的建构。在后现代文学创作乃至阅读的复杂心理过程中，作家与读者也总是结合这种视觉性、器物、体制、话语、身体等图像喻形的相互作用，复合地呈现或理解作品中所包含的社会文

---

①　参见 [斯] 阿莱斯·艾尔雅维茨译：《图像时代》，胡菊兰等译，吉林人民出版社 2003 年版，第 86 页。

化一切意义①。

　　而这种后现代文本视觉意识"喻形"功能的开发，提示了80后文学作品具有的后语言学、后符号学的意义。于是人们注意到，在80后文本模式中，其写作、阅读经验并不再单独依赖文字的简单摹写，他们作品文本的建构与阅读过程，无不充分融合着当下新兴的种种"视觉识读"体验，影像化方式与类似电影分镜头式写法得到了充分运用。年轻一代动漫迷们如果对郭敬明《幻城》进行解读，就会立即发现小说中弥漫的离奇情节、奇幻想象、唯美人物和精致画面，无不具有日本动漫大片《圣传》的影子与具象。而他的小说《无极》，则直接在同名电影基础上作出影像化的改写。在这种影像化喻形表达方式中，传统语言叙事艺术的时间观念被淡化，场景的堆砌与频繁的时空转换成为主要陈述方式。人们看到其中充斥的是喋喋不休的台词、走马灯式的动作、支离破碎的人物、浮光掠影的造型，等等，即使那些叙事因为零散失去必要的铺垫、衔接与过渡也并不奇怪。张悦然《红鞋》呈现一个职业杀手和一个变态的"穿红鞋女孩"的虐恋。其中离奇故事情节、怪异人物性格、暴戾的血腥残酷气息堆砌在一起，一个接一个的屠杀镜头与惊悚情境持续展开。男人不断杀人，女孩以虐杀动物并拍照为乐的骇人描写随处可见。这些小说人物的心理世界，也往往被戏剧性的动作化处理所湮没，故事整体被切割成许多镜像化的碎片叙事场景。如果说，这类视觉刺激式文学"喻形"话语创造成为一种风潮，那么它确实展示了艺术的解构性特征和破坏性力量。

　　目前人们正处于一个新兴的后现代类像时代，社会空间由计算机、信息处理、媒体、自动控制系统以及按照类像符码和模型而形成。商品价值本身，也不再取决于商品本身是否能满足人的需要或具有交换价值，而是取决于交换体系中作为喻形化符号的某些文化功能。故而在当下纸媒出版物、网络论坛、博客的众声喧哗中，基于现代生活种种普遍的炫目的场景的符号性捕捉成为常态，80后在自由记

---

　　① 参见 [美]W. 米歇尔：《图像转向》，转引自《文化研究》第 3 辑，天津社会科学院出版社 2002 版，第 17 页。

录现实生活中鲜活可观的各种芜杂事件时，其"艺术作品"的制作过程，往往批量性地展现的是那些标示自身与社会意义的显象情态。特别是网络模式的写作之后，反映作者内在情智与外在风范的各种丰富话语意象不断诞生。虽然有网络"火星文"这类90后前卫极端的喻形方式迷乱着人们的阅读[1]，但最为活跃、影响最大的网络喻形化写作，仍是由具有写作开拓意识的80后们充当中坚。他们将当下各种时尚娱乐化的直观影像形式作为表现核心。如某些"泛身体写作"的裸露、情色、隐私、偷窥等现象大量出现，记录个人体验与性感悟的小说、散文、日记、图片的情色博客充斥网络，甚至将作者家居的裸身片段、暧昧性爱场景的视频博客也由大众读者轻易链接[2]。

80后们的网络写作，正在不断将文学表达活动与视觉图像喻形意态紧密联结。特别是当下异彩纷呈的网络博客，更为生动地显现出了80后喻形写作的强大力量。某些80后不时以惊人之语树立他们网络表达的"品位"，部分作者甚至在欲脱还休、裸身到底的形态中表现自我的新潮文化造型。其中一批突出的"造型"者，已被网友归纳为不同品种与类型的风格及特征。如韩寒的犀利叛逆，郭敬明的唯美奇幻，Acosta的沉郁忧伤，张悦然的小资纯情，春树的冷酷颓废，暗黑修罗的机敏尖锐，等等。虽然这种现象让当下人们感到非常疑虑，但这些曾被人们调侃为"凹造型"的喻形方式[3]，表明当下80后文学已不止拘泥于作品本体意义的创造，而是开始试图同时彰显其与写作行为有关的附生形态。为了获得种种"喻示"性外在显象之"形"，网络甚至传媒图书就成为了他们文化激情的飞扬之地。在80后文学图书市场，无不提供着富有情趣的文字形式，也无不配以新潮前卫而又唯美的漫画、时尚新异的形象装扮、精美亮丽的人物写真。他们亮出各种特立独行的文化观念，对当下社会文化各色现象进行细微观照或尖锐批判，其书生意气、图示话语乃至踪迹描绘中显示出文学写作的声

---

① 参见丁阳：《90后新青年青睐"火星文"引发争议》，《潇湘晨报》2007年8月15日。

② 参见王吉鹏：《博客写作为什么火》，《北京青年周刊》2004年3月4日。

③ 参见高岭：《关于80后凹造型的心理分析》，《北京娱乐信报》2006年7月8日。

色气息。

80后写作话语范畴已大大偏离了传统艺术的范式,其直接的"表象"化写作,毫无顾忌无所限制地越过了传统审美形态的边界①。作家的生活态度与风范同时得到重视和清晰展示,有时甚至会超越与遮蔽作品的根本内容与价值表达。于是在虚实混杂的网络新媒体文化时代里,80后们的道德规范与自责自律常常失控,并由此引发各种多元化观念无序状态的各种难题与争端,不过这些争端同样成为他们用来建构自身范型意义的喻形基础。在有关80后的"《馒头》血案""韩白之乱""郭敬明抄袭""韩寒作家门"等重要网络文化事件中,FANS化读者与作者呈现出一种共谋,消费文化宠儿们前卫的旗帜与冲动的发泄表现,也可以看作是新文化霸主们蓄意挑起的江湖式群氓纷争的娱乐化事端。在这些事端之中,每一位参与个体都像影视剧角色一样推进着事件的进展。这种网络写作"表演"不断创造的各种征象,产生出类似电视"真人秀"与电影表象"艺术"的效果。而现实事件也不断为80后写作提供各种表意的"乱象",这大大促进了不同文本话语形态的猛烈泛滥和疯狂展示。

故而,只要人们走进80后的写作世界里,便不难观看到各种展示自我的吸引眼球的影像化方式。郭敬明、韩寒们或明或暗的各种"作秀",不断搞活动、拍写真、比赛车、出唱片,无事生非掀起的各种热闹的骂战,已俨然以商业娱乐明星的架势来进行文学的"制造","眼球"吸引这种视觉喻形永远是他们最为重要的范型。在80后作家"明星化"的喻形途径中,"作家"身份与"美女""帅哥"这样的形象相得益彰,不少人充分利用媒体炒作来树立自己的形象。甚至于个别80后为搏出名,不惜以反传统道德的明星征婚、策划裸奔等恶心感官体验的方式来猎奇炒作②,文学既成的"情韵"被新奇的现实夺目"技术"所替代。这些充满声色的错综复合式写作话语,可读可听也可看的"作家"造型表现,提供了当下后现代文化纵情狂欢过程

---

① 参见[斯]阿莱斯·艾尔雅维茨:《图像时代》,胡菊兰等译,第77页。

② 参见郝岩:《80后作家放话》,《大连晚报》2006年12月4日。

里的感观化镜像，80后们把表象意义的奇异阐释无止境地赋予了写作语汇。这种带有原生态意义的喻形意识的强化，是人与文化现实关系表征方式由稳定趋向于任意和怀疑的转折①。

---

① 参见 [英] 斯图尔特·霍尔编：《表征———文化表象与意指实践》，徐亮等译，商务印书馆 2003 年版，第 21 页。

第八章　80后文学的市场化趋向

　　市场，不仅仅是社会生活中一只"看不见的手"，它也是文学发展中一条鲜明重要的掌纹，这条掌纹未必就是文学的生命线，但是一定隐藏着文学发展的生存机遇，甚至彰显着文学发展的走势与方向。

　　随着整个国家的经济转型，市场化不可避免地全面进入文学艺术创作的天地。作者不再言辞闪烁，犹抱市场半遮面，尤其是80后一代作家，他们浸染在市场经济转型的时代里成长，在他们身上，显示的已不仅仅是主体的"复苏"，或者对主体认知的习惯与熟稔，而是对个体价值的认可与使用，是在网络世界里的自在遨游，在文化市场中的天生丽质。他们顺理成章地把市场策划植入文学创作活动之中，市场活动不再是文学创作之后的环节或者与作者无关的书本出版策划的事情，80后作家从创作开始的构思阶段就不可避免地纳入"市场"元素的因素，他们的文学创作本身就包括了市场化运作的成分，可以说"市场"是80后文学创作的起点，市场化趋向则是探讨80后文学不可回避的重要部分。

第一节　市场化浪潮的冲击

　　文化艺术在经济体制改革的大潮中不可能站在岸边，而是被裹挟进时代的必然潮流中。"'市场化'对当代文学发生的影响远非任何程度的'外部冲击'可以形容，而是深入文学生产机制的机理内部，直接影响到文学的生成方式和样貌成规的重大转变，诸如发表出版原则，价值评价系统以及作家的身份认定、立场倾向等"①。

---

① 邵艳君：《倾斜的文学场——当代文学生产机制的市场化转型》，江苏人民出版社2003年版，第1页。

文学作品创作出来，进入市场流通这本来是一个顺时发展的链条，但是当市场带来的经济利益占据主导地位之后，其影响就从创作之后的链条环节提前进入到创作环节，影响创作主体本身。在大陆这一影响要回到1980年代，最初是在邮局与新华书店的"主渠道"之外，出现了个体书商的"二渠道"，1983年湖南省长沙市黄泥街的个体书商是先锋号；最初个体书商只是负责书籍销售，1985年之后他们开始向出版集团购买书号自行编辑印刷发行。此时，写作出版不再是普通人难以奢望的事情，而是一个可以与市场力量相结合的个体行为，从自由撰稿人、到出版集团可以卖书号、策划畅销书，到黄泥街的个体书商以及报刊传媒介入批评与推动，一个完整的"市场文化"的链条诞生了，这是一个"市场文化"链条，与传统的"文化—市场"链条关系有着截然区别。

在这一链条中生活的作者，不可避免地开始面临"经济"与"市场"的诱惑与考验，同时在相对宽松的政治、文化环境中，写作内容变得多样化起来，比如从1990年代初就出现的经典文艺作品《外来妹》到2000年以后红红火火的底层写作，无不是以打工族、底层人民写作自命的；比如前两年非常红火的石康的代表作《奋斗》，其中男女主角几乎都是出入有车，进门有房，不是上市公司的儿子就是地产大商的女儿，这俨然是富二代的群像，面对网友质疑，作者石康本人坦言这正是他的生活圈子写照，难道描写社会中奢华富裕的这一批人就有错吗？从《外来妹》到《奋斗》到《小时代》，时间走过三十年，作家已经不再是新中国成立初期统领在作协领导下的三军严整的军队，而是如细胞分裂一般，适应社会发展不断分化出不同的小分队。即使都是在"市场"大潮之下的作家也出现种种分化：有的只是码字工；有的作品有市场够卖座但价值不高；还有的在市场化中依然可以保持"艺术本色"：千禧年前后大热的余秋雨与文化大散文；从小说一直火到电影界的郭敬明。

市场化不仅仅影响到书籍出版，对报刊也影响极大，在报纸副刊以及刊物杂志转型的过程中也可以嗅出极其强烈的市场气息。比如报纸副刊，最初都是严肃的文艺作品发表基地，如今不是渐渐萎缩面临取消，就是变成男女情怀、小情小感的随笔专栏。各类杂志更是在市场化转型中面临极大危机，也有的杂志在这一危机中绝地反击，反而在市场中赢取更大价值空间，当然也包括经济利益。

《萌芽》杂志就是危地复苏的成功典范，并且在实现成功转型的同时，带来了80后作家群的诞生。这本由上海市作协主办的杂志创刊于50年代，是全国最早的青年文学月刊，它曾伴随"新时期"文学的辉煌而走向辉煌，又伴随文学的整体滑坡而滑落低谷。可是1998年时，《萌芽》杂志开始举办"新概念"大赛，这是一个除了可以给少男少女抒怀感想的阵地，更重要的还是这个大赛与知名高校联手的效应，如果在大赛中取得好成绩可以有机会进入知名大学，这对于心怀文学梦想的"瘸腿"考生（偏科生）是一个难得的机会，因此全国考生踊跃报名，大赛红红火火；到2003年，大赛已成功举办了5届，据报《萌芽》的销售量从原来的1万余份飙升至26万份。不仅仅《萌芽》杂志在这些大赛中获取了杂志的知名度与经济效益，更重要的是，杂志与获奖者与学者评奖，形成了一种新的审美传统，这里成为一个特殊的宣泄口，少男少女那些与高考作文明显不合拍的文字梦想在这里得到了现实的价值肯定。至此，从杂志的一次立于市场机制的绝地反击，到整个80后长达十年的为之"疯狂"，形成了以韩寒、郭敬明、张悦然等为代表的"新概念"偶像作家群。

早期80后作家与《萌芽》杂志有不可分割的重要联系，不管是对《萌芽》还是这批80后作家，作家梦与知名度与随之而来的市场营销都是密不可分的，如同出生时携带的DNA，有着不可忽视的重要因素。而80后作家所进入的文化市场又恰恰是一个经历了多年发展之后的成熟之季，新鲜的80后作家，年轻的面孔，脆生生的思想，火辣辣的文字，还有大批的粉丝，构成了80后文学市场化的整体风貌。

第二节 80后的个性化追求

星巴克的成功在于很多人已经认定"这不是一杯咖啡，这是一杯星巴克。"与之有相同魅力的是"哈根达斯雪糕"，他们已经不再是一杯咖啡、一个雪糕球这么简单，而是变成了一种心理暗示，一种生活态度，甚至一种文化依恋的属性，以至于星巴克的这句广告语成为流行语"我不在星巴克，就在去星巴克的路上"。

对于郭敬明、张悦然等人的书本购买者来说，他们的心理认可也有类似"星巴克"文化的地方：这不仅仅是一本书，这是80后的青春世界。这一本书可以宣告一个世界的范围，这一本书可以划出一个世界的边界，这些才是这本书最吸引人的地方，里面的内容与文字，甚至整本书的装订风格，签售现场以及作者风貌集合在一起形成了一种对偶像占有的心理暗示。

如果说在80后作家群崛起之前，人们在20世纪90年代接受的是大众生活的解放，即对大众审美，对大众需求的理解；那么，当以韩寒、郭敬明为首的80后成长起来之后，当这一代1980年代出生的人渐渐进入社会生活的各个层面之后，比如韩寒进入公共知识分子领域；郭敬明进入艺人领域；张悦然走上作家道路，而李傻傻则进入报业集团即传媒领域，等等，从他们及他们之后正在崛起的1985年以后以及1990年代出生的人过渡，正体现着从大众时代向分众时代过渡的特征，他们对待社会生活的态度已经从最常见的"我们"正式进入了"我"时代。

人们普遍认为"在大众社会中，人们追求的是划一性的事物，划一性的生活；而在分众社会中，人们追求的则是个别性的事物，个别性的生活。"[1] 80后、90后的生活中正是追求着这种分众社会的"个我昭示"，他们已经渐渐完全摆脱了从20世纪50年代到80年代人们那种生恐跟不上别人，要跟别人一样的生活方式，而是纷纷寻找自己的感性、嗜好、特征，以自我的"好恶"来进行选择，这就是80后以及90后正在向我们昭示的分众时代。

但是，需要注意的是，不管80后如何追求分众时代的个性与自我审美，在有一个价值取向上却惊人一致：那就是，这些1980年代出生的孩子在市场头脑上要远远超越他们的父辈。尽管1980年代前五年出生的孩子在小时候还经历过一段时间的计划经济，还对布票、粮票

---

① 博报堂生活综合研究所：《分众的诞生》，[日]黄恒正译，远流出版社1986年版，第1页。

等字眼小有概念，但是当他们上小学之后，这些词汇就渐渐从生活中消失，尤其是经济发展的大城市的孩子们，他们是在整个社会的经济转型中形成自我价值观的，他们对市场的敏锐以及他们天然的对市场的适应性是他们的父辈无法比拟的。也正因如此，80后作家在在面对文化市场的惊涛骇浪的时候能如此从容不迫，甚至显得如鱼得水，其中最典型也最成功的案例当然是郭敬明，此外，韩寒在其个人闪光思想的力量下也号召了另一种市场力量的纠结，张悦然以及步非烟、安意如等人则以一种比较含蓄甚至接近传统的姿态进入文学市场。

第三节　80后的市场化需求

在80后一代人的成长岁月里，正面接受了整个中国的改革开放与经济转型，在这个过程中，文学与社会中所有的文化现象一样，面临着市场化的强烈冲击，作家们从渐渐朦胧苏醒的市场意识到一夜惊醒：埋头写作不再是作家们的首要选择，市场成为一个另类的标尺，如果说此前写作与市场的结合还是作家们犹抱琵琶半遮面的追求，此时，写作成果的市场化成为一种不可回避的追求目标。

1989年，二月河的《雍正王朝》一经推出红遍大江南北，台湾香港的相继出版以及电视剧改编的大热播出，此后一系列的帝王小说为二月河赢来了极高的版权收入，至此，一批60年代以及70年代出生的作家大部分都已不可避免地进入了写作与市场结合的行列中。所以当80后一代作家成长起来的时候，市场化在写作圈子里已经完成过渡，80后一代作家已经从前辈们有点拧巴的写作与市场结合进入到主动考虑"市场营销"阶段。

邵燕君认为当代社会的"市场化"转型"落实到文学层面上，就是从计划经济体制下的意识形态生产的一部分，转向以'市场原则'为主导的消费性文化生产的一部分。"[①]实际上，80后作家群体出现之前也已经有了大量以写作登上富豪榜的作家，比如余秋雨、王朔等，

---

① 邵艳君：《倾斜的文学场——当代文学生产机制的市场化转型》，江苏人民出版社2003年版，第2页。

因此以"市场原则"为主导的写作在 2000 年左右就已经有了成熟的运作典范，书本已经成为一个从作家写作到策划营销甚至炒作新闻等各个利益环节相匹配的生产线产品，那么，80 后作家的市场化与他们的前辈的市场营销有着怎样的不同呢？

市场营销活动是从生产企业的生产活动完毕，产出产品开始，直至产品到达消费者手中为止，也就是产品生产出来后，开始通过推销、广告、定价、分销等活动，把产品销售出去，到达消费者或用户手中。以往的作家群体之前的大多数作家秉承的是一种我只负责写作，而市场运作等内容自然有策划团体来运作的态度：作品写出来了，出版社再来考虑包装问题，也就是说写归写，市场策划归市场策划。但是，80 后作家与此完全不同，80 后作家群体已经把市场策划植入文学创作之中，市场的考虑成为他们的文学创作中不可缺少的一部分，对市场的天然亲近不仅仅反映在文字之中，也不可避免地进入他们对整个文学市场的考虑之中，如郭敬明与张悦然分别推出的系列书籍，从一开始作家本人就已经介入书本畅销与否的策划之中，尤其是郭敬明以一种"艺人"的运作方式来对待作家身份，更使得他在这场市场化的写作转型中成为一位开先河的弄潮儿。

如果说在 80 后作家之前的作家们还认为书本的畅销与否或者有没有市场是在产品生产出来之后的一系列活动决定的，那么 80 后作家已经清晰认识到市场不仅是作品销售的重点，而且应成为作品生产，即作品创作的出发点，也就是说一部作品的一切活动都应围绕市场展开。这才是符合最新的现代市场营销学的态度与方法。

80 后在文化走向市场的大潮里显得如鱼得水，他们在整个国家经历市场经济变革的大局中成长，因此，从 80 后开始，年轻一代人必然显示出在这个文化市场的世界里的天生丽质。郭敬明，则成为 80 后作家群体里最具有市场化特征的代表人物。在他的名字后，是涵盖多种信息内容的身份混合体；在他的作品里，充斥着市场化的因此；在他面对媒体与宣传的多种途径中，我们可以看到利用市场导向青年群体消费的得心应手；在他设计策划创作系列小说以及杂志的"野心"中，我们可以看到一个寻求长久经济效应的市场化运作链条。

第四节　一个市场化的典型案例

80后文学的市场化趋向中，郭敬明可以说是领军人物，分析他就好比分析典型案例。现在的在校大学生的中学时代大多都有"阅读郭敬明"的经历，都有郭敬明式的青春期忧伤。这是属于每一代人自己的体验，就好比曾经有中学生迷恋琼瑶与席娟，而我们读中学的时候迷恋安妮宝贝，那是属于每一代人的青春期的阅读体验，是在一个时空都相对封闭的时段里出现的特别记忆。我们不能不正视郭敬明现象，因为，我们要尊重他们的青春体验；我们不能不深刻剖析郭敬明，因为，我们要做一份属于80后文学与市场化的DNA亲子检查报告。

实际上，郭敬明自身就是不断展现流行文化与奢侈文化的T型台，许多喜欢他的孩子显然是不具备个人生产能力的，他们不可能有自己的经济来源去负担"小四"在网上津津乐道的生活奢侈享受，比如"小四"用的钱包、记事本、小饰品，这些东西甚至在他的小说《小时代》里不断出现，动辄LV、PARDA，很明显，这些对于一个普通的中国家庭来说都是不可能的，但是这些放在一个市场经济的时代里，放在一个消费文化的时代里，放在一个追求奢侈的时代里，就变得可以接受。就好像样板戏的年代里人们恨不得把新衣服扯破了在上面照样子打补丁，社会的审美总是在经济生活的转变中不断地统一、不断地打破、不断地消散又再一次统一。波德里亚认为消费社会会消解艺术的传统崇高地位，流行文化变成了一种消费物品或者是消费符号[①]，这正是80后的文学世界为人质疑的根本原因，这些小说的阅读意义已经不在于文字创造的美感，语言艺术的天堂，而变成一追求物质生活的读本，变成了消费文化时代的用户使用手册。

郭敬明这个名字的背后，贴上了多种标签：80后代表作家、上海柯艾文化传播有限公司董事长总经理、天娱艺人、长江文艺出版社副主编、天娱传媒的文字主编、最世文化发展有限公司董事长总经理。

---

① [法]让·波德里亚，《消费社会》，刘成富、全志钢译，南京大学出版社2001年版，第121页。

在郭敬明的博客里可以看到这样的一组联系方式：如有商业合作或演艺、出席等商业邀约，请联系：叶小姐：021-62885911。如有出版范围内的合作邀约，请联系：赵先生：010-58678881 转 1350 陈小姐：021-62885911。工作联系邮件，请发至：ca@zuibook.com.

从这里面我们至少可以总结出以下几点：

1. 演出访谈已经成为郭敬明的工作的重要一部分，他有专人帮他打理这方面的业务，这个人相当于郭敬明的"经纪人"。

2. 郭敬明已经不再是郭敬明一个人，在这个名字下有一个团队在工作，而不是一个人。与其说郭敬明是一个作家一人，不如说郭敬明已经成为一个品牌。

3. 郭敬明是以作家身份定位的"艺人"。

作家，竟等同于艺人！这是颠覆传统的价值变更。

在中国悠久历史传统中，文人作家都是备受推崇的，上至天子下至黎民都对文人对作家有着敬畏之情；艺人则往往得不到尊重，因为这个词所指的并不是文化事业，而是依靠技艺混饭吃的生计。可是当市场介入作家、文人的世界之后，炒作新闻，推销新作这些媒体手段不再是娱乐世界、艺人的专属，而成为整个文化市场的操作手段，因此，很大一部分作家与艺人之间又有了某些微妙的同志同构关系，他们的出名都依靠媒体的力量，他们的畅销都依靠某种市场营销的手段，这不再是一个埋首写作藏之山林的时代，而是一个作家也必须习惯镁光灯下的生活的时代，因此，郭敬明就大方地扛起了作家艺人的旗帜，不仅如此，他还在这个作家艺人的世界里长袖善舞，不断掀起属于"小四"的小高潮。

"新锐"一词，出于杨振宁教授在诺贝尔得奖感言中提到的Aggressive，后来蔓延开来，是指各个领域的后起之秀，他们具有打破陈规的勇气和和实力，是将来这个领域的栋梁之才。在市场化文坛上，郭敬明具备了可以打破陈规的勇气，同时具备引领80后、90后亲近市场化文坛的魅力，他堪称"市场化文坛新锐"。他用自己的小说引领着年轻一代的阅读体验，用自己小说中的主人公的生活方式暗示着年轻一代的生活方式，甚至用自己的生活态度影响着年轻一代的生活态度。

受西方和港台消费文化的影响，消费文化在 1980 年代中期以后大行其道，80 后一代人都有对消费文化的天然的亲切感，在郭敬明的小说里就充斥着消费文化情节，成为小说内在的市场化因素。比如我们可以在郭敬明的作品《小时代 1.0》里随便找出两个段落来：

> "我现在坐在学校图书馆下的咖啡厅里，和顾里、Nei 一起悠闲地喝着拿铁。尽管十几个小时之前，顾里和我在新天地的广场上失魂落魄地望着对方，并且我用一杯二十几块的星巴克换了顾里四千多块的 Miu Miu 小礼服裙子。"
>
> "而现在，她摆着一脸酷睿 2 的欠揍表情坐在我对面，用她新买的 OQO 上网看财经新闻——如果不知道 OQO 的话，那么，简单说来，那是一台和《最小说》差不多大小的电脑，但是性能却比我寝室那台重达 3.7 公斤的笔记本优秀很多。当我看见她轻轻推上滑盖设计的键盘，再把它轻轻地丢尽她刚刚换得 LV 水印印花袋里时……"

在这两段文字里，笔者随便就可以挑出近十个与当下潮流消费最贴近的词语：拿铁、星巴克、新天地、MIUMIU、酷睿 2、OQO、最小说、LV……这里面的一些词语甚至是长辈们根本反应不过来的新产品的名词，最让人忍俊不禁的是郭敬明还要贫嘴似地在这段文字里为自己的"最小说"卖了一下广告，不难想象，正如想要追求郭敬明所使用的小配件，在他的畅销作品里的主人公们使用的东西也极有可能成为年轻一代的追求，往远一点说，这说不定就能发展成为日后郭敬明小说里的植入式广告。

在 2010 年 8 月 18 日晚 12 点湖南卫视《零点锋云》的节目中，郭敬明与麦家有一场精彩的对话，对话里提到如果面对过多的关注与宣传，麦家坦言自己会不习惯会躲避，而郭敬明则提到，"若是一本书本来有十万人看见。但是通过宣传，会有更多的人看见，你很难不去做这个宣传。"因此"我们走的是完全不同的路。"麦家这样认为。

"郭敬明更多的是一个公众人物，是一个明星，而他自己是更单纯的作家。"

从这里也可以看出，不仅仅在作品中植入市场化的因子，在作品销售的所有环节甚至是在自己的生活中，郭敬明都无可避免地进入了市场化的潮流中，他不担心不抗拒被关注，他愿意接受一种公众人物的生活状态，正如前面提到的在他的名字后面有太多头衔，写作在他的生活中只是一部分，此外还有各种访谈、商业演出以及公司运作等组合起来才是他的生活。

然而，在郭敬明的小说里，流行电影的桥段比比皆是，比如《小时代》的情节中对《时尚女模头》的人物形象、性格塑造以及细节处理的明显"借鉴"。以及曾经轰动文坛的"抄袭"事件，真的只是郭敬明处理市场化文坛的"幼稚"表现？在以后的岁月里，这位市场化文坛的新锐，除了考虑作品的畅销度，恐怕更应该考虑如何成长得更加丰满与稳重。

第五节 市场化何去何从

西方学者苏特兰认为"畅销书总是新的，但决非前进了一步……畅销书作家没有经典意义上的作品，只有行情和名目全新的标准化产品。"[1] 因此，80后作家虽然掌握了市场化的文坛运作方式，但"市场化"对于文学发展态势来说却是一把双刃剑。

80后作家群体在专业评论中往往不被重视，很大程度源于他们与市场化过于亲切的关系，导致专业评论的有意疏远。从文学艺术创作的传统规律来说，艺术，就应该主动与市场疏离，尤其是先锋艺术。因此，80后作家群体的市场化走到这一步，该何去何从成为一个有待思考的问题。

在产品依靠推销的时代里，产品可以改变人们的生活；在营销时代里，也就是以市场为出发点，用产品指导人们生活的年代里，产品

---

① [英]约翰·苏特兰：《畅销书》，何文安编译，上海文化出版社1988年10月版，第2页。

就可以让人们得到满足感，是对需求的满足，是个体欲望的伸张，比如星巴克与哈根达斯，又比如年轻人买了一本郭敬明的《最小说》或者是张悦然的《鲤》。

80后作家在80后以及90后群体中都形成一种偶像文化的力量，这种力量推动了整个80后文学的市场形成。韩寒既是作家，又是车手，兴致来了还客串一把歌手玩玩。郭敬明则直接将自己的身份定位为"做一个以作家定义的艺人"。张悦然的书里到处都是片段的文字，出书就歌星好比出唱片。这些都是他们作为一种"偶像"的标签，也会成为读者选择他们的一种范式，那么在这种类似艺人、歌星的光环下，与市场化和时尚化紧紧结合的"80后文学"又能走多远呢？虽然我们不能断然肯定时尚与深度无关，但是时尚的确会在某种程度上削平人们对人类生存境遇的深刻诘问，对人类性格深处的悲剧因素进行探讨。对那种留存于人类少数精英分子的深刻反思的躲避会导致文学最终的无力与疲软，这才是所有的作家与评论家都应该时时警惕的事实。

80后是执著选择"个体自由"的一代，但并不是每个人都能找到"属于自我"的方式。比如"牛仔裤"，很多人毫不犹豫地选择"牛仔裤"是因为在他的潜意识里，牛仔裤代表的是个性与自由，但是忽略了当下的牛仔裤就像当年的劳动服一样，人人都在穿，这个时候，一个吊诡的现象就出现了，人人都在牛仔裤中得到"自由与个性"的满足。这同样能解释，为什么明明是选择"个性与自我表达"的80后在面对偶像作家，比如郭敬明或者韩寒的书籍的时候会如此统一，个性与自由表达的对象并不妨碍大家都选择一致的对象，这个时候这个人就变成了畅销的作品，另一个可资解释的对象就是"周杰伦"，没有人认为自己听周杰伦是从众，因为周杰伦本身是个性与自由表达的象征，那么只要选择周杰伦，就是选择了个性与自由表达。因此，如何成为这个选择题的唯一选项，就成为推动市场巨大利润的底牌，周杰伦、星巴克、哈根达斯，甚至《最小说》与《鲤》本身就是"风格""优雅""情趣""个性""自由"的代表，那么它们就能称为成功的市场化运作对象，而这些，已经不是选择者所关心的话题了。

　　或许我们不该太过悲观，朱大可也说过"正是市场交换策略避免了文化的最后崩溃。或者说，它维系了文化和大众的基本关系。"①市场这把双刃剑一经出鞘，就带着"谁与争锋""统领江湖"的味道，80后作家群体只是生逢其时，懂得如何耍这把大刀罢了，基本功练好了，文字功夫下足了，艺术审美提高了，生活经验越来越足了，当然就会越玩越有味道了，让我们拭目以待吧。

---

① 朱大可：《十作家批判书》，陕西师范大学出版社2004年版，第31页。

第九章　80后创作的亚文化特征

　　正如上世纪就被玛格丽特·米德断言的"代际差异"所言，在媒介传播力前所未有的强大的新媒体时代，80后创作群体与他们的父辈祖辈的距离已不仅仅在于年龄的差异，在行为模式、话语形态乃至价值理念等方面的多元差异所造成的代际分野，使得80后创作的亚文化特征常常被推至评论的风口浪尖。一种有别前喻文化的新思潮势不可挡，使得80后创作与文学传统之间难以划分出泾渭分明的鸿沟。在当今"三分天下"的文学格局里，在创作上进入稳定期的"80后们"已成长为一股独特的新锐力量。

　　正因为如此，走过新世纪之始的命名之争，80后创作群体以及其文艺创作正逐渐从喧闹沸扬的文化现象衍变为耐人寻味的文学新质。在全球化、网络化、民主化和市场化背景下生长的80后文化，正在潜移默化地成长为一股介乎于非主流文化与边缘另类文化之间的青年亚文化力量。其价值取向，创作特征再到审美旨趣的转向已超越了青春文学写作的范畴。作为一个创作群体，他们在题材内容、写作方式、审美表达等方面都呈现出明显的共性。基于此，本章从"反抗""风格"和"收编"这三个关键词出发，回归80后创作群的叙事话语，通过考察具体的文本特征和文化现象，借以梳理比照80后创作群体在叙事立场、审美视角、话语走向等一系列创作链条所呈现出的亚文化文本特征。

第一节　消解主流的叙事语态

　　代际分隔的判断或许并不尽然能得出一个分水岭式的界碑，但"后来者"对原有话语形态的颠覆，对固化语言体系的嘲讽，乃至建构一个新体系的愿景，便演绎了一个后喻文化对前喻文化进行消解的代际循环。之于80后创作群体，以韩寒为突出代表的消解权威，颠覆主流的叙事风格恰是印证了这个循环。回望20世纪末新世纪初期的"韩寒热"。正如纽约时报专访里做出的判断，韩寒的代表作《三重门》在浩如烟海的描述少年烦恼的世界经典文学作品中并不算突出。然而，小说里对教育和权威体系所流露出的"坏孩子"叙事语态恰恰是与当时《哈佛女孩刘亦婷》的主流青少年读物所背道而驰的，这在当时无疑是一种叙事语态上的颠覆。

究其本质，80后这种抵抗与颠覆打破了主流话语体系里"好孩子"的青春样本。回望主流话语体系里不同时代的"青春偶像们"，从20世纪60年代的《青春之歌》里的林道静再到新世纪初的"哈佛女孩刘亦婷"，一致性地体现为奋发向上的社会主义接班人形象。然而，一个"无名小辈"——上海高中生的韩寒却挑战了这一秩序井然的规则。韩寒本人在央视对话节目上的表现更是令这股叛逆气质更大范围地传播：在代表着权威与精英的学者面前，这个神情淡定的少年并没有像人们想象中的不可一世。不管是有意为之，还是阴差阳错，又或者是个性的自然流露，韩寒毫无疑问地成为"80后叛逆青春的代言人。"韩寒此后的人生轨迹也一如新概念时期的反叛决绝：从放弃高考保送名校的资格，写博客，玩赛车……之后数年里，尽管小说中一再重复关于"小镇、青春、姑娘和汽车"的主题，韩寒的作品均保持着惊人且稳定的销量。值得一提的是，《三重门》时期韩寒笔下所描绘的成年人往往是猥琐虚伪、自私自利的形象，以三重门中的语文老师马德保最具典型，尤其突出体现在《像少年啦飞驰》里的代表着权威的老师以没有姓名的"装模作样的老家伙"[1]为称呼。

无论是正面的嘲弄还是语带双关的反讽，这样的颠覆恰恰印证了青年亚文化里的对成人世界的反抗意识。恰如纽约周刊专访对韩寒的评述，他具有"垮掉一代"的风范，他的个人风格是对中国知识分子传统形象的颠覆。需要厘清的是，80后"反抗"的创作姿态与"垮掉

---

① 韩寒：《韩寒五年文集》，二十一世纪出版社2006年版，第275页。

的一代"有着某种程度的相似却有着现实语境的差异。首先他们都不属于从属某个阶级的亚文化，以一个创作整体而言，80后创作群体叛逆的根源来自于与社会结构相关的成人世界的阻隔，这更明显为一种代际间价值观的矛盾与差异，而不是阶级意识激烈的冲突。再者，80后创作群体具有亚文化特征是一种必然的选择，因为"亚文化是人们企图解决存在于社会结构中的各种矛盾时产生的，这些矛盾问题是人们共同经历的，并能导致一个集体认同形式。从这里个人会获得不是由阶级、教育和财富造成的个体认同。"①不依赖于主流体系的集体认同，恰恰来自于80后群体试图超越青春期，跨越进入成人社会的心理障碍所营造的社会性交往需要。

　　垮掉一代的"精神教父"凯鲁亚克的《在路上》便是青年亚文化群体的写照：一群愤世嫉俗的青年人在流浪异地、放浪形骸。他们试图逃离现实社会的束缚，拒绝温情脉脉的人际关系，以纵欲欢乐的姿态，向井然有序的传统价值标准发出挑战。在他们的人生信条里，生活的意义就在于为了不断地寻求新的可能。他们反对现行社会制度，却不试图创建一个新的秩序；在社会性交往上，他们痛恨传统人际关系的束缚，与家庭、社会和职业认定隔绝，常常以小圈子的形式聚集。

　　80后创作群的亚文化圈子也在潜移默化中建构一个具有特定的价值观和行为模式的亚文化组织。然而从表现形式的差异来看，由于80后创作群体内部的分化和变异，这些亚文化组织更多以众多规模更小的亚文化圈存在。如最早期的南京"暗地病孩子"网站，他们自称"我们病了，寄居在腐烂且安逸的城市之中。彼此孤独，却心心相印，"他们信奉相通的价值观，"如果不能超越体制和社会，那么一个年轻人至少可以用自己的烂掉来否定他面前那个井井有条的世界……当他们热情地唱到绝望的时候，那实际上是一种姿态，是自觉的价值反叛，是一种正在形成的草民的愤怒。"②这种亚文化圈子的形成，无疑为80后群体创作构建了一个自我共鸣的亚文化社群。诸如80后创作群体里以春树为代表的"摇滚青年圈"，以张悦然、周嘉宁为代表

① 迈克尔·布雷克：《越轨青年文化比较》，北京理工大学出版社1989年版，第1页。
② 颜峻、蒋原伦主编：《让我们烂掉吧》，天津社会科学院出版社2002年版，第155页。

的"学院派女性写作圈",乃至韩寒所代表的"公知愤青圈",以及郭敬明数量庞大的"低龄粉丝圈"。

权力是支配思想意识的摇篮,当话语权力的天平两端呈现不对等的失衡时,或许能够解释80后创作群体的反抗意识。首先,由于价值体系和文化权力的差异,形成了主流文化和亚文化之间的差异,马克思在《资本论》中说:"统治阶级的思想在每一时代都是统治思想……在社会中占统治地位的阶级,同时也是思想意识的支配力量,掌握着物质资料生产手段的阶级,同时也控制着人们精神生产的手段;因此,一般来说,缺乏精神生产手段的那些思想必然要处于从属地位。"[1]作为体现社会统治思想和主导价值观的主流文化,代表的是社会阶层中占支配地位、拥有绝对话语权的群体利益;而作为与主流文化既相联系又有所区别的亚文化,是指为社会上处于从属地位的一部分成员所接受或为某一社会群体所特有的生活方式。与主流文化相比,亚文化是一种从属的、次要的、支流的文化,代表的是社会中处于边缘地位的群体利益。

在话语权较量中占下风的青年亚文化表达为一种象征抵抗主流话语的"逃离",一种对主流语态的消解。如韩寒的《像少年啦飞驰》里提到:教授的点评让我们想快点逃离这个可怕的地方[2],这里"逃离"所指向的对象无疑是象征着占据支配地位的主流价值观,而"教授"也成为隐喻着主流权威的象征符号。而到了《像少年啦飞驰》的结尾,韩寒似乎又陷入了一种无解的追问,像文本中多次回趟的追问:"至少不要问我问题或寻求答案","我所寻找的从没出现过……"[3]这类虚无主义倾向则是后现代文化里常见的症候性表达。到了《通稿2003》里,对边缘身份的孤立感又体现在对教育体制及其执行者的批评。"教师或者学校经常犯的一个大错误就是孤立看不顺眼的学生"[4]。通过种种对现实话语体系的反抗与颠覆,以自组织的状态集聚

---

① 《马克思恩格斯选集》第一卷,人民出版社1972年版,第52页。
② 韩寒:《韩寒五年文集》,二十一世纪出版社2006年版,第123页。
③ 韩寒:《韩寒五年文集》,二十一世纪出版社2006年版,第173页。
④ 韩寒:《韩寒五年文集》,二十一世纪出版社2006年版,第258页。

的 80 后亚文化群体，借此建构并维系了一个区别于现实秩序的审美"乌托邦"，在自组织内部实现了对现实边缘地位的超越，在小圈子的社群内部展现其自我个性，由此确认和维系亚文化族群成员的自我认同。

第二节　拼贴整合的话语形式

后工业时代里，大众文化和消费符号的穿透力无孔不入，渗透在日常叙事的符码，以一种新的艺术形式而兴起的电子游戏，充满隐喻的广告阐释，在消融了狂飙突进式的革命激情后，80 后创作群体的亚文化特征更像一场被包装得纷繁庞杂的"假面狂欢"。用巴赫金"狂欢化"的理论阐释，从古代膜拜意识中流传下来的面具是狂欢节怪诞幽默的精髓，它与欢乐的相对性、变化和再化身的愉悦、迁移和变形等紧密相关。① 而在狂欢中，人们摆脱了权威的戒律，在日常生活里被压抑的本真欲望也得以显露。消解神性，戏嘲崇高，山寨经典……当写作变成一场广场式的狂欢，成长于互联网勃兴时代的 80 后创作群体也自然难以抗拒，也"拥抱"以开放、互动、自由书写为标志的网络特质。如游戏状态的"狂欢"表达，似乎更容易让创作者抵达一种非功利的创作自由。这也恰恰印证了席勒、康德对艺术的自由、无功利和游戏的联系。"只有当人充分是人的时候，他才游戏；只有当人游戏的时候，他才完全是人。"②

对于 80 后创作群体而言，游戏的随心所欲在于创作生成多种新元素的集合——所构建出一个新的"我"，产生一种独树一帜的风格，传播出一种新的意义。于是，当固有的创作元素被打乱，被重新分割，新的符号意义的拼贴，80 后创作便创造出了颠覆传统叙事的新的话语形式。这种"拼贴"拥有属于它自己的法则——按照罗兰巴特（Barthes，1972）的说法，主流文化的主要特质是一种假装为自然的倾向。它往往倾向于把世界的现实转化为一种世界的形象，而这种

---

① ［澳］约翰·多克尔：《后现代与大众文化》，北京大学出版社 2011 年版，第 221 页。
② 朱光潜：《西方美学史》，人民文学出版社 1979 年版，第 450 页。

形象，转而将自身表现得仿佛是根据"自然秩序的明显法则"建构而成。所有亚文化风格背后的要点就是一种具有重要意义的差异的传达（同样的也是一种群体认同的传达），也就是说，惊世骇俗的亚文化是一种有意图的信息传播，从语言学的术语来说是"有动因的"，背后所传达和宣告的便是游戏的规则——拼贴和混搭。

亚文化中的"拼贴"意味着基本的元素可以出现在各种即兴拼凑的组合中，从而在它们之间产生新的意义。① 比如《幻城》中就可以找到：好莱坞大片《魔戒》的神妙奇幻、金庸武侠的侠肠义胆、琼瑶爱情作品的似水柔情、《格林童话》的瑰丽与奇迹、韩国青春剧的时尚靓丽、日式动漫的潇洒飘逸、福尔摩斯推理破案小说的诡异神秘、007虎胆英雄身怀绝技以及虽危机四伏却有惊无险的悬念迭出"② 庞杂的网络资源为80后的亚文化实践提供了丰富的创作素材。在海量资讯密集地包围下，80后创作群体创造性地吸纳大众文化中高度杂糅的多元符码，并将之内化为创作素材，从而传递出新的意义。

以郭敬明的《小时代》为例，主人公的身份设定是时尚杂志的助理，在弱肉强食的竞争环境里有一名随时发号施令的上司，同时还有一名同样冷酷得不近人情的前辈不时耳提面命，这样角色的设计几乎与好莱坞电影《穿 Prada 的女王》的情节如出一辙，只不过将电影里那令主人公不寒而栗的女上司在性别上置换为男性而已。更加似曾相识的是小说里挑大梁的四位女主人公——顾里、南湘和唐宛如和我的同窗友情，同样与美剧《绯闻女孩》有着相似之处：小圈子必定有领导者的"女王"和追随者，领导者角色必然以飞扬跋扈的姿态出场，而表面看似默默隐忍的追随者往往有戏剧性的爆发……且不论这种似曾相识有多少抄袭和借鉴的成分，郭敬明的精明之处就在于总是能敏锐地捕捉到青少年文化圈子中最活跃的流行元素，并将他们以"碎片拼贴"重新"组合"在自己的文本中。原本只在动漫迷的小圈子里传播的"腐女"语言被"移植挪用"在《小时代》，小说里对男一号和男二号的激情联想便回应了网络空间里辐射的腐文化传播效应。再往

---

① 迪克·赫伯迪格著：《亚文化——风格的意义》，北京大学出版社 2009 年版，第 128 页。

② 江冰：《论 80 后文学的"偶像化"写作》，文艺评论 2005 年，第 2 期。

前回溯，郭敬明早期散文集《爱与痛的边缘》中有村上春树小布尔乔亚式的感伤，虚构文本《幻城》则糅合了日本动漫《圣战》的暴力美学与画面感，而张悦然作品中频繁出现品牌香水的物质化隐喻也让人联想起安妮宝贝早期作品的风格。

正如约翰·克拉克（Clarke，1976）[①]强调的亚文化的凭借彻底改写、颠覆和延伸了一些重要的话语形式的使用方式："物体和意义构成了一个符号，在任何一种文化中，这样的符号被反复组合成有特征的话语形式。然而，当拼贴者使用相同的符号体系，再次将不同形式中的表意物体定位于那一套话语的不同位置中，或当这个物体被安置在另外一套不同的集合中，一种新的话语形式就形成了，同时传递出一种不同的信息。"于是在多元拼贴，叙事元素的混搭融合中，80后创作群体的想象力与创作力得以尽情地释放，卸下了严肃写作的镣铐桎梏后，他们将多元符码转化为青年亚文化的独特美学实践，以调侃反讽、戏谑拼贴式的话语形式制造出后现代式的话语狂欢。

第三节　孤独情结的风格化体现

在80后创作群体的笔下，作为风格化的"忧伤"被折射出不同角度的美学意蕴，有的含蓄而委婉，有的浪漫而唯美，有的诗意而简约。少年不识愁滋味，为赋新词强说愁。正如麦克尔·布雷克所认为的，"普遍地存在于某个亚文化中的某种文化形式就是它的风格。"[②]对于亚文化形态而言，风格如同一种"拒绝"形式，它能够把犯罪提升为艺术。无论是惊世骇俗的服饰、形象或行动具有象征意味，都是一种耻辱的形式，一种自我流放的标志。也就是说，在被赋予意义的过程中，风格得到了最极致的体现。

表现在80后群体创作的文本里，徘徊在边缘化的忧伤就带有强烈风格化的倾向，从80后创作群体的书名就可以一窥。从一座象征梦想在残酷现实面前的——瓦解的幻灭之城——《幻城》，到像流水一

---

① 迪克·赫伯迪格：《亚文化——风格的意义》，北京大学出版社2009年版，第57页。

② 麦克尔·布雷：《亚文化与青少年犯罪》，山西人民出版社1990年版，第16页。

般绵延的《悲伤逆流成河》，再到青春年华是一封无处投递的失效信件《年华无效信》。正如郭敬明所并不避讳提及的："好的青春文学，就是要有最精美的文字和最大俗的情节。"①当写作成为文学销售链条的生产环节时，那么，打造具有强烈个人风格的忧伤便成为写作特征最大化的情结化体现。因此，细腻忧伤的语言风格，略显直白的情节冲突便成为程式化风格的具体表征。

这种风格化的忧伤除了可以解读为成人世界与青年世界的距离，少年的迷惘颓废，从角色投射上更可以追溯到"自恋"的鼻祖——希腊神话里的美少年纳西塞斯。被爱神化身为水仙的纳西塞斯，临水而栖，他永远看着自己的倒影。因为这个传说，人们用 Narcissism 水仙花情结形容那些异常喜爱自己容貌、有自恋倾向的人。从《幻城》开始再到《小时代》系列，郭敬明笔下的少年自由穿越在现代与神魔童话世界，唯一不变的共同点便是那永远白衣飘飘、五官深邃、玉树临风的英俊少年。正是这份水仙花情结的人物设定，愈发加剧了文本中的冲突与张力，对忧伤的最大化可谓起到点石成金的效果。以《幻城》为例，一手将卡索抚养长大的婆婆是卡索最依赖和信任的人，彼此间的亲情让卡索相信世间温暖的一抹真情亮色。但是，为了制造"忧伤化的风格"，他们最终站在了你死我活的敌对立场，婆婆选择以牺牲来成就卡索的成功，但是卡索却从此活在对婆婆的追忆与忧伤之中。亲情在这里成为厮杀的对立面，无论卡索与樱空释的兄弟情、迟墨与蝶澈的兄妹情、还是月神与月照的姐妹情，殊途同归的结局都是一方死亡，独剩至亲的追忆。这种似乎只有在至亲至爱的相互残杀与折磨中才能不朽的忧伤，也发生在友情之间。在《梦里花落知多少》中，微微为求自保，对火柴的背叛。在落落的《年华是无效信》中，宁遥和王子杨表面是形影不离的好朋友。但事实上，宁遥心里却埋藏着厌恶王子杨的种子，而在故事结尾，一向乖巧懂事的王子杨也袒露出隐秘的心事。这种建立在对人类最本真的情感的不信任，往往被饱满的忧伤叙事告终。

---

① 见于 http://bjyouth.ynet.com/article.jsp?oid=57169862

在中国传统美学里，"中和"作为审美理想，要求文艺作品具有"乐而不淫，哀而不伤"，节制有度的艺术表现。然而在这种风格化的抒情里，忧伤往往被放到显微镜下，扩张至极致。"月神倒在地上，我看到她眼中哀怨的神色。那种哀怨渐渐转成了难过和忧伤，我看到她眼角流下的晶莹的眼泪。"[①] "王，也许我会隐居在幻雪神山里面，守护在星轨的坟墓的旁边，当她的坟头洒满樱花花瓣的时候，我想我会泪流满面的。"[②] "可是他看着我的时候，脸上会有如水一样忧伤的表情，我那么刚毅的父王会为我流下难过的泪水。"[③]

逝者如斯夫！对过往时光的追忆和怅惘成为忧伤的情感因由。"我总是在我十八岁的时候缅怀自己的十七岁，等到十九岁的时候又后悔虚度了十八岁。"[④] "看着寂静空旷的房间心里又隐约的难过。那些曾经整夜整夜如水一样弥漫在我房间中的音乐，就这样悄悄地褪去了，没有留下任何痕迹，而我的青春，我飞扬的岁月也就这样流走了。"[⑤] 这是我们都曾有过的感受，岁月总是这么容易就从我们身边溜走，伸手挽留时，什么都抓不住。"忧伤滞留在缓缓流过岁月的大提琴中，滞留在张楚的音乐中，滞留在王家卫的电影中，忧伤也毫不顾忌地展露在杨花纷飞飘落的季节，展露在泛黄的地图上，展露在两人近在咫尺却又相隔天涯的距离中。"[⑥] 如果对光阴的慨叹是人类的共性体验的话，那么在80后创作群体的文本里，对时间流逝的风格化忧伤则被符号化的审美感受所取代。

除了来自对成长和时光不可挽回的无力感，"风格化"的忧伤还来自于80后创作群体的集体孤独感。弗洛姆曾说："人是孤独的，同时又处于一种关系之中。人之所以孤独是由于他是独特的存在，他与其他任何人都不相同，并意识到自己的自我是一独立的存在。当他依据自己的理性力量独立地去判断或作出抉择时，他不得不是孤独的。

① 郭敬明：《幻城》，春风文艺出版社2003年版，第24页。
② 郭敬明：《幻城》，春风文艺出版社2003年版，第77页。
③ 郭敬明：《幻城》，春风文艺出版社2003年版，第41页。
④ 郭敬明：《左手倒影，右手年华》，上海译文出版社2003年版，第18页。
⑤ 郭敬明：《左手倒影，右手年华》，上海译文出版社2003年版，第23页。
⑥ 郭敬明：《左手倒影，右手年华》，上海译文出版社2003年版，第62页。.

但他又无法忍受自己的孤独，无法忍受与他人的分离。他的幸福就依赖于他与自己的同伴共同感受到的一致性，以及与自己的前辈与后代共同感受到的一致性"。① 这种区别自己与他人存在的孤独感，到了80后创作群体的文本里，便演化成具有忧伤风格的孤独。

张佳玮的《朝丝暮雪》里的张无忌，即便权倾天下，也无从排遣内心的孤独与忧伤，孤寂的长安城铺就了叙事的场景。"多年以来，我常会梦见长安城。梦中的长安城是浩大的城市。然而空无一人……"② "我走到水榭边缘，凭栏而坐，倚望雪空，独自在湖心等待。在我的梦境里，长安就是如此一座空空荡荡等待的城市。我穿过所有岁月的飞雪，穿过所有的时光来到这里，就是为了等待。"③ 而在这座浮华的长安城里，"太多太多的人就是在胡姬的曼歌与士弦琴声中消磨于金樽对月之中，在漫长的等待与辗转之间在此逐渐苍老"④ 这种孤单感的来源往往来自成长的焦虑，"长大从来都是一件残酷和丢人的事，那么突兀和伤人。"⑤ 在张悦然主编的《鲤·孤独》中的《好事近》，这种孤独更是被放大到了极致。正如谢有顺评论道："没有哪一代人像80年代出生的青年一样，有着那么浓烈而外在的对自我的爱，这种爱甚至会带来对自我的憎恨"……80后创作群体那里的孤独"是一股带有甜腻味道的孤独，是一种必须孤独否则无法找到真正的自我的那种孤独，这种孤独甚至是一种欲望，一种强迫症，一种爱与忧伤。"⑥ 对青春主题的孤独情结以及由此衍生的风格化书写一直是80后创作文本中着力体现的审美追求。

第四节　个性极致化的非主流演绎

80后与父辈文化间的矛盾与张力，非主流与主流间的多元差异，

---

① 林方：《人的潜能和人的价值》，华夏出版社1987年版，第105页。
② 张佳玮：《朝丝暮雪》，新世界出版社2005年版，第11页。
③ 张佳玮：《朝丝暮雪》，新世界出版社2005年版，第11页。
④ 张佳玮：《朝丝暮雪》，新世界出版社2005年版，第16年版。
⑤ 张悦然：《昼若夜房间》，明天出版社2007年版，第141页。
⑥ 谢有顺：《孤独也是一种欲望》，南方都市报2008年10月27日。

往往成为80后创作一个鲜明的风格标识。这种风格交织着迷茫困惑与忧伤疼痛的身份认同焦虑，是虚无颓废的集体表征，更是一种具有仪式和符号意义的反抗消解。这恰恰是亚文化的题中之义——还在于它通过各种象征符号、服饰风格的组合为青少年在集体意义中提供强烈的个体意识。这种对"真"的强调是青少年追寻自我的必要前提条件。[①]

10年前以一身朋克装扮和茫然表情登上美国《时代》周刊封面的春树便是80后个性化书写的早期实践者。与众多扬名于新概念作文大赛的80后创作者不同，风格强烈的"残酷青春"写作让春树在80后创作群体中独树一帜。在具有"半自传"性质的《北京娃娃》里，少女晃荡在成人的亚文化圈子里寻求精神寄托，在没有经济来源的情况下，以身体和性作为对抗社会的力量，传达传统教育视角外的"坏孩子"们的残酷青春形态。这种意味着"混乱"的亚文化，是作为有意义的整体而存在的。"朋克"这个字眼本身颠覆了主流的价值体现，在这里，太糟了（terrible）其实是说太棒了。他们要摆脱的是令人厌恶的态度。成人世界归根到底包括固有的地位结构，他们围绕工作来安排生活的整个体系，对包括整个社区在内的社会结构的适应。'令人厌恶'的信念就是要摆脱传统的地位竞争，转过身，进入一个由令人厌恶的青少年组成的更小的地下世界，然后建立自己的同盟。"[②]

更值得关注的一个现象是，当风格化走出萌芽期"小圈子"成员间的自我发泄之后，也就是一旦这种"惊世骇俗"的亚文化风格得到泛化的传播后，又是如何走向？比照回春树从"地下"状态到"走红"：自从上了《时代》杂志的封面而出名之后，春树"小说中的另类性精神也在渐次下降，主流观念则逐步上升"[③]曾经因为"退学"和"离家出走"而高喊"一无所有"的朋克青年，在商业和媒体联手"助推"的传播效应下，写作姿态迅速有了"为了摇滚先锋而摇滚先锋"

---

① 【英】安吉·拉默克·罗比,后现代主义与大众文化,中央编译出版社2001年版,第222页。

② 迪克·赫伯迪格:《亚文化——风格的意义》,北京大学出版社2009年版,第142页。

③ 邵燕君:《"美女文学"现象研究—从70后到80后》,广西师范大学出版社2005年版,第82页。

的痕迹。加入中国作协等拥抱主流意识形态的行为，更像是印证了英国伯明翰学派所预言亚文化的最终归宿：一旦有机会获得权威话语的认可，进入主流意识形态的轨道，惊世骇俗的亚文化马上或被商业收编，或归顺文化工业。

　　网络空间的技术复制和虚拟比特空间的全方位建构，使得当下的互联网语境下80后亚文化写作与文化工业之间并不存在对抗性的巨大鸿沟。在商业推手的市场化营销下，韩寒频频以公共知识分子的形象为各类商业广告进行代言，一度掀起的凡客体更成为网络热议的话题。自居为文化商人的郭敬明，瞄准了青春文学的出版市场，针对特定群体打造的系列青春杂志和文集占据着青春低龄阅读的市场主流，小时代系列电影所持续发酵的粉丝效应与其说是电影创作的成功，更不如被视为郭敬明近年来所累积而来的青春文本粉丝的营销胜利。

　　正如伯明翰学派的学者早已觉察的那样——"惊世骇俗的亚文化和各式各样为它服务并利用它的工业之间有着极为暧昧的关系。毕竟，一种亚文化首先关注的还是消费层面。"文化资本对80后作家的青睐有加，应验了商业逻辑与亚文化写作之间的暧昧关系，作为一种深受媒体和市场传播左右的风格，亚文化更容易被市场所利用和操控。"事实上，一种崭新的风格的创造与传播，无可避免地和生产、宣传和包装的过程密切关联。这必然会抹杀亚文化的颠覆力量"①

　　既然"惊世骇俗的亚文化和各式各样为它服务并利用它的工业之间有着极为暧昧的关系"，那么80后创作群体的反叛难以界定为一种革命性的颠覆性力量因此也不难理解。一方面，"90年代对于传统文化的回归，使人们的精神状态渐趋平和。而这一时期，正是80年代初出生的少年作者们开始观察和思考社会和人生，开始形成自己的观点并塑造自己的心理和性格的时期。因此，在他们的作品中表现出明显与70年代生作家不同的创作心理。"②正因为如此，在对80后创作群的亚文化特征进行系统考察之后，还有必要将他们放在社会转型期的

---

　　① 迪克·赫伯迪格：《亚文化——风格的意义》，北京大学出版社2009年版，第117页。
　　② 杜聪：《幽蓝的青春——关于80年代初出生的少年作者及其写作》，当代文坛2005年，第2期。

时代语境、新世纪以来的文化语境中，对他们审美观念所出现的转型进行必要的分析。倘若以此来审视80后的亚文化特征，我们会发现，互联网的发展，社会话语对个性化的宽容度提高，各种亚文化创作资源的全面渗透，使得80后的亚文化实践具有更加不拘一格的个性化演绎。随着社会的市场化转型，互联网时代使得全球化，一体化步伐不断加快，成长于社会历史转型期与互联网文化发展期的80后们，面对其所处的消费社会的现实空间，也正在被这种商业化、时尚化、功利化的感官化写作所收编。尤其是在经过近10年的发展，不少80后作家跨越三十而立的青春期门槛，进入为人父母的成人话语体系。告别青少年心理期的成熟，对成人社会从拒绝到接纳的自然演化，使得80后抵抗反叛的锋芒愈来愈消退，在叙事上也呈现出对消费时代屈从，对个体物质欲望的极致化追寻的发展态势。尤其是以郭敬明为典型代表的大量消费主义叙事的膨胀繁殖，使得我们不禁追问，在消费文化和商业话演绎的裹挟下，80后创作还能否保留叩问人性和灵魂深度的诗性书写呢？

当然，我们仍然愿意用开放的视角和包容的心态来审视80后创作的亚文化实践。从最初《北京女孩》里春树让先锋朋克、地下摇滚乐走入视野，再到韩寒笔下永远破败衰落的小镇，叙事里对传统权威形象的消解与戏谑，再到郭敬明将日本动漫强烈的画面感带入其写作风格，以及后期的耽美同人等非主流的亚文化样态的呈现……80后的亚文化创作用丰沛的叙事灵性和独特的审美价值趋向，建构着风格鲜明、多元生长的亚文化景观。深藏在互联网的亚文化族群所蔓生的青春话语，风格化极致化的个性书写，表明了80后对青春、对自由、对生命有着新鲜而又多元的认识，更诠释了80后自身独特的价值取向和创作方式。以各不相同的审美追求活跃在当前创作领域中的80后，既是互联网时代和消费时代共生的文化产物，也是见证青春多元化表达的亚文化实践者。

我们有理由相信，在反抗颠覆与戏谑狂欢之后，80后创作的叙事空间也必将随着创作进入成熟期而进一步拓展，成为当代文学发展具有标志性意义的创作群体。

第十章　80后文学的文体特征

在80后和网络第一次相遇的时候，很多新的东西就已经开始酝酿。80后文学和网络的结合成为一种必然，而且事实证明这种结合势不可挡。用语言学的方法来分析80后网络文体风格的特点，我们选择了80后代表作家的博客文章作为对象。这是因为"考察'80后'写作，对于理解博客文学乃至今天的文学存在状态就是非常必要的了。"[1] 另外"从传统意义上说，网络上的许多作品，甚至是以文学为召唤的网络文学作品，更大部分地属于'泛文学文本'，它们是较传统纸介媒体的文学更松散随意的作品。"[2] 可见，作家"在线写作"的博文对研究80后网络文体来说是很典型的。

通过对80后代表作家韩寒、郭敬明、张悦然和春树这四位作家的博文进行分析，我们大致可以看到80后网络文学文体的特征——

第一节　80后博客写作的文体风格

80后的博文是在互联网上进行写作的，当然充分体现了互联网的多媒体功能，那就是各种音像、超链接的出现。这种文体特征是由电脑技术和互联网直接决定的。在这种多媒体的文本中，超链接、图片、音频、视频、符号表情、动画表情、乱码、文字特殊排版包括字号大小、字体类型、字体颜色、下划线等等，都成为了与语言一样重要的文体元素。"标点符号、字体大小和段落划分在诗歌、散文、应用文中都有常规的用法，有意违法常规则有着创造文体效果的目

---

① 田忠辉：《博客、80后与文学的出路》，《文艺争鸣》2007年第4期。
② 江冰：《论80后文学的网络特征》，《文艺评论》2005年第6期。

的。"① 这些元素与语言元素一起构成了一个立体的世界。其中最突出的体现是以下三个方面：

音像和超链接　读者在阅读的过程中可以听到音乐、看到图片。这方面的例子举不胜举，几乎每一个 80 后作家的博客中都会有音乐和贴图。读者在某些地方通过点击文中的超链接，跳跃到相关的页面，阅读作者想要读者了解的内容。

表情符号　至于各种符号表情和动画表情更是 80 后博文的天然特征，这跟网络聊天语言有一定的关系。QQ 聊天时使用的表情也被运用到网络文学中来了，例如符号表情〉_〈（挤眼睛）-_,-（弄鼻子），又像字母动作符号 orz（失意体前屈，原本指的是网络上流行的表情符号，○|￣|_ 它看起来像是一个人跪倒在地上，低着头，一副"天啊，你为何这样对我！"的动作）。这些符号"言简意赅"地表达了作者的意思。

特殊的排版　作者出于各种目的，利用了电脑排版的功能而使得自己的表达意图可以更明确更容易被读者领会。例如像韩寒的博文② 中经常把应用的新闻报道中的某些字眼加粗或改变颜色或者加下划线，让读者注意这些字眼是为了证明他对新闻报道事实的评论或讽刺。

自由的口语　80 后网络文学的口语化特征非常明显。除了极少数的作家像张悦然之外，大部分作家的博文都具备这种特征。口语化是指书面语表现出一种类似口语的特征，这种特征主要是口语词占优势、句式简短、标点符号随便使用等等。

口语词的大量运用。春树博文③ 中的"儿"化词和郭敬明博文④ 中的语气词作为代表。春树生长在北京大院，平时说的都是北京话，儿化是北京话的一大特点，所以写文章的时候不自觉地就像说话时一样把"儿"字也写出来了。而在郭敬明的很多博文中最突出的是语气词"啦""哦""啊""嘿"等的大量运用。

---

① 刘世生、朱瑞青：《文体学概论》，北京大学出版社 2006 年版，第 6 页。

② 韩寒的博客 http://blog.sina.com.cn/s/articlelist_1191258123_0_1.html。

③ 春树的博客 http://blog.sina.com.cn/s/articlelist_1182357140_0_1.html。

④ 郭敬明的博客 http://blog.sina.com.cn/s/articlelist_1188552450_0_1.html。

句子短小就像说话。例如春树的博文《更新一句》的全文是"看了《撞车》，一般，不够深刻"，句末没有写句号，就这样结束了。由于这句话表达的意思不是很依赖语境，所以，这句话几乎就是一句口语的完整记录。

我们平时说话是不需要标点符号的，这种没有标点的意识在各个作者的博文中也充分表现出来了。他们的标点符号大部分时候是语意的停顿而不是逻辑的标记。其中，郭敬明最喜欢用点号（.），张悦然喜欢用句号（。），春树喜欢用感叹号（！），而韩寒喜欢用逗号（，）。

口语化的出现与80后是在互联网上写作有直接的关系。网络的即时性给了作者快速表达想法的机会，亿万个粉丝的等待。这种快速分享的要求剥夺了他们修改的时间，所以，他们的文章必然出现口语化特征。

叛逆的快乐　个性几乎就是80后的代名词，就文体特征而言，个性则表现为一种"叛逆"，语法的"叛逆"、语义的"叛逆"。所谓语法"叛逆"，是指80后博文语言中大量出现的、故意的语法错误现象。例如像在春树的博文中就有许多搭配违法的词组，像"巨多"，用"巨"来修饰"多"。一般来说，"多"是一个形容词，必须是受副词修饰的，但是"巨"是一个构词语素，根本就不是词，更不用说可以修饰形容词了。但是在春树的博文中就是这么自然地出现，它是作者的有意创造，给人一种很新鲜很强烈的感觉，很有80后的特色，人们说"许多、很多、特多、超多……"，而80后说的是"巨多"！像这样的特别组合还有很多，例如"你上海了我"等，这些组合都是违背了现代汉语的语法，但是它们在春树的博文中却是再合法不过了。这种现象是一种比较普遍的现象，几乎所有80后代表作家都采用。郭敬明的博文中可以看到如"移动来移动去""剧透"（透露剧情的意思）等。

张悦然的博文①中也有许多语言"违法"现象，但是与前两者不同的是，张的"违法"体现在语义方面。张悦然的博文语言是比较有

---

① 张悦然的博客 http://blog.sina.com.cn/s/articlelist_1038224152_0_1.html。

特色的。她是 80 后作家中坚持用典雅的书面语来写作的人，她的语言叛逆表现为自造了很多有古典意味的词，例如"拾捡""状描"等。这些词之所以特别，是因为张悦然精心改造了词义，在原有词义的基础上设法通过变换词中的某一个字，使意思变得更古雅、陌生。例如上文提到的"拾捡"是怎么来的呢？可以估计，它可能是从"收拾"和"捡"这两个词的词义结合而来的。"收拾"和"捡"两个词都偏口语，而经过结合之后的"拾捡"有一种典雅书面语的色彩。"状描"又是怎么改造的呢？"描"是描写的意思，这应该不成问题，但是"状"在现代汉语里是"形状"的意思，是名词，如果按形状的意思来解释"状描"的词义，根本没有书面语的色彩，而这也不是张的目的。那么只能这样解释，"状"在这里是采用了古义"描摹"之义，这样"状描"不仅有书面语色彩而且更有古典意味。

不管是语法还是词义，80 后作家都是自觉或不自觉地加以改造，目的也是更加贴切地表达他们自己，他们个性强烈已经不能局限在常规之内，所以寻求突破的任何可能。

完整感消失 80 后网络文学的文体总体上给人一种比较松散比较即兴比较任性的感觉，不再有传统文学的完整感。

首先，我们随处可以看到错别字。这些错别字的出现原因很简单，极大部分是由于电脑输入时使用拼音输入法而导致的。所以只要是使用拼音输入法的读者们是可以猜出错别字的原字的。韩寒的博客中就经常会有错别字出现，例如"宽容得很"写成"宽容的很"，"火爆"写成"火暴"，"进入"写成"近入"，等等。同音字导致的错别字现象不仅没有让 80 后作家产生认真修改的念头，他们反而加以利用，把某些词语改头换面。比如韩寒的博文中就用"鸡地屁"来代替"GDP"，例如在《上海外国语大学教授吴友富做的学问》中有这么一句话："我真想现在就发送短信 SB 到 54385438，参加竞猜"，一开始我们不觉得有什么，但是仔细一看，SB 代表"傻逼"，"54385438"翻译成汉语，更是骂得露骨粗俗了。除了错别字和谐音讽刺的使用，各种多字缺字现象也是屡见不鲜，这都是由于电脑输入的原因造成的。

从语义和词汇的角度看，80 后网络文体完整感的消失体现在粗鄙词汇的滥用。文学创作并不存在不可以使用粗鄙词汇的说法，但是80后网络文学中的粗鄙词汇不是为了一定的文学艺术效果而使用的，而是一种愤怒心情的直接宣泄。我们可以在大多数的80后作家的博客中看到这种现象。在这方面春树的博文就很最典型，例如《致脑残读者们》一篇，通篇就是在痛骂某些读者，连续出现"他妈的""你丫""鸟"等词，尽情宣泄了作者的愤怒。

句式上来看体现为短句密集成篇，逻辑紧密的复句和长句都比较少见，而偶尔出现的长句是作者为了突出某一个表达的意图而故意造出来的。这种现象主要是因为短句最能够表达作者瞬时的想法。由于各种因素，在网络上写作是受到时间限制的，这些硬件要求逐渐被写作者主动地适应，变成了他们思维的一种习惯。所以一旦登陆互联网，对着自己的博客或空间，他们就会自然的使用短句来表达。这种现象在张悦然的博文中体现得最突出。张悦然的博文都是比较短小精悍的，句子很短，动词短语很密集，往往几个字就一个短句，用逗号或句号隔开。例如张悦然的博文《生衍》中的句子像"母亲来看我。和我同住。我和她错开睡眠时间。当我上床去的时候，她已经睡熟。可以把她看清，是很好的。"还有的像《百龄坛》中的句子"再去一次南方吧，然后去童年的院落里过年。再之后，一切就会变得不一样吗？"这些句子中，三四字成句的比比皆是。

从完整的一个语篇来看，80后网络文学的语篇没有明确的主题，他们的文章就是要表达一些事实或者一些想法。这从博文题目就可以看出来。很多80后作家的博文题目都很特别，根本看不出博文的主要内容，有些是在看完博文之后还是很难看出题目与文章的联系。例如春树的《买份〈新京报〉，昨天的那份让我想骂娘》，粗看题目，我们也许会猜到可能会跟报纸有关吧，但是，看完博文，我们一头雾水，因为全篇都在写作者如何地想念好朋友。我们也发现韩寒、张悦然、春树等人的博文题目都出现过《。》或者《.》的，之所以用句号或句点做标题，是因为跟内容的无法统一有关系，这也是语篇碎片化的一个表现。

博文之中，作者"不一定有完整的构思，而是受到某一网友的刺激，当下反应，驱动创作。"① 他们在行文的整体把握上必然就会出现想到哪里就写到哪里，发现离题了便从容调整。例如韩寒的博文《同学聚会》中就出现这一类的句子，"写到这里，突然想起来，我妈应该不会上网吧"，在《咨询2》中又有"对了，为了让本文显得时尚一点，我要不忘加一句，抵制日货"。这些都是韩寒转故意换话题的标志，无意也好，有意也罢，韩寒就是这么写。

80后博文的这些特征是80后文学与网络互动之后的产物，因为与互联网相伴相生的文本必然受到互联网开放共享、自由灵动、便捷快速等特征的影响，从而催生了新的文学样式和文体特征，这些特征在互联网上出现也必将影响互联网的发展趋向。

第二节　韩寒和郭敬明的博文及其文体

一、韩寒的博文

韩寒的博文按照内容大致可以分成三类，一是讽刺时事，二是赛车记事，三是感怀，讽刺时事的博文占了九成以上。本文分析的对象就是讽刺时事的博文。从文体上来看，这类博文文体突显了一系列语言特征，从语音语法到语义语篇全面涌现了出来。

一般来说，有什么样的内容就必然会出现什么样的文体特征，文体特征是受作者的表达意图牵制的。作为作家，韩寒写东西当然不会走题，他的目的明确得很，那就是讽刺。本文不是探讨韩寒如何进行讽刺，因为韩寒博文的很多文体特征不都是为了表达意图的需要，他的博文"形式常常大于内容"②，更多的时候仅仅是在"玩"，他"玩"的就是语言。这跟网络写作有关，"很长时间我们认为语言和语言所表现的内容是两个东西，在网络文学中，更多地把文字当成了目的"③。韩寒"玩转"语言，进行网络文学即兴创作，创造了一种轻松搞笑的阅读感受，聚集了大量的网络读者和粉丝。

---

① 江冰：《论80后文学的网络特征》，《文艺评论》2005年第6期。
② 江冰：《论80后文学的"偶像化"写作》，《文艺评论》2005年第3期。
③ 张莉：《网络文学的话语诉求及价值取向》，《许昌学院学报》2004年第4期。

那韩寒到底是怎样玩语言的呢？

语音——念起来要很好笑

音节少，同音谐音现象普遍，押韵能使句子朗朗上口，这些是汉语的基本特点之一。韩寒可能并没有像语言学家一样专门研究过这个特点，但是，他却把这个特点运用得得心应手，乐此不疲。

同音谐音的如"回头是暗，弃暗从更暗吧"（《我国的犯罪性价比》）[1]、"抑制了消费，拉低了国民鸡地屁（GDP）总值"（《深圳的警察》）等。

押韵的如"希望道貌岸然者快点成长吧，然后要么开窍，要么死掉"（《松岛枫》），"结果他们真是见坑就跳见洞就掉"（《他们对不起松岛枫》），"爱国有的时候是自救，但有的时候是种腔调"（《赶集》），等等。

此外，基于逆向思维，韩寒故意地使用语音的拗口现象。如"是郭小四的四，不四郭小是的是哦"（《我们不侵权，我们是粉红的》），"再次重申一下两点人生安全须知，套好安全带，带好安全套"（《千万不要这样想》）等。

读者读到这些句子的瞬间会觉得很好笑，"但从整体看，其本质上的娱乐特性大于文学特性和社会特性。"[2]这种笑纯粹是由语言引起的，因为在笑的同时读者并没有联想到博文的内容。所以说，韩寒的目的也不是为了博文主题才苦心孤诣。这种现象其实更类似于一种娱乐和消遣。

语音现象在韩寒的博文中占有很高的分量，在选取的63例特殊用法中，语音一项就有16例。这是韩寒的语言特点，也是其博文的文体突出特点之一。

句式——说上几遍效果就出来了

韩寒博文另一个突出的文体特征是句式的反复使用。句式是句子的结构，句式的反复是指在一段语段中反复地出现同一个句子结构的现象。例如"你是女大学生吗？你是十所指定高校的女大学生吗？你

---

① 韩寒的博文 http://blog.sina.com.cn/s/articlelist_1191258123_0_1.html。
② 江冰：《网络文学的传播优势与发展障碍》，《文艺争鸣》2007年第12期。

的小腿前肠肌位置较高并稍突出吗？你的肌肉有弹性吗？你丰满而不臃肿吗？你的鼻子的宽度为面部宽度的十分之一吗？你的下巴的长度为面部长度的六分之一吗？你带尺了吗？"（《你是上海的小姐吗？》）在这个语段中，韩寒连续使用了八个一般疑问句（……吗？），形成了一种句式反复。这种语言现象在韩寒的文体特征中也是很典型，在63例特殊用法中，句式反复有19例。

韩寒使用句式反复最经常使用的句式主要有比喻句式、"当然"句式、问句句式和其他句式。其中，比喻句式是韩寒的拿手好戏之一，这种句式是指句子出现用"就好像（好比）"作为连接语的句子，例如"我们老是说，他们的初衷是好的，但初衷有什么用呢？就好比你看见房间里有蚊子，相关部门给你喷了半天药，结果蚊子一个没死，你家的狗死了"（《2008年1号文件》）。

"当然"句式是指韩寒在行文中经常出现用"当然"来连接的句子，例如"这张专辑讲的是一个什么呢？当然，这是句疑问句，不是设问句"（《推荐》），又如"黄龄是个很独特的新人。当然，除了双胞胎，每个人都是很独特的"（《推荐》），又如"想嘲我的人太多我就自嘲是种智慧。当然，想杀我的人太多我就自杀就是愚蠢"（《小报告和胡指导》）等等。

问句句式也是韩寒经常采用的句式，在《问》这篇博文中，韩寒全文使用问句"是否……"，例如第一句"你是否像鞭炮一样一点就着"，全文一共使用了21个"是否……"。

其他句式是指除了以上句式之外的某一个句式的结构，例如《演习》通篇选用了一个简单的句式"……了"，如"先是汽油又涨价了""没柴油了""没汽油了""连拉面也涨价了"等等。又如在《记一件无能为力的事》中连用了5个"但我推翻了这想法，因为……"，在《回答爱国者的问题》中有"你强悍，你勇敢，你不怕死，你是烈士。因为你敢于不去某超市购物。而且，你敢于把家乐福的冰激凌放在手推车里不结账让它们化掉，你敢于在超市门口骂结账出来的人是汉奸。你敢于烧荷兰国旗来警告法国"一段，这段话中使用了一个句式是"你+动词性短语（句子）"。

句式反复形成一种气势，就像是一口气说出了很多话，很痛快。这其实是一种宣泄，读完之后我们可以感觉到一种酣畅淋漓，但是我们冷静想想，其实句子之间的逻辑关系并不都是很严密的，这就说明韩寒在写的时候是想说什么就打出什么，并不是思考成熟之后才动笔的。这种宣泄和即兴创作是根源于网络这一传播媒介。

语篇——天花乱坠

韩寒博文文体的第三个突出特征就是语篇的形式"花样"百出，自由自在。传统的文学体裁主要有小说、戏剧、散文、诗歌，但是这些体裁都不适合界定韩寒的博文，因为在网络上写作，韩寒根本就不需要在乎写出来的东西应该属于哪一体裁。韩寒的博文语篇有以下几种类型。

第一种类型的语篇是"说明书式"。这种博文如果不去看文字的内容，从形式上看就像一份说明书。博文使用阿拉伯数字作为序号来记录语句，基本上一两个短小的句子或者一个长句就是一条。有时是全篇使用，有时是在一个语篇中出现一到几个这种说明书式的语段。例如博文《问》《回答爱国者的问题》《我要两块钱》《强烈要求世界像朝鲜一样》《看摩托 GP，反对禁摩》等等。

第二种类型的语篇是"话题联想式"。话题是指语篇或语段谈论的中心。韩寒的博文一般都是围绕某一个话题来写的，但是，在行文中，他经常围绕话题，作放射型的联想。例如"明天我就要先飞机去西安，然后转机去西宁，最后到西藏。依算命的结果，下一站西天"（《西》），这里是围绕"西"这个话题来联想的。又如"另外我问老罗，你们这比赛的时候万一连一点风都没有那怎么办？那观众岂不是都要等到中风？以上问题不提供答案。老有读者问我博客里的歌是什么，是张艾嘉的《风儿你在轻轻的吹》，正符合中国杯的要求，为了巩固，今天把歌换成张国荣的《风继续吹》"（《大航海时代》），此处更是典型地围绕"风"这个话题来联想的。此类的例子很多，在共 63 个特殊用例中，就有 9 例是属于"话题联想式"语篇特征。

第三种类型的语篇是"开放式"。韩寒随时引用自己曾经在博文中说过的内容，即使两篇博文写作时间相隔一年。如果没有全部读过韩寒的博文，读者有时会对韩寒的某些话感到莫名其妙。比如"中国补办身份证太慢了，需要三个月时间，真是不理解，三个月时间一条狗都能从幼犬长到政府所不允许的35厘米以上身高了"（《算不算违法》），读者如果是单独读篇博文，不太明白韩寒为什么要用"三个月时间一条狗都能从幼犬长到政府所不允许的35厘米以上身高了"，其实，在之前的一篇博文中韩寒就谈过"普通老百姓在市内连个大型犬都不允许养，凭什么孙俪就可以在上海养狼"（《凭什么》）这么一件事，所以他随时加以引用，省略了上下文的交代。为什么可以这样呢，因为网络写作已经没有严格的时空顺序，任何一个文本都存在于同一个空间，只要鼠标一点，随时可以出现。所有的博文其实就像一个开放的巨大的电子文本。

词义和语法肆意发挥

除了以上三大文体特征之外，韩寒的博文在词义和语法上也放开手脚，肆意发挥。韩寒一般用词语的基本义，很少用比喻义或引申义，因此某些时候故意使用比喻义，便造成语义落差，从而使人觉得突兀，例如"问题4：你怎么对得起你脚下自己的土地？回答：我没有自己的土地，你也没有自己的土地。"（《回答爱国者的问题》）两个"土地"意义不同，韩寒轻而易举地揭开了他看到的"真相"，无所顾忌地进行讽刺。第二种情况是，对词组进行拆开解释，对构成词组的各部分进行解释，使词义曲解，例如"报告就是报告，为什么叫小报告呢，因为是小人打的报告嘛。"（《小报告和胡指导》）至于语法，例如"兰花乐队这次唱片的封面做的很加油好男儿"（《推荐》）或者"今天有春雷，我被雷到了"（《雷》）之类，这种违规搭配也有不少，但已经不是韩寒博文最突出的文体特征了。

韩寒博文的这些文体特征是80后文学与网络互动之后的产物，这种种特征实在是根源于网络，因为"在80后写手那里，网络就是文本，文本就是网络，他们的精神呼吸、欲望表达、思想观念如茂盛的野草，随时随地在网络的土壤里丛生，在他们心中，网络与其说是一个传播的工具和平台，不如说是他们生命的一部分，他们的青春，他们的成长，正在网络这个空间里得到滋润和孕育。网络作为技术的产物，已经成功地进入他们的生命，不是工具，不是方式，而是与自身融为一体的生命空间。"①

二、郭敬明的博文

郭敬明的博文从内容上来看基本上都是日记，具体地记录了当天或者当前一段时间发生的事情。从文体形式上来看，特征突出，从语音词汇到句法语篇各个方面都突出了"小孩口吻"的特征，形成了一种"自恋的、炫技的、少戴面具的、任性撒娇的与率性直陈兼容杂糅的语文。"②而且因为这一文体被郭的粉丝模仿，或者说它正是迎合了粉丝们的喜好，成为了80后特别是90后网络文体的典型之一。这些特征主要可以归纳为以下几个方面：

连续的点号和连续的感叹号

标点符号是书面语中用于表示语音停顿、语意逻辑和语调的，但是在郭敬明的博文中，我们最常看到的就是连续的点号和连续的感叹号，就算出现其他符号也是可以看出运用得相当随便。不管什么符号，在郭的博文中就是断句的标志，而不是正规的符号所表示的意义。请看下面这个例子：

"写得太私人吧 .. 我那点私人的破事儿还真不敢写…写出来估计要吓死好多小孩子了…写得太文学化吧…又有点受不了….。"（《第一次写博客啊！！！！！！》）

这些"…"或者"…."不是英文的省略号，更不是中文的省略号，而是作者随机点出来的，所以有时三个四个五个不等。基本上可以断定这是句子的停顿的标志，是断句用的，不是标点符号。所以，我们可以说，从某种意义上来说，郭敬明写博文就是在说话，从口吻上看就像一个小孩在说话。从下面这两个例子也可以证明这一点：

"以前有个作者写，说，我之所以要爬上那座山 . 是想看看 . 山背后是什么 . "（《鸣沙山（2004年十月某日）》）

这个例子中，"以前有个作者写，说，"的"写"本来是可以删掉

---

① 江冰：《论80后文学的文化背景》，《文艺评论》2005年第1期。

② 江冰：《论80后文学的"另类写作"》，《文艺评论》2005年第4期。

的，但是没有，这就像我们说话的时候是不能删掉已经说过的话一样，作者就是在用手"说话"。

"茶晶。用来….咳，咳，健康身体。主要针对…咳，咳，…我豁出去啦！增强性欲！〉_〈"（《小四大讲堂》）

这个例子中，"咳"是典型的说话时语塞的语音标志，另外，整个句子也是断断续续，一点都不连贯，基本上就是自然语言的记录。

大量的特殊词汇

郭敬明的博文最突出的特征就是博文出现了大量的特殊的词汇，有些词汇会让第一次看到的人莫名其妙，不得不"百度一下"，甚至有时还百度不到。例如最著名的 ORZ（或者 OTZ），KUSO，内什么，哈皮等等。郭敬明疯狂地利用这些词汇，"显然在寻找他们共同认可的一种言语方式，并在有意和无意中创造了属于他们自己的，'圈子里人'的新兴网络沟通语言。这种受到'网络同侪'认可的网络语言，不但充分体现了自由共享的网络精神，而且由于其'青年特点'形成一种对传统父辈文化模式的'叛逆'和反抗，同时也对网络文学作品的文体特征形成有着深刻影响。"①

总的来看，郭敬明的博文所采用的一系列特殊词汇可以归结为以下几种：

首先是大量的语气词。这些语气词主要有"啊、哦、呀、呢、吧、嘿、捏、咩（粤方言语气词）、哈、咳、哇哈哈哈哈哈、恩、嗷、发（有时写作'伐'）等"，这些语气词的使用是为了达到一个目的，使表达充满儿童口吻，例如"对啦~~ 说到 orz。这个也要讲。我曾经在时光讲过。可是这里还是有好多人不知道呀。简单说来，orz 就是一个人跪倒在地。o 是头。后面是手撑在地上膝盖跪在地上。像吗？好像的呀。表示各种意思。崇拜啊。无力啊。晕倒啊。受不了啊。等等。是个非常非常有用的词语呀。"（《小四大讲堂》）郭敬明称他的读者为"小孩"，那么用小孩口吻和"小孩"说话就再自然不过了。

其次是大量的网络词汇，例如上文提到的 KUSO 之类。这些词主

---

① 江冰：《论80后文学的"另类写作"》，《文艺评论》2005年第4期。

要有"KUSO（恶搞、搞笑）、内什么（那什么）、内个啥（那个啥）、石化（像石头一样僵硬了）、哈皮（happy）、扶墙（快晕倒所以要扶墙）、8要（不要）、BS（鄙视）、BT（变态）、指（？）、D（的）、鸟（了）、RP（人品）、哦麦 GOD（有时写作'哦买糕'，意思是 Oh, My God）等"。例如"于是突然有点扶墙…. 难道没有看出来我是深邃而 KUSO 地搞着笑么….."（《我人生最痛苦的十秒钟!!!!!!!》）网络词汇来源于网络聊天，因此也是充满了口语特色。

词汇的特殊还体现在一系列的符号表情，主要（为方便辨认，用[ ]隔开）有：[orz]、[T-T]、[）_〈]、[o（ ）_〈)o]、[=m=]、[）_o]、[-____-Y]、[o（ ）_〈)o]、[-____-b]、[=.=]、[-____-Y]。这些表情很丰富，表达的意思也很灵活，但都有一层共同的意思就是"可爱"。符号表情是口语化特征的关键因素之一，因为，口语和书面语的最大不同就是，口语是伴随着说话人的表情的。所以，这些符号表情就是郭敬明博文口语特征的最重要证据。

另外一类特殊词汇是称呼语。郭敬明使用称呼语可谓"老少咸宜"，不是称"老什么"就是"小什么"，例如"老子、老不休、老娘、老夫、四爷、小仔、小四四、小崽子、死人、MM、亲们（亲爱们）等"，甚至人妖不分了，"妖蛾子、妖孽"全出来了。这些称呼语有的是郭敬明自称，有的是称呼他的朋友和粉丝的，在评论中粉丝们也都使用这些称呼，例如"老子、老娘、四四"等等，它们显得口语化十足，"没大没小"，轻松搞笑。

富有特色的句法

郭敬明的博文句法显示出三个主要特征：

一是惯用语"哦也"（Oh yeah）的频繁出现。这句话表示的是小孩子开心和胜利的欢呼。

二是简单句中某一成分的重复，例如：

敦煌很有名很有名的一个地方。（《鸣沙山（2004年十月某日）》）

听上去名字好宏伟好气派。(《亡灵王陵（2004年十月的某

一天)》)

今天还有一件我绝对要写绝对要写的事情。(《我竟然两天看了同样的电影…要死……》)

我真是好喜欢好喜欢好喜欢。((《看照片前深呼吸…我不想吓大家的…orz》)

简单句是口语化表现，口语一般都是用简单句的。而某一个成分的重复是突出小孩口吻。

第三个句法特点是使用了粤方言的某些句式。例如：

确保已经洗佐。(《凌晨四点半的火锅很好吃～～ 勤俭持家〉_〈》)

"我为什么要在大半夜的聊这种东西咩？""几温暖几舒服…""为什么写得这么沉重…点解….我是想要搞笑的呀…飘逸了…深邃了这下…orz"《圣斗士！星星大讨论！小宇宙爆发佐！》)

粤语里的几个常用句式"……佐"（相当于普通话的"……了"），"……咩？"（相当于普通话的"……吗？"），"几……"（相当于普通话的"很……"），"点解"（普通话的"为什么"）。这些粤语句式也是粤方言中常用的口语，而且，郭敬明还让这些句式充满小孩口吻。

"秀"与"说"的语篇

从语篇整体来看郭敬明的博文，主要有这几个特点：

一是标题。标题的特别之处是基本上都出现了符号，常见的是连续的点号和感叹号，例如《小新唱：大象～～ 大象～～～ 你的鼻子…..》《我人生最痛苦的十秒钟!!!!!!!》，除了符号之外，还有各种符号表情，例如《人生啊人生啊人生啊…. 白了少年头 –___–b》等。如上文所说，表情是口语的重要特征，在这里各种符号表情的存在弥补了松散的话语的语意衔接。

二是博文正文没有段的概念，基本上一个比较完整的意思就是一段。这是口语化的表现，因为口语中没有段的概念。

三是几乎每一篇博文都有郭敬明自己的照片，正常都有七八张，少则一两张，没有照片属于严重不正常现象。照片也有表情的功能，提供了语境。

四是对话片断，一种是两三个人物的对话，类似于剧本，例如：

> 痕痕：喂，你有钱么？
>
> 阿亮：嘘……我有五块……
>
> 痕痕：我有十块。
>
> 阿亮：够了够了……啊，你那里不是有张五十的么……
>
> 痕痕：是～～假～～币～～
>
> 阿亮：你放着干吗？
>
> 痕痕：会让老娘觉得自己比较有钱。
>
> 阿亮：……

（《bbs.i5land.com》）

另一种是自言自语式，即郭敬明自己在某一句话之后在括号里以另外一个人物的口吻回应了前面那一句话。例如：

> 最想到什么地方定居。和谁一起去。以及原因。答：最想去欧洲。因为觉得好时尚好有艺术气息哦。至于想和谁一起去倒没有想过。我才十八岁想这些问题太早了……（众：靠，你别拿一个借口搪塞无数个问题好不好，而且这个借口还是个谎言……）
> （《小更新．我变成黄毛小子》）

又如：

> 空旷的客厅（有必要用到空旷这个词咩？显示家里很大咩？）。(《凌晨四点半的火锅很好吃～～勤俭持家》_〈》)
> 对话基本上就是口语的记录了。

郭敬明的博客名称就是"小四的游乐场"，游乐场就是小朋友最快乐的地方，玩的地方。在"小四的游乐场"里，郭敬明轻松地用网络提供的一切手段"说"着小孩的话，惟妙惟肖。

透过这种现象，其实我们可以这样说"'秀'与'说'构成'青春写作'与'青春阅读'的两大特点。这样一来，80后写手的撒娇与愤青也就不难理解了……80后生人有幸找到了最适合方式——互联网时代的新媒体和新渠道。"① 网络成全了郭敬明。

第三节　张悦然和春树的文字风格

一、张悦然：文字里飞翔的感觉

张悦然被誉为80后"最富才情的女作家"，是才情而不是深度或者其他，这也透露了她的文学艺术敏感和追求。张悦然自认为是一个很有想象力的人，她曾引用一位编辑的话描述自己：不是一个贴着地面走路的人，写着写着文字就会飞离现实本身。② 这就是她的作品呈现出来的气息：奇特的想象力和灵气，充满唯美的诗意。这种艺术效果在她的文体上客观地被读者感受着，可以用一句话来概括，那就是，典雅的文字书写。

张悦然迷恋文字，文字对张悦然来说简直就是一个充满无限可能性的精神世界，她在文字里津津有味地深究探索，为自己的每一次创造和发现而兴奋、满足。她在博文《词如花种》中袒露了这种快乐，"我常漫不经心地在手边的白纸上写下凌乱的词。它也许很寻常，也可能根本不存在。"在她的其他博文中也时可读到关于"句式""词语"等的思考和品味。这种痴迷文字的嗜好决定了她的文体特征，她是不会满足"辞达而已"，她要的是在文字里飞翔的感觉。下面我们从几个方面来谈她的这种特征。

---

① 江冰：《论80后文学的网络特征》，《文艺评论》2005年第6期。

② VS·七月人：《〈十爱〉一爱》，《那么红，青春作家的自白》，中国文联出版社2005年1月版。

决不缺席的自造词

张悦然的每一篇博文中几乎都有让读者眼前一亮的陌生词语出现。这些词语有的是两个常用词语各抽取其中一个字进行结合而成的，例如《人间烟火》中的"哀凉"，《一些故人》中的"舒爽"等；有些是颠倒了常用词的位置，使词语变得陌生新奇，例如《末了》中的"躁狂"，《不能尽诉的下午》中的"生衍"，《长别离》中的"晕眩"，《在北川之二》中的"累积"等；还有一类是张悦然自己的创造，例如《气数》中的"回活""续杯"，《妄求》中的"派赐""册录"，《应景》中的"睡等"，《小世界》中的"甜冽"，《绞生》中的"绞生"，等等。前面两类词的意思脱离文本语境读者也可大概猜出是词义，但是第三类词，不看相应的博文就可能会感到一头雾水。例如"续杯"大约是指接连喝下水或酒，使得心中某些感情淡化了。"绞生"，张悦然在文中作了解释，指的是"热带雨林里的树，彼此盘附共生，枝干紧紧缠绕在一起"。自造词是张悦然文体中最突出的特点，张用这种手段达到了她所追求的唯美和诗意，或者说正是因为她追求唯美和诗意，她自然而然地选择了这样的方式来表达。

短句群成篇

从句式来讲，张悦然喜好短句。张悦然的所有文字几乎都采用书面语，短句和书面语的结合便产生了一种深沉的、舒缓的行文效果。张悦然就是采用了这么一种方式来表达她的情感。这种句式的功能就是可以把细微的情感或思想表达清楚，这就切合了张悦然的审美需求。张悦然的博文都是她瞬时情感的记录，主题涉及时光、心理、星座、记忆、死亡、从容、词语、别离、冷雨、失眠、阅读、直觉、顿悟、幸福、季节等等，几乎都是感觉的东西。就算她的长篇小说也充斥着大量的感觉的描写。江冰说"张悦然无疑是编织梦境的高手，她不但会编故事，排情节，更有一种女巫点化梦境的本领，有如神助，有如神启，下笔生灵气，文章逸仙风。"[1]说的就是她的小说中很多主观感觉的描写。要把感觉写清楚是很不容易的，因为感觉是很难用一两个词语或完整的句子来概括的，需要用一个句群来固定。所以张悦

---

[1] 江冰：《在历史与幻境之间——评张悦然的长篇小说〈誓鸟〉》，《小说评论》2007年第4期。

然自然就选择了短句群。例如，《生衍》中写的"母亲来看我。和我同住。我和她错开睡眠时间。当我上床去的时候，她已经睡熟。可以把她看清，是很好的。"这些句子都是独立的，句子之间由于缺少某种关联词，句子连贯性不强，但这些句子在简单中蕴含了作者深沉的感情。如果把这句话用关联词联系起来改成"母亲来看我（了），和我同住，（因为）我和她错开睡眠时间（的缘故），当我上床去的时候，她已经睡熟（了），（这时）可以把她看清，是很好的。"作者那种深沉就不见了。又如《句式》中的"《我母亲的自传》，螺旋状的语言，繁复而简朴，笃定、愤怒如女童，却已是双手空空的老妇。"这种句式基本上已经变成了张悦然的习惯，她在不知不觉中总会采用这样的表达方式。

典雅的书面语

张悦然注重描写感觉，而且偏向于唯美主义。所以，她选择了典雅的书面语言。这种书面语最主要体现在词汇上，像"穿行、纵然、大抵、清算、情谊、任它、存留、完结、再度、故人、厌弃、皆、犹如、狡黠、纵身、烟霭弥散、寥寥无几、嘶叫、切切、困顿、畜养、溪水潺潺、了无烦扰、忘却、含情脉脉、弥留一刻、忧伤、瘦骨伶仃、寻觅、慵懒、静谧、勇敢、驱走、虚弱、清晰、澎湃、富足、纠缠、栖落、丰盈、质地、暧昧、驳杂、焦灼、畜养"等等，这些词语的使用，一下子就把文章定位在唯美和浪漫的格调上，非常不食人间烟火。张悦然自己也是由意识到自己的这种倾向的，她在《誓鸟》的后记中，索性以"我是呓人卖梦为生"作为题目。这一点是她的才情所在，也是特色所在。

二、春树：毫不矫情的"北京娃娃"

在我们研究了前三位作家的博文特点之后再来看春树的博文，我们发现，除了在开篇中论述的整个80后的博文文体特征之外，春树的博文从文体上来说特点并不像前三位作家那样突出。这引起了我们的思考，为什么春树没有在文体上花心思呢？不管在生活上，还是在她的小说中，她都是那么惹争议，但是，当我们认真地来分析她的作品的时候，却看不到她那份与众不同呢？

春树的成长经历非常特殊，她不是在正统的教育体制下长大的，从她的《北京娃娃》这个自传体小说中，我们也看到了她的"残酷青春"历程。可以说，她经历了太多也很残酷的社会现实。她从少年时代就在污浊的社会环境中独自摸索，付出了沉重的代价，也练就了坚硬的心。

> 他太软 / 太不成功 / 太……/ 他不是一个合适的人 / 他无法驯服一颗坚硬的心 / 他浑身麻烦 / 还浑然不觉 / 他无辜又可怜 / 他不同情弱者 / 他也不是强者 / 他注定是悲剧 / 他口吐莲花、匕首和火药 / 他长出了肚腩 / 他的下半张脸是父亲 / 上半张脸是母亲 / 他是他们优秀的作品 / 可设计师本身就是存在缺陷的 / 他是阴天和下雨天 / 他是德国的一隅 / 只有眼泪才能救他 / 可他从来都不哭（《关于一个男人》）。

试问，一个随时可以被引爆的炸弹碰到了任何一丝火星时，我们能要求它先别爆炸，选择一个无人的地方再爆炸吗？不可能的，春树说：

> 原谅我 / 我不能像水龙头一样 / 有节奏地控制我的感情 / 我的感情 / 像山洪暴发 / 你控制不了 / 也不能在旁边观看 / 像位冷静的老翁 / 或冷血的青年（《留言》）。

所以，我们终于可以理解春树的博文不注重文体的根本原因，那就是她已经习惯了表达自己的满腔愤怒，其他，她根本就没有意识。

但是，春树的博文中有一个其他80后作家都没有的特点。春树的博文中有很多诗。这些诗有些是她以前写的，有些是她在写博客时即兴创作的。春树在《每日新报》的采访中说："诗歌是我生命中非常非常重要的部分，是精神支柱的那种。"[1] 由此，我们更加坚定了判

---

[1]《时代》：《80后女孩春树·韩寒不理解诗歌，不理解我》，2004年2月2日，见http://tieba.baidu.com/f?kz=151399932。

断，把诗视为生命的春树，绝对不会毫不在乎她的诗的形式，诗歌是她最重视的，也是最需要被深入解读的文本，属于春树的文体特征也必将在这些诗中表现出来。

如果说韩寒的博文特点是"形式大于内容"，那么，春树的诗歌特点可以概括为"内容大于形式"。春树的诗给人的感觉就是真实，没有半点矫情的痕迹。诗歌，向来就是诗人最深切情感体验的言语。春树的情感体验根源于她的生活体验，她的生活又是那么另类，摇滚、朋克、酒精、时尚、香烟、性、哲学等等，这就注定了春树的诗传达出来的情感体验并不是很容易被人理解的。而对于和春树有相似的经历和追求的读者，他们却一定会感觉到温暖。这在春树的博客留言中也是经常看到的，不少网友对春树的诗歌评价就是温暖。

那么，春树的诗在形式上有什么特色呢？这些特色到底是由什么决定的呢？我们先来看这些特点。春树的诗总体特征是真实，不矫情；无拘无束，自由任性。这主要从下面几个方面可以看出来。

诗歌语言口语化

传统诗歌讲究炼字、讲究意境，讲究典雅，这些在春树的诗中几乎看不到，春树的诗基本上都是口语写作。例如："我收到一封信 / 他说 / 听说有的作者会给读者回信 / 有的不回 / 我想实验一下 / 是不是这样 / 为了满足他的好奇心 / 我给他回了四个字 / 去你妈的"(《诗赠读者》)。口语诗也不是春树的创造，古代就有，像李白的《赠汪伦》就是典型的口语诗，而在当代诗坛中，口语写作也是主要创作流派，像沈浩波等人的诗作就是代表。跟这两者相比较，春树的特别之处就是，其他诗人选择用口语来写诗或许是一种创作手段，是一种有意识的尝试或变革，但是，对春树来说，是她无意识的选择。这是因为，春树的成长背景完全不同于李白或者作为大学教授的沈浩波，她是处在社会边缘的人，她心中汹涌着的无尽的愤懑和无所畏惧的欲望只能用口语这种直接的痛快的方式来发泄。我们再来看她的《关于对"那你关心什么"的回答》，"关心你。/ 也关心爱情，关心天气 / 关心面包和奶酪，关心衣服，关心谁谁谁买了同样的香水 / 关心今晚能不能高兴点 / 关心我下一次性交在什么时候 / 是的，找个凯子性交很容易 / 那就允许我把'性交'改成'做爱'/虽然性和爱我们都分的太开拉/我没有在喝自由古巴，我在想一条自由鸡巴"。如此露骨的表达，她内心的不屑和嘲讽，也只有这样的口语才能表达。

极少有修饰语

春树诗因为都是用口语写作，所以很少有修饰语。这一点可以和张悦然的博文形成鲜明的对比。张悦然的博文最突出的特征就是华丽而繁复的修饰语，营造出一种很高远的意境。而春树的诗有一种无拘无束，自由任性的文体效果。诗句简单、简洁、干净利落，不带半点装饰。例如："我最想谈恋爱的两种人/始终没和他们谈过/一种是中学生/初中生或者高中生/一种是解放军/陆军或者海军"（《心声》）。这是春树典型的诗语。又如："这几天我都干了什么/人民到底需不需要桑拿/人民又到底需不需要诗歌/我知道的仅仅是/我和斯大林是没有什么关系滴…"。（《》）

对"性"毫无禁忌

春树的诗涉及的内容也不是很广，主要是她的日常生活，但是其中有一类是比较特别的，那就是关于"性"的诗。比较典型的有《关于对"那你关心什么"的回答》以及下面两个例子。

《一个胆大包天的想法》：

我需要三个男朋友/一个陆军，一个海军，一个空军/不，不够/我需要七个男朋友/北京军区一个、沈阳军区一个、济南军区一个、/南京军区一个、广州军区一个、成都军区一个、/兰州军区一个/这样我就可以/走到哪儿哪都有我的男朋友/倍儿有安全感/那我就可以在做爱时/想到我国的军队建设都在我这儿统一上了/如此紧密有序/团结紧张严肃活泼/当然，我不会在和一个人拉着手时/想到另一个/即使想到，也很纯洁，绝不委琐/一定要在三年内/实现这些计划/找足这些男朋友/然后把过程写成一篇小说/存档留念。

还有《读鲁迅全集有感》：

　　在飞机上看鲁迅／在加州看鲁迅／在华尔街旁边的高档公寓／的洗手间／翻看鲁迅／看着看着／看着看着／就很后悔／没有早点仔细看／然后觉得／跟他的情感很像／很类似／于是就很想／和他做爱。

　　春树在这些诗中提到的性幻想，不是对生活感悟的隐喻，而是真实的幻想。这符合春树的性格，她在《南方人物周刊》的采访中说，她对性是很没什么禁忌的 [①]。虽然春树的《读鲁迅全集有感》引起了博客网友的强烈谴责，以致她不得不删除并关闭该篇博文的评论。但我们不得不说，春树对真实要求近乎极端，不管她做什么，她毫不矫情，并且歇斯底里。

---

① 《时代》：《〈时代〉封面上的中国女孩》，《南方人物周刊》2004年第14期。

第十一章　80后文学的类型化写作

80后文学从产生之初就自觉脱离体制向市场靠拢，依托网络，异军突起。喝着网络的母乳长大，80后对网络是有感情、有依赖的。可以说，80后作家的身份首先是一个网民，其次才是作家。也正是因为这样，他们率先适应了这个时代，与大众传媒和市场产生共振，生出一系列有别传统的文学作品。

其中，类型化正逐渐成为80后文学的特征之一。"类型化"在中国文学里早已出现，这些作品有比较固定的叙事模式、雷同的故事情节、似曾相识的人物形象。但是80后文学的类型化和传统文学的类型化又有不同。历史上的类型文学更多是特定历史时期社会生活和时代精神的表征，而80后类型化潮流则昭显了当代社会阶层的分化和文化心理的多元化、消费文化时代消费者趣味的区分和小众趋势。从技术的角度来说，网络的发展，搜索的需要，文学必须分类以便于搜索。从商业的角度来说，书商也希望能够通过一本畅销的类型化小说，推动整个类型图书的销售。从作家的角度来说，为了使作品获得更大的商业效益和社会影响，作家会策略性地选择那些能最大限度地为市场所接受的创作内容和形式，当一个作家熟悉某一类型作品的创作，他会开足马力加紧生产。出现了玄幻、校园、青春、武侠等类型。文学被贴上标签，放在网上兜售。所以，可以说80后文学是"被类型化"的。

80后文学的类型化创作，是指80后文学中具有比较固定的叙事模式、雷同的故事情节、相似的人物形象的文学作品。80后文学的类型化写作主要体现在长篇小说的创作上，类型化小说大都出身网络，阅读对象为网民。

第一节 80后文学类型化写作的形成

20世纪80年代，黑白电视在中国家庭开始普及，90年代彩色电视进入平常之家，进入20世纪，电脑等多媒体也开始进入家庭。我们的日常生活由于科技的进步发生着巨大变革，此时，80后正值青春期，毫不困难地接受了这个不同以往，瞬息万变的大环境，接受了网络文化和电视叙事。从某种意义上说，电视叙事构成了80后的童年叙事。而电视的实质就是电视运营商把观众卖给了广告商，电视是文化工业的一部分，它生产的是商业文化、娱乐文化和类型化文化，这从电视的广告和节目就可以看出来。那么在电视这种通俗叙事文化里成长的80后，对电视商业文化、娱乐文化和类型化文化也就自然产生了认同心理，而且他们也接受了文化产业化、文学商业化的事实，并认定了这是一种自然现象。再加上80后又是受到网络文化的影响，也了解了网络媒体的功能和可以凭借的价值，因此，他们就善于利用互联网来宣传自己，展示自己，并通过互联网来实现与同代人的交流和自我认同。

可以说，80后的青春期几乎与互联网在中国的发展同步，他们的价值观与写作也在很大程度上受到影响。而且他们的写作资源、创作载体也多是在网络中进行。可以说，80后文学和网络文学的关系非常暧昧，你中有我，我中有你，不能完全分割开来。在此说到的80后文学的类型化创作，从某种程度上来说也就是80后网络文学的类型化创作。

在最初的网络文学时期，从台湾的痞子蔡、王文华到大陆的宁财神、李寻欢、邢育森、安妮宝贝、慕容雪村、江南、今何在，作者年龄多为70年代生人，主要以都市爱情和幽默搞笑风结构小说。他们的小说带来了国内第一拨网络小说出版热潮，这时的小说，类型意识并不明显，属于一种自发性的流行写作。某网站编辑也曾透露，作家特别不愿意将自己分类。一些受众面较宽、深谙商业化写作之道的作家，特别忌讳人家说他是类型化或者商业化写作。他们非常看重自己文学上、艺术上的成就和地位。而出版社在推出自己的产品时，也往往喜欢强调其作品的文学价值、社会意义等。但是进入新世纪，80后全面执掌网络文学，跳出体制，投入市场，网络创作才真正进入了"类型小说"时期。而且新类型频出，如风靡一时的青春文学、奇幻小说、悬疑小说、惊悚小说、新武侠、财经小说、少女文学，等等。

几年来，这些词汇出现频率越来越高，不仅出版商乐此不疲地以此为标签推销自己的产品，读者也自觉或不自觉地逐渐分化成某一种或几种类型读物的忠实"粉丝"，受此影响，媒体在报道时和经销商在图书分类和码放上，都顺理成章地沿用了这些称谓，中国的文学图书市场正在进入类型时代。

与此同时，80后类型化文学大面积覆盖图书市场，无论从创作的数量还是纸质图书的发行量来说，80后文学的市场都是惊人的。同济大学文化批评研究所联合《怀尧访谈录》发起的"2008—2009年度中国出版机构暨文学刊物十强"的评比中，郭敬明主编的《最小说》以6835票稳坐榜首，而由一代文学大师巴金所创办的《收获》仅以459票名列第六。从发行量来看，2009年《最小说》月销量达到120万册，《最女生》30万册，《鲤》20万册，《谜小说》刚刚创刊便首印5万册，而《收获》的发行量不可考，十多万本。[①]白烨表示现在的图书市场已经不再是纯文学的天下了，而是以韩寒、郭敬明、张悦然等80后和一些70后网络作家的天下。

但是体制外的80后文学并没有逍遥太久，在80后类型化文学重创传统文学之后，引起了作协的关注。很多80后作家都被纳入作协麾下[②]，评论界也开始日臻关注。由中国作协创研部和陕西师范大学出版社联合主办的"蔡骏作品暨中国类型化小说研讨会"上，20余位知名评论家在研讨中，从审美特征、创作流变、阅读趣味、市场定位等方面，对类型化小说进行了梳理，从历史和现实角度检讨了类型化小说在

---

① 参见《中国文学期刊十强揭晓 郭敬明赢巴金评委发飙》，2010年1月1日，见 http://news.xinhuanet.com/book/2010–01/01/content_12738438.htm。

② 参见《作协关注通俗小说创作 蔡骏作品成热点》，2008年6月18日，见 http://book.sina.com.cn/news/c/2008–06–18/1753238777.shtml。

中国文学整体建设中长期被忽略的现象，并对类型化写作提出重视本土性、文学性等希望。陈建功表示："中国作协应保持对新的文学现象的敏感，比如对大众文学，特别是类型化小说的出现应加以关注。"

第二节　80后文学的类型

80后小说按类型划分，可分为：玄幻、都市、青春校园、言情、历史、武侠、军事、游戏、同人九大类。很多作品同时兼顾两类或多类，比如玄幻武侠、青春爱情、都市爱情、玄幻历史都市（如穿越类）等等。

一、玄幻小说

所谓"玄幻小说"，又称"奇幻文学"，它的架构或取自武侠小说，或引入西式魔幻题材，佐之以修仙、道术、鬼怪、魔法、幻想和神话等超自然元素，不受现实的科学逻辑约束，是武侠小说或科幻小说的变种。

在书店里，玄幻小说很容易被分辨出来，因为几乎所有这类小说的封面都是电脑设计的漫画图片，设计风格有特别明显的日本动漫和电脑游戏的特点。在小说内容上，它们区别于传统武侠小说，往往强调天马行空的"异想"，场景总设置在没有具体时间年代的虚无缥缈的情境中，角色都具有上天入地的超能力。小到对人物外貌、造型的描写，大到故事结构，都不乏《罗德岛战记》《银河英雄传说》等日本动漫经典以及《仙剑奇侠传》等游戏的影子。很多作品都以一位本来平平无奇的小人物为主人公，围绕他的修行成长经历展开故事，主角武功一步步提高、一路过关闯将的过程，阅读起来跟玩角色扮演游戏不断升级的过程一模一样。有一类作品甚至就直接以网络游戏为背景。

据了解，玄幻小说的作者基本为20～30岁的男性，大部分学理工科，热爱看动漫、打电脑游戏。少年时代的侠客梦与卡通文化相碰撞，借助网络写作方式，就产生了玄幻小说。很多作者坦承开始创作的动机就是看着别人的作品，常常会自己幻想情节，最后干脆自己写才过瘾，这种写作目的本身就带有游戏的色彩。这也决定了他们的想象总是漫无边际。写起来也是动辄上百万字，完全听凭作者的兴致和发挥，比较热门的玄幻小说都处于"连载中"状态。而玄幻小说的读者群也与作者群重合，主要是大中学生以及年轻白领。

80后文学的玄幻小说代表作家有李海洋、雨魔、浴红衣、林静宜等。李海洋的《乱世之殇》是一个关于青春与热血的传奇故事，讲述战国乱世时期三个少年之间的爱恨情仇。但是，可喜的是李海洋的笔端并没有刻意地游走于横尸遍野，肆意屠杀的"宏大场面"，而是对于人物本身的牵制去塑造人物，细腻深刻的心理描写，幽默搞笑甚至反讽的语调，真实地展现了青春的激情与热望，成长的叛逆与迷惘，让人在感受扑面而来的青春气息的同时，还发人深思。

二、都市小说

都市小说大多指在都市发生的故事，都市爱情故事、职场小说、异能的都市等都是都市小说的分支，都市小说因为其现代的特质，对于感情的描写更加的深刻。

都市小说的场景设置在繁华的大城市中，通过主人公的遭遇，反映城市生活的快节奏、人情冷漠、心灵空虚，都市小说强调小资的情调，语言犀利、露骨、灵动。《和空姐在一起的日子》《北京娃娃》《水仙已乘鲤鱼去》《巴黎没有摩天轮》《鱼在金融海啸中》等是其中的代表作品。

《北京娃娃》《水仙已乘鲤鱼去》都有作者自传的性质。主人公往往就是作者自己。春树表现了自己对家庭、学校和爱情的愤怒。与春树的叙述风格不同的是，张悦然的文字呈现一种高屋建瓴的虚幻感，仿佛不食人间烟火，常常以一个所谓的"内心都市"为场景，深入内部，幻想、体验、感悟，最后把不可捉摸的自我情感延伸开来。

浅白色的《巴黎没有摩天轮》讲述都市OL宁默的生活。她跟所有北漂小白领们一样过着朝九晚五的枯燥生活，只是职业听起来很美：时装编辑。爬行在时尚圈外沿，她穿女王的新衣，挤平民的公交，像蚂蚁一样琐碎忙碌地工作，像核桃一样被夹在旧恋情与新生活的缝隙里无法进退。一切都在发生，一切都看不到终点。通过细致的人物心理描写，把都市的光鲜和空虚暴露无遗。

《鱼在金融海啸中》真实地展现了白领们高强度、快节奏的工作以及巨大的心理压力。西方制度化管理模式下，流水线一样的作业，每一个员工犹如零件组装工，虽然能取得不菲的业绩，却缺乏人性化氛围。昨日日进千斗，今天两手空空，白领必须面对的便是这种瞬息万变的生活。

三、青春校园小说

青春校园小说是以校园为故事背景，描写校园生活为主。这种小说一般以两个少年的纯真情感为主线，夹杂有青春期对生活的困惑，成长的烦恼，以及与家长老师之间的各种冲突，比较唯美和理想化。

青春校园文学的作者大都是高中或大学生，阅读群体也是在校的小学、初中生。代表作品有《三重门》《梦里花落知多少》《青春禁忌游戏》《红 ×》《草样年华》等。

《三重门》中的林雨翔就有韩寒自己的影子，他学习不好，喜欢上一个女孩，傻傻地追求，和同伴们搞恶作剧。这些故事都是青春年华的美好记忆，韩寒将亲子关系、师生关系、同学关系、男女朋友关系剖析开来，以一个不羁男孩的口吻讲述。作品语言幽默，故事紧凑，是80后青春文学的代表。

《草样年华》中，孙睿像记日记一样，记述课堂生活、放假生活，青春的懵懂，对女生的好奇，初吻的惊喜与害羞等等。

四、言情小说

言情小说：是中国旧体小说的一种，又称狭邪小说或才子佳人小说。以讲述男女之间相爱为中心，通过完整的故事情节和具体的环境描写来反映爱情的心理、状态、事物等社会生活。

言情小说的封面大都采用粉色系为主的色调，配以唯美的漫画或者图片，营造出温馨、美好的基调。内容上分为言异性之情和同性之情两种。

异性之情，在 80 后文学中称为 BG 小说，类似于传统的言情小说。在这一类小说中，也可以分为苦情和唯美两种。

《澜本嫁衣》老辣的文笔，老成的世界观，张爱玲式犀利的文风，若隐若现的怀旧气息，无一不显示出七堇年超越自身年龄的老到。爱情在七堇年笔下，亦是张爱玲式的冷，女性苍凉、绝望，男性则自私、冷漠。而在 60 后 70 后作家笔下美好的性爱过程，到了 80 后七堇年笔下，变得像机械式操作，或者说，仅仅是男性的泄欲。辛夷坞的《许我向你看》、米小苏的《青春微凉不离伤》、马好的《顾自伤城》都属于"苦情剧"一派。

80 后言情小说"苦情剧"类型的形成，应该归功于自 90 年代兴起的"张爱玲热"和电视上那些婆婆妈妈电视剧，再加上早恋、父母离婚成为普遍现象以及社会阴暗面不断渗透校园，催熟了 80 后一代。80 后一方面沉浸于自怨自艾，一方面对人情世故有着惊人的洞悉，他们对人生、爱情感到迷茫，看不到出路，所以小说阴郁色彩浓重。

唯美的言情多是王子和灰姑娘或者王子与优等生的故事。延续了琼瑶的风格，经历挫折之后总会终成眷属，以明晓溪的少女类言情小说为代表。

言同性之情的小说，也可以成为耽美小说。耽美小说主要出现在网络上，主要描写同性恋之间的爱情，分为 BL 和 GL 两个流派。BL 即为 Boy's love,GL 为 Gril's love。耽美小说起源于日本漫画，所以早期中国的耽美小说大部分是同人小说，导致女性耽美爱好者被误称为同人女；实际上耽美小说与同人小说之间并不存在必然的联系。耽美小说 1997 年进入大陆以来，由于 80 后热爱漫画，思想前卫，成为了耽美小说最早的拥护者。中国的耽美小说不同于国外，大多以中国的古代为背景，有一些以描述色情技巧为高，也有一些更加注重情感上的交流，描述唯美、纯真的同性恋之情。

《天神右翼》是 BL 流派中的代表作品，小说以基督教的经典圣经作为蓝本，描写父神与其子嗣天使之间的爱恋，历史背景庞大，风格细腻，叙述中带着淡淡的无奈。曾在晋江原创网中排名第一，作家天

籁纸鸢为海外留学生，创作了很多 BL 小说，都非常受男同性恋者欢
迎。

《上海往事》《北默然》《堕落 ANGLE》《再生花》《一掌的距离》
等是 GL 流派中的代表作品，某些作者其实就是描写他们的真实生活，
面对女生之爱时候的种种复杂情感。

五、历史小说

历史小说顾名思义，故事背景发生在历史的某个朝代。这类小
说不同于传统的正史，更加注重趣味性、可读性。其中最畅销的当属
穿越小说。穿越文借今人之眼光揭秘古代历史故事的真相，非常受欢
迎。《回到明朝当王爷》是其中的代表作品，讲述了一个速成的九世善
人，被阴司判官送到大明正德年间，碰上了一个不得不做皇帝的朱厚
照，由此而发生了很多故事。穿越小说，跳出了传统历史的圈子，不
是讲述历史，而是娱乐历史，没有宏大的叙事，只是讲述穿越者身边
的故事，通过他的眼光，揭露历史真相。《极品家丁》《绾青丝》也是
穿越文的代表作品。

六、新武侠小说

80 后的武侠小说在传统的武侠小说上有所创新，叙述不再着力
于武技，在精神内涵上，一改传统武侠"忠""仁""义"的理念，
而是贯穿了很多现代观念。《何乐不为》《长安乱》这些作品无论是
表现手法、作品语言、故事情节上都融入了更多的现代性元素。比如
《长安乱》的反讽和诙谐的写作手法；《胭脂红》对于"记忆"，对于
"过去"的阐释以及《双飞录》对于爱情真谛的理解都是极具现代性
的。

80 后武侠小说的领军人物步非烟认为："侠义的内核要发展。为
此，我提出了'道家之侠，侠即逍遥'的观点。道家之侠更多体现在
对抗人类极限，对抗命运，对抗自我心魔，最终得到'逍遥'的自由
境界。比如庄子笔下的人物。这种突破，表面上看来是个人的，和侠
的群体精神不同，但其实这突破是一种精神的拯救，根本而言是群体

的。这种观念我想，带着80后的特质，很多人认为80后的孩子们没有责任心，我想不是的，我们可能淡化了对家庭的责任，但我们更多地强调了对自我的责任，突破极限，表现自我，我觉得这也是难得的勇气。"

七、军事、游戏小说

军事小说是以军事生活为题材的一类小说，又称军事题材小说或战争小说。军事小说以部队生活为表现对象，反映不同历史时期军官和士兵们的个人遭遇、悲欢离合、集训作战等中矛盾纠葛，描绘不同国度、不同政治倾向和军事集团的斗争及和平时期官兵们的精神风貌、心理情绪。军事小说的创作群体多为男性，很多作者在谈起创作的时候，都说自己都曾有当将军的梦想。游戏小说多是和其他类型结合后出现的，主要包括网络游戏和竞技类游戏小说，主要以网络游戏和足球、排球等竞技类运动为写作背景，内容可以包括爱情、历史等等。

80后在军事和游戏类小说的发展并不突出，没有代表性的作家和作品。在各大文学网站的军事、游戏类小说大都比较杂乱，这个类型尚有待发掘。

八、同人小说

同人小说指的是利用原有的漫画、动画、小说、影视作品中的人物角色、故事情节或背景设定等元素进行的二次创作。同人小说中的人物基本依附于原著，加之自己的故事背景和叙述方式成文。

同人小说分为三种类型：转述同人、续写同人、混合同人。《火影忍者》同人小说《蓦然终生》属于转述同人文。全文基本是对漫画《火影忍者》的剧情用一种抒情文体的再次演绎，几乎没有原创的内容，对此可以看作是作者对原著的一种回忆与缅怀。《泪痕剑》的同人小说《轻寒》属于续写同人文，作者以古龙特有的写作风格重新诠释了司马、卓东来、小高等人的故事，在原有的故事大纲上增添了支线剧情，丰富了原著。

混合同人文大多保留了原作角色的性格特征和身份，然后把几个出自不同作品的有关联性或完全没有关联的人物放在一个架空的时代背景展开故事。很多作品使用了穿越的手法，这种写法往往是出于作者对这些角色的偏爱或表达需要。例如黄瓜敷面的《相忘江湖》，里面就借用了不少武侠小说中的人物，如李寻欢、杨逍、展昭、白玉堂、司马超群、卓东来等人，在一个架空的江湖里，演绎几段他们之间荡气回肠的爱情故事。

第三节　80后文学类型化写作的得失

现在，文学评论界对于类型化创作普遍持观望的态度，也有一些保守派持否定态度。与之相反，书商们为80后文学的类型化写作趋势找到了积极意义。笔者认为，一种文学现象的出现，必然有其出现的意义所在，即有意义，就有消极和积极之别。

首先，80后文学的类型化写作丰富了图书市场。进入21世纪已有八年，文学在整个时代社会中的边缘化位置已然持续了近20年。今天，文学重整旗鼓，无论从作品数量、销售量还是利润率来说，80后类型化文学都不得不引起我们的重视。上海译文出版社总编辑叶路说，改革开放初期，文学图书市场里纯文学一度销售十分火爆，但那不是常态，而是一种扫盲、补课的阶段。叶路认为，在任何社会，纯文学都只能是"小众"读物，类型文学才是文学书市场消费的主流。近几年类型文学图书市场的快速发展，是一件对社会有意义的事情。[①]

其次，快速写作培养了一批作家。以盛大为例，其旗下包括起点在内的三家原创文学网站有近90万名作者每天更新5000万字，累计已发布400亿字作品[②]，日均访问量4亿次，三家网站日访问量最高时

---

① 参见蔡思文等：《盛大文学的运营模式》，《网络传播》2010年第7期。

② 参见刘昶：《文学图书进入类型出版时代》，2006年9月28日，见 http://www.bookb2b.com/view/detail.php?id=638。

达到5亿。①80后类型化文学培养了很多文学爱好者，也推出了很多功力成熟的作家。比如韩寒、郭敬明、张悦然、小饭、沧月等等。类型化文学用这种方式告诉所有爱好文学的青年，文学也可以赚钱，作家也可以当明星。这吸引了无数文学爱好者，最后也必定会有一批作家转为纯文学写作的路子，比如张悦然就有这种自觉向传统靠拢的意识。

再次，类型化作品满足了读者的需要。通俗作品始终是大众的审美水准，类型化作品满足了不同读者的需要，也就迎合了市场的需要。我们不能单纯地怒斥市场，80后类型化文学就是在市场中如鱼得水的文学。作者不再满足于只为了文学本身的心灵教化作用而写作，他们希望将文学的理想和市场的需要结合起来，从一定程度上来说，80后类型化作家也培养了读者的审美品位。

第四，80后类型化文学对于文学本身也有一定的贡献。它丰富了传统文学的创作题材，在创作观念上也有所突破。一时代有一时代之文学，80后文学在写作技巧上继承传统文学的基础上，把脉时代，贴近读者，创作了有如耽美、新武侠、玄幻等新的小说类型。在创作上，也一反传统小说从短篇走向长篇的模式，选择了一开始就驾驭长篇小说，而且一写就是一个系列，一口气写下三十四万字的大有人在。

当然，80后文学的类型化写作也有其不成熟的地方。

首先，类型化写作可能使文学创作走向"摹仿写作"。诚然，在这个消费时代，虽然不能简单将"大众文化""媒介文化""商业文化"与"文学的危机"联系在一起，但我们不得不承认，文学的场域已经发生了深刻变化，过去"政治意识"与"文学性"是紧紧缠绕在一起的，而现在"意识形态、市场、文学性三极之间的均衡，构筑了当代中国文学的场域"，因此文学生产、流通和消费都在市场机制下运行。因此"类型化"的创作可能使作家失去独创能力，尤其是文学功底尚未成熟的80后。这也就使我们的文学世界变成一个摹仿的世界，就像杨格所说的，"文学界不再是特立独行之士的结合，而是一

---

① 参见谭旭东：《文学类型化：必然还是陷阱》，2004年3月25日，见 http://www.china.com.cn/xxsb/txt/2006-09/04/content_7130677.htm。

锅大杂烩，乱七八糟一大群；出了一百部书，骨子里只不过是一部书。"① 如果真是这样，那么文学那天才、智慧、美好、高尚的神性就丢失了。

其次，文学类型化写作可能导向一种完全的商业化写作。贺绍俊说："文化产业具有高度灵敏的嗅觉和对利益的洞察力，它能从文学作品元素中发现那些最有增值可能性的元素，将其类型化，迅速进行再生产。而另一方面，类型化所包含的经济利益对于作家来说是一个巨大的诱惑，使得他们的创作有意无意地朝着类型化倾斜。"② 现实中我们也看到了，很多类型化作家已经无力再引导读者的要求，而是追随读者的要求。那么，我们是不是可以猜想，如果大众读者的审美情趣高，那么类型化作品将会相应提高，如果读者的趣味低级，类型化作品就相应低级呢？"文化工业"也好，"类型化文学"也好，写作不仅是"高尚的娱乐"，而且是"美好的避难所"。文学如果抒写的不是理想的诗篇，建构的不是梦想的诗学，那么文学的存在本身就值得质疑。

再次，控制不严，作品质量良莠不齐。网络作为一个新媒体技术赋予了写作以崭新的平台，给更多的写作者以发表作品的民主和自由。但是，技术的滞后，使得我们尚且没有很好地解决过滤问题，

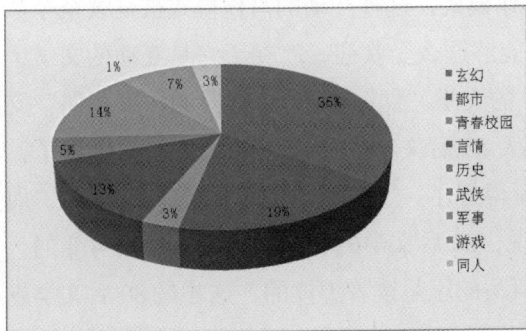

有精选功能，没有权威评价。这就造成网络文学在今天看来是一种海量的生产，结果良莠不齐，以基本的文学指标来衡量，优秀作品如大海捞针。以起点中文网为例，一部人气较旺的网络小说，其作者每天的更新量达到 3000 字到 2 万字，网站一天的小说更新量达到了几千万字；2008 年一年，在起点中文网拿到 1 万元以

① 杨格：《试论独创性作品》，袁可嘉译，人民文学出版社 1998 年版，第 96 页。
② 张晶等：《电子文化语境与文学类型化趋势》，《江西社会科学》2009 年第 2 期。

上收入的网络写手达到 1400 多人；现有 3600 万注册用户，每天新增注册用户 2 万人，平均每秒钟就有三条评论。①

最后，类型化不够丰富，还有待发展。从图中，我们可以看出玄幻、都市、武侠、言情小说是 80 后网络文学的主流市场，已经渐成规模，但是其他类型还存在缺失②，作品也不丰富。即使是已有的门类，也有进一步细分的可能，如欧美将侦探小说进一步分为硬汉侦探、女性侦探等。理论上讲，这种分类可以是无穷尽的。叶路也表示，类型化小说市场容量还有不断做大的空间。③

从以上几个方面看来，"类型化文学"是必然的，符合了市场化和时代的需求，它打破了原有传统文学的禁锢，作家走出经典创作的艺术象牙塔，主动迎合需求，和读者互动起来。这种追逐潮流的写作状态不仅仅是作家主体自由性的体现，还包含了一种生存策略和时尚艺术定位。

在如此策略和定位的指导下，80 后文学的网络大本营经营得红红火火，渐成气候，在市场上把传统文学压得喘不过气。如果说，无论主流文学，非主流文学，能抓住读者的文学就是好文学。那么 80 后文学显然是成功的。笔者认为这种成功就是因为 80 后文学的"江湖气"。这种江湖气可以追溯到 80 后文学最初的诞生地 BBS 上。回帖、顶帖是 80 后文学的最初写作模式，这种互动的写作模式被延续至今。可以说，80 后文学之所以能够这么受欢迎，就在于它是互动的文学，是最接地气的文学。"偶"的文学"偶"做主，"偶"的作家"偶"支持的江湖气，也促成了今天 80 后文学的类型化趋势。网站倒闭了，"偶们"可以换一家写；写得好了，"偶们"也能领工资；再好，"偶们"可以签约出版。可以说，80 后文学的一切运作模式都是可变的，唯有互动是不变的，他们所写的正是读者想读的，这才是 80 后文学越来越受喜爱和关注的重点。

---

① 参见蔡思文等：《盛大文学的运营模式》，《网络传播》2010 年第 7 期。
② 参见刘昶：《文学图书进入类型出版时代》，2006 年 9 月 28 日，见 http://www.bookb2b.com/view/detail.php?id=638。
③ 以起点中文网为例。作图日期：2010 年 9 月 26 日。

但需要警惕的是，一味地互动和"娱乐化"写作，也是十分危险的，可能对作家和整个 80 后文学造成消极影响。

第四节 类型小说的网络阅读状况

(一) 青少年网络阅读与网络普及程度相关，具有及时性特点

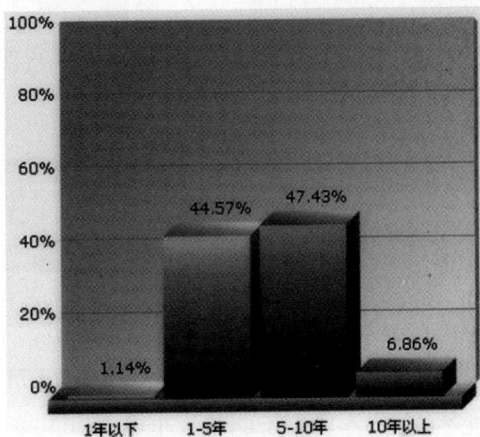

（图 1）

从接触网络时长的数据分析看（见图 1），5—10 年所占比例为 47.43%，位居第一；其次是 1—5 年占 44.57%；再次是 10 年以上占 6.86%；1 年以下所占比例最少，仅为 1.14%。

在基本信息的调查中，18—23 岁的人占到 92.53%；24 岁以上的人占 5.17%；12—17 岁的人占 2.3%。

通过分析，占绝大部分比例的 18—23 岁的青少年是在 2000 年前后开始接触网络阅读，这和网络普及有一定关系。1999—2008 年是网络普及的十年，随着 2000 年个人电脑的普及，青少年网络阅读迅速增长。值得提出的是，"目前中国小说创作类型化趋势与 1998 年中国文学的网络化趋势非常相近"。2000 年类型小说也开始兴盛，在青少年网络阅读中也迅速得到青少年的青睐。

综上，青少年网络阅读与网络普及程度相适应，也反映了青少年网络阅读的及时性特点。

（二）大部分18—23岁的青少年"类型小说"网络阅读频率小但持续性强

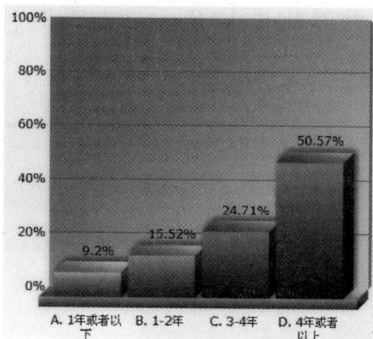

（图2）

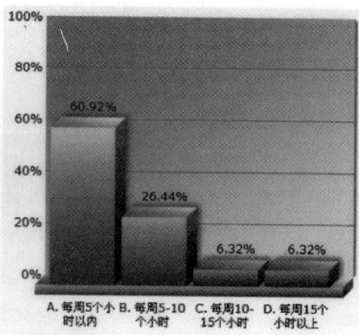

（图3）

从类型小说阅读史的数据分析看（见图2），有50.57%的人已有4年或者4年以上的阅读历史；3—4年的占24.71%；1—2年的占15.52%；只有9.2%的人在1年或者1年以下。

从类型小说阅读频率的数据分析看（见图3），有占60.92%的人类型小说网络阅读在每周5个小时以内，有占26.44%的人每周5—10个小时；每周10—15小时和每周15个小时以上则各占6.32%。

18—23岁的青少年占了调查总人数的92.53%，从上图数据可以看出他们"类型小说"的阅读历史比较长，当下的阅读频率又比较小。可见他们平时花费在"类型小说"网络阅读上的时间比较少，但有持续阅读的习惯。

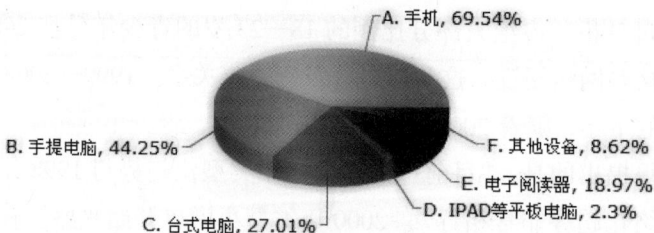

（图4）

18—23岁的青少年占了调查总人数的92.53%，从图1数据可以看出他们网络阅读历史比较长，从图2可见他们每天的阅读时间也比较长。由于手机体积小，方便携带和使用，从而形成碎片化阅读，使手机阅读成为青少年网络阅读的主要途径。手机、手提电脑、台式电脑等使网络阅读触手可及，在一定程度上为青少年不断地进行网络阅读提供可能。

（三）"类型小说"网络阅读方向呈现青少年群体特点

（1）言情小说是青少年相对稳定的阅读方向，契合这个年龄段的审美需求

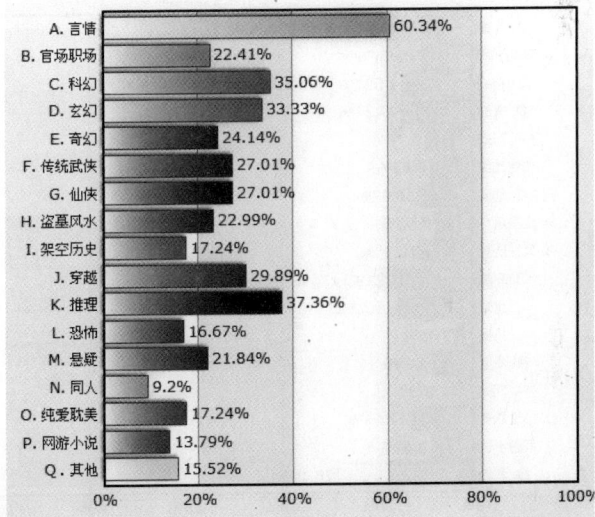

（图5）

从曾经阅读过的类型小说数据分析看（见图5），言情小说位居第一，阅读人数占60.34%；推理小说位居第二，阅读人数占37.36%；科幻小说位居第三，阅读人数占35.06%；另有33.33%的人曾经看过玄幻小说。

值得注意的是，进行该题填写的63个男生中，有24个曾经看过言情小说，占男生人数的38.09%。可见言情小说在男女的网络阅读中都占有比较稳定的地位。言情小说的阅读契合青少年这一社会年龄阶

层的需要，符合青少年的审美特点：他们比较容易对情感产生好奇、憧憬、尝试，在小说中构建自己的情感理想。

另外一个值得注意的是，穿越小说在这里占了29.89%。据调查，"与西方以类型小说为主的成熟小说市场相比，国内的类型小说市场还远未形成气候，影响大的只有武侠小说以及言情小说"。在这里，穿越小说的阅读人数占29.89%，稍稍超过传统武侠的27.01%。可见穿越小说在青少年群体中的影响力在逐渐扩大，青少年凭借网络进行阅读的需求增大，对新兴类型小说的认可、接受。

（2）青少年网络阅读需求多样化，对同一类型小说的阅读具有持续性倾向

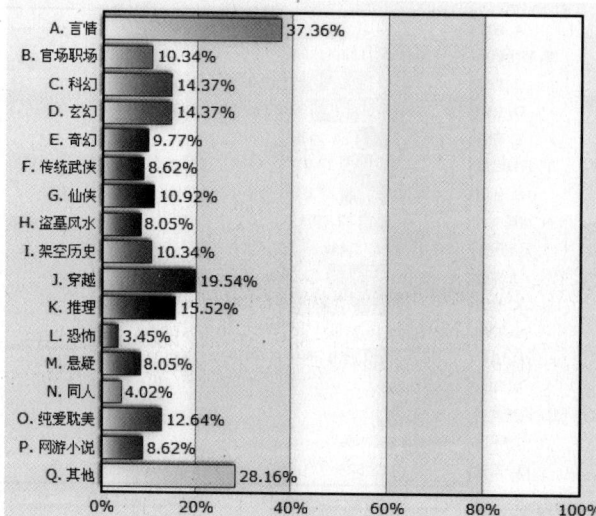

A. 言情 37.36%
B. 官场职场 10.34%
C. 科幻 14.37%
D. 玄幻 14.37%
E. 奇幻 9.77%
F. 传统武侠 8.62%
G. 仙侠 10.92%
H. 盗墓风水 8.05%
I. 架空历史 10.34%
J. 穿越 19.54%
K. 推理 15.52%
L. 恐怖 3.45%
M. 悬疑 8.05%
N. 同人 4.02%
O. 纯爱耽美 12.64%
P. 网游小说 8.62%
Q. 其他 28.16%

（图6）

从最近正在阅读类型小说数据分析看（见图6），言情小说依然位居第一，人数占到37.36%；其他阅读位居第二，占28.16%；穿越小说位居第三，占19.54%。

言情小说居第一位，相对稳定，一方面是它适合男女阅读，成为青少年相对稳定的阅读方向，并不像传统武侠小说在较大程度上契合的是男性审美。

穿越小说经历了网络热潮、影视热潮之后仍然保持有一定的阅读

量，可见青少年对于相同类型小说阅读的持续性特点。也可见多元的信息形式对类型小说的推动。

同时，其他小说阅读占有较大比例，这也正是青少年阅读需求多元化的体现。耽美小说和网游小说作为近年来开始为大众所关注的类型小说，具有一定数量的阅读人群。

（3）青少年"类型小说"网络阅读呈现娱乐化阅读态势

从选择该类小说阅读原因的数据分析看（见图7），位居第一的为"休闲时的消遣娱乐"，人数占68.97%；紧接着是"个人长久积累的兴趣点"，人数占54.6%；"身边人的极力推荐"位居第三，人数占22.41%。"专业学习或者工作需要""时下热门带动阅读冲动"分别占15.52%和14.37%；另有6.23%选择了其他。

从选择该类阅读的最主要目的的数据分析看（见图8），有66.67%的人选择了"没有明确目的，仅为消遣娱乐"，居首位；其次是"学习或者工作的要求"，占14.94%；再次是"了解时下热点，充实个人谈资"，占11.49%；另有6.9%的人选择了"其他"。

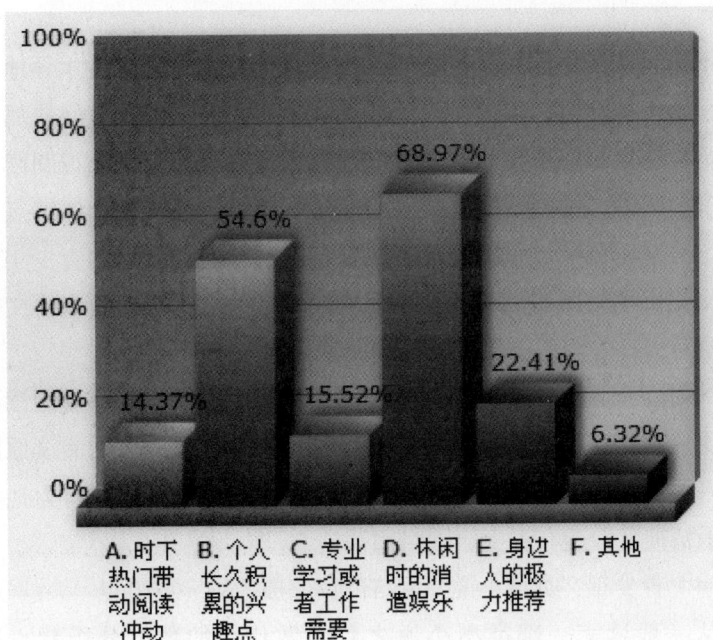

（图7）

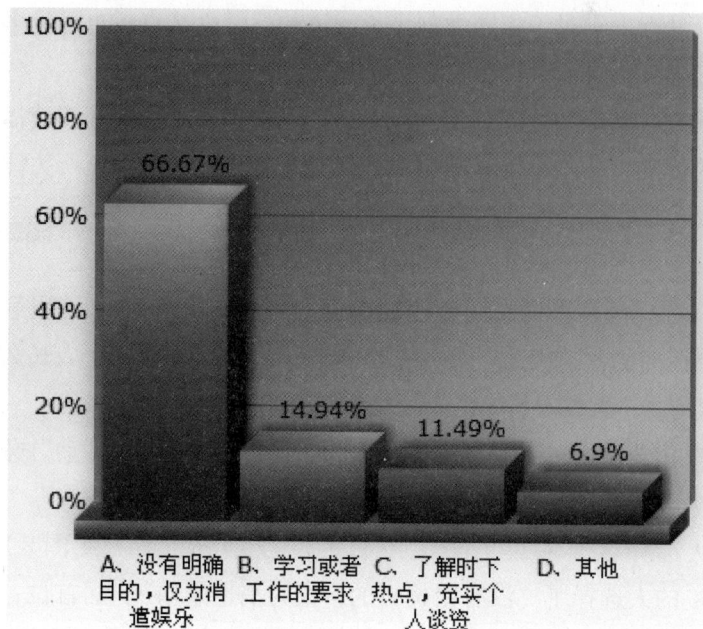

（图 8）

不论是阅读原因还是最主要的阅读目的，消遣娱乐占主导地位。当今娱乐精神泛化，青少年阅读的选择，不再像阅读传统经典那样重在对精神境界的追求和时代主流的把握，边缘化的类型小说阅读和娱乐需求的阅读，使网络阅读转变为一种生活方式，具有个体特点和主体意识。这也在一定程度上反映出处于当下社会转型期的青少年面对多元文化市场的困惑，对主流价值的迷茫，他们无法很快取得文化定位，便转而以娱乐心态去进行网络阅读。

同时，有 54.6% 的人在长久积累的兴趣下进行类型小说阅读，但其主要目的仍在娱乐消遣方面，可以说无论是消遣娱乐的阅读原因，还是兴趣所致的阅读原因，它们在主要目的上殊途同归，有力地佐证了娱乐精神已渗透在青少年网络阅读中。

（4）青少年"类型小说"网络阅读完成后的一些特点

从一般读完一部类型小说之后会做什么的数据分析看（见图9），有 51.15% 的人"选择相同类型小说继续阅读"，位居首位；

其次有 29.89% 的人选择"发微博或者 QQ 心情记录点滴感受";再次有 29.31% 的人选择"搜索与小说相关的影视作品观看",稍多于 27.59% 的"选择不同类型小说阅读";有 12.07% 选择"其他";"进行个人类型小说创作"和"玩与小说相关的网游"的各占 8.05% 和 2.87%。

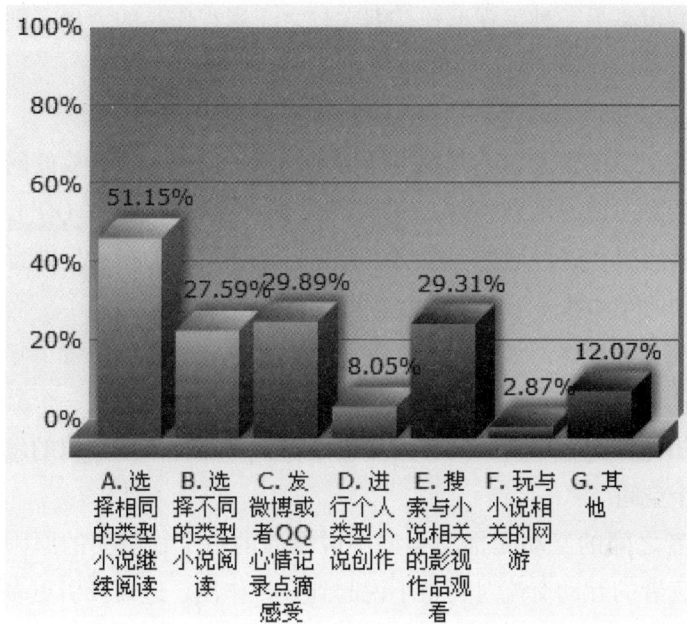

（图 9）

①青少年对相同的类型小说阅读具有持续性和稳定性特点

从上图数据可见,读者群对于相同的类型小说具有一定的阅读惯性,具有稳定性的特点。读者群的相对稳定会推动某一类型小说的发展,某一类型小说的不断产出又会保持读者群的阅读量,这是个相互作用的过程。

②青少年网络阅读倾向于不同形式的信息享受

值得注意的是,由类型小说改编的影视作品也因此繁荣发展起来,类型小说和影视作品互动呈现繁荣局面。面对现今多元表现形式:文字、声音、图像多样化呈现,青少年网络阅读的结果则不仅限于想象,信息形式的多样化使他们可以在同一时间内享受多种形式的信息表现。这其中，视觉享受应是十分重要的一种。可以说，影视行业正是利用视觉表达，将类型小说等热门文本改编成影视作品，从青少年群体中受益。反过来说，青少年的这种"喜爱猎奇""来者不拒"的心理和对同一种事物乐于多样化吸收的态度又使类型小说不断发展。

网游也是另一种呈现形式，但它较之于影视作品的力量，则相对弱些，这和其适用性别和人群有关。

③青少年网络阅读有相当的互动性需求和话语表达需求

网络文学的繁荣离不开网络的力量，正是表达自由开放的网络平台催生类型小说的兴盛蓬勃。有 29.89% 的人通过发微博、QQ 心情等记录点滴感受，这种通过互动交流社区记录读后感的行为反映青少年网络阅读的互动性需求以及话语表达的渴望。

网络交流社区（如人人网、百度贴吧、微群等）反映青少年网络交流团体化。有着同样追求或者共同兴趣的他们容易形成一个凝聚力很强的团体，类型小说的发展无疑也给青少年这种团体意识的发展提供了一个空间。

读者之间的互动是推动类型小说发展的一个很重要的原因。一方面，读者的互动交流对类型小说起到宣传作用，进而吸引更多读者投入相关阅读；另一方面，读者的大量互动使得相关网络社区蓬勃发展，这也是网商大力支持、推动类型小说发展的原因。

（5）青少年普遍从类型小说的阅读中受益

从类型小说阅读是否受益的数据分析看（见图 10），认为受益的人占 86.21%，认为不受益的占 13.79%。

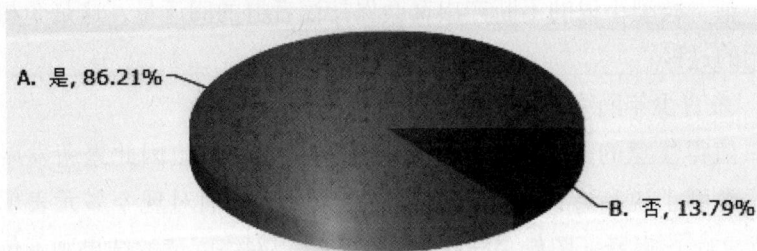

A. 是, 86.21%

B. 否, 13.79%

（图 10）

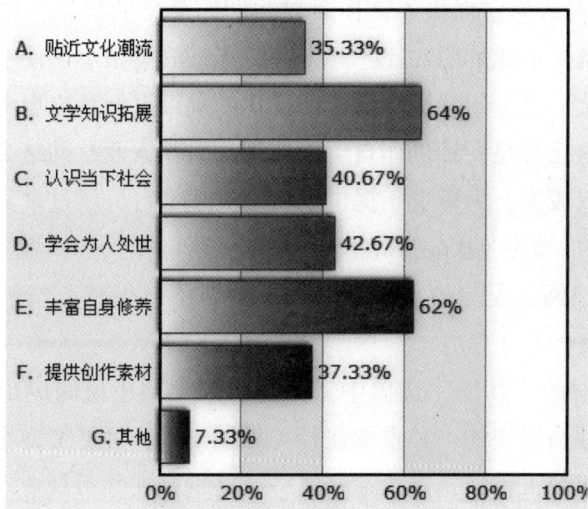

（图 11）

从类型小说阅读带来的益处数据分析看（见图 11），"文学知识拓展"居首位，人数占 64%；"丰富自身修养"位居其次，人数占 62%；"学会为人处世"位居第三，人数占 42.67%；"认识当下社会"的占 40.67%；"提供创作素材"的占 37.33%；贴近文化潮流的占 35.33%；另有 7.33% 的人选择了"其他"。

①青少年在"类型小说"网络阅读中下意识地接受文本的内在价值。

青少年"类型小说"阅读的目的主要是娱乐消遣，但最终他们认为从中受益，带来最多的是文学知识的拓展和自身修养的丰富，这种无意识的获取可以说是阅读带来的"习得"；占差不多比例的人认为类型小说的阅读可以认识当下社会、学习为人处世，说明类型小说内容尽管多为想象，但它仍以现实为基础，内容仍能够反映出时代的面貌和特点；也可见青少年在阅读中下意识地接受来自文本中的内在价值。

②青少年在网络阅读中形成个体创作自觉

值得注意的是，在类型小说完成阅读之后，有 8.05% 的人（见图 9）进行个人类型小说创作；而在阅读类型小说获得的益处中，有

37.33% 的人认为它提供了创作素材。创作素材的积累人数多和创作实践的人数少形成鲜明对比。一方面，丰富的类型小说使个人意识普遍得到深化，青少年开始绕开传统文化的规束进行独立思考，个体有意识的积累已经是一种创作自觉的体现；另一方面，网络文学门槛较低、话语权较大，为青少年提供了话语表达平台，反过来又有利于刺激青少年的积累、创作。

③网络阅读是缓解青少年学习就业压力、保持心情愉快的重要途径

在受益的"其他"选项中，可以看到类型小说阅读也是减轻压力、保持性情愉快的一种重要途径（见图12）。可见类型小说网络阅读是青少年个人情绪排遣的途径之一，特别是在学习就业压力之下。正如悬疑小说作家那多所说，"它（类型小说）对读者最根本的吸引力，其实并不在于类型本身，而在于这一类型所体现出现的情绪、情感"。

序号	用户名	提交答卷时间	来源渠道	答案文本	查看答卷
13	guest	2011/12/11 18:34:08	链接（直接访问）	减轻压力	查看答卷
25	guest	2011/12/11 19:24:29	链接（直接访问）	让我愉悦，让我感动	查看答卷
79	guest	2011/12/11 22:12:00	链接（http://weibo.com/）	心情好0(∩_∩)0	查看答卷
104	guest	2011/12/11 23:16:37	链接（直接访问）	心静	查看答卷
115	guest	2011/12/12 0:11:37	链接（直接访问）	都说只是消遣咯	查看答卷
132	guest	2011/12/12 11:14:46	链接（http://www.sojump.com/）	抗压	查看答卷

（图12）

（6）大部分青少年对于网络阅读有一定的评判、选择标准

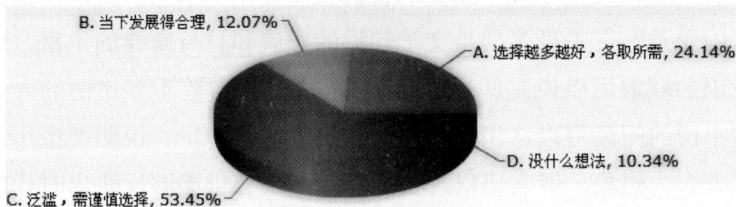

B. 当下发展得合理，12.07%
A. 选择越多越好，各取所需，24.14%
D. 没什么想法，10.34%
C. 泛滥，需谨慎选择，53.45%

（图13）

从对待类型小说态度的数据分析看（见图13），有 53.45% 的人认为"泛滥，需谨慎选择"，位居第一；有 24.14% 的人认为"选择越多越好，各取所需"，位居第二；有 12.07% 的人觉得"当下发展合

理"，位居第三；最后有 10.34% 的人选择"没什么想法"。

虽然 86.21% 的人自认为阅读类型小说让他们从中受益，但仍有
53.45% 的人觉得类型小说网络市场是"泛滥，需谨慎选择"。可以说
青少年（主要是 18—23 岁）在自己相当的阅读量中确立了一定的评判
标准和选择标准，也就是说他们不会单纯依据类型来确定自己的阅读
方向，而会根据自己的判断标准来选择阅读对象。

另外有一部分人认为"选择越多越好，各取所需"和"当下发展
合理"也佐证了青少年对于网络阅读的需求大。

（7）青少年网络阅读将推动网络阅读消费的发展

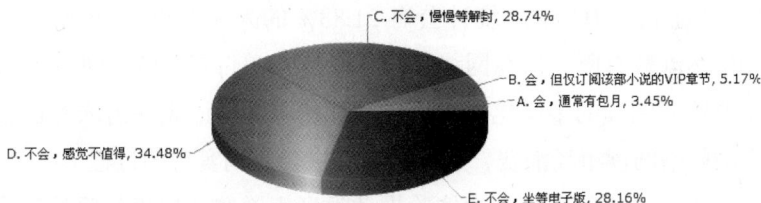

C. 不会，慢慢等解封，28.74%
B. 会，但仅订阅该部小说的VIP章节，5.17%
A. 会，通常有包月，3.45%
D. 不会，感觉不值得，34.48%
E. 不会，坐等电子版，28.16%

（图 14）

从是否会对喜欢但设有 VIP 章节的小说进行付费继续阅读的数据
分析看（见图 14），所占比例最大的是选择"不会，感觉不值得"，
占了 34.48%；其次是"不会，慢慢等解封"，占了 28.74%；再次是
"不会，坐等电子版"，占 28.16%；而选择"会，但仅订阅该部小说
的 VIP 章节"和"会，通常有包月"分别占了 5.17% 和 3.45%。

统计共有超过 90% 的人不会付费继续阅读，这和青少年网络阅读
可承受的支付额度 10 元以下所占比例最大的情况相符合。

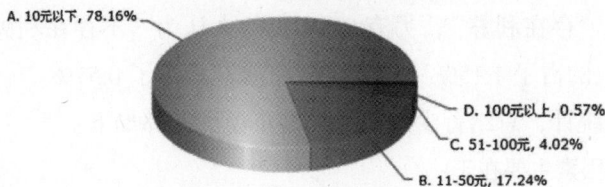

A. 10元以下，78.16%
D. 100元以上，0.57%
C. 51-100元，4.02%
B. 11-50元，17.24%

（图 15）

从类型小说阅读的可承受支付额度数据分析看（见图 15），占

78.16%的人选择了"10元以下";"11—50元"的比例占了17.24%，"51—100元"占了4.02%，"100元以上"占了0.57%。

目前网络市场基本还是免费状态，资源的丰富和途径的繁多使网络阅读实惠快捷。但网络市场化、网络阅读消费化是一个必然趋势。从这个意义上讲，庞大的网络阅读群体以及其规模的逐渐扩大必将慢慢推动网络付费阅读。

通过最低消费来获取最多阅读资源是青少年网络阅读的普遍心理，这也和这个年龄段的消费能力有关。但仍有一定比例愿意花费：支付额度在11—50元的比例占了17.24%，51—100占了4.02%，100元以上占了0.57%，统计公有21.83%的人愿意进行11元以上消费。虽然人数有限，但在网络阅读普遍免费向付费转变的进程中，青少年群体对阅读的多样化需求、互动性需求和话语表达需求等都会慢慢带动网络阅读市场消费，这需要一个由转变到实现的过程。

（8）青少年的网络阅读体验推动类型小说在类型化与反类型化之间发展

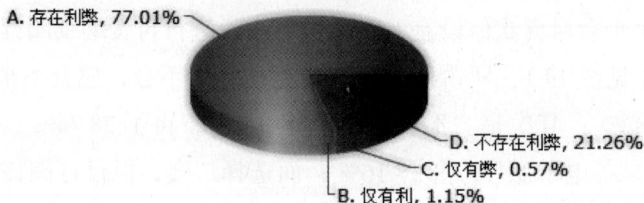

A. 存在利弊, 77.01%
D. 不存在利弊, 21.26%
C. 仅有弊, 0.57%
B. 仅有利, 1.15%

（图16）

从类型小说是否存在利弊的数据分析看（见图16），占77.01%的人认为"存在利弊"；另有21.26%的人认为"不存在利弊"；认为"仅有利"的占了1.15%；认为"仅有弊"的占了0.57%。

通过统计，总结青少年认为类型小说的利弊如下：

有利因素主要在于：

① 类型小说是网络阅读市场多元化体现，能够满足多样阅读需求；

② 丰富、良好的网络阅读资源增加青少年阅读面、拓宽知识面、

丰富个体体验；

③ 类型小说的蓬勃发展对传统的作家、权威是一个挑战，其新颖的构思和丰富的想象力，不同于严肃文学的"入世"倾向，免于太多的意识形态负担；

④ 类型化写作使作者对某一题材范畴深于研究，利于作者专门化写作，同时也有利于专题的研究；

⑤ 网络阅读花费少也是青少年认为的有利因素之一。

弊端主要在于：

① 为了吸引读者的阅读兴趣，有些作家的类型化写作一味迎合大众的口味，商业化写作缺乏真正的思想内涵，导致文学价值及社会意义失真；

② 同一类型的内容越来越乏味，大同小异；大多情节类似缺乏创新，审美定式带来审美疲劳；

③ 小说中现实与想象距离的滥用会致使读者沉迷于不现实的世界，影响青少年学习、交友和生活；

④ 小说内容良莠不齐，不能保证阅读质量，如内容涉及黄色、纯暴力情节，影响青少年的鉴赏力和审美观，误导其价值判断，影响正确价值观的确立，严重地会使相应的社会责任感缺失；

⑤ 小说的类型化又会局限读者的视野与作品的视界；遏制小说的文化创新；

⑥ 现今类型小说某个阅读热潮的兴起，不能形成引导全民对于人性的思考，更多的是对一种异军突起潮流的追捧。

总的来说，他们认为类型小说有存在的必要，但又要警惕发展陷入僵化的局面。以上主要是18—23岁青少年群体的观点，而2.3%的12—17岁的青少年对于类型小说的利弊认识并不够清晰：有的认为"跟风可耻"；有的认为有利在于"构思新颖"，弊端也着眼于文本自身是否足够新颖；还有人认为无利弊可言；另外有一人认为"有些不太好的会教坏小孩子"。

可见他们对于类型小说的利弊认识主要针对文本自身，对文本以外的影响没有清晰的认识或者意识。这也和他们的猎奇心理与"来者不拒"的多样化阅读有一定联系。

综上陈述，占据网民主体地位的青少年在网络阅读中积累阅读体验，形成个人的审美标准和价值判断，在积累过程中他们有一个接收与剔除的过程；异于主流文化的边缘文化在他们的创作、阅读与讨论中发展壮大，他们以此发出对个体关注、个性追求的声音；在阅读体验中青少年也锐利地捕捉到文化创新的问题，由此推动类型小说在类型化与反类型化之间发展的。

通过调查，得出以下结论：

首先，青少年"类型小说"网络阅读具有及时性、碎片化、持续性特点；总体呈现阅读需求多样化，阅读态势娱乐化局面。这在一定程度上反映出处于当下社会转型期的青少年面对多元文化市场的困惑，对主流价值的迷茫，他们无法很快取得文化定位，便转而以娱乐心态去进行网络阅读。

其次，网络阅读满足青少年多形式信息享受和话语互动需求，促成个体创作自觉。一方面，丰富的类型小说使个人意识普遍得到深化，青少年开始绕开传统文化的规束进行独立思考，个体有意识地积累已经是一种创作自觉的体现；另一方面，网络文学门槛较低、话语权较大，为青少年提供了话语表达平台，反过来又有利于刺激青少年的积累、创作。

再次，个体审美标准和价值判断得以形成。如言情小说契合青少年这一社会年龄阶层的需要，符合青少年的审美特点；青少年（主要是18—23岁）在自己相当的阅读量中确立了一定的评判标准和选择标准，他们不单纯依据类型来确定自己的阅读方向，更会根据自己的判断标准来选择阅读对象。

最后，文化创新命题也在青少年阅读体验中被敏锐捕捉到。异于主流文化的边缘文化在他们的创作、阅读与讨论中发展壮大，他们以此发出对个体关注、个性追求的声音，但同时从类型小说的阅读体验中，他们强烈意识到小说的类型化在一定程度上会局限读者的视野与作品的视界，其发展可能陷入僵化的局面，应求文化创新。类型小说在类型化与反类型化之间发展得以推动。

第十二章　80后文学与汉语网络文学的关系

这是《中国统计年鉴》提供的数字：从 1980 年至 1989 年的十年中，中国约有二亿四百万人出生，这两亿四百万人拥有一个共同的名字：80 后。

这是中国互联网络信息中心（CNNIC）2011 年 1 月公布的《第 27 次中国互联网络发展状况统计报告》提供的数据，目前中国网民规模为 4.57 亿人，其中 30 岁以下的网民占六成。

这庞大的数据大抵来自一个群体：80 后。

一个拥有两亿四百万人口的庞大的青春群体，他们已成为青春中国的绝代风华，已经被世界看成是中国的现在与未来。

当 80 后与当代中国相遇，这个世界发生了什么？

当文学与网络遭逢，我们的汉语文学发生了什么？

当 80 后与汉语网络文学相遇，这一代的青春书写与这个时代的文学地图发生了怎样的改变？

是什么让 80 后成为 80 后？ 80 后青春写作为汉语文学尤其是汉语网络文学带来了什么？

第一节　80后青春写作与汉语网络文学

80 后首先是个文学概念，80 后作家指的是 1980—1989 年间出生的青年写手。80 后也是一个时代概念，把 80 后定义为在中国改革开放时期出生的人。80 后又是一个商业与市场炒作的概念，一个为了吸引观众、读者、消费者的目光而故意频繁无节度使用的概念。

80后作家这个词，虽然最早出现于网络，但是80后作家≠网络写手。因为真正催生80后作家的不是网络，而是一种新的思维模式。"新概念作文大赛"正是为着挖掘这种新思维而来。根据资料统计表明，在80后代表性作家中，超过六成是成名于新概念作文大赛，而非网络。

另外，大部分80后作家都认为传统的纸质媒体更有利于其作品的传播，原因是纸质媒介有固定的读者群，例如《萌芽》面向的读者就是青少年，由于80后的作品基本上符合了同龄人的审美需要，并且描述的是同龄人当下的生存现状与生存困境，所以它们需要在特定的读者群中引起共鸣和关注。虽然网络媒介的传播面比纸质媒介要广得多，但是由于缺乏了传播的指向性而没有受到80后作家的青睐。

再次，文学是以语言文字为媒介来塑造形象，反映社会生活，表现心灵世界。汉语网络文学的语言与传统文学有着明显区别，但是80后作家在创作中所使用的文字依然因循传统文学的语言习惯，没有融入太多的网络语言。准确地说，80后作品更多的是用传统的语言来表达新的思维和情感。这也是它与汉语网络文学不能等同的重要证据。

虽然，80后青春写作≠汉语网络文学，但是网络及其衍生的汉语网络文学却与80后青春写作剪不断理还乱地纠缠在一起。

80后——这个有着浓烈的娱乐化色彩的概念，它成了金钱及一夜成名的同义词。《财经时报》所列举的中国作家财富排行榜中，80后就占了不少的份额。例如在两年的时间里，长篇小说《狼图腾》卖了200万册，作者姜戎仅以其10%版税计算收入，就足以令不少作家同行"惊羡"。这些可观的数字无不时时刺激着广大青年们的神经，拥有着相同梦想的青年们都在寻找能够使自己一夜成名的平台，最后，他们寻找的目光落到了网络这个巨大的梦工场。

发表机制的变更，使得80后的书写获得了远高于传统纸质文学的自由度与宽广度。李傻傻尚未出版任何著作的时候，已在网上被称为"80后文坛第一高手"。枚庸（真名贺强）先在榕树下发表文章，后在各大文学网站发表了数十上百篇的散文，直到远方出版社给他出版散文集《又是一季花开时》，他说只有依赖网络才能让他走得更远。一些 80 后作家的作品先是在网络连载，拥有高点击率，再被出版商看中，转印成为纸质图书。何员外的《毕业那天我们一起失恋》被标榜为"2002 年最火爆网络闪烁小说"。

80 后的青春写作很快引发了世界的关注。2004 年 2 月 2 日，春树的照片被登上了《时代》周刊亚洲版的封面，成为第一个登上美国《时代》周刊封面的中国作家。2005 年 6 月，全球权威杂志《时代》周刊（全球版），用大篇幅推介李傻傻。

新媒介催生了汉语网络文学，从根本上改变了汉语文学的形态和特质，重新改写和规划了文学世界的版图。宁肯的长篇"流浪汉小说"《蒙面之城》，获得了 2002 年"第二届老舍文学奖"的"优秀长篇小说"桂冠，和传统作家张洁的长篇小说《无字》并列第一，这是传统文学奖项第一次把荣誉给了网络文学作品，这也证明了网络文学在当代文坛已经有了属于自己的席位。与此同时，大量的 80 后作家如雨后春笋般跃出文坛，80 后作家与汉语网络文学成了读者和学者关注的焦点。

第二节　80后青春写作给世界带来了什么

有人说，"80 后青春写作"的出现伴随着一场场的颠覆：颠覆了传统意义上的文学成才方式，颠覆了传统文学刊物在人们心目中的地位，颠覆了几十年来人们对作家和文学的定义。那么，80 后以及 80 后的青春写作又为世界带来了什么呢？

80 后写作不同于传统文学的一大特点就是传播方式的变革，其主要的传播途径是：网上发表（网络媒介）——作品点击率高，人气大——出版社购其版权出版（纸介媒介）。网络和 80 后写作这对新媒体和新文学人的关系是相辅相成的。让青春写作传播得更广，成名得更快。正是因为这种新的传播方式，令文学不再成为文学家的专利，而成为大众的权利。

对于传统文学，文学机制是以文学期刊为中心的，但是，80 后的青春文学以"畅销书"出版打造出新的市场，使传统文学机制发生变革。北京的开卷图书研究所近两年的调查表明，以80后为主体的青春文学占有整个文学图书市场份额的10%，而现代和当代的作家作品合起来，也占有10%。这就是说，在当下的图书市场上，他们和所有他们的前辈们是平分秋色的。

无论网络文学还是纸质文学，传播到消费者手上的就是一种消费，前者是隐性的消费，后者是显性消费。随着"80后写作"的产生，青春文学所提供给读者的不仅仅是阅读行为，更代表了一种新兴的青春消费——偶像消费。以前读者购买文学作品，所重视的是文本的内涵，作者只是文本品质的保证。但是，对于80后的青春文学，读者要做的纯粹只是为偶像而消费。

80后文学的实力派和偶像派之争——这些类似于香港娱乐圈的流行词语，也在媒体中持续升温。一项调查发现，在部分中学生心目中最有影响的中国现、当代作家的前几名依次是：金庸、郭敬明、韩寒、鲁迅。这一结果让众多前辈们瞠目结舌。

在大多数人的心目中，网络是文学传播的平台。但"80后写手"却将网络作为完全归属于自我表达的文化空间。在文化精英那里，文本第一，网络第二，网络大多成为文本传播的平台；而在80后写手那里，网络就是文本，文本就是网络。网络作为技术的产物，已经成功地进入他们的生命，不是工具，不是方式，而是与自身融为一体的生命空间。

一代人有一代人的青春，一代人有一代人的"青春之歌"，一代人有一代人的青春偶像，一代人也有一代人的青春读本，青春岁月本来与文学就有天然的亲缘。20世纪20年代郁达夫的《沉沦》《春风沉醉的晚上》，描写青春的苦闷、彷徨、乡愁，是那个年代的青春小说；当代女作家杨沫的《青春之歌》反映20世纪30年代的青春风华，是那个时代的青春读本；王蒙的《青春万岁》集理想主义、英雄主义、浪漫主义于一身，展示了20世纪50年代初期一群天真烂漫的北京女中学生的生活，是那个时代的青春读物。

80后这一代有着怎样的青春风采与青春困境？在网上流传甚广的"生于80后的九大尴尬"，道出了80后的青春困境：

美好的生活属于谁呢？ 20 年前，"属于我，属于你，属于八十年代的新一辈"，15 年前"太阳是我们的，太阳是我们的，月亮……"10 年前"让我们期待明天会更好！"8 年前"不经历风雨，怎么能见彩虹，没有人能随随便便成功"，现在"我闭上眼睛就成天黑"。

这一代人拥有的是这般"残酷的青春"——"他们成长于物质化的中国迅速发育的时代，感受到来自金钱和财富的力量，社会价值的迅速势利化、实利化以及文化的娱乐化、泡沫化和空洞化，不得不过早地面对现实的种种生存压力，还有就学、择业和求职的种种现实问题，而这些在前几代人那里，曾经并不这么突出和紧迫。他们不得不用很成人化的方式与心态，来应付这种种现实压力，米消费和娱乐、逃避或发泄。因此用'简化内心'和'强化行为'来使自己变得果敢和具有选择承担能力，便成了他们一个非常自然的逻辑。而社会在其中则看到了利益和利润，因之推波助澜，将这些压力和诉求一一转化为消费需求与市场份额"。①

80 后初长成，开始思考生命的意义，他们希望通过文学创作来释放自己被压抑着的幻想，期望在作品的写作过程中宣泄自己的欲望和不满，得到一种放荡不羁的替代性满足。

《第一次的亲密接触》征服了不少青少年，正是这时开始，BBS进入了人们的眼球，QQ 空间、博客文化等的迅速发展，带来了新的写作方式。这些 80 后的创作主体在结合自己自身的经历、气质天赋和个人的写作能力，在文本中流露着独特的创作个性。

在 80 后的青春书写中，青春的张扬与遮蔽，竟如此复杂地纠结在一起，如一枚硬币的两面，他们的青春书写张扬了什么？遮蔽了什么？该引起世人足够的关注。

这种青春的张扬与遮蔽，首先体现在商业化、明星化、娱乐化的极度张扬，精神性文学性价值维度被遮蔽，欲望现实的极度张扬，理想和信仰的遮蔽与缺失。"我讨厌那个天真的自己。我讨厌那个不懂世

---

① 张清华：《"残酷青春"之后是什么？——由春树感受 80 后写作》，《南方文坛》2007 年第4 期。

事的自己。我讨厌那些纯洁的年代。纯洁是狗屎!"这是《 》中主人公一段内心独白。"我就是那个纯洁的贱人",路佳瑄《空事》封面如此标榜自己。

"如果说,1960代出生的作家们在浪漫和激情中缅怀着逝去的青春,给人一种生命的厚重和深情守望的精神力量,那么,80后作家更多是依赖他们当下性的生命体验,自信而坚决地抒写着自我极其现实的生存图景。但我们不免为这些年轻写作者们在创作中表现出来的过于世故、消沉、近于游戏、绝望的精神状态而感到深深忧虑。"①在80后的文学世界里,文学领袖变成了文学领"秀"。文学被极度娱乐化。文学只剩下了娱乐,失去对精神向度的追求,从某种意义上也便失去了存在的价值。

而另一方面,严重的模仿重复被恣意张扬,可贵的超越创新被空前遮蔽。商业诱惑腐蚀着这一代作家的艺术忠贞,郭敬明的《幻城》之于日本漫画,《梦里花落知多少》之于《圈里圈外》,孙睿的《草样年华》之于《晃晃悠悠》,胡坚的《愤青时代》之于王小波,韩寒的《三重门》之于钱锺书。任何的模仿和复制都难逃肤浅的嫌疑,都是无法创造经典的。这一代人的个性是以共性方式出场的,真正个体性的个性被遮蔽了。

因此,我们可以看到,低质性的网络文学极度泛滥与张扬,高品位高质量的汉语网络文学作品的缺失。整体来说汉语网络文学虽然也有一些佳作产生,但相对于铺天盖地的平庸之作,已是微乎其微。

网络自发的媒体炒作的捧杀与棒杀极度张扬,真正学术的文学批评缺位与遮蔽。网络的"交互式共享"(互文性)衍生促进了针对80后文学的文学批评的产生,但是80后青春写作由于具有兴发于网络上的边缘性质,故一直被主流批评家忽视甚至揶揄。《十少年作家批判书》狂扁80后作家,郭敬明被判为"文学小太监",韩寒被定义为"一把破损的旧钥匙"。如何建立网络文学批评的伦理与标准是一切关心文学的严肃批评家必须面对的课题。

---

① 张学昕等:《"青春写作"如何跨越前辈作家?》,《文学报》2006年8月28日。

走出娱乐，还是走出文学？走出世俗，还是走出理想？走出商业媒体炒作，还是走出真正意义上的文学批评？让被遮蔽的得以彰显，让缺位的得以回归，让失衡的得以复位。如何转化青春资源？如何跨越前辈作家？这是历史和时代赋予一代人的命题。

这个时代，一切似乎都在被打破之中，一切又似乎都在重建之中。网络书写成为这个时代最难以承受之重、之轻。

第三节　新媒体时代与文学新世代

人类神经的多元表现是驱动文化繁茂多姿的动力，对它能深切体察，我们的心智自然会更包容，尊重他者，无论那是异于己的人，还是有别于己的美学品位，更何况今天我们所面对的是一个世代的文学书写呢。

正如有的学者所指出的那样："首先需要看到，目前的网络文学是我国网络媒体技术发生发展以来和文学初步碰撞的结果，还是一个尚未成型、尚待规范的新生事物，应该以一种相对包容的心态去认识和引导它。网络文学与其说是一种文学类型，倒不如说是一种文学发展的趋向，代表了以互联网为主体的第四媒体崛起后，文学和电子技术结合的某种可能。它目前的那些缺陷和弱点，也可以说是一种雏形阶段的必然，关键在于我们以怎样的态度去对待它"。因此，应加强传统文学和网络文学的良性互动。一方面促成网络文学尤其是网络原创作品的纸媒化；另一方面，"借助传统文学的资源和力量，对网络文学进行指导和规范，具体而言就是让传统的批评机制和传统作家介入网络文学，参与网络文学的批评、评奖等工作。"①应该说，传统文学和网络文学的这种良性互动已经在进行着。尤可注意的是，如何由自由定义的"汉语网络文学"而成纸媒实体书，这中间产生的意义落差与认知差异，其实便是这个世代作家与前代作家的不同所在。

凡此种种，我们可以发现这一世代的作者与网络的连接（崛起与

---

① 杨扬主编：《新中国社会与文学》，上海人民出版社 2009 年版，第 122—125 页。

风行）以及作品与网络的连接（刊登于网络、书写内容与题材），另外，作者与作者之间，如何透过网络进一步的交谊与结盟（文学网站的建立，作品中因为网络结识的彼此唱和与酬作），凡诸这些，都成为这一世代书写者特有的文学景观。

总之，作为一种新型的文学样式的汉语网络文学，既是传统文学的承传，亦在在考量时代诸多新兴现象，进而纳入汉语文学世界更多元化的书写。

以点连线，由线而成网。那些汉语网络文学的先行者，如何成就自己的写作，构成属于80后世代的集体面貌，也由此织就这个新轴心时代的网。

而在这张网络之下，若我们回头审视80后世代作家的发迹与书写，便会发觉，还存在另一张"虚拟"的网络——亦即是"网际网络"——80后世代作家与网际网络之间，能拉出又一张复杂的关系网络来。

网络成为这个世代作家们发表文章的重要载体之一，于传统的报刊之外，他们找到一处新的展示平台，也培养出一批新的读者。对于这个世代的许多写作者来说，网络未必是他们的发源地，但是，一旦将文章发表于网络，他们便被纳入网络世界，网络也成为他们作品的一部分。在这个文学与网络共舞的时代，不仅扭转了书写界面的思索与习性，也正全面攻占宛如私密花园的手写世界。

因应着网络的兴起，文学风向的变化，这个世代写作的意义，该是一方面一个世代经由自己的书写深切反映其所处的时代，另一方面，通过一个世代的集体书写凸显了这个世代不同于传统文学的新质新貌。

因此，新媒体成就的新文学人，必须持续思考及实践的是，其自己世代位置的文化意义究竟何以如是。理解自己究竟是谁，而不是已然是谁；探寻自己身处何方，而不是就在某处；创造自己在这个民族复兴坐标上的意义，而不是为某些约定俗成之物顾影自怜。作为新轴心时代的新世代，认清这些不仅仅是从时代的他者转身为书写的主体，更是为了看见"我"（这个世代）与他者如何因着特定社会过程的差异，而生产在这个当下的存在的，及如何活下去的意义。

应该说，在这个纯文学式微的年代，因为网络的存在，提供给这一世代写作人相当宽广的写作空间，而文学最大的动力就来自不停地书写，正是这一世代的书写，不仅敲打出属于一个世代的文学新天地，而且让汉语世界的文学又往前迈进了一步。

新媒体喂养下长大的这个世代，不只是使这一世代获得定位，也得以让我们重新审视汉语世界文学的整体发展。

九十多年前的"五四"新文化运动，打破了中国几千年来的旧文学模式，建立了现代意义上的新文学。而今，汉语网络文学作为文学在新媒体领域内艺术裂变的产物，又一次给传统主流文学带来强大的冲击。随着汉语网络文学的出现，有着几千年历史的汉语文学走过了古典文学与现代文学，出现了汉语文学历史上的第三个时代——汉语网络文学时代，而这个时代的生力军便是80后。

80后作家及汉语网络文学虽未必都能载入文学正史，却已真切地汇入了社会正史。客观上说，一方面我们要承认无论是80后作家还是网络写手，他们都是文学青年中的好苗子，但是我们也要清楚80后和网络写手，还不能被称为成熟的"作家群"。尽管80后青春写作与汉语网络文学不是在一条轨道上前进的，但他们都是当下文学新势力的真实投影。关注他们，也就是关注和思考我们自己。因此，对80后及其文学的关注，不但是对当下中国及其文学的关注，更是对未来中国及其文学的关注，对个体而言，把握了现在也便把握了未来，对一个国家一个民族而言，也该是这样。这或许是这个命题至大的意义所在吧。

第十三章 80后影像文本与网络的互动

　　作为伴随各种新媒体尤其是为互联网而诞生的网络新媒介一代——80后是被官方、民间、媒介、学术界以及80后一代人所认同的一个概念，已经在各个领域里得到了极大关注。80后出生、成长、求学、爱情等方面也成为整个社会备加关注、报道和研究的热点。民间、媒体和学术界一度给80后贴上"家境殷实""独生子女""自私叛逆""娇生惯养"等标签。如今的80后却面临着家庭重任，从住房、婚恋、人际关系、父母赡养等足以构成80后青年普遍面临的现实枷锁。[①]本章借助于近几年来关涉80后的各种影像网络文本的解读来窥豹一斑，扫描和审视80后的过去、现在和未来，尤其是当下的生存状态。这是因为生于视觉化、影像化、互联网等媒介多元化时代下的80后对视觉与网络影像自有其独特的感悟、领会和驾驭能力。网络影像成为他们认识世界，进入社会，了解人生和表达自我的一种可见的、有效的方式。

第一节　成长影像：伤疤

　　作为长在红旗下的幸福一代，80后在其成长过程中交织着自我的任性与成长的"伤疤"：比如在电视剧《生于80后》中，一个80后都市女孩安雯不顾母亲强烈反对嫁给了43岁的大学教师刘振宇。这个选择也遭到了只比自己大几岁的80后同龄人，刘振宇17岁儿子刘刀极力阻挠。可是安雯丈夫，刘刀父亲刘振宇的去世使得两个同龄人被生活推到一个意想不到的位置——安雯的角色由一个备受呵护的小妻

---

① 陈彦炜：《一代人的怕和爱：80后面临现实枷锁》，2010年2月10日，见 http://www.360doc.com/content/10/0223/10/142_16523212.shtml。

子转变成一个 17 岁少年的"妈"。安雯不仅要担任刘刀的监护人，还要面临着林家巨额索赔，沉重的责任，一下子压到这个毫无准备的 80 后肩上。[1]

从这部展示 80 后出生背景的电视剧中，我们看到了同是 80 后之间存在的男女差异。一方面女 80 后相对于男 80 后将面临更多人生难题，比如就业，超半数女生认为男生找工作更容易。另一方面女 80 后也相对于男 80 后有一些特殊优势，如在择偶方面可以待价而沽。近日一项《广州女大学生价值观调查红皮书》中调查结果显示，当今女 80 后大学生首先对于婚姻和恋爱观念已经大大超越了她们前辈。一是在婚姻与恋爱观念上的转变。绝大多数女 80 后持有了"恋爱和结婚可以分开，恋爱不是结婚的前提，结婚也不是恋爱的必然目的"的态度和想法；二是在选择另一半条件方面的转变。近半（38.4%）女大学生有意"嫁碗"（嫁给持有铁饭碗的男性）；59.2% 愿意嫁给"富二代"；57.6% 则愿意选择"潜力股"结婚对象。从而印证了时下很流行的一种观点"干得好不如嫁得好""宁嫁黄世仁，不嫁 80 后""只要有房子，甘当小三"，由此大款富翁到大学去征"婚"选"秀"，80 后女大学生蜂拥而至的现象屡屡出现。而一项配套调查结果显示，68% 的大学男生不认同女生嫁"富二代"[2]。所以，在婚姻选择方面，同是 80 后的安雯与李骏的爱情和婚姻差异较大。在事业和生活上还处于劣势的 80 后李骏就需要接受有才华，有居家实力，稳重成熟，懂得照顾人的 60 后的刘振宇和 70 后的挑战。在这场较量中，李骏作为安雯的初恋男友，首先是被 60 后的刘振宇打败。当刘振宇死于一场车祸后，似乎又给了李骏一次机会，却又要败在 70 后的手下。

故事结尾，两场婚礼就要举行——安雯和李骏分别要和旁人结婚，他们似乎已经接受了命运的安排。但是，刘刀这个安雯的"儿子"，李骏的"结义兄弟"，发誓要让婚礼按他设计的方式举行，他要

① 霍峻等：《2008 年优秀电视剧推荐 生于 80 后》，2010 年 4 月 5 日，见 http://blog.sina.com.cn/s/blog_5e76c1a00100h8iu.html。
② 黄莹：《女大学生：近六成愿嫁"富二代"男大学生：近七成表示不能认同》，《广州日报》2010 年 4 月 12 日。

让同辈的两个80后——安雯和李骏走进礼堂。这种结尾似乎是导演的一厢情愿，更是80后的一厢情愿，因为现实呈现在他们面前的是"现在的女孩太现实，没房没车，根本不愿意同你在一起"的另一种境遇。

如果说《生于80后》呈现的是来自80后自身的个性所造成的"伤疤"，那么由中国导演李芳芳改编自80后作者冯莉小说《天长地久》的影片《80'后》演绎了沈星辰、明远和陈墨三个80后的成长故事。出人意料的是在许多人眼里和记忆中看来，长在红旗下享受"小皇帝"般呵护的幸福一代，在这部影片中呈现出的80后成长、青春记忆却是带着很重很深的"伤疤"。而这"伤疤"恰恰是源自他们的父辈。《80'后》从始至终都笼罩着80后的父母辈带给子女辈的"伤疤"——沈星辰、明远和陈墨三个人来自自身家庭的父母辈所制造出来的悲戚的童年情感"伤疤"：先是沈星辰的妈妈和另一个男人私奔，导致了沈星辰父亲车祸而亡；接着是明远的母亲带着儿子准备离开这个家，离开他父亲而嫁给另一个男人；再次是陈墨的母亲离开了儿子独自生活，他父亲又娶进一个更年轻漂亮的后妈。

确实，许多80后认为他们祖辈——爷爷、姥姥、公公、婆婆成为他们最刻骨铭心的爱和最深的记忆。比如在《中国达人秀》总决赛的舞台上，80后说唱达人寿君超在最后总决赛时选择了心里准备了十年的歌曲，只是为了送给一个很重要的人——他的外婆。寿君超一直想在一个很大的舞台唱出自己内心深处最痛的记忆："今天晚上我不想征服这个舞台，是想征服你们的心灵"。"悲伤逐渐淡去，但是对外婆的思念，从来没有离开。小时的小阁楼，小玩偶，都记录着我童年和你的点滴。但如今这一切都已锁进了回忆。我对你的思念，在这里，永远是最深的意义"。

第二节　青春影像：残酷

80后青春影像将80后在进入青春期那段时间的焦躁、不安、迷茫、激情、渴望、浮躁、稚拙、单纯、怯懦等彻头彻尾地表现了出来，那种疼痛、迷惘的野蛮青春着实令人动容。电视剧《我的青春谁做主》讲述了正值青春的几个80后面对父母辈的传统家族理念——孩子万事由父母做主的挑战。几十年前，作为父母辈的杨家三姐妹的青春是由"知识青年到农村去"的"政治"／"时代"做主。三姐妹天各一方，各自成家立业。几十年后，作为生于80后的杨家表姐妹正值青春，她们并不满足于母辈们对自己个性、教育、事业和爱情的设想，她们要按照自己的意愿，勾画一个完全属于自己的个性、教育、事业和爱情的蓝图。于是80后面对前辈，勇敢地选择了为自己做一回主：先是老大杨怡的女儿赵青楚在选择哪个城市就业问题上面临着定居上海的母亲跟在北京的姥姥之间的针锋相对。最后青楚不为人左右，决定事业我做主，选择留京应聘，成为职业律师。接着是老二杨尔的女儿李霹雳在学业上面临着她母亲强迫她去英国留学以设计她未来的教育理念，与女儿不想要母亲所设计的未来，霹雳在"自己想做"和"母亲让她做"之间挣扎，为此她决定教育我做主，留在国内打工，并给母亲编织了一个"留学剑桥"的空壳梦。最终自己的事情被父母知道后，她也被想开的母亲放了一条生路，让她去自我实现。而最为艰难的老三钱小样则要面临不仅是事业更有爱情等多重选择，最终选择自己喜欢的方宇。[①]从这部展示80后青春影像的电视剧中，我们看到了一代人有一代人的青春，每代人的青春都将面临着充满青春色彩的个性，教育、事业和爱情等方面的选择。也许这就是真正80后生人的青春色彩——需要经历过彷徨、挣扎、矛盾，犯过错误、铸过悔恨、甚至走过极端，但她们终于学会把自己的理想主义和父母的经验主义相结合，走出一条带有个性色彩的成熟之路。[②]

　　或许由于受限于主流意识形态的审查，中国影像媒介所呈现出的80后青春残酷物语远逊于来自邻国日本的青春残酷物语书写。这或许值得我们思索60后的日本导演岩井俊二拍摄的80后影像——《青春电幻物语》（《关于莉莉周的一切》）成为一部分中国80后所狂热追

[①]　电视剧《我的青春我做主》，眉山日报多媒体报刊，2009年4月16日，见 http://msrb.newssc.org/html/2009-04/16/content_502498.htm。

[②]　电视剧《我的青春我做主》，眉山日报多媒体报刊，2009年4月16日，见 http://msrb.nev-ssc.org/html/2009-04/16/content_502498.htm。

捧的对象之所在。这个事件的标志是作为 80 后一面旗帜的郭敬明通过和岩井俊二的合作方式，先是推崇并推出他的小说作品，然后引起了对他电影的追捧热潮。在郭敬明主编的《关于莉莉周的一切·电影手册》中，郭敬明评价道："《关于莉莉周的一切》就像一场青春的映画。没有剧本，没有解释，只有无法言说的解读，被书写在身体内层"①。是什么原因使岩井俊二成为80后所喜爱的作家与导演？究其原委在于：

首先是岩井俊二无论是在小说还是电影层面，都是一部被"残酷"化了的 80 后青春残酷物语。比如在小说内容层面呈现了青春少年在虚拟与真实，现实与理想之间剪不断理还乱的万般纠结。网络成为他们最为安全、真实、安静、纯洁的领地与天空，正如那片一望无际的麦野；现实反而成为最不安全、最残酷的世界，在那里充斥着潘多拉盒子里释放出来的一切欲望和罪恶——欺压、斗殴，抢劫、死亡等。

其次岩井俊二的《关于莉莉周的一切》是一部真正意义上的网络小说。小说文体形式采用了网络语言"BBS体"构筑。这刚好契合了80后网民至少有两套语言／话语系统的某种生活状态。岩井俊二电影《关于莉莉周的一切》之所以为 80 后所津津乐道，多少反映出 80 后的一些心声。实际上电影正是借书中那个虚设的"莉莉周"形象呈现了80 后的某些精神状态：

一方面，从影像中我们可以很清晰地见出 80 后的东西。比如电影在展现几个少年在去冲绳岛游玩时，采用了 80 后最喜欢的自拍方式来记录自己生活和现实世界。而无论是小说还是改编后的电影影像风格都很合乎 80 后一代人的口味。比如小说完全采用了流行于网络的BBS体写作方式，全书由一段段网友留言构成，所有情节都蕴含在发帖、跟帖之中，结构紧凑而新颖，彻底打破了传统小说章节式的叙述方式，令读者耳目一新。这正如 80 后代言人郭敬明之言："我非常喜欢岩井俊二的风格，他文字的画面感很美，我之所以选择做他的书，

---

① 记者郦亮：推出《关于莉莉周的一切·电影手册》与岩井俊二旧作捆绑发售郭敬明为了偶像甘当配角，2006 年 11 月 22 日，见 http://ent.sina.com.cn。

恐怕是因为我们的文字风格有点像吧。"①

　　另一方面，电影所书写的对象和内容是关乎80后一代人的青春物语。即电影反映出80后某种精神状态——青春少男少女成长物语，这似乎是全球性的共同话题。其中最为有力的一个标识就是互联网世界。这使得网络中成长的80后一代所处时代现实是全球性的，贯通的。所以影片一开始就打出了一个帖子："莉莉周出生于1980年12月8日22点50分"。《关于莉莉周的一切》用一种沉重而近乎残酷的笔调描写了年轻人的豆蔻年华，字里行间无不充满着伤感、迷惘、猜忌、谎言的情感，而契合了80后少男少女一种青春期骚动。

第三节　事业生活影像：艰辛

　　面对金融危机，面对毕业可能就要迎来的失业，面对考研、"考碗"、考证，奔波在各自不同的人生之路并乐此不疲。在爱情婚姻生活中他们接受网恋，不反对闪婚、裸婚，蜗居……80后影像网络较为准确地呈现出了80后事业与生活理想在现实中前行的艰辛、迷惘、无奈的生存状态：赵宝刚执导的关注80后生存的影视剧《奋斗》，在讲述三个大男孩陆涛、向南和华子，和三个女孩米莱、夏琳、杨晓芸，这几个有着截然不同家庭背景的大学生毕业找工作以及爱情情感之旅中传递出了不少80后情感态度和生活理念。比如剧中陆涛的自负是典型的刚毕业的80后心态。而全体学生喊出："我们必须去工作，去谈恋爱，去奋斗，这件事十万火急"②正是80后毕业生的心声。

　　《奋斗》让观众记忆尤深的一是80后一代的内在，即出身差异性。同是一代人却有着截然迥异的命运：主人公陆涛虽为一个奋发有为的年轻人。但是因为他有两个父亲，其中一个是从美国来大陆投资房地产的富商。于是他有了两条生活道路，两个恋人，拥有两种情

---

　　① 记者邮亮：推出《关于莉莉周的一切·电影手册》与岩井俊二旧作捆绑发售郭敬明为了偶像甘当配角，2006年11月22，http://ent.sina.com.cn。

　　② 参见赵宝刚（导演）：《奋斗》，2007年，第一集台词。见aini博客：《诉说〈奋斗〉中的人生感悟》，2007年9月30，见http://www.sina.com.cn。

感。向南出生于一个公务员家庭，父亲是一个警察，靠着自己的努力和父亲的关系而成为一个白领阶层，有一个稳固的铁饭碗似的工作。这种白领身份也使得他的爱情与婚姻也如上班一样单调。华子生于一个普普通通的家庭，父亲是一个中学教师。因为家境不太好，无论在事业还是情感的道路上一直磕磕碰碰，很不如意。实际上80后已非一个整体，而分化出了几类："富二代"，"海归"，名校精英（以北大、清华等为代表的重点高校毕业生），"穷二代"（即草根蚁族，居住在城乡结合部或近郊的农村的大学毕业低收入聚居群体）以及托庇父荫、走上从政之路的"官二代"；还有大学毕业生，在产业结构与教育结构不匹配的社会中找到一份朝九晚五的工作的蜗居蚁族。

还有一点就是80后一代的外在即城乡差异性。如果说米莱这个想要什么有什么，一不高兴就出国，一高兴就玩玩房地产的"富二代"美女，漂亮，有钱，不需要为物质而忧虑，却让她对于爱情伤痛、迷茫、执着。执着到为了讨好移情别恋的初恋竟然拿他爸的生意当诱饵，当然这种事在现实生活中几乎不可能。那么影片最为深刻的是塑造了与米莱这样富二代有着天壤之别的露露这样一个来自贫穷山区的城市外来者形象，这是一个奋斗不是能够完全依靠自己而是需要看别人脸色，依附于城市成功者才能实现自己理想的新生代80后农民工角色。所以对于露露来说她的梦想就是把天生耳聋的弟弟还有自己的母亲接到北京，全家人能在一起生活。

可能对于三十而立的80后而言，更为艰辛的是他们的居住状态：电视剧《蜗居》的热播，最让80后观众群感同身受的是80后们在理想与现实之间交织着的居住状态。同是生活在上海的姐妹俩，因为生于两个时代：一个是非80后的姐姐海萍，一个是80后的妹妹海藻，而在面临人生的际遇和改变时做出了不同选择。如果说，非80后们不愿意放下自己尊严，脸面而选择依靠自己奋斗和积累来实现自己目标——凑付了首期买了属于自己的房子。那么80后更想走一条干得好不如嫁得好的捷径。于是80后的海藻最后与一起奋斗的同辈小贝分手，搬进了60后的宋思明公寓，彻底做了宋思明的情人。结尾宋思明在赶回来找海藻的路上被警车追击，在车祸中结束了自己荒唐的一生。顷刻间，海藻失去了所有，身心都已伤痕累累的她一个人面对残酷现实。[①]

可见，《蜗居》以更为残酷的手法再现了现实，讲述了在房价飙升的今天，人们对房子的渴望与无奈，立体呈现了现代人包括80后的人生百态——每个人为自己心中的"蜗居"努力奋斗过程中面对的困惑与迷茫。让80后们明白了一个道理：并不是我比别人更加努力地经营自己就一定会比别人得到的更多，有些人用特殊手段走了捷径，也未必是件好事。海萍在剧终时那段话更让80后对未来的生活心如死灰："每天一睁开眼，就有一串数字蹦出脑海，放贷六千，吃穿住两千五，冉冉上幼儿园一千五，人情往来六百，交通费五百八，物业管理费三百四，手机电话费二百五，还有煤气水电费二百。也就是说，从我醒来呼吸第一口气开始，我每天要至少进账四百，这是我生活在这个城市的成本。"

第四节　历史影像：诙谐

或许正是网络影像游戏经历造就了80后一种对事物尤其是历史讲述和呈现的独特方式和视角：80后对历史影像的记录或记录一个事件的影像方式，显然能够表露出80后这代人与新媒体之关联。比如最近一部由北京电影学院导演系学生的2010年毕业作品《正在消失的羊城》在网络视频中获得很高的视频播放点击率。究其原委在于：

一是，80后创作者记录影像方式，首先充满了幽默风趣乃至动漫插画色彩，很适合这代人的欣赏口味，而与我们之前几代人影像纪录方式中有过多浓厚的沉重的教化色彩迥然有异。比如这部追溯广州城市历史的影像志纪录片一开始是以动漫画传说故事的影像方式来呈现：昔日较为古老的羊城起源于很久以前西关和东山两个区域，也即

---

① 钱佳芸：《"蜗居"让奋斗成为妄想？》，《广州日报》2009年12月15日。

俗语讲的西关小姐和东山少爷一段门当户对式的姻缘佳话而成就了"羊城"这个地名，然后一个小孩甜甜的声音问道："爸爸，东山洋楼是什么样子呀"，在一段爸爸画外音讲述中叠画出一座座经过电脑技术处理的未来 2012 年广州城市影像——高楼林立的大厦，高耸入云的电视塔等广州标志性建筑——然后才开始进入影片主体段落。

再比如影片第一章：一栋老房，是以自问自答方式开始，且配以那种只有 80 后 90 后才喜欢的影像镜语方式——嘟嘟特写头像解释东山洋楼。lesson 1（第一课）打出东山洋楼的定义字幕，配以推进的地球，叠化出推进的广州城市地理图，黑白广州城市图，在图中叠加一张小的洋楼、茶楼图片，然后在快速变换经由电脑制作的各种趣味的动漫性图片和历史影像资料中开始追溯一百年前的广州历史。这些穿插在其中的众多图片非常具有 8090 后特色，因为这些图片总体风格是属于典型 8090 后风格——用一种显得很轻松，幽默，游戏，很诙谐的五彩缤纷乃至怪异的（比如猪头图片）图片去拼贴出他们对广州历史的了解和理解。换句话说，这完全属于 80 后 90 后心中眼中所认知到的羊城历史影像。

二是，80 后对历史认知态度和方式也与他们前辈不太一样，而其中一点就是显得异常平静，乃至不动声色的冷静，而丝毫不加入创作者一丝丝情感因素。所以，整个纪录片以一个画外音的叙事者用广州粤语方言，用一种很平静，轻快、平缓的语调讲述时。使得即或整个记录影像里面涉及很敏感的热点、焦点问题，现实问题，制作者和叙述者也毫无例外地采用了很冷静、很幽默的镜语方式来呈现。比如在一段录像里采用记录中的记录影像方式，即影片中出现一部电视，这个电视与真实的电视不一样，在于它被游戏化或者是经过游戏化处理的电视影像，然后电视里面是一段对广州现实问题的真实报道。正是由于外表诙谐与游戏化包装，使得本来严肃的社会现实问题被外在形式所消解。而网络元素，如网络电视新闻资料的使用如土豆网等，电视新闻资料（这段使用众多电视频道，记者报道画面的拼贴形成的一种众声喧哗的多声部影像和声音效果），采访对象大都是网民等，在记录影像中的充分使用则彰显了 80 后的代际符码。

第五节　80 后与影像网络共舞

生于网络影像的 80 后观察和把握现实世界、呈现和表征精神世界，更多的是通过电影、电视、网络视频、手机、DV 等媒介来实现。故新媒体成为集结 80 后一代人最为重要的"信息共同体"平台。2010 年是 80 后开始迈入三十岁的本命年。80 后仍然处在了一个势不可挡的互联网时代，一切梦想皆有可能。网络影视视域下的 80 后电影影像、网络视频、电视影像文本成为 80 后在事业、爱情、生活、精神等现实层面以影像网络的形式对自我生存状态的媒介述求。网络影像作为一种媒体因素生成为 80 后生存状态之台前幕后的一把双刃剑：一方面作为 80 后生存状态的幕后而言，网络影视新媒体生成为 80 后非常重要的求学、成长、青春背景——第二次思想解放的浪潮，社会时代走马灯似的变动；80 后的文化、知识背景——网络文化铺天盖地，青春文化大胆自我，消费文化声色俱厉。另一方面作为 80 后生存状态的台前而言，网络影视新媒体也在铺就了 80 后日益面对的现实生存境遇：从社会工作——"宁愿要大城市的一张床，也不肯睡小城镇的一栋楼"；到 80 后的生活居住——成为"蜗居"在城乡结合部的"蚁族"，再到 80 后的婚姻爱情——"裸婚"；80 后的分化——"富二代""贫二代""官二代"以及蚁族，等等，也许，"三十而立"的古话，将会被"三十难立"取代。然而，不管怎样，在网络媒介时代，我们更为期待的是 80 后借助于网络影像平台舞出属于自己时代的旋律。

所以当一部以"80 后的青春是否还记得当初的梦想"为主题，以草根、怀旧、爱情等为基调的网络短片《老男孩》一夜之间在互联网风靡一时，让众多网友流下了对青春唏嘘的泪水。确实，对于不管是在那个时代里长大的人，每个人年轻的时候，青涩的岁月里，都会有很多不羁的想法，有很多天马行空的梦幻，但是当大家三十多岁的时候，生活就像一把无情的刻刀，改变了我们的模样。该片显然既成为追忆 80 后为梦想追逐的青春经历，也为而立之年的 80 后做了一次交织着理想与现实的总结。①

---

① 苏蕾：《老男孩》凭啥点中观众泪穴，2010 年 11 月 23 日，见 http://gzdaily.dayoo.com/html/2010-11/23/content_1194163.htm。

第十四章　80后文学与网络互动中的
"偶像消费"

第一节　80后文学与"偶像"形影相随

在当代社会的商业化语境下，原本被指用土木雕塑神像的"偶像"被扩大了词义范围，并最终失去其本意，指称为一个群体的崇拜对象。这些偶像在某种程度上也会被神化——但他们亲民、他们可歌可泣、他们可以触摸——见面会、歌友会、签售会；他们依然高高在上，但却是可被亲爱——多少粉丝为之痴迷疯狂。在这种可被解读被塑造的基础上，由于偶像的某种品质或特质对一个特定群体有一种共同的吸引力，使得"偶像"产生了有别于其他时代的市场价值，成为一种营销手段或营销方式。歌手影星概莫能外。在文学领域，随着网络的引入而形成了具有偶像雏形的最早的作家，当属王小波——尽管当王小波开始在网上风靡时，他本人已经逝世。网络的亚文化特点融合了同样非主流的王小波，并集结了第一波文学领域中的粉丝"王小波门下走狗"——网络时代追崇者的特点之一在于他们会自我命名，画地为圈。而后，许多网络写手陆续借由网络成名，如痞子蔡、安妮宝贝、今何在，等等。

然而，在真正意义上将"偶像"概念引入文学的，应始于80后文学，标志性事件就是2004年3月《南方都市报》对80后"偶像派"作家与"实力派"作家的概念分流。众所周知，"偶像派"与"实力派"本来是娱乐圈用于形容歌手或影视明星的，这组概念的引入，一方面是媒体对80后文学观察的结果，切中了80后文学与娱乐圈某种程度上的同质性。另一方面，概念的固化也从某一个方面无形中框定了80后文学的发展方向，定性了80后文学的存在方式：要么走实力路线，这是传统文学的发展路子；要么走偶像路线，这势必要与市场发生关联；当然，也有声称既是实力派又是偶像派说法，其实也逃不脱自我标榜自我包装的路数。由于实力派强调的是对传统文学的传承，"偶像派"的存在也就成为80后文学区别于传统文学的最大特征。于是，80后文学在某种程度上，成为了另一拨产生偶像的温床。

从内涵上讲，80后一词早在它诞生之时，就先天地带有了当代偶像的特质：一众粉丝兼具商业潜力。2004年2月，美国《时代》周刊把春树和韩寒等青年才俊称为中国80后的代表，80后的概念也由此诞生。而这一概念本身即具有偶像化特征：首先，《时代》选取的春树和韩寒都是后来80后"偶像派"的代表作家，在80后命名之前已经拥有大批粉丝，均是极具市场号召的作家；其次，80后一词的诞生使得80后在命名前的零散写作走向了群体写作，而且不论作品良莠都一笔划入旗下。80后的名号无疑是一个很大的卖点，即便是80后的实力派战将，也并不拒绝"偶像"，他们实际上是被作为更具有"实力"的"偶像"推出。2004年出版的《重金属：80后实力派五虎将精品集》一书的书名，就充满了噱头，它充分借用了80后一词作为产品的卖点，而"实力派五虎将"的名号由于"偶像派"的缺席，其本身平添一份"对比性"与"互文性"，抓取眼球的吸引力由此又加了几分。以实力派的内涵而兼具偶像派的包装，是对商业时代的适应力的上佳体现。[①]

由此可见，80后文学从其诞生之始，即与"偶像"形影相随。一方面，在与前辈的论争中，"偶像派"是80后文学引发最大争议的源头，是80后文学区别于传统文学的最集中体现；另一方面，无论从其命名内涵还是营销手段，80后文学都带有了浓厚的时代特征，得天独厚地以某种偶像的方式拥抱了市场。

---

① 参见江冰：《80后文学的"偶像化"写作》，《文艺评论》2005年第2期。

第二节　网络艺术消费中的"偶像"类型

不难发现，热火朝天的网络空间，存在一种非常特殊的现象，就是以人为单位低成本的产品生产制造运动。网络就是一个造星工厂，偶像的产生、发展、成熟乃至凋敝——整套话语的生成与变化——与80后的网络艺术消费是一个完整的互动过程：偶像在推动各种文本生产的同时，也作为文本为受众所消费。从以80后作家为代表的网络写手，到以芙蓉姐姐、犀利哥、小月月、凤姐为代表的网络红人，偶像们的功成名就都与网络特殊的沟通交流方式密不可分；从以文学文本为对象的艺术消费，到以偶像为核心的一整套话语的艺术消费，网络的开放性为创作主体与受众间的无限互动提供了极大的便利。网络通讯与交流对时间和空间格局的彻底打破，让传播变得极具时效性和地域跨越性，"偶像诞生"的低成本优势由此大大领先于传统媒体。

与网络相关的"偶像诞生"制造过程大致有两种类型：

一种是以自我塑造为主——偶像在此具有较高的主观能动性，他们不断地在作品和言论中充实个人魅力、形塑个人特征，从而引领80后的网络艺术消费行为，如80后偶像派作家，西单女孩、旭日阳刚等网络歌手，乃至芙蓉姐姐、凤姐等。80后读者/观众在这个位置上较为被动，但仍然以集体轰炸的方式或捧或摔，或多或少地对这些偶像的生活和精神产生影响。这种类型的偶像由于具有实体，经过商业包装以后可以获得经济利益，因此充满着市场潜力。

由于文字是80后作家所擅长，在网络社区生活中，他们在某种程度上以精英的身份引领着某些网络话语的发展变化，左右着80后的网络艺术消费。其中具有积极意义的当属韩寒。在网络上，通过博客和微博，韩寒扮演着"民意代表""公共知识分子""意见领袖"的角色。他的言行不仅影响了80后乃至90后，也激励鼓舞了80后的前辈父辈对社会不公现象说"不"。郭敬明则是以另外一种方式在施加影响，与韩寒相似——郭的文字带有一种小聪明和幽默感，这是吸引广大80后读者的首要因素，不过他借以扩大影响力的却是对个人小世界的着力描画——偏好于在作品中通过主人翁的种种视角，透露其对物质和金钱的浸淫和迷恋，借博客微博展示其服装品位、物质生活甚至私人身体。郭敬明深谙此道，完全将自己当做一个明星来打造。

网络歌手西单女孩和旭日阳刚，是网络造星工厂推出的正面励志的偶像形象的代表，他们没有美丽的外表，没有华丽的唱腔，但他们却是为了音乐而生。通过网络视频，他们走向了大众，并从此一炮而红，许多80后90后乃至不同年龄阶层的人，都被他们的精神、勇气、淳朴所深深感动，竞相跟帖表达自己的心情。芙蓉姐姐和凤姐，则是传统明星的一个另类变种，她们借网络之力，不断书写美貌、苗条、智慧、贤惠等关键词，透射出传统选秀节目如"香港小姐"等对女性美的要求。2003年，芙蓉姐姐作为中国最早的网络红人之一现身网络娱乐世界。早期的芙蓉姐姐，是无数骂声和无数点击率的怪诞组合，成为网络时代特有的悖论的集中表征。而在芙蓉姐姐身上，另一个悖论体现在她的丰满体态（表征着"大妈""丑陋"等负面意义）和魅惑、性感（表征着"美女""魅力"等正面意义）的共生共存之上，她的丰腴体型使得她（假设她背后没有策划人）与市场标准的性感形象具有落差，但她的魅惑又使得她的丰腴不那么安分守己，另类的魅惑由此而生。以2010年为界，芙蓉姐姐开始减肥，随后公开走知性高贵路线，力图形象逆转。网络上对芙蓉姐姐的评价愈见正面，这标志着她成功重塑了自己的偶像形象。

第二种是以他人塑造为主——偶像可能具有实体，但从本质上讲却是虚构性的，他们是由个人或集体创作的结果，如传说哥、小月月和犀利哥、春哥、天仙妹妹等。在此，80后读者/观众的艺术消费行为体现出更大的主动性，围观者很大程度上参与了这些偶像形象的塑造过程，在激烈争夺中左右着偶像的最终价值和意义。这一类虚构的偶像类似于传统文学作品中的人物形象，然而他们的"全民性"和亦真亦幻的效果却是小说人物无法比拟的，这归功于网络平台对艺术创作与消费的自由放任，很大程度上也是网络时代的奇迹，现代艺术消费的奇迹。

产生于百度贴吧"DOTA吧"的传说哥、诞生在上海世博会期间的小月月，就属于个人创作的偶像形象类型。"传说哥"是以游戏魔兽争霸的话语系统为基础而生产的超人形象，魔兽争霸的游戏讲究武器装备、反应速度、作战谋略，在作者的描述中，传说哥配备着最为菜鸟的装备，却在战斗中显示出了令人目瞪口呆的战斗力和神一般的创造力。小月月纯粹是卖丑，她的恶俗已经远远超越了人类的极限，由于她的形象塑造过程中的叙述者是旁观者，而作为一个完全虚构的人物其本身无法对网友反应进行反馈，因而与早期的芙蓉姐姐和凤姐的"偶像诞生"相比，她的形象中透露的更多的是一种对丑的自觉。

　　犀利哥原本是蜂鸟网上一张试拍照片中的街头路人，被传上"猫扑"和"天涯"以后，引起轩然大波，网友们争相对这位街头帅哥表示青睐、怀疑和猜测。有网友指出他是宁波一名乞丐，又有网友跟帖模仿郭敬明《幻城》的语调作诗："犀利哥 / 请你 / 自由地 / 去日本发展吧 / 让那些 / 牛郎 / 见识下 / 一枚忧郁的男子"。——"犀利哥"程国荣就此加冕，并从此在网络上红透整个中国，还引起了我国台湾和日本娱乐界的注意。犀利哥本身也受到了政府的关注和关怀，被送返老家与家人团聚。现实生活中的他不过是一个患有重度自闭症的中年男人，表情谦卑，不再"犀利"。尽管"犀利哥"从网络世界走向了现实，现实对梦的撕毁不免让人唏嘘，但是"犀利哥"作为一个由80后网友加工过的艺术形象却成为一道独特的话语风景。与此相似，李宇春在某种程度上脱离了李宇春的原型，而具有独立的意义。2007年6月，百度李宇春吧发生了爆吧事件，非"玉米"们疯狂地发新帖直到该吧无法看到正常的话题。以此为标志性事件，非"玉米"们逐渐发展成了后来的"春哥教"。借助网络工具，教徒们PS图片、虚构桥段、剪辑视频和制作口号，不断对教主"春哥"形象进行再创造。以致对李宇春的贬损逐渐变成了对中国所有热点新闻事件的嘲讽，最终"春哥教"教徒们认为自己才是真正发掘李宇春价值的人，贬斥"玉米"们为"伪玉米"。李宇春由此脱离了简单的歌手形象，上升为一种"信仰"。"春哥教"中的李宇春显然是集体创作的偶像类型，一个颇具争议性的对象，被80后网民"头脑风暴式"地讨论之后最终形成。在这种情况下，偶像既是集体智慧的结晶，也可以说是一种"集体意淫"的结果。

第三节 文化诉求与粉丝经济的三重动力

对于 80 后受众而言，不仅是 80 后作家，包括网络时代的其他偶像都是一种文化消费。"当大众传播进入消费时代，大众文化便成了一种生产线上的加工品，被生产、被消费，在市场上流通。人们消费的目的也不是为了满足实际需要，而是不断追求被制造出来、被刺激起来的欲望。换句话说，受众对文化的消费是一种象征性的、符号化的消费，"但同时，这种文化消费也"是在物质消费基础上形成的一种形而上的消费形式。"① 推动偶像诞生的动力有三重——首先，"偶像诞生"的外部动力在于商业驱动。2012 年初，方舟子"人造韩寒"之说横空出世，方舟子对韩寒的质疑尽管是谬论，但背后所表征的正是人们对商业运作机制的敏感。对当代偶像与商业的血脉关系的敏感，已经成为一种文化自觉。每一个明星乃至常人的丑闻出现，同情之声虽也有之，更多的却是群起攻之的"炒作"。新兴的网络为全民偶像时代的到来提供了可能性，为偶像的诞生提供了另一种路径。不必讳言，当代偶像的商业化运作是泛娱乐化、商品化环境的产物，一个偶像是否成功，很大程度上取决于他是否有市场价值，能否最终成为品牌代言人。网络偶像也脱离不了这样的命运轨道。偶像对粉丝的凝聚力，同时也成就了一个庞大的市场。韩寒 2011 年的博客点击率突破 4 亿，他主编的《独唱团》首日销量即突破 10 万。客观地讲，韩寒同样是一个精通市场的作家，他懂得利用市场利用网络，使他的作品成为市场宠物。早在 2002 年《毒》的出版中就可见一斑，当时他没有什么好作品出炉，于是不甘寂寞像歌星们一样搞了一个作品"精选集"——也就是《毒》第一部来出版，他甚至也不回避地承认这批作品属于"烂尾之作"。郭敬明的《岛》系列和《最小说》系列乃至他的整个最世文化传播公司，直接就是为了市场而存在；当年陈凯歌在野心勃勃想要制造《无极》商业电影奇迹的过程中，在众多 80 后作家候选人中最终挑选了郭敬明加盟《无极》的书籍创作，无疑也是看中

---

① 银娜：《解析网络推手现象——从网络造星谈起》，华中师范大学 2009 年硕士学位论文。

他的市场号召力。芙蓉姐姐虽然仍不被主流承认，没有成为产品品牌形象代言，但一些网络节目和地方节目为了提高点击率，经常会请她出席，期望产生轰动效应，点燃场内外观众激情；而她也作为丑角参演了电影《A面B面》的拍摄。

其次，偶像或塑造偶像的人自身的文化诉求是偶像诞生的内在动因。"互联网络给人们提供了舒缓压抑情绪、演绎理想、张扬个性的机会与场所，使个人有更多机会来社会性地认识自我，从'他者'话语和形象中寻找自己所想象的社会角色，甚至按照集体的审美目光，或者逆社会主流而行的零类方式将自己变成'明星'，在网络世界中满足自己的扮演冲动和自我表达的欲望，从而获得一种替代性的满足。"[1]这是个浮躁的时代，这是个一夜爆红的时代，直取网络捷径成名，已经成为不少个人与商家的梦想。大量的"'网络红人'通过毫无内涵的炒作走进了人们的视野，就是因为炒作者和被炒作者看准了哗众取宠的作秀，比依靠真本事真感情打动网民来得更容易更迅速，哪怕只是暂时吸引眼球抓取关注。"据2007年年初共青团上海市委在上海青年中所做的一份调查表明，'网络红人'在青年人中的知名度很高，有1.3%的青年人明确表示自己经常关注'网络红人'，2.5%的青年表示自己很希望成为这样的'网络红人'，13.7%的青年开始动摇，表示自己可能会通过这样的方式来使自己成名。"[2]这个调查问卷显示，有一部分80后受众作为网络偶像的基础而存在，风起云涌的网络偶像们正是从这些有成名欲望的受众中脱颖而出。即使是举着文学旗帜的80后作家也未能免俗："80后迅速介入网络写作，创作热情高涨、队伍蔚为大观，并不完全是对文学的爱好与痴迷，而是期望借助网络使他们能在众人面前'秀'出自己，在大众媒介的话语空间中占有一席之地。从韩寒、芙蓉姐姐、传说哥到犀利哥，这些偶像并不一定都企图不劳而获、一夜成名，但他们有一个共同的特点：他们都被排除在主流之外，在网络诞生以前，他们都未能找到一个充分在大众面前展示才华、展现自我的空间。在某种程度上，这些网络偶像就

① 陈晨：《网络红人现象及其对大学生价值观的影响》，《商业文化》2011年6月。
② 参见熊晓萍：《传播学视角下的80后文学》，《天津师范大学学报》2008年第2期。

是80后内心某种愿望的实现，他们与80后处境相似、语言相通，迎合了这些受众群体的内心诉求；但他们又是草根中的精英，将这些文字语言和肢体语言（以图片、视频为载体）发挥到了极致，大胆、露骨，言人所不能言，行人所不能行。

再次，80后青春期的强烈诉求是偶像诞生的第三重动力。处于青春期的80后，在受到成人世界压抑的同时，处于传媒世界弱势群体中的弱势。因此，能在网络上获得话语空间，进行众声喧哗的传播，对于80后生人来说有着十分重要的意义。对于青春期的80后而言，网络为他们提供了寻求组织认同、寻求归属感的最为便利和有效的途径，而偶像是他们所寻找的精神信仰的寄存和体现。[①] 以前掌握在主流和父辈手中的所有资源和话语权力，因为网络提供的交流空间而被消解，融入于80后群体中的个体则得以表达青春诉求。于是，以韩寒和郭敬明为代表的青春写手，以不被主流文坛承认的方式进入出版界，他们的幽默、个性以及在精神领域和物质领域的极致演绎让80后兴奋不已，誉之毁之；对西单女孩纤尘不染的演绎、对旭日阳刚历尽沧桑的歌声，80后们表达了触及心灵的草根式的感动，罕见地少有贬抑之声；芙蓉姐姐、凤姐、小月月等以卖丑为生，也同样吸引无数眼球和点击率，80后受众的看客心态及其围观极丑极俗并从中获得快感的人性阴暗面，在这些偶像所掀起的谩骂嘲笑浪潮中得以排遣；传说哥、犀利哥、春哥等虚构形象，则是80后的理想的化身，他们将自己所无法实现无法遭遇的种种愿望，通过个人或集体的想象与创造获得释放。网络作为一个可容纳无限信息量、且每时每刻都在变化的虚拟空间，势必要承担起任由人们发泄在现实中遭受的各种压力的多种释放。

从80后文学到网络，我们不难看到带有80后特质的一条曲线，而它又是怎样的一条曲线呢？无论是现身于纸介的80后文学作品，还是以网络"泛文本"形态呈现的80后青春文化，"偶像诞生"其实都标志着一种精神取向接近的艺术消费，一种本质接近的亚文化行

---

① 参见熊晓萍：《传播学视角下的80后文学》，《天津师范大学学报》2008年第2期。

为。它所表达的文化诉求有别于以往为人所熟悉的方式,有别于主流意识形态的写作,也有别于中国传统文化的主旨与趣味。美国学者迪克·赫伯迪格延续了英国伯明翰学派亚文化的理论路径,在其名著《亚文化:风格的意义》中成功使用"抵抗、风格、收编"三个关键词,阐释了青年亚文化的内涵和外延,[①]有助于我们理解和认识上述"一条曲线"的特质。

　　80后文学登场亮相的青春叛逆姿态,网络艺术与生俱来的"非主流"风格,天然形成与主流文坛和成人社会的"抵抗";特立独行的"风格"则是他们凌驾一切之上的艺术原则,80后"可以没有德性,但绝不能没有个性"就是极端的说法;而"收编"则表现得相对复杂一些,商业收编比较明显,利益动机一目了然,但主流文坛的收编比较复杂,心态也是多种多样,结果利弊也不好一概而论。但大致的过程可以用迪克的"三个关键词"加以描述。简言之,这条曲线的特质就是青年亚文化,其表现形态即是亚文化消费。正是庞大的80后受众基础——大批偶像所凝聚的粉丝团以群体狂欢式的形式,完成了从文学到涵盖各种网络文化现象"泛文本"的艺术消费,推动了偶像的诞生,并促成了中国当代文学进入"消费社会"的另一种完整形态。它既是"偶像诞生"的一个过程,也是包含丰富暗示的一个意义链条。

---

　　① 〔美〕迪克·赫伯迪格:《亚文化:风格的意义》,陆道夫等译,北京大学出版社2009年版　第19页。

第十五章　80 后文学与网络互动中的"话语制造"

第一节　从文学到网络"话语制造"的生产方式

"话语制造"的发展大致经历了两个阶段：一是大量的基本词汇语法的生产阶段，主要以谐音、别字、比喻等方式来改造传统汉字；二是以基本词汇语法为基础，其他词汇以及带有隐喻的各种人物、事件的话语的生产阶段。值得注意的是，进入了第二个发展阶段以后，新的语法作为语言生产的规律大致确定，部分基本词汇经过优胜劣汰以后也相对固定下来。在此阶段，虽然也有不少新词产生，旧词灭亡，但网络尤其是论坛社交平台的"产词盛况"却不再重现。相反，新产生的词汇本身更具有时效性和具体经验性。这也许是网络话语发展成熟的表现。请让我们对上述两个阶段来一次小小的回顾：根据话语的形成方式，我们试着将网络话语类型分为以下几种——

字法 / 词法

各地方言 / 连读、误读　许多网络流行话语既是方言冲破普通话主流地位进入沟通网络的结果，也是连读、误读等"非主流"口语形式摆脱教化束缚的结果。网络为操持各种方言的网民宣传自己的家乡话提供了有效的途径。"偶"（我）源于台湾口语；"表"（不要）来自西南地区方言尤其是川南地区方言。"酱紫"（这样子）出自福建南平方言。这种对方言音的书面化，常带有自嘲且自得的意味，"鸟"（了 liao）、"内牛满面"（泪流满面）主要是取于对湖南方言"n""l"不分的一种调侃式的应用。而从造词法的角度看，"表""酱紫""偶""鸟""内牛满面"等来源于方言的网络词汇之所以为其他非所属方言的网民接受的另一个原因，正在于它们是由在普通话口语中对"不要""这样子""了""泪流满面"等的连读或误读所造就的。

谐音 斑竹、板斧、美眉、杯具、油菜花、河蟹等词，原意是指"版主""版副""妹妹""悲剧""有才华""和谐"等，其产生归功于早先的智能拼音输入法和现在的其他拼音输入法软件，人们为了加快打字速度，往往不经细看就直接选择了输入法给的第一选项，这些某种程度上因粗心而产生的词由于其亲昵、搞笑甚至斗争性质而流传下来。

拼音缩写和数字缩写 这一类词在早期的网络流行话语中占据多数。拼音缩写主要是取拼音的第一个字母，如 BT 表示变态，CJ 表示纯洁，SB 表示傻逼，ZT 指猪头，MM 指美眉，GG 指哥哥……数字类缩写的方法主要是谐音，如 5201314 指我爱你一生一世，7456 表示气死我了，886 表示拜拜了，9494 表示就是就是……这一类词语产生原因一方面可能受英语影响，如"GF"在英语中是 girl friend 的缩写（取首字母），"ICQ"是 I see you 的缩写（谐音）；另一方面则是为了表达的含蓄或耐人寻味。数字类的缩写随着中国互联网交际环境的逐渐成熟而逐渐被淘汰，主要原因可能是数字类缩写多数表达的是一整个句子，在交际中使用会显得比较刻意；而拼音缩写多数能生存下来的原因则在于它们多表达的是名词类词汇，容易嵌入复杂句子的表达。

以形会意的造字法或造词法 在现有的汉字的基础上的自创语汇，带有强烈的主观臆想色彩。比如单字有"囧""槑""奊""嫑""烎"等等，这些字义大多数能够一眼看出来，同时也由于这种直观性而得以广为流传。"囧"一字本是窗口通明、光明之意，但由于它的外形与一张尴尬地长大嘴、两眼沮丧地往下垂的人脸十分相像，恰好该字的读音为"jiong"，于是便作为"窘迫"之意在网络上广为流传。而"槑"本是"梅"的异体字，由于其由两个"呆"字组成，便顺理成章地成了"很呆很呆"的意思。曾经流传的"火星文"（主要指"异体火星文"）也是这方面的代表。另外，像"**ing"和"被**"均可以任由使用者灵活套用。这些词语均混合使用了英语造词法和汉语造词法，但依据规律从字面上却可以判断它的所指，由于这种跨语言的生造和对词法的叛逆而令人印象深刻、喜从中来，从而更广为流传。

网络群落内部词汇生产　在不同的网络组织中，以网站社区为界的，诸如天涯、百度贴吧、猫扑、豆瓣、淘宝等等，以兴趣爱好为界的，如动漫、网游等，都有属于自己的语言和话语，这些群落的主要特点之一是参与者规模庞大，群落中的话语才能得到有效传播。比如，在博客或论坛里，沙发（第一个跟帖者）、板凳（第二个跟帖者）、地板（第三个跟帖者）、前排（首页跟帖者）、灌水（发毫无意义的帖子以求积分）、抛砖（跟帖）、拍砖头（批评某帖子）、潜水（关注论坛动态但不发言的状态）等词是跟帖者常用的词汇。各个网站社区也呈现各自的特色，豆瓣人自称豆友，猫扑人自称小猫；天涯用"马克"或"MARK"来回帖以标记自己想要留住的帖子，与猫扑用"月明"相似；天涯用户还会为了隐藏自己的身份，在常用的用户名外注册的其他名字，叫"穿马甲"，通常会在用户名上嵌入"马甲"二字；淘宝网专属的以亲切黏腻著称的淘宝体，凡客广告语掀起的凡客体；微博中的"粉"和"互粉"（由名词的"粉丝"演变而来的动词）……

网络游戏作为一个庞大的平台，也产生了大量专属词汇，如"团P""单P""群P""秒杀""收割""清场""暴尸"等等。在网络游戏者们的交流中，部分词汇也越出了专属的权限，进入全民的视野中，比如"秒杀"。动漫语汇作为网络流行话语的重要组成部分，具有强大的生命力。不仅萝莉、正太、耽美、王道、同人女、腐女、腹黑、御姐、达人、幼齿、二次元、三次元等名词，抓狂、暴走、撒花、汗、倒、寒、晕、满脸黑线等动词也是来自动漫界，弱弱地、扑克脸、有爱等形容词，还有诸如××控、××帝、××党一类的名词后缀等等，都是来自日本动漫或由日本动漫带入的词汇。

句子和句式　除了基本词汇之外，完整的句子或等待填充的句式也是网络流行话语的重要组成部分。句子一般是来自电影、小说、动漫、帖子或网络事件。周星驰电影中的句子常常被引用，如"I服了U"，"地球是很危险的，你还是回火星去吧"等等。"不怕神一样的对手，就怕猪一样的队友。"奥地利作家斯蒂芬·茨威格的名句"我不是在咖啡馆，就是在去咖啡馆的路上"，在网络上常被改换了中心词使用，如"我不是在厕所，就是在去厕所的路上。""哥吃的不是面，是寂寞。"2009 年 7 月初，在百度贴吧里突然有人发了一张一名非主流男子吃面的图片，图片配文"哥吃的不是面，是寂寞"。众多网友的恶搞性的模仿例子举不胜举。

　　图像　视像化是网络流行话语生产非常鲜明的特点之一。这个特点与日本动漫潮流密切相关，这是因为，80 后、90 后的视像化语汇多数是以日本动漫为基础的图解语言。比如"风中凌乱"一词，单凭字义，我们难以判定它的感情色彩，这个词的发展演变经历了三个阶段：

　　抽象的情感→日本动漫经典表情（图像）→ QQ/ 其他聊天表情（图像）→风中凌乱（文字）。在日本动漫中，类似的表情常用来形容一些连贯场景的结局处令人哭笑不得的场面，人物的状态是尴尬的，但却通常会显露出一种经过夸大的凄凉孤寂、连风也来侵扰的悲壮之情，通过"尴尬"的卑微感与"悲壮"的崇高感两者之间的反差，来增强搞笑的效果。在这个脉络中，前两个阶段是同质的，他们都属于图像语言，且日本动漫中的图像也常被直接应用为 QQ 表情。"ORZ"（表失意，一个人体前驱伏地的姿势）、"被雷到 / 倒了""撒花""路过""闪""泪奔""黑线""暴走""寒""倒""汗""抓狂""踩一脚""抱抱""摸摸""捂脸"等等语汇也是这种从文字到视像再到文字的发展产物。当触及这些语汇时，我们很容易可以联想到其产生源流，头脑中浮现出相对应的图像符号。

　　人物　在网络流行话语中，人物及其所表征的意味也占据了一席之地。从芙蓉姐姐到犀利哥到小月月到凤姐，网络造星工厂的这些宠儿们带给平民无限的窥视快感的同时，也折射出数字化时代非主流的成名之路存在的可能性。以犀利哥的成名轨迹为例。2010 年 2 月，蜂鸟网上 sony 单反专栏一位摄友的 70—400 镜头试镜的照片中首度出现了一位发型不羁、打扮入时的街头帅哥，当时在回帖中，网友们都是从照相机的角度来评价该照片的。不久之后，有网友在猫扑上发布了帖子，把他的照片冠之以耸人听闻的标题传上去，引起了轩然大波，"犀利哥"程国荣就此加冕，红遍网络。尽管现实生活中的他不过是一个患有重度自闭症的中年男人，但是"犀利哥"作为一个由网民们加工过的艺术形象却成为一道独特的话语风景，像是响应了 2009 年红遍网络的那句神话"不要迷恋哥，哥只是一个传说"。人物原型早已被"传说"所超越。而使得"偶像"和"原型"得以同时呈现在大众面前的原因之一，正是社区论坛积聚人力的巨大能量。

事件　现实生活的新闻事件既是网络流行话语生产的培养皿（指许多网络话语是在事件发展过程中出现的），也是网络话语生产的素材（指事件本身变成了网络话语）。2007 年 6 月 21 日，百度李宇春吧发生了爆吧事件，非"玉米"们疯狂地发新帖直到该吧无法看到正常的话题。以此为标志性事件，非"玉米"们逐渐发展成了后来的"春哥教"。借助网络工具，教徒们 PS 图片、虚构桥段、剪辑视频和制作口号，不断对教主"春哥"形象进行再创造。"拜春哥不挂科"等嘲讽性语句就来源于此。后来，对李宇春的贬损逐渐变成了对中国所有热点新闻事件的嘲讽，最终春哥教徒们认为自己才是真正发掘李宇春价值的人，贬斥"玉米"们为"伪玉米"。2011 年物价飞涨的时候，一组网络词汇红遍网络，"蒜你狠""豆你玩""糖高宗""姜你军""油你涨""苹什么""鸽你肉"……谐音这种造词方式在这样的语境之下充满了斗争意味，表达人们对现实与理想无法协调均衡的意见。2011 年，"屌丝"一词从百度贴吧李毅吧里产生、扩散并最终造成全民性的影响力，屌丝本来是三巨头吧对李毅吧里李毅的粉丝们的侮辱性称谓，具体特征是"矮穷挫"，但被形容的屌丝们却半带自嘲半带调侃地接受了这个名号，"屌丝"成为一种生活态度的表征。与之相对的高帅富、白富美、土肥圆等名词也相继产生。其他诸如"我爸是李刚""打酱油""俯卧撑"等，也是网络话语事件的典型代表，具有深刻的社会意义。

第二节　80后"话语制造"的文化特点

没有任何一个过去的时代像当今网络时代这样，让年轻人可以拥有和长辈同等甚至更多的话语权。80后乃至90后作为与网络共同成长的一代人，和网络融合近于浑然天成。在他们充满好奇心、对新鲜事物具有充分接受空间的年纪里，80后与互联网这一庞大繁杂五彩纷呈的世界接轨，显示了对于数字化时代网络生活极强的适应力。"相比较上辈人将网络当成是工作学习的工具，80后使用网络可谓生命的需要，他们的生活才是真正意义上的'数字化生存'。"①我们在通过将2007年和2009年的青少年网络使用率和网民总体进行比较之后，发现青少年在各种网络实践活动中的参与度都要高于网民总体。"对80后而言，互联网的娱乐功能和交流沟通功能都较为凸显，互联网的综合工具作用更加明显。互联网技术的发展，使得80后的网络文化生活愈加丰富多彩，不但造就了当代青年亚文化的奇异形态，而且也养成了'网络一代'不同寻常的文化趣味。"②由于80后对网络生活的高度参与，网络流行的"话语制造"也就成为了他们活动行为的重要标志，它们充分地表征了有别于主流文化的青年亚文化存在状态，传达了青年亚文化群落的凝聚力与青少年一代人的文化诉求——而这些就是80后从文学到网络"话语制造"产生和传播的内在动力。其具体特点如下——

第一，话语本身须具有异质性，带有亚文化色彩　在现实生活中，80后90后缺乏经济和政治上的话语权，无法发出属于自己的声音，于是，网络成为他们进行发泄和反叛的平台。通常在网络话语中，方言是对普通话主流地位的挑战；而连读／误读、谐音、缩写、造字／造词等，都是对传统教育中各种语法规则的叛逆；各种惊世骇俗的句子的传诵和再创造，多数情况下都充斥了自嘲或嘲讽的意味，比如，对网络红人芙蓉姐姐的热捧，也是对通过传统途径跻身娱乐界明星刻板形象的一种诘问和反拨。

第二，话语必须有标新立异的个性　网络话语通常是80后借以标榜自己的个性特征并竭力将自己与他人区分开来的一种重要工具。网络话语的产生时间并不长，处于不断的更新之中，但其产生过程会让80后感觉十分新鲜时尚，能够营造俏皮可爱、活泼开朗或个性鲜明

---

① 参见熊晓萍：《传播学视角下的80后文学》，《天津师范大学学报》2008年第3期。
② 参见江冰：《80后：新媒体的文化趣味》，《南方文坛》2011年第6期。

的网络氛围。黑色幽默是大部分网络话语的重要特征，这或许由于对制造和传播话语感兴趣的人群主要集中在热爱针砭时弊且具娱乐精神的80后男生人群有关，他们或充满才华、乐于曝光，或愿意分享，爱凑热闹和起哄，这些人群特征也使得各种论坛中极易制造话语影响力广泛的声势。比如，集中在百度贴吧dota贴吧和李毅贴吧中的男生们制造和传播了"春哥教""屌丝"这样影响深远的网络话语。80后女生的话语则更多集中在动漫、火星文、小清新等群落中。因为相对于男生来说，社会对女生独立自强的要求并不高，加之其他生理和心理原因，女生通常有"不想长大"的思想倾向，她们更容易集中在自我感情抒发的世界里，在论坛上一般也是做可爱状或知性状发表对某种风格的喜爱，而不愿强烈地去干涉他人批判他人引发争端。所以一般她们的话语影响力弱于男生范围。此外，由于动漫的接受群体较为庞大，陌生语汇较多，且涉及情爱（如同人），动漫语汇的传播比较广，影响也较深。

第三，话语包含社会性的隐喻　包含深刻社会意义的行为被归纳成简单的语汇，也是网络新媒体"话语制造"的特征之一。这些简单语汇不再是它们表面意思。如用"打酱油""俯卧撑"等表示在发生关键事情的时刻的"路过"状态，带有强烈的讽刺意味。由于主流社会权利的干预，网络并不是一个绝对放任自由的空间，常有"河蟹"（和谐）来净化网络的污浊空气，许多带有时效性的敏感词常常无法直接表达，于是利用谐音、比喻、象征等修辞手法加以影射，也是一些话语得以传播的社会心理原因。

第四，话语具有八卦娱乐潜能　由于人性中普遍存在的窥视心态——对他人隐私好奇，加之80后阅历尚浅，尚无太多家庭负担和社会责任，他们有时间把精力放在消遣和这些涉及他人生活的话语中。比如，"犀利哥"对于一些接受了日本少女漫画和韩剧、台湾偶像剧的濡染而充满浪漫幻想的80后而言，就是一个身世扑朔迷离的"贫穷贵公子"，有网友惊奇地质疑其为"体验派"；犀利哥的"衣衫褴褛"和"时尚潮流""表情冷漠""眼神犀利"所导致的视觉反差和不协调，是引人注目的关键。对于"犀利哥"的形象背后隐藏的故事的好奇、想象、讨论和探索，导致了该话语的流行。另外，与"炫技"行为姿态伴随的"专业倾向"，也是"话语制造"的特征之一。无论是动漫领域的流行话语，还是"火星文"一类的流行话语，操持话语者总以一种行家里手的姿态出现，这种直观感受或者由他/她自觉地加之于自己身上，或者是由旁观者的疑惑羡慕加之于他/她身上，而多数时候是两者共同导致的。这些语汇也是为"八卦"而服务的，于交流中凸显自己言语的地位，在讨论氛围中充分展现自己。

第三节　异于主流的文化动机与权利诉求

我在 2005 年主持的文化部课题《网络艺术的现状与问题》研究中，有一个突出的感受，即以互联网为基础的新媒体，是 80 后一代的青年亚文化的大本营，而他们在这个大本营里的所有行为都因为某种后现代的"游戏性"而天然地具有行为艺术的特征，80 后一个标新立异之处就是竭尽全力地"话语制造"。2008 年，我取得国家社科基金课题《80后文学与网络的互动关系研究》之后，大量的"泛文本"接触，使得我更加贴近地感受到 80 后网民从文学到所有新媒体文本，几乎所有活动的"行为艺术"倾向——我们似乎也可以把此种"行为艺术"视作一种"艺术消费"——以及 80 后在"行为艺术"倾向中"话语制造"的强烈兴趣。在我们看来，由于网络空间的虚拟性，人们的交际活动由具体抽象成了各式各样的文字符号，网络话语实践中的各种行为与语言更加接近。因此，新媒体空间里的话语不仅仅限于语言，它还是一种实践，一种属于 80 后的广场式的大众狂欢，一种异于主流的文化动机与权利诉求。通过分析网络话语中的各种语言符号和传播方式，我们力图在描述凸显"话语制造"外在形式之后，揭示其生成的内在动力，从而把握 80 后新媒体艺术行为中的文化特征，为未来新媒体艺术走向及其对传统艺术可能产生的影响找到一些清晰可辨的路径。

英国语言学家诺曼·费尔克拉夫在《话语与社会变迁》中谈论话语的功能，认为话语的构建效果有三个：身份功能、关系功能和社会功能，其中，身份功能和关系功能"必定与社会关系如何在话语中得到运用的方式有关，与社会身份如何在话语中得到显示有关，当然也与社会关系与社会身份如何在话语中得到建构的问题有关。"在费尔克拉夫看来，话语的建构方式表征了话语中主体的自我形象选择以及身份认同过程。①在网络新媒体话语中，作为建构话语的主体并同时为话语所塑造的客体的80后，同样显示了他们对自我形象的选择性塑造以及对各种网络组织的选择性认同和自我身份的定位。也就是说，当80后在网络新媒体的"话语制造"的时候，他们独特的自我也就在与"话语"的互动交融中逐步形成了。毫无疑问，流行话语是青年亚文化群落的一面旗帜。网络新媒体作为80后文化的大本营，是青年亚文化的群落，在这样的"自组织"里，"话语制造"及其传播与流行就是旗帜和凝聚力，是无数网民存在的证明和理由，是他们广场式狂欢的招牌行为，推动着网络新媒体的潮汐涨落。或许可以认定，上述行为就是为青春期中的80后提供自身的身份认同。

80后乃至90后"制造话语"的总体动机在于斗争和对抗，这种塑造自我的方式与他们在现实生活中不得不妥协和被迫适应的状态相对立。"处于青春期的80后，在受到成人世界压抑的同时，更是传媒世界弱势群体中的弱势。因此，能在网络上获得话语空间，进行众声喧哗的传播，对于80后生人来说有着十分重要的意义。"②恰如诺曼·费尔克拉夫将话语实践分为三个步骤：生产、分配与消费③，80后也在新媒体的艺术行为中借由网络话语，话语生产和话语传播这三个维度，为自己这个亚文化群落提供了三重的身份认同位置，而这种"身份认同"以及背后的文化诉求，又是在很大程度上是现实世界无法给予的，其具体表现为以下几种方式——

第一，曝光性——领导者/话语制造者 互联网是通信技术发展的奇迹，信息生产和传播的速度和容量大幅度增加，传播成本却大大降低，这使得公共话语权从以前少数的精英手中转向了广大的民众，通

---

① 参见【英】诺曼·费尔克拉夫：《话语与社会变迁》，华夏出版社2003年版，第127页。

② 参见熊晓萍：《传播学视角下的80后文学》，《天津师范大学学报》2008年第3期。

③ 参见【英】诺曼·费尔克拉夫：《话语与社会变迁》，华夏出版社2003年版，第127页。

过数字符码和荧幕键盘，每个人都有机会曝光在所有人的目光之下，只要你言之有理、言之有物甚至足够引人注目、骇人听闻，就有可能成为这个时代的话语领袖，掀起波澜壮阔的舆论狂潮。这是网络提供给80后"话语制造"权利的历史机遇，相比前辈，80后可谓生逢其时，在他们青春年少拥有时间挥霍的时候，网络这个广阔平台为他们提供了平等发言的可能，而空前高涨的表达欲和表现欲则有效地完成了他们的身份认同。

第二，狂欢性——参与者/话语传播者　这一重身份是指主体在话语实践的整个过程中起了传播的作用，不论是追捧性的还是贬抑性的群体行为，都具有一种一拥而上的狂欢性质。比如"dota吧"嘲讽性地建立"春哥教"，其意义已经远远超出其本人；比如"三巨头吧"对李毅粉丝们贬低式的称呼"屌丝"，最终却成就了屌丝文化。话语传播者对网络社交活动的积极参与有时候会缺乏理智，但是没有他们的热情，网络话语恐怕只能止步于摇篮。除了在论坛中制造声势之外，这些传播者的活动还体现在在百度知道上发布问题，询问关于网络流行话语的问题，这些问题常常是具有代表性的，借由这些人的提问，其他的话语实践者——话语消费者们也可以了解话语的实质，以融入话语。由于很多社区论坛为了营造人气，会员有等级划分，一般以发帖跟帖的数量来累计积分，所以追求升级的功利心态也构成了这些话语制造者和消费者的传播动力。

第三，隐匿性——旁观者/话语消费者　网络对真实身份的隐藏，对于80后而言是一个极大的诱惑，在这里，所有的语言及其表征的行为几乎都可以是不负责任的。但这种隐匿又是相对的，某种程度上它只隐藏了你的现实身份，因为当你在网络上注册了一个ID，新的身份也就诞生了，你作为这个虚拟身份的所有作为又同时都是显性的。所以有"马甲"之说。在此，我们讨论的隐匿性主要是指在网络上仍然噤声不语或者只发表标记性的、无法影响事态发展的旁观或围观者的状态。作为话语消费者，大多数的网民更倾向于站在网络流行话语之外，他们与网络保持着相当距离，上网对他们而言是为了获取信息，而不是试图通过网络来发出声音，使自己对他人造成影响。但他们一且进行信息搜集，又不免会受到网络话语的影响。这样的例子不仅仅集中在父辈网民中，80后也有相当一部分是秉持着这种状态：如广东商学院的2010年的一份调查报告所显示的，"'网上隐身'已经成为一种生活态度。调查结果显示，75.5%的'8090'都会在一打开电脑的时候登录QQ，而且绝大多数的人会选择隐身，从不隐身的人只有10.49%。"喜欢隐身是一种抗拒与不信任的外在姿态，是使用者在自己开发的开放地带，营造一个封闭的角落。使用者将通信工具设置为不开放的对外交流频道，是因为他们希望交流可以在自己可掌控的范围内，从而取得主动的权利。依据个体对网络社交生活的参与程度，我们可以根据"话语制造"的进入程度来划分不同的传播者。在时下十分兴盛的微博中，话语制造者人数较少，居于话语金字塔的顶端，他发布的微博往往会为众人所转发；话语传播者人数居中，除了转发微博之外，还可以以评论的方式参与话语的传播和再生产；话语消费者人数最众，是那些只看微博而不发微博的人，在看微博和收藏微博的过程中，他们消费了话语，受到了影响。

　　需要强调的是，在这些类型的网络话语中，其叛逆特性无一不与80后90后的青春特质紧密相连，正由于现实社会和主流话语当中缺乏幽默感以及容纳创意和变化的机制，网络补充了80后在现实生活中的心理缺失，为其提供了话语的诉说平台。在一定的情境中，主体生产话语的同时，也为话语所塑造。从上文的分析中不难看出，网络新媒体的"话语制造"为80后提供了身份认同，它既是80后自身行动的结果，也是自我形象的确认，两者互为前提，共同存在。根据马克·佩恩和E.金尼·扎莱纳的《小趋势》的论述，共同性的扩大和差异性的张扬在全球范围内是并行不悖的两种趋势，在许多层面出现的全体一体化并没有遏制世界的差异性发展，相反，在新的条件下新的差异性不断生发，在价值观、行为方式等方面相似或接近的人不断形成小群体，社会生活中的各种"小趋势"正在成为常态。[①] 由此看来，80后在网络新媒体中的"话语制造"不但是"小众"的聚合，身份的

---

① 参见任园：《当前中国青年自组织的意识状况和行动能力》，《青年探索》2012年第2期。

认同，也是符合历史潮流的某种"常态"。如何实事求是地面对，如何胸襟开阔地包容，其实也是学术界急需具备的崭新姿态。

简而言之，在对80后"话语制造"现象描述基础上，阐释其传播方式的特殊性及其内在动力，可以帮助我们透过此种现象，发现一种前所未有的新媒体文化的生长，并由此发现她对于未来文学艺术在网络新媒体平台中的生成、传播与消费的多重影响。

第十六章　纸介与网络媒体的互动

90年代，视觉时代或读图时代的说法甚是流行，一时间，大家以为一个新的形象的媒体时代将会代替呆板的文字媒体时代，喘息未定，90年代末，网络时代铺天盖地而来，不是图像代替文字，而是网络媒体代替纸介媒体时代来临了，而且，尤其令人感到新奇的是，网络媒体不仅是一个传播渠道或阅读平台的变化，更是整个生活方式的改变。可以说，网络媒体代替纸介媒体成为主流的时代已经不可逆转，相应地，纸介文学从主流走向边缘的可能性大大增强了，网络传播与网络生存在新媒体时代已经成为趋势。当然变化中也有不变，文学的价值功能的变化并不会因为传播材料的变化而迅速更迭，文学空间向具有政治批判社会空间转换的可能性还处于博弈状态，但是，毫无疑问，文学既具有穿越两种媒介变化的现象，又具有源于这种变化的某些实质性不同。

第一节　纸介文学与网络文学的趣味差异

所谓纸介文学，是指以纸媒传播作为介质的文学，是传统文学在信息时代下相对于电子媒介的网络文学而来的另一种称呼。纸介文学的特点是具有实物形态，看得见、摸得着。从审美活动的角度来看，质介文学的创作与传播方式具有长期性、平面化和个性化的特点，更容易表现精英意识，体现话语操控。

所谓网络文学，就是以网络为载体而发表的文学作品，它是以互联网为发表平台和传播媒介，在网上创作发表，供网民阅读的文学作品、类文学文本及含有一部分文学成分的网络艺术品，其中以网络文学原创作品为主。从审美活动的角度来看，网络文学的创作与传播方式具有迅捷性、立体化和大众化的特点，更容易表现群体意识，体现的是话语喧哗。

事实上，纸介文学和网络文学是在传播媒介区分意义下的一种命名，其不同似乎仅仅在于传播手段的不同，如果超出经典文学性的维度，网络文学尚不足以支撑完全独立的新质的文学话语系统。但是，纸介文学与网络文学在趣味上确实存在着一些差异，包括文化趣味、审美趣味和文学风格趣味等等，下面我们从阅读、写作和评论等方式上作一个简要分析。

网络新媒体的互动特点和零门槛、平民化等特征决定了网络文学在文化趣味上是大众的、通俗的和流行的，在创作趣味和受众群体上，网络文学不可能精英化，因为大众在网络上寻找的并不是教化，不是要去接受规训，恰恰相反，大众在网络上的狂欢，往往意味着一种暂时的"主体性"意识在场状态，尽管这种在场是虚拟的。而纸介文学由于历史的积累和业已形成的传统的约束，天然地具有精英化的色彩，"文章，经国之大业，不朽之盛事"的观念已经深入人心，"文章千古事，得失寸心知"，文学这样神圣化的命名和定位，实际上已经使纸介文学具有了超越性色彩，非大众文化的特质。另一方面，这种精英化的意识表现在审美趣味上是以严肃和正经为宗旨的，而大众化的网络狂欢显然是要颠覆一切的自以为是，在审美趣味上，纸介文学与网络文学有着天然血脉上的分野，表现在文学风格上，则体现为不同的审美旨趣，网络文学的随意性、零散化、纪实性呈现出一种前所未有的"自由书写"的面貌，这种面貌是纸介文学所难以理解的。

从阅读的角度来说，网络阅读同样具有了崭新的特点：无限的超链接、多文本、互动交流，使得静态化的纸介阅读受到了难以阻挡的冲击，与呆板的静态阅读不同，在网络阅读中，读者和作者实际上是同时在场的，并且可能是多个读者动时在场，从网络写作的角度说，网络阅读者直接参与了写作过程，在 bbs、blog、qq 空间等环境下的写作，我们会看到大量的跟帖，这些跟帖及时地参与了创作过程，某种意义上，甚至左右了创作过程。这一点可以解释为什么网络文学与大众文化有着天然的亲和性，实际上是因为，网络文学的创作其实就是大众的共同创作、共同狂欢化的结果。

一般来说，网络文学的存在样态有三个类别：第一，把传统文学作品电子化后放在网络上，供网上阅读和传播。这种形式的网络文学实际上仅仅是纸介文学的电子化，还称不上是网络文学，准确的称呼只能是"电子化的纸介文学"，所以从文化趣味、审美趣味和文学风格角度看，他和网络文学有着很远的距离。第二，采用传统的文学创作方法，仅限在网络空间写作和发表的作品，但也可以印刷发表。这类文学从创作风格的角度说与纸介文学也区别不大，其文化趣味、审美趣味和文学风格与网络文学也大相径庭，因此这类文学准确地说应该被称作"传统创作方法下的文学产品"的电子化。第三，利用网络多媒体和网页交互作用生成的只能在互联网里存在的作品，如多媒体文学和超文本文学。这种文学才是我们称呼的"网络文学"，它与传统的纸介文学有了质的不同，表现在创作空间、使用的语言和交流的方式等的差异。分析以上三种类型，不难发现，第一、二种类型其实和传统文学没有本质的区分，仅仅是传播方式的差异而已，真正具有新质元素的是第三种类型。不过，单从传播方式角度讲，第二种类型还是有其意义的，只是这种意义不是文学性的，而是文化产业性的，它更多地指向了话语传播领域，而不是文学性的表达领域。

因此，只有第三种方式才具有崭新的意义，从传播渠道来说，它造成了网络文学与纸介文学的不同，主要表现包括：第一，源于媒介载体差异性带来的文学表达的不同：纸介文学将话语固化在物质媒体上，带有反复推敲，可以不断重复、回看、逐字逐句分析等特点，这些特点再加之传统纸介文学编辑的谨慎和严禁的阅读，必然赋予纸介文学更多的限制，在文本语言、文学性水平高水准的同时，其道德规范和价值观念限制也同时加强了。而网络文学传播渠道依赖于电子手段，其瞬间阅读的特点增加了写作与阅读的随意性，在轻松的氛围中显得松散，其阅读状态也失去了纸介文学的敬畏感和庄重性，更主要的是网络文学的书写随意性、编辑的自我操控等特点也导致了文本的粗糙，为了获得点击率，不免哗众取宠，追求玄幻奇异，为吸引眼球即使不合情理也在所不惜，语不惊人死不休的结果是文学品位降低。这也是网络文学遭到诟病的主要原因，甚至有学者认为网络文学作品都是垃圾，虽然这种说法显得轻慢，但是就网络文学屈从于大众欲望宣泄的角度说，也是确切的。第二，传统纸介文学由于已经非常规范，其传播渠道已经形成了类似行业标准的"审查机制"，并不是写出文字就可以见诸读者，文学水准、文学价值、独创性等经典的文学性标准会在作品见于读者之前接受严格的检查，套一句业内认可的话说就是"门槛"高，其创作已经形成了"精英"的趋势。这样的一种审查机制相当于过滤器，将传统规范所排斥的内容过滤掉了，所以显示出的文学产品很"干净"，当然也不可避免地形成了"经典"垄断的局面。与此相反，网络文学创作则被称为"零门槛"，这为更加广大的创作主体提供了显示空间，那些不为传统规范允许的趣味得以表达，网络实际上为规范约束下的内容的张扬提供了空间，大众欲望如洪水猛兽，汹涌而来，所以，网络文学的大众性、平民化就带来了文学水平的良莠不齐，文学已经由精英的价值关怀转向大众的情绪宣泄。第三，传统纸介文学与印刷出版密切相关，这导致了对它的阅读状态是静态的物理形式，其阅读是个体的、线性的逻辑，阅读主体难以和作者、其他读者进行即时交流，这是一种平面化的阅读，甚至是使受众谦恭的阅读，阅读者在经典和神圣面前只有接纳的义务，而没有左右的权利；与此不同的是，由于网络的在线性，其阅读状态显示出了全新的面貌，特别是读者介入，使得网络阅读成为一种共同创作，网络文学的动态性、公共性和交互性使读者获得了自由解放的感觉，由被动地接受变成在场的参与，其优点在于使写作变成了即时的生活，甚至是任意的生活，但是，也正因为如此，其缺点也是明显的：作家再难以进行更为深刻的思考、耐心的写作，再不会出现曹雪芹在悼红轩中"披阅十载，增删五次"的现象，网络写作的即时性已经剥夺了作者慢慢滋润一部精心之作的机会，个性化的劳动受到更多集体意识的牵连，"众包"无处不在，集体创作终于实现。所以，精英的消失并非没有精英，而是大众文化时代、大众媒体时代的特点造成的，作为大众媒体时代的网络写作，不可能逃离这一渊薮。第四，网络文学与纸介文学在评价机制上也产生了分野，作为传统的纸介文学，其评价机制已经非常成熟，而作为新兴的网络文学，实际上还没有成熟的批评话语和批评机制，我们现在对网络文学的评价基本上是挪移了纸介文学的评判话语，所以多有不对应之处，并且，在评价网络文学时，我们也往往会用一个等同于纸介文学的标准来看待，尤其是用精英化的标准来审视网络文学，网络文学的欲望张扬、随意书写及其符号化、多文本、超链接等特点没有得到应有的评价待遇，这是导致网络文学没有相应的文学地位的重要原因。以上诸多话题充满了矛盾和歧义，都将引发对文学走向的深层思考。

第二节　纸介文学与网络文学的话语交锋

80后90后年轻人是伴随中国互联网一同成长的一代，作为网络一代，其生活方式、审美趣味和价值观念实际上已经发生了巨大的变化，网络生活已经成为他们的主要生活方式，所以，网络阅读也已经成为他们日常阅读的主要形式。而随着网络文学的迅猛发展，在文学领域，在网络文学和纸介文学之间出现了分化，无论是作者、读者，还是文学市场，都出现了纷争局面和话语的交锋，单从话语角度的交锋看，具体就体现在以下几个方面。

第一，网络文学已经成为文学现场最具活力的主体景观。在年轻人群体、影视领域和大众文化场域，网络狂欢已经成为不争之实，尽管经典还饱有其神圣的味道、占据着主流发言的舞台，但是门庭荒芜，受众稀少。官方意识形态虽然话语铿锵有力，声音其实是在天上飘，如人饮水，冷暖自知。单说文学观念，它是要随着技术进步而改变的，网络传播冲破了过去单一纸介传播的声音禁锢，草根们也可以在网络空间发出自己的声音，这种众声喧哗的场面除了打破过去文学形态造成的精英崇拜之外，还带来了全新的创作体验、阅读体验和自由感。在这些景观中，郭敬明、韩寒、张悦然等80后作家对于网络文学作品的催生与普及起到了率先与冲击的作用，是网络文学前十年发展的标志。甚至被称为"80后偶像作家"带动了一个时代，引发出一个至今影响极广的80后命名。而众多文学网站，特别是各大门户网站的"文学"专栏更是以其强大的商业诱惑使网络文学爆发，2005年，仅新浪网读书论坛的留言就达近3万条的网络小说《双面胶》，显示了网络文学的受关注度，其高点击率和转载率催生了商业利益，文学变成了产品，以致截至目前，在国内源于网络文学的趋利性和网站商业利益催生的文学网站达一百多万个，在竞争中，网络文学载体也在渐趋成熟，庞大的网站数量也同时哺育了众多的作者和读者，其暴增趋势造成了网络文学更大的社会反响，网络的传播力作为网络文学的杀手锏已经不可小视，表层看，它必将带来文学景观的变化；而深层看，它培养了大批的阅读者、影响了他们的价值观念。这样的局面必然对中国当代文学现场产生巨大的冲击，网络文学也无可争议地成为当下文学现场最具活力的主体景观。

第二，纸介文学寻求对话。与网络文学繁盛的局面相反，纸介文学则门庭冷落，一片黯然，期刊销售量难以为继，成为各传统期刊主编们讳莫如深的话题。面对网络文学繁盛的局面，纸介文学惨淡的境遇其实并不直接是因为文学性的危机，而是传播原因。此外，阅读兴趣的变化与阅读群体的培养缺乏也是原因之一。从传播的角度说，纸介文学完成一个阅读过程需要的时间长、环节多、审查机制复杂，并且基于意识形态原因，发表难度大，这些特点都抵挡不住网络文学完成一个阅读过程迅捷性的冲击。反过来说，网络文学的传播成本低，复制、粘贴、瞬间传递，使网络文学远没有纸介文学制作成本的昂贵和传播周期的漫长，这造成了网络文学越来越受到受众的欢迎。在写作和阅读层面，纸介文学的独创性要求也使得它行动缓慢，其追求高尚身份、精英语言需要精雕细琢，传统的经典又构成了纸介文学目标的障碍，因为每一个经典都如同一座高山，需要作家们去超越；可是网络文学的复制性、娱乐性使得他的创作周期很短，一个网络写手一天的更新量可以达到一万字，对于经典写作来说，这是不可想象的，尽管这种复制加休闲娱乐的文学品位不高，但是，已经足以吸引80后90后一代年轻读者，换句话说，在网络写作和阅读中，对文学性的索求已经很低，由此看出，网络文学的廉价、低水平和海量对传统纸介文学高成本、深度关怀和选择权单一性造成了致命的冲击。尽管网络文学来势凶猛，纸介文学并不会主动放弃其文学性指向。但是，这种不放弃是艰难的，精英创作的局面也是堪忧的，所以一味地抵抗网络文学的低品位，不如积极地参与网络文学创作，提高网络文学水平。2009年以来，中国各省市作家协会纷纷成立网络创作组织，甚至开展网络创作比赛，这些举动应该被视为纸介文学与网络文学互动融合的良好征兆。

第三，纸介文学与网络文学话语交锋中的抗衡与融合。在多个层面，特别是"雅"的层面纸质文学成为网络文学低俗、通俗和大众化的一面镜子，在以无言的形式批判网络文学的品质同时，也显示出了两种文学相互抗衡的面貌。其一，纸介文学以正统文学为核心标榜"雅"的审美趣味，在艺术形式上追求精致、高贵和技巧，强调文学性，突出文学的灵魂，其表达建立在深厚的生活、艺术素质积累之上，其创作指向讲求反映社会和人性的本质，重视内在价值的表达，当然，由于传统文学体制的原因，也被称为"圈养文学"；与此相对，网络文学作为信息社会的衍生物，则以"俗"的审美趣味显示其存在的力量，依赖更多的娱乐元素，通过网络传播媒介的便捷方式迅速占领大众阅读市场，虽然被冠以"快餐文化"的命名，在短期流行中如幻影般迅速更迭，但是，在大众文化意义上，却作为一个整体，以其大众性、游戏性和自由感把大众主体的情绪表达出来，因此，网络文学打破了纸质文学的正统性垄断话语权，通过狂悖而荒谬的形式颠覆或疏离了纸介文学的崇高品质，同时也颠覆了纸质文学所代表的正统文学的话语权，在形式上，网络表达突破了垄断载体，如出版社、编辑与期刊审查机构等严格的过滤；突破了话语的精英垄断权，显示了网络文学草根一族的力量。这种力量分割了文学的市场影响，如白烨先生的文学市场"三分天下"说就特别指出了网络文学作为新生的一翼，占据了中国当代文坛的三分之一，实际上，我认为，网络文学占据的不仅是三分之一，实际是未来的青年阅读者市场。从我们研究的80后青春文学看，这一类型的文学几乎撑起了文学荒凉的市场，将读者带回阅读。原因在于电子图书、网络文本的免费性、娱乐性能够唤起年轻一代的阅读兴趣，伴随而来的则是对纸介图书的冲击，另一方面，我们也要看到，网络文学的纸介化，即网络文学作品转化为纸介文本进入图书市场，则带来了图书市场新的繁荣，因为网络文学作品内容、形式的新颖——彩色书纸、卡通画能够迎合年轻一代的阅读口味，吸引年轻消费者，这不能不说是网络文学对纸介文学的拉动。网络文学与纸介文学这种紧密缠绕、相互纠结的态势既是一种复杂性的显示，也包含孕育着某种积极的力量，其相互交融的对话和纷争必将催生出新的文学表达形态，成为文学繁荣的生长点。

第三节　跨越纸介媒体和网络媒体的可能

由上文我们知道，作为网络一代，80 后 90 后年轻人是伴随中国互联网一同成长的一代，他们也是网络阅读的主体，不仅如此，80 后文学还是网络文学创作的主体，作为 80 后文学偶像派的代表，张悦然、韩寒和郭敬明出入于网络与纸介文学之间，在互动生成中实现了他们的文学梦想，也推动了文学跨越网络媒介和纸质媒介的营垒，带动了二者的互动交融。直到进入 2009 年以后，网络文学与纸介文学更是显示出全国性的大交汇与融合面貌。

从理论角度讲，网络文学与以纸介文学为表达形式的传统文学，在文学的内在精神上，都是指向人的完善和幸福的，其目标是一致的，因此，网络文学与纸介文学应该存在着互动交融的可能，实际上，从目前发展的态势看，他们在各自发展的过程中也在不断地走向融合。尽管网络介入文学在文学空间、文本形式、交流形式方面与传统文学不同，但是，在关注社会、历史，关注人的心灵与情感上与传统文学并没有本质的区别，二者的根本特征是一致的。从技术上讲，网络作为一个载体，是继报纸、杂志、广播、电视之后的一种新型媒介，网上传播有着其他媒介所不具备的便利和快捷。虽然由于技术原因，网络文学在行文的规矩和形式上，与传统文学有所区别，文中夹杂大量的外文字母、单词和符号，但是，到目前为止，从网络文学现场看，这些还远远没有成为文学的本质。因此，从以下几个方面我们应该可以看到网络文学与纸介文学交融对话生成新的文学形态的可能性。

首先，网络文学打破了纸介文学封闭的生成形态，为文学空间的拓展提供了新的机遇。传统的纸介文学行走路线是从作家到文本，从文本到读者，建立了一条封闭化、秘密化、个体化的文学展开路线，作家的创作是封闭的、孤独的、私人化的，它的好处是可以完成个性化的作品，但是其缺点也是明显的，因为缺乏随时的调整、沟通，其创作成果就会留下遗憾和瑕疵；而网络文学则融汇了网络技术带来的多重手段，包括图片、动画和超链接，展示出文本创作的交互性、文本阅读的群体性，如果将传统纸介文学带入网络交互性平台，必将大大加强读者与读者间、读者与作者间的相互交流与对话，创作多向交流的文本形态，这样，文学也因此会回到我们希望的在场表达的初始本真状态，成为人与人沟通交流的富有情感的一种艺术表现方式。

其次，网络文学"零门槛""零编辑"等特点会使文学现场融入更多的大众声音，从而实现文学话语的多元化、民主化。网络文学自由与个性化的传播将实现真正的自由书写，网络文学的发展为大众直接的参与提供了可能性，会带来文学表达的生机与活力，使文学表现领域更广泛、内容更丰富、题材更多样，更多的关注热点问题、敏感问题、时尚潮流，从而出现更新鲜的样式，出现"文学今典"——它既是对传统经典的解构，也是网络文学价值观、审美观和表现形式的建构，必将丰富文学的外延与内涵。同时，如果纸介文本向网络文学打开大门，使得网络文学进入印刷的潮流，加入纸介的市场，也会使网络文学与传统文学共存于纸介的形式，一方面会丰富读者的选择权，另一方面体现了多元思想的相互渗透。

最后，纸介文学与网络文学的互动生成是媒体交融的必然结果，意味着对话性时代的来临。虽然网络文学与纸介文学的交融纷争显示了文学的话语之争，但是，文学即人学，公众有选择文学的权力，网络文学，作为时代发展诸多必然中的一个，其由网络语境带来的阅读特性导致了文学语言的新奇与锐度，更适合承载一种超越平面化的立体化的内容，因此也许会出现一种平实、率真、犀利的风格，如能进一步融合传统文学的深度优势，相信网络文学和纸介文学作为不同时代的产物，会由相互博弈而不断地走向相互交融，那将是一个全新的、富于活力的文学时代，一个真正的自由书写的时代，一个文学民主的时代。

我们这里研究的纸介媒体与网络媒体的互动关系还是以文学文本为主，实质其实是对两种媒介审美特性的深层分析与把握，最后还要落到我们的核心研究对象80后文学上，以80后文学借助网络平台呈现的种种为目标，试图对纸介文学与网络文学的特质作一些分析，探讨它们各自的特质与二者的互动关系，解开文学在纸介与网络中穿行和互动的原因，分析其谜底，考察它们为什么能够互动？这种互动是一种什么关系？在互动中其审美趣味发生了哪些变化？等等。

2009年，随着网络文学的主流化，网络文学与纸介文学在审美趣味、文学优劣和未来走向方面开始出现了全面检讨时期。2009年也是中国网络文学发展史上的一个重要年份，这一年，网络文学与纸介文学开始在主流媒体合流，在官方、出版业、高校、文学网站和民间机构合力之下，网络写作与传统写作进入全面融合期，融合主要体现在政策上的大力扶持与创作上的频繁对话、交流以及产业上的创新拓展与进一步规范。其中，2009年6月25日，中国作协长篇小说选刊与中文在线17K文学网主办了"网络文学十年盘点"，实现了传统文学界与网络文学界最大规模的一次交流。表层上看，这是占有话语权的纸介媒体与网络媒体的融合，深层上看，实际上是以纸介媒体为核心的传统媒体向以网络为核心的当代媒体的媾和，这种媾和客观上终于承认了网络媒体产品的合法性，同时，如果从二者承载的产品来看，其趣味差异也得到了接受和肯定。

总之，80后文学作为现场显示了纸介媒体与网络媒体互动的状态，它一方面具体地意味着文学的更新、一种新的文学趣味、审美形态和话语声音的诞生；另一方面也提示了不同群体意识形态话语表达的可能性，为各种话语提供了呈现平台，这是网络时代带给我们的机遇，它既是不可避免的挑战与冲击，也是广阔的前景和生机，"纵浪大化中，不喜亦不惧"，接受挑战、迎接意识形态的多元性，将是媒体转换时代带给我们的宝贵财富。

第十七章　网络文学与传统出版的互动

与传统文学相比，网络文学存在载体、传播方式、创作形式乃至文本结构等诸多的不同，因而，网络文学可称得上是一种新的文学样式，随着网络的日益普及，网络文学不断蓬勃发展，甚至有可能会颠覆纸质文学。面对网络文学的咄咄逼人之势，在竞争与合作中加强互动，乃是传统文学出版的唯一之途。而事实上，自从网络文学诞生以来，传统文学出版与网络文学走的正是这样一条道路，其展现的也是这样一个相遇、相识、相知的过程。

第一节　网络文学与传统出版的"第一次亲密接触"

相遇，便是一生纠缠的交叉点。吵闹纷争，互利共赢，皆缘于那惊鸿一瞥。

在 1998 年以前，传统出版一向是居于高高在上的位置，对于网络文学这种草根文学，它是不屑一顾的。若说传统出版是一个经验丰富的老者，那么，网络文学则只是一个青嫩的愣小伙，初长成不经人事，且是在贫民窟里打滚翻身的。一个属于精英阶层，一个属于草根阶层，似乎天生就是格格不入，传统出版对网络文学的那种深植于骨子里头的傲慢与偏见几乎令人窒息。所以，当网络文学出现的时候，传统的出版业对其态度是不屑一顾的、轻视的，抑或是蔑视的。

然而，这一切随着"痞子蔡"的出现而改变了。

1998 年 3 月 22 日到 5 月 29 日，台湾成功大学水利研究所博士研究生蔡智恒以 jht 为笔名，在网上电子公告栏（BBS）完成了长达 34 篇的连载——《第一次的亲密接触》。或许，他本人也没有想到，即使是百年不遇的洪水，也没能阻挡青年们形成的"痞子蔡"热——《第一次的亲密接触》使台湾和大陆文学界掀起了一股网络文学的狂潮，从而彻底改变了我们的阅读与写作模式，也彻底改变了出版界对网络原创文学的态度。

1999年，《第一次的亲密接触》实体版本问世，一时间洛阳纸贵。其后，又不断地被改编成话剧、电视剧、广播剧、漫画甚至游戏，掀起了一股"痞子蔡"热潮。在多种传播媒介的共同作用下，纸质版本发行量超百万、连续22个月位居畅销书排行榜，盗版书超过80种，这个强烈的出版效应不得不让传统出版刮目相看：网络文学是个可造之才，网上有黄金！①

如果说，"痞子蔡"与其《第一次的亲密接触》是网络文学与传统出版业的"第一次的亲密接触"，那么，2006年、2007年则是网络文学与传统出版业的热舞之年。

据不完全统计，2006年、2007两年中网络文学实体出版的种数超过100种，题材涵盖奇幻、武侠、历史、军事、都市、校园、言情、竞技等多种类型，代表作有《诛仙》《搜神记》《寸芒》《七界传说》等，还有2007年网络点击率和图书销售量一路疯长的《鬼吹灯》和《盗墓笔记》。

《褰渎》在上海办了签售会，《九州》在北京开了签售会，《诛仙》《搜神记》《异人傲世录》等网络上无人不知的作品不断地在书店中占据着畅销榜，意气风发。

不仅是新书，一些数年前风行一时的网络小说，如《风月大陆》，也被出版商挖掘出来，进行改写后出版，网络文学实体出版之强势可见一斑。

我们可以从2006年至2007年连续三年6月当月的小说销售前20名的数据，看出其出版强势的变化（见下表）：

---

① 石涛：《卓越亚马逊2008上半年图书销售排行榜解读》，《中国新闻出版报》2008年7月30日。

时间	当代小说	网络文学的发展趋向	备注
2006年6月	《兄弟》《莲花》《狼图腾》	网络文学开始冒头，但并不是销售的主流	
2007年6月	《女心理师》《我的千岁寒》《所以》《舞者》	网络文学和青春文学的比重在逐渐提升，当年6月呈现全面爆发之势，共占据了13席，如《泡沫之夏》《鬼吹灯》等	
2008年6月	《天机》《致我们终将逝去的青春》《兰陵缭乱》《何以笙箫默》等	国产青春文学和网络流行小说已经成为销售的主流，同样占据了13个席位	传统的当代小说进入前20的只有一种，是非著名作家的作品《藏地密码》

第二节　网络文学与传统出版之间的较量

"搜不尽天下奇文荟萃，品不完原创妙笔生花"，尽管网络文学与传统出版业之间越来越有感觉，但如此之大的口气还是让传统出版有一些别扭与不舒服。毕竟，传统文学是有着其深厚的文化背景。世界上是不可能存在相同的两片叶子，在慢慢相知的过程里，传统出版要如何面对网络文学日益呈现出来的不同特点，将其改变或是被其改变？

一、网络文学的碎片化传播与传统出版的矛盾

在网络未曾兴起，文学的传播途径是传统出版"一枝独秀"。可是当网络媒体逐渐兴起并在传媒市场份额里面可以分得一杯羹时，传统出版就受到了威胁，其份额先是被割分，再次是收缩，造成的后果就是其话语权威和传播效能在不断降低。博客、twitter（微博）等新兴媒介样式不断地出现，备受网民关注与青睐。现阶段传播力量构建所面对的社会语境便是传播通路的激增、海量信息的堆积以及表达意见的莫衷一是。

　　网络文学比较倾向于自娱自乐，具有随意性，无须过于严谨的写作构思，只是为了表达网民们自身倾诉交流的需要，而不需要同传统文学的作者那般需要得到文学批评界、社会话语权（显著标志就是加入作协）的认可，只要交流的文字能够表达自己的意思，传神达意便可。心之所向，语之所达。人的思维很琐碎，有时候只能想到一两句话，有时候灵光乍现两三千字也说不定，况且生活中的小疙瘩事情也很多。慢慢地一点点积累下来，才会发生量变，再来是质变。于是，文学从贵族走向了平民，再从平民走向贵族。

　　当真正属于百姓的声音传达出来的时候，就再也不单是传统文学上的拥有话语权的权威声音了；当那声浪越来越大的时候，权威声音就会被淹没。传统出版是维护言说者话语的权威，而网络文学则是用碎片化传播来掩盖传统话语的权威，于是，道不同不相为谋，矛盾就出现了。

　　当一个人的思想不断地被割裂成小碎片传达出来的时候，所说的东西就很难系统化，更遑论深度了。这便是网络的碎片化传播。只能过后重新整理成一个整体的结构，形成一个系统，才是中国传统的文学，具有深层意义和内在逻辑联系的文学。但是目前从网络文学现状来看，中国的传统文化正在面临消解或重新建构，受到不同社会文化的冲击，慢慢地脱离了本土的语境，成为一个个意象的拼贴。传统文学的话语权消解也与此相当。

　　网络文学与传统出版的矛盾主要体现在以下两方面：

　　一是篇幅大小。在网络写手逐渐积累量变的时候，甚至到后来根本刹不住车了，不少网络文学作品都是动辄百万言的洋洋巨著，传统出版社就会因为小说字数太多而不敢出版，他们怕投资太大，万一出版了就收不回成本，现在网络上动辄百万字的小说，出版会是一堆书，可能就不会有人买了。如果正规出版社都能像那些盗版商，恐怕钱早就赚得盆满钵满了吧。然而毕竟正规出版社不是盗版商，它若是盗版商它也就不能活了。双方僵持的结果可能是网络小说被精简或是改写，这样是在触动了网络文学的互动性之后进而出版，以至于招来网络读者的不满。

二是写作结构。网络文学中存在一些过于散漫的故事情节、随意肤浅的人物塑造、前后迥异的文风。在传统出版的市场中，更加看中的却是精巧而特色鲜明的叙事结构和简练而精确的文字。文章语言上的粗糙，结构的不严谨，内涵不足，文学价值又不高，这是目前网络文学——草根文化的通病。这个追其根源也是因为现实作者，一个是网络的平民，文学中的草根，因为娱乐而写作；而另一个传统出版所出的实体书作者都是文字的贵族，学界中的精英。

所以，网络文学如果要为了进行实体化出版，就得对小说进行修订，且要改变整体的文风，使小说符合传统出版的要求，但是这是以失去网络小说的自由写作精神为代价的。在网络文学未曾要实体出版之前，网络读者都是免费跟读的。为了实体出版，小说的最新部分要进行保密，不能再贴到网上供人免费阅读，并且造成网上的部分更新非常缓慢乃至停止。这些情况的出现，对网络写手在网上的形象造成了不少的负面影响。它不再是纯粹的网络小说，网络小说所具备的某些与传统文学相异的特征消失了，于是就会有部分网民放弃阅读。

二、以博客为代表的出版私人化现象对传统出版话语的消解

文学是一种艺术化、典雅化的表现，其创作者是专业化、精英化的。俗众被脱离了，而精英们则掌握了文学的权力话语和文化垄断。在传统出版的时代，一个作者出名靠的是他的写作成就，而其成就的直接表现就是作品的出版，出版作品越多，越能得到社会的认可。如果他的写作得到了社会的认可，就会得到文学界的席之地，同时就会拥有了对文学的发言权，从而也掌握了话语权。因而人们就会觉得，文学只是属于专业作家、评论家等人的事情。但这一切随着互联网的兴起而彻底改变了。加拿大传播学家麦克卢汉在他的著作《理解媒介》中提出："媒体会改变一切，不管你是否愿意，它会消灭一种文化，引进另一种文化。"[①] 博客就是这样一种新的文化。2005 年被称

---

① [加]埃里克·麦克卢汉、弗兰克·秦格龙：《麦克卢汉精粹》，南京大学出版社版 2000年，第 248 页。

为中国的"博客元年",同时也是博客的蓬勃兴盛之期。博客又称为网络日志,顾名思义,它是一种记录在网络上的日志。但是,这种日志所包括的范围非常广泛,几乎什么样的文本(包括视频、音频)都可以往上放,而且可以被搜索被复制进而被广泛传播,这与传统的出版在信息的传播上几乎没有什么区别,而最主要的区别就是载体不同及零门槛,因而,博客被认为是一种私人出版行为。郑渊洁曾经表示过,博客是自己的家,自己的地盘。

很多明星都写博客,比如徐静蕾、沈星;很多名作家都写博客,比如王朔、韩寒;而更多草根也在写博客。博客是可以将自己的想法、观点随性地表达出来,畅所欲言。博客的草根性在很大程度上颠覆了传统出版的话语权威,是对传统出版话语体系的消解。

而在 2006 年,博客从网络传播走向了纸质出版,掀起了一股博客书的热潮。在文汇出版社因出版一系列博客书而被称为博客书生产基地之后,长江文艺出版社自然也不甘人后,连续推出徐静蕾、潘石屹等人的博客书,并取得不俗的销量,博客书出版获得了出版界的认可。随着博客图书热的进一步高涨,不少出版社开始向博客挖选题,博客图书受到前所未有的关注。然而博客书出版具有比网络文学出版更复杂的影响因子,其中包括了博客主人的人气、文字水平、思想深度及大众文化变迁的影响等等。

网上评论称,名人将挖得博客书第一桶金,此言的大抵是就出版界一拥而上、大出特出名人博客书有感而发。可现实中我们的确要考虑到,名人出的博客书将会带领出版者从对文本的关注转变为对作者的关注。名人、明星广泛的社会认知度成为博客书营销的互文。在传统出版中,是出版带动名人效应;而此时,则是名人效应带动出版。在网络文学走向实体出版的时候,出版者关注的是哪个文本的点击率高;博客走向实体出版的时候,出版者关注的是哪个名人红。作家王小柔担心,"当博客和出版迅速联姻之后,浸染了铜臭的博客文学,能否依旧真情实意?而失去最宝贵的真实原生态之后的博客,还能吸引出版商的青睐吗?"① 更有甚者是,博客书这一块淘金地的红火,是否

---

① 李新宇:《博客出版的局限性》,《中国新闻出版报》2010 年 1 月 20 日。

表示着名人即将垄断了话语权，草根的声音终将被淹没？若如此，博客书最终将走向精英化。

但是，博客书的精英化无碍博客的出版私人化对传统出版话语消解的功能。

第三节　网络文学网站与传统出版的同床异梦

盛大文学旗下拥有国内最著名的在线阅读网站，起点中文网是中国目前为止唯一一家拥有互联网文学出版牌照的网站，而红袖添香成为仅次于起点中文网的国内第二大原创文学网站。盛大文学 CEO 侯小强表示，"对于我们来讲，目前的定位已经不是一个单纯的文学网站，未来的方向是通过版权的管理和运营，带动盛大文学向影视动漫、周边产品等领域进行衍生和扩张，通过版权运作发展出一个巨无霸式的产业。"[①]

与传统出版合作，是许多网络文学网站的目标。最鲜明的一个例子就是龙的天空网。它曾经坐上原创文学网站的第一把交椅，并且在探索商业模式的时候选择了实体出版，在 2002 年一鼓作气买下了许多优质的网络原创作品的版权，进行出版。"榕树下"紧追其后，大规模地与传统出版合作，出版了不少深受好评的网络文学作品。许多网络文学都从网络走向实体，《明朝的那些事儿》和《鬼吹灯》等书都突破百万销量。截至 2008 年年底，起点中文网代理出版了五百多部小说，总数超过 3000 万册。

一个不争的事实是，网络文学网站与传统出版在整体上的顺利发展，势必会造成网络文学的过度商业化，网络文学网站就会沦落成为一种工具。而且网络写手们会为了顺利地进行传统出版，他们的文学作品原本具有的趣味性与可读性，甚至基本的自由无拘束的风格都会受到前所未有的打击。这样网络文学本身所具备的与传统文学鲜明的区别就会变得越来越不明显，甚至可能会淡化到与传统文学毫无差

---

① 李淼：《原创文学网站十年回眸：当文学梦想照进商业现实》，《中国新闻出版报》2009年4月9日。

别，到最后网络只是成为文学的一种外在形式的包装，最终导致网络文学不再是网络文学，名存其亡。

事实上也正是如此，许多文学作品从网络版走向实体书时，需要经过出版社编辑的再三修改，不是被大段大段地删节，就是被大面积改写，使得这些作品的原汁原味和自由灵动都不复存在，有的甚至是面目全非。比如《赵赶驴电梯奇遇记》在进行实体出版的时候，就不得不做出妥协：作者改变文风，对最新小说进行秘密封锁，不再像以前一样在论坛上按时更新，更新速度缓慢甚至停滞不前。鱼与熊掌，二者不可兼得，为了商业化就只能牺牲个人的自由写作。又如《亵渎》一共出了一套 10 本纸质版的书，读者买起来的话就会难以抉择了。网络文学本身所具有的某些特点，的确是和传统出版固有的原则格格不入的，互不兼容，甚至相互排斥。双方意见不合，只能有一方作出妥协与让步，毕竟不可"因噎废食"，因为一棵树而错失了整座森林。当前，传统出版是更强势的一方，还掌控着话语权，它是网络实体出版的依靠，这也是这种合作中存在的"无奈"。从网络文学走向纸质出版的现象被人称为传统出版对网络出版的"招安"，它暗示了曾被视为传统出版挑战者的网络文本仍需要传统出版的认可，以纸质出版为价值取向与归宿，并以此完成作者的文化身份确认。

尽管目前网络文学网站与传统出版合作正如火如荼，但深层次的矛盾却在暗暗浮动。一片热闹繁华的背后都会隐藏着忧患。其实，网络文学并非只有实体出版一途，除了实体出版还有影视改编、游戏开发等也是它的发展方向，其目标是多样化的。事实上有些原创文学网站也正尝试在实体出版之外寻找新的出路。

2004 年我国约有 100 家出版社开始出版电子书，其中有四大电子图书出版商经过五六年的努力对全国 560 多家图书出版社、120 多万种图书资源进行了数字化整合集成，成为中国电子图书市场出版的主导力量，占据 90% 以上的市场份额。在目前网络小说迅速发展的阶段，几乎所有的图书出版社在这一过程中都只是电子图书出版资源的提供者而非控制者。

第四节　网络文学是出版载体多样化的必然之途

目前网络文学网站与传统出版主要合作出版活动的类型有：一、以暂时的利益为追求的出版。根据供求关系，在网络原创文学作品中，只要读者有需要，市场有需求，出版社就会不分良莠，也没有精细化，就只一味追求暂时利益地出版。这是一种流水线运作，双方都在过度地急迫地去追求盈利。二、以内容为主的品牌出版。出版社选择网络原创作品中的优秀作品来出版，它具有明确的定位和品牌，以精细为主，以相对低成本来获取尽可能大的利益和品牌效果。

起点中文网是盛大文学旗下拥有最著名的在线阅读网站，在中国的在线阅读市场有90%的市场份额，是华语最大的原创基地、版权基地。从线上到线下，起点中文网通过长期积累，与港台、内地各专业出版社都有较密切的联系，能及时了解到出版动态以及征稿视点，故此能协助很多原创作者找寻到满意的出版方向，并进行了大量品牌授权以及自主出版方面的开拓。同时，起点中文网还将这些作品版权通过与其他文化机构的合作转化为实体图书、动漫、电影、电视等多种文化产品，取得了较大的社会反响。

榕树下公共事务部经理宋之微认为："对文学网站来说，必须将其丰富的网络文学资源与传统出版相结合，才会有盈利点，这是文学网站造血机制的根本，这样做有助于实现文学网站发展的良性循环。"①网络文学具有包容性、广延性和兼容性，因而它为传统出版提供了丰富的组稿资源。而且如果网络写手们在网上发表的作品点击率高，引起网络读者的兴趣就会使得出版社在出版时避开一些必要的风险。实际上，网络写手要想真正获得社会认可，真正有社会影响力和公众知名度的，最终还是得从网络走向实体出版以及电影电视等衍生版权，摆脱网络平台，名利双收。对于出版社和网络写手来说，这是一个共赢的优势。

---

① 王力：《出版渐成文学网站盈利点，传统出版争抢网络文学》，2005年2月28日，见 http://news.xinhuanet.com/newmedia/2005-02/28/content_2627919_1.htm。

《赵赶驴电梯奇遇记》在网络上走红之后，凭借高点击率和佳评如潮，利用它所聚集的高人气来为它的实体化出版铺路，打下坚固的基础。北京读客公司和中信出版社合作，为作者打造一个特立独行的形象——头戴驴头面具的作者，并且为这形象注册了商标。赵赶驴其人其文，都深深地带有网络文化的烙印，在进行实体化出版之后，做出一些改变文风和更新保密的让步，并且采取了传统出版的发行营销手段来树立品牌形象，由出版公司作为背后推手在各大门户网站的读书频道打广告，在签售会上戴着驴头面具坐着三轮车出现，将其形象牢牢树立，从而使得赵赶驴当选年度十大网络风云人物，同时也提高了作者的知名度。据读客的总经理称，读客公司为了打造赵赶驴品牌投入了大量的资金，尽管这本书轻易突破十万本的销售大关，其实并没有带来太大利润。不过读客公司树立赵赶驴这位明星作者品牌的目的已达到，他们将合作推出更多的小说，而且《赵赶驴电梯奇遇记》的影视改编、电子版权等也将带来更多收入。笔者看来，如果没有传统出版的常规发行营销手段，《赵赶驴电梯奇遇记》仅仅靠着网络的炒作是不大可能成得了文化精华的；如果没有前期网络的走红，实体版《赵赶驴电梯奇遇记》也是不可能得到迅速推广的。

这是一本火热的网络小说实体化出版成功之路，也是网络文学走向传统出版的成功之途。

2009年之后，传统文学、市场文学和网络文学拼出了当代中国文学"三分天下"的版图，而"三分天下"并不意味着这三股力量势均力敌，正如白烨所言，"在这种结构性的巨大变化之中，不同板块都在碰撞中有所变异、有所进取，但发展较快、影响甚大的，却是新兴的以文学图书为主轴的市场化文学和以网络文学为主题的新媒体文学。"[①]

出版变得越来越容易。比如，每年正式出版的长篇小说就有3000多部，同时互联网上还有多如牛毛的网络小说。文学的门槛越来越低，只要愿意，任何人都是写手。各种级别的文学奖项多得让人眼花

---

① 白烨：《新的异动与新的问题——由2008年文情再谈新世纪文学》，《文艺争鸣》2009年第4期。

缭乱，评奖结果却屡遭质疑，就连代表国家"最高荣誉"的文学大奖也未能幸免。文学生态圈正面临着重新洗牌。进入新世纪，由报纸、杂志发展到广播、电视再发展到互联网、手机，媒体革命完成了一次由纸介到声画再到数字的质的飞跃。作家蒋子龙认为当下文学无门、文坛无门，任何人都可以进进出出，因而也就带来了无规矩、无秩序状态。毫无疑问，互联网给文学带来了更广阔的空间，网络写作让作家进入一种空前自由的创作状态，原生态式地展示社会生活，作品无论从思想到内容乃至形式，有理由期待出现一些新锐之作、大气之作。一些高票房、高收视率的影视剧改编于网络小说已是证明。比如慕容雪村的网络长篇小说《成都，今夜请将我遗忘》，天涯社区首发后，由于作品直抵当下都市生活场景的骨髓，把人物的内心与行为揭示得淋漓尽致，据称总点击量高达几亿次，并先后被改编成电影和电视连续剧，影响巨大。但是，毫无约束、节制的海量写作，也必然会出现大量非文学的文字垃圾。比如，凶杀、色情、搞笑等内容充塞网络版面，这显然与文学所追求的真善美主旨相去甚远。因而"鱼龙混杂，泥沙俱下"是当下网络文学的真实状况。网络与纸介只不过是发表文学作品的不同载体，文学作品的优劣、高下之分，主要还取决于作品内容、表现手法、文字语言等文学本身固有的元素。网络文学与纸介文学，既可互相竞争，又可吸纳对方优长，互为补充，共同发展，共创繁荣。

无论如何，网络文学与传统出版还是必须走到一起，选择影响力广泛的网络原创作品是出版业得以实现利润的一个"新大陆"，与传统出版互利共赢则是网络文学发展的"新丝路"。

第十八章　80后文学与网络的双向互动

第一节　"青春写作"与网络的同步成长

1982年，"计算机"当选为《时代》周刊的"年度人物"，仅仅24年以后，网民成为《时代》周刊"2006年度人物"封面。美国《时代》周刊对此解释说，社会正从机构向个人过渡，个人正在成为"新数字时代民主社会"的公民。因此，我们的年度人物是互联网上内容的所有使用者和创造者。用这样一个历史跨越来回顾中国互联网的发展，最初的起步阶段有两个值得重视的概念：一是网络技术的10年：1994—2004年，意味着技术上的初步完成；二是网络普及的10年：1998—2008年，意味着网络开始进入中国人的日常生活，1998年进入一线城市家庭，实现拨号上网。1980年代出生的80后，在这一年开始逐步接触互联网，网络开始在他们面前拉开序幕，展现出前所未有的一片崭新的天地，网络的时代开始了！引人关注的80后由此也与网络结下了不解之缘。成亦网络，败亦网络，得亦网络，失亦网络……眼下评价，似乎过早，还是让我们看看作为他们这一代人成长的宣言："青春写作"与网络发展同步成长的历史轨迹吧——

2004年2月2日，北京少女作家春树的照片上了《时代》周刊亚洲版的封面，成为第一个登陆美国《时代》周刊封面的中国作家。同时，这期杂志把春树与另一位20世纪80年代出生的写手韩寒称作中国80后的代表。这样一个命名在网络上引起很大反响。许多80后作家都是驰骋网络的少年骑手，往往在网上出名后，再回到纸介媒体，从而获得更大声誉。

其次是与网络传播并行的《萌芽》杂志。在中国目前文学杂志极不景气、难以维持的情况下，《萌芽》杂志得益于"新概念"作文大赛。80后代表作家中有相当一批出自"新概念"。应当承认,"新概念作文大赛"是一个相当成功的策划,它富有创意地整合了多种社会资源,巧妙地利用了现行大学招生制度以及广大考生与家长的心理,同时也恰当地借助了网络的力量,迅速地连接市场,抓住广大80后学生和家长的兴奋点,既推出了一批80后的写手,也盘活了杂志,独领风骚多时。

不必讳言,美国《时代》周刊对80后的命名起到了推波助澜的作用,此后80后不但成为圈内圈外的焦点,而且成为一个正式取代其他称呼被广泛使用的命名。由于"命名"者有意或无意对后来被称作"偶像派"的偏向,因此,此前数月《萌芽》网站已展开的争论烽火再度点燃,且急剧加大了讨论的范围和激烈程度,韩寒、春树、郭敬明能否代表80后成为争论焦点。《南方都市报》、中国文联出版社、中央电视台等媒体迅速介入,文学争论很快升级为社会争论。大约在2004年,80后局面形成,完成了由网络的自发写作、零散写作向文学群体的过渡,正式进入文坛。80后文学命名获得的第一个意义是促成了中国大陆文学界的一次青年行动,一次在极短的时间里打出共同旗帜的集体行动。①

由此不难看出,80后一代人的青春期以及与他们青春期呼应的"青春写作",恰恰与网络的发展同步,两条发展轨迹近于相交近于吻合,网络无疑成为了80后青春成长史中的核心关键词。

第二节　写手互动：自由出入于纸介与网络两大空间

论及80后文学,论及80后写手们的网络写作,不可不提到一批70后写手在网络上的开先河之历史功劳,请允许我们对网络文学的发展历程做一个简单的回顾——

如果按时间划分,蔡智恒、安妮宝贝、李寻欢、宁财神、邢育森

---

① 参见江冰:《试论80后文学命名的意义》,《文艺评论》2004年第6期。

都是第一代网络写手。安妮宝贝当时还在银行上班，是一个过着优裕生活的白领；宁财神则干金融期货交易工作，他在1997年才第一次听说因特网。大名鼎鼎的文化商人路金波当年用的网名是李寻欢，按照他自己的说法：1996年学会上网，1997年开始泡论坛写作。当时，全中国的网民只有60万人。路金波是一个论坛灌水爱好者，他把论坛当成聊天的增强版，文章也越写越长。成名于网络，但却很快与网络告别是这些人共同的特点，对80后文学影响至深的安妮宝贝如今基本上已经成为一个传统的作家。安妮宝贝从1998年10月开始在榕树下写作和发表作品：《告别薇安》《七年》《七月和安生》，成名作《告别薇安》使安妮宝贝红极一时，成为2000年国内风头最劲的网络文学作者。之后连续出版了《八月未央》《彼岸花》《蔷薇岛屿》《二三事》《清醒纪》《莲花》《素年锦时》等小说，它们均直接印刷出版成书，安妮宝贝在纸介延续保持着上佳的成绩和广泛的影响。

第一代网络作家为我们留下了网络文学上标志性的作品，但是兴趣终究只能作为副业，很多人并没有因为网络文学作品的走红而走上专职创作的道路，很多第一代网络作家开始玩票网络文学，但由于他们已经在读者心目中留下了深刻印象，如痞子蔡、慕容雪村、安妮宝贝等，他们已经不需要在网络上以连载的方式发表作品，直接进入纸介出版，第一代网络作家由此基本回归了传统文学的发表之路。2002年到2005年，网络文学进入第二阶段，网络写手开始带有明显的网络特征：形成游戏性、反讽两种在传统媒体无法认可的风格。70后的慕容雪村是介于两个阶段之间的写手，《成都，今夜请将我遗忘》（2001），《天堂向左，深圳往右》(2003)是典型都市文学风格的小说。最体现网络文学游戏精神的新武侠小说在网上找到了生存的土壤，沈浩波在网上寻觅到了《诛仙》，又发现了当年明月的《明朝那些事儿》，这部小说至今仍常常居于畅销书榜单之中。

第二代网络作家：80后为主导，他们专业背景多元、类型化、职业化、高产化、成长于各大文学网站。代表作家：玄幻、奇幻小说：辰东、萧潜、牛语者、梦入神机；历史、军事小说：当年明月、曹三公子、唐家三少；都市、言情小说：饶雪漫、明晓溪、郭妮、罗莎夜罗；武侠、仙侠小说：我吃西红柿、舒飞廉、沧月；科幻、灵异小说：TINA、天下霸唱、南派三叔。随着80后的成长和网络技术的发展，80后写手一方面在《萌芽》、新概念崭露头角；另一方面，开始在文学网络上开辟自己的天地，全力介入网络文学。从2003年开始，继榕树下之后，起点中文网、晋江原创网、红袖添香、幻剑书盟、17k中文网、腾讯网读书频道、新浪网读书频道等网站陆续成立，笼络了一批网络写手加盟，通过底薪、网上付费、订阅分成和网站稿费等方式给网络作家付酬。第二代网络作家普遍写作速度惊人，有人同时开写四至五本书。

在网络资源极大丰富的时代，第二代网络作家更看重"网络推手"的作用，借助传播之力出名并抢占市场。可以说，他们的成就不是巧合，而是实力和运作两者互动的结果。当年明月的《明朝那些事儿》用一种灵动通俗的语言讲述明朝历史，充满了活力和生气，受到了读者们的喜爱，但是这部小说却是在一个被媒体人称为"明月门"的新闻事件之后被更多读者所熟悉。《明朝那些事儿》2003年狂飙突起于天涯煮酒论史论坛，由一张帖子引发了"刷尸行动"和"暴力倒版行动"，粉丝"明矾"希望用这一系列行动迎回转战新浪的当年明月，但是他没有回去，而是去了书商那里，先后出版了6本《明朝那些事儿》。"明月门"是巧合抑或是炒作？不得而知，但是明月就此大红大紫，在2007年的中国作家富豪排行榜中以225万元年薪排行22，2008年以230万元年薪排行15。纵观第二代网络作家的创作经历，文学不再仅仅是梦想和追求，而逐渐成为谋生的手段，功利化的敲字劳作取代了字精句琢的锤炼，在文学网站的卖身契下，在大众的集体狂欢的娱乐时代，网络作家像流水线的工人一样认真负责着自己的那道工序，共同维持着网络文学多元类型的大工厂，"类型化"写作以及传统出版业对此类"文学作品"发行传播恰是推波助澜，使得"类型化"写作蔚为大观。

文学网站如雨后春笋漫山遍野势头强劲，也吸引了大批80后写手和文学爱好者。榕树下是当年"全球华语第一文学网站"，网站创办人朱威廉的梦想，是将榕树下做成一个网上的《收获》杂志。2000

年，陆佑青的《死亡日记》在网站的连载让网站知名度迅速提高，但坚守人文精神让网站越走越窄，路金波回忆说："当时网站编辑对网友提供的稿子有一个严格审查，其操作完全是参照杂志的流程来做，但这和网络时代有点格格不入。"而注重商业效益的起点网却风生水起，担任起点网负责人的吴文辉说，起点网最初也只是一个承载许多人文学梦想的纯文学性网站，但"为了生存必须转型赚钱。"而第二代网络写手的"类型化"创作和作品，恰好符合并推动了网络文学市场化商业化消费化的趋势。

　　网络文学热销与主流文坛招安，既代表网络文学与传统文学的交融，也为网络写手自由出入网络与纸介两大空间提供了条件。作家叶兆言曾用"丧家之犬"来形容当时传统作家的处境。在各地的排行榜上，很难看到有纯文学的作品能挤上畅销书的榜单，只有贾平凹、余华等少数知名作家的作品能保持 20 万册以上的销量，与传统文学阅读急剧下降形成强烈反差的是网络文学。此时，以纸介平面媒体为阵地的主流文坛开始全力关注网络文学。2006 年，长沙市作协一次吸收 18 名网络写手入会，被不少文坛人士视为"招安"。郭敬明等人加入中国作家协会引发广泛争议，尽管原因复杂，但主流文坛的接受态度的迅速变化，也可以视作一种文学史的特殊现象。从 2007 年开始，主流文坛已经不得不直面网络文学的强大影响力。2008 年，中国作协参与的"网络文学十年盘点"活动则明确显示，代表主流文学的中国作协已经做好了接纳网络文学的准备。主流文坛的开放态度，也为网络写手回归纸介传统写作或两栖与两个文学空间提供了可能。[①]

　　博客的出现又为 80 后写手铺出了一条新路，从此他们网上网下的出入就更加顺理成章了。也许，韩寒的文学历程有几分典型意义。"1999 年 12 月，上海一家出版社收到了一份手抄的书稿，作者名叫韩寒，刚从高中一年级退学，这是他的处女作。他花了一年多时间坐在教室的后面写这部小说《三重门》，在此期间他有七门功课亮了红

---

　　① 江冰、崔艺文：《论网络写作群体的形成与生存现状》，《天津师范大学学报》2010 年第 2 期。

灯。"①《三重门》是韩寒的成名作，也是公认的80后文学开山作品之一，他的写法和传播方式都是传统的，属于纸介媒体的操作，其"手抄本"即是中国文学延续了几千年的古老方式。虽然，韩寒在新浪博客完成了一次由"青春写作"写手向网络"意见领袖"的跳跃，但在他作为文学人的传统惯性思维中，纸介仍然是无法取代的文学正宗。他曾在《杂的文》一书序中明确表示："无论如何，无论我在哪里写的杂文，以后我都会收到我的书里。而且必须收到书里。对于一个写作的人来说，文章是想法的归宿，而书是文章的归宿。"②可见，韩寒是典型的两栖写手：网上，新浪博客写得风起云涌；网下，新作不断新书送出。

80后文学的另一个标志人物郭敬明更是深谙网络与纸介互动的成功之道，他善于延续并发扬网络名气，并巧妙地将此种网络偶像效应转化为纸介出版的巨大经济效应，自由出入，游刃有余，长袖善舞，首开风气。郭敬明既是成功的写手，也是成功的商人，他的写作行为，他的文化创意，他的传播理念，他的网络与纸介出版传播的成功，是不容忽视的当代文化成功案例之一，你可以不赞成他的做法，但你不可能无视他的成功。文学写作一条线的不断进步，商业运作一条线的快速推进，网络时尚形象传播的花样翻新，郭敬明这位来自四川二三线城市的80后，却紧紧扣住了上海大都市的脉搏，在上海大学开始了他自由互动于两种媒体的成功之路。他的道路属于80后，且又有自己的创意，值得总结。

简而言之，青春写手的自由出入，双重身份的一身兼备，两条战线的同时推进，都为80后文学与网络的良好互动创造了社会条件，为21世纪新文学史的形成造就了历史的可能，为我们这个媒介转型的伟大时代做出了具体有效的推进。尽管，依旧还有不少文学人士并不认可双栖写手的工作与意义。

---

① 欧译文：《"寒"朝：一个青春文化偶像能反叛到什么程度？》，《纽约客》第2001年第6期。
② 韩寒：《杂的文·序》，见韩寒：《杂的文》，万卷出版公司2008年版。

第三节　精神互动：非主流的文化趣味
弥散纸介与网络

80后文学与网络发展的同步，80后写手网络上下的自由出入，为精神互动提供了时间和空间的良好条件。可以说，一个直接的结果就是，80后文学从整体上看，与网络文学具有近似的文化特征，换言之，80后文学始终笼罩着网络文化的风格与趣味。就像80后乃至90后"网络一代"的代际特征一般，标志就是非主流，其文化风格如影随形由表及里，流贯于纸介与网络，互动于两种媒体之间。我们要追问的是，它们是如何形成的？纸介与网络各有什么表现？它们有同有异吗？是社会转型的影响？是媒体转型的必然？还是青年亚文化的直接表现？它们在历时性的纵向上如何认识？它们在共时性的横向上又如何把握？前者有什么样的标志性文化事件可以帮助我们去做历史定位？后者又有多少个相关的文化艺术领域乃至意识形态的表现相互交叉地发生影响？多向互动、错综复杂、你中有我、我中有你，可谓风云际会、风云变幻、乱象丛生，笔者大胆尝试为它画一条纵向的线和几块横向的块，以此求教于大家。

先说纵向上的非主流文化传递——

社会大环境的制约

20世纪90年代是完全不同于以思想解放运动著称的80年代的一个市场化的年代，这个市场化年代的特点是欲望的合理化、文化的消费化、社会的实用化功利化和知识精英的边缘化。在这些社会变化的背后是一种"坚固的坍塌"，一种全民信仰的迷茫，因此，我把80后的第一个定义归纳为"价值断裂的一代"。"去意识形态写作"是80后文学外在的表现，而内心的价值观迷茫则是社会大环境最为深刻的制约。

80后文学的前奏曲

80后文学绝非腾空而起，在它之前，中国文学界的结构性文学浪潮已经有了几波，早前的先锋文学开始了对传统现实主义文学的禁区突破；北京的王朔开始解构主流文学的崇高感，开始驱赶文化精英，开始文化"粗鄙化"的行动,"我是流氓我怕谁"的痞子相充斥文坛;以上海卫慧为代表的美女作家开始"身体写作",大众媒体的共同炒作,使之成为文化消费化的直接推动力,加之慕容雪村的"都市欲望"作品的风行,文学领域的青年狂欢借助网络阅读蔚为大观。

世界范围青年亚文化的影响

远有欧美第二次世界大战后的一系列青年运动的历史回响,"垮掉的一代"、朋克文化侵入中国,近有日韩偶像剧、动漫漫画、电玩网游强力进入国内青少年生活,还有香港周星驰"无厘头"电影的大举进发内地,削弱了文化市场的主流价值与意识形态"主旋律"的影响,主流文化显然在一段时间里对于如何平衡外来文化失去了主动性,青少年哈日哈韩风气日盛就是例证之一。

再说横向上的非主流文化板块的影响——

网络成为"第二生存空间"

随着网络技术的不断完善,上网的门槛越来越低,大量的网络"免费午餐"也使享用的成本越来越低,这一消费趋势构成了对于传统传播路径与形式的巨大冲击,纸介阅读锐减,主流媒体传播力受限,家长学校成人社会影响削弱,网络交往的无界无限快捷便利使得80后一代找到了属于自己的文化大本营,教育体制化压力的缓解,家长过度期待的反抗,亚文化惯有的叛逆,青年新价值观的延续,抑或还有社会学家所说的网络可以完成中国青年的"自我"建构等功能的实现[①],使得网络成为青年人名副其实的"狂欢空间"。

"解构性娱乐方式"成为一代人的至爱

非主流文化趣味的养成还与随处可见的"解构性娱乐方式"的盛行有关,而关键的问题在于它们成为了这一代人最喜爱的文化方式。网络上几乎所有年轻人喜欢的方式都属于这一路的风格,换言之,凡是这一路就有可能火,凡是不属于这一路就可能受到排斥。网络艺术的几大领域多在此路数范围:网络音乐、网络影视、网络视频、网络文学、网络动漫游戏、网络交友网站,等等。以网络为首的新媒体

---

① 刘凤淑:《现代性,网络与自我》,《中国城市青年》2011 年第 2 期。

为80后青年群体寻找和建构自己的身份提供了一个虚拟又现实、模糊又安全的平台，不但培养了新一代的消费方式，同样也养成了他们的文化趣味和审美习惯。各种不同类型的网络青年亚文化迅速繁殖和发展，其中最为典型的几种类型：恶搞文化、山寨文化、迷文化、情色文化等等，均表达出一种与主流文化迥然不同的非主流文化趋向。网络青年亚文化的分类并没有一定的标准界限，除了上面的几种较为典型，影响力比较大和熟悉程度比较高的类型外，还存在着其他的网络青年亚文化形式，如网络语言、网络文学、影视音频、酷文化、跟帖、人肉搜索、晒客、御宅族等。"非主流文化"这一概念，是相对于主流文化而言的，其与网络似乎已经成为一种标签，类似非主流图片，非主流音乐，非主流空间，非主流个性签名，非主流头像等等，不胜枚举。[①]

大众媒体的全民娱乐流行文化文本的氛围影响

岂止网络，大众媒体的全民娱乐流行文化文本的氛围也同样构成对于80后一代人青春成长的影响。中国内地大众媒体的全民改制，除了保留类似新闻联播这样主流宣传频道以外，其余媒体大多以抓眼球抓效益为经营宗旨，迎合大众流行文化的娱乐需求，碎片化"无厘头"影像，后现代反叛的姿态，"大话西游"式的妄言异语的流行，"戏说历史"的历史虚无与文化幻象，"真人秀"社会景观的镜像化复现，"恶搞"文化的"粗鄙化"颠覆与娱乐化讽喻，可以说从方方面面构成一种声势浩大的文化景观与文化氛围。[②]作为正统学校教育对峙的另一面有效地影响着新一代的成长，它们从心理层面上缓解了学校对青少年的压力，同时，又在意识形态方面帮助了新一代的欲望宣泄，而80后的青春写作恰恰在缓解、宣泄、叛逆等方面得到青年一代几乎一致的心理支持。

综上所述，80后作为上述两个文化空间的主角，也是上述文化行为的执行者和承载者，非主流文化趣味与网络自由共享的文化精神共同促成了特殊文化形态的生成，而此种生成恰好是在现实空间与网络

---

① 参见江冰：《80后：新媒体的文化趣味》，《南方文坛》2011年第5期。

② 王文捷：《媒介时代流行文本与社会文化心理更新》，《文艺评论》2009年第3期。

空间的双向互动中完成的，可以说，两个空间的文化行为可谓相互渗透、交叉影响。同理，纸介媒体完成的80后文学也是在与网络的互动中建立起特殊形态的，尽管其形态的流动性相当明显，似乎一直没有完全固化，这可能与其本身具有的网络特征有关，网络的虚拟性、瞬间变化性，即是缘由之一。简而言之，80后文学的成长空间是网络，一如"80后"青年亚文化的大本营是网络，网络空间与大众媒体遥相呼应共同形成的非主流文化趋向，后现代解构性娱乐化的审美趣味，青年亚文化的叛逆性与另类性，在整个21世纪第一个十年的社会风尚与文艺思潮中，形成了前所未有的多向互动景观，从而构成了新媒体时代80后文学与网络互动的特殊的文学史现象。

第十九章　80后文学的文学史意义

　　信息的爆炸、节奏的加快、媒体的炒作，使得种种社会事件发生的密度加大，而密度的加大又导致人们的关注点急速转移，例证之一就是网络流行语的快速更替，每个关键词的寿命都在不断地缩短。以至于当代人对时间的感觉也在悄然变化：悠闲消失，紧张突出；记忆淡化，遗忘加快；昨天发生的事仿佛久远，因为又有层出不穷的事件迎面扑来。日子过得太快了，而且越来越快！光阴似箭已成日常。在这样一个时代背景下，谈80后文学的文学史意义，我们或许可以提供话题合理性的两个例证：80后是网络流行时间最长的关键词之一，这也说明其内涵与内存之强大；时间密度的加大与网络传播的加速，既加快了文学形态的形成，也使她具备了极大的社会扩张力与影响力，从而也增添了史的意义。

第一节　凸显文学的"代际差异"

　　80后不仅是指20世纪80年代出生的一代，更是一个代际的符号，一个文化的符号。其代际意义特殊：文化"断裂"的一代；从印刷文化向数字文化过渡的一代。前无古人，后无来者。文学的代际差异与每一代人的自恋情结一向有之，但80后文学由于上述两点代际特征，其意义也就显得非同寻常。

　　我在论文中曾经这样描述："在这个急剧变化的年代，代际差异凸显，一条条代沟无情地将50年代生人、60年代生人、70年代生人、80年代生人隔离在彼此的河岸。'十年一代'，正是中国当下社会的现实，而80后生人的青年文化正是以精神层面上的某种'断裂'以及价值观的全面'裂变'为标志的。在80后生人的青年文化中，全球化、

现代化、后现代、网络化、消费化、大众化、共同构成一种真正的
'无主题变奏'，而在他们日常生活中亲密接触的网络、武侠、动漫、
手机、随身听、咖啡厅、party、摇滚乐、前卫电影、网恋、足球、明
星、文身、名牌、任天堂、俄罗斯方块、圣斗士以及 VCD、DVD、
MP3、掌中宝、数码相机……那些只有他们自己听得懂的网络语言，
那些令他们自我欣赏自我陶醉的手机短信和图片传送……"[①]

今天，当 21 世纪的第一个 10 年即将消失之际，我观察"代际差
异"的角度已经不仅仅限制在文学或文化的角度，站在 80 后一代人的
立场上，我们不难看出他们与我们——上几代人的所面对人生命题也
在发生变化，如果说，50 后 60 后乃至 70 后人生轨迹已经由社会事先
做出了某种预设的话，那么，80 后进入社会，或者说成人之时，预设
的力量愈日衰微，预设的前提渐不存在；如果说，前几代人是在摆脱
预设中挣扎，那么，80 后则是在既定轨道消失后的茫然无措。市场化
使所有职业重新洗牌，大学生不包分配，社会保险形同虚设，大众媒
体极度扩张，信息泛滥成灾难以选择，环境污染食品污染，城市房价
节节攀升，生存压力增加，生活成本加大，生活风险提高。更为重要
的是价值观的混乱，你找不到北！从前你是别无选择，今天你是无法
选择！幸好还有网络，但网络无边无际，又从另一个方面加大了选择
的难度。

假如与 80 后进行一下"换位"，我们还会发现一个关于"身体"
的观察角度，即人类的身体如何面对急速变化的自然环境与生活方式。
20 世纪对人类来说是大飞跃的世纪，其中最为重要的一点就是科学技
术的大发展，但负面的影响也很大，30 年前未来学家的预言几乎都成
事实。事实在催促我们做出思考：当我们"改变"世界的同时，身体也
在被改变，值得追究的是这种"改变"有没有一个极限？专家在疾呼这
个危险的极限——人类的身体已经不再适应今天的世界，人类的世界已
经产生了极大的错位！关键是此种错位对于青春期的 80 后 90 后来说，

---

① 江冰：《论 80 后文学的文化背景》，《文艺评论》2005 年第 1 期。

伤害更大！一个非常醒目的事实就是社会心理成熟与身体成熟之间的错位。[1] 了解了这一点，也许可以使得我们在理解80后乃至90后方面多一些宽容：新生一代的生存命题并不比上几代来的轻松！

在春树的长篇小说《长达半天的欢乐》中，我们其实可以透过狂欢看到青春的落寞与茫然。春树笔下的女主人公春无力，在与情人们的交往中并没有获得热情与快乐，生活中那些依稀的美好与纯洁已成虚幻。她恐惧孤独，而恐惧的结果就是变本加厉地寻求狂欢，她从不后悔一次次短暂的交往与分手："我们已经上路，我们过着愚蠢的青春，我们乐此不疲。"小说最后一章，春无力死在了朋友小丁的刀下。生命的茫然于此达到巅峰，但希望并没有完全泯灭，恰如春树诗句所言："洗掉文身，你就是一个干干净净的人"。身体的狂欢与心理的寂寞是春树——也是不少80后作家表达的文学人物的常见境况，这既是社会心理成熟与身体成熟之间的错位，也是我们社会的一个错位。

我们还可以看到，由于时代的动荡所导致"代沟"的凸显，每一个时代的人们在今天都表现出空前的自恋，这也许是中国文学在21世纪的一个特殊现象。大家都想为自己一代人建一座纪念碑，几乎到了形成"集体自恋情结"的地步，老三届、新三届、知青一代、50年代生人、60年代生人、70年代生人……不胜枚举。媒体更是推波助澜，不停地撩拨培育每一代人的"自恋情结"，多么有趣又有意味的文学现象！然而，也许就是因为80后一代人的凸显，让50后、60后、70后都进了文学与社会的视野，也许说文学"十年一代"失之简单，但中国文学涉及创作、传播、观念、实践等多个方面的"代际差异"现象，却是值得研究的文学事实。

第二节　终结意识形态写作

80后文化属于青春文化、青年亚文化、处于非主流文化与边缘另类文化之间。她是全球化、网络化、民主化、市场化背景下的文化，

---

[1] 参见[英]彼得·格鲁克曼:《错位》，李静等译，上海科学技术文献出版社2009年版，第35页。

是成长中的文化。作为一种文化形态——80后文学继"先锋小说"与"七十年代人写作"之后，彻底完成了"去意识形态化"的文学过程，并以青春文学与网络写作两种形式蓬勃生长，形成与主流文坛的某种对峙与挑战的态势。

前面说过，当前中国的文化现状是以主流文化核心价值为圆心，非主流文化为包围，另类文化为边缘。80后文化恰恰属于处于非主流文化与边缘另类文化之间的青春文化、青年亚文化，其成长过程完成了对于原有意识形态化的消解，而这一消解过程又可以从以下四个方面的冲突中得以体现——精英与草根的对峙与交流；主流与非主流的冲突与融合；边缘与另类的张扬与生长；印刷文化与视觉文化的抵触与妥协。以下分而述之——

"草根"一词在中国学术界的出现，并成为媒体高频使用至今不衰的"热点词""时髦词"，恰恰与网络传播有关。网络传播仿佛一个巨大而快速的播种机，无数"草根"的种子疾速如风地漫延到整个网络，原本只属于社会管理者与文化精英的权力广场，被无数个自我感觉良好、处于活跃乃至兴奋状态的"草根"所涉足。他们精力充沛，他们激情四射，他们日夜狂欢，无论在气势与力量上都逐步达到与精英对峙的地位。网络空间中的主角是"草根"，波及并影响现实社会的体现是"新意见阶层"[①]，他们与精英对峙的背后实质上是一种文化权力的争夺。

在精英与草根冲突的背后，实质上也代表着主流文化与非主流文化的冲突，无论是精英与国家意识形态合谋状态，还是作为知识与传统的合法承继的特殊地位，作为活跃于网络空间，利用网络传播表达自我的草根网民，在传统的媒体：报纸、杂志、书籍、电视、广播中时常难有表达的空间，"宏大叙事"中时常有意筛去草根的声音，并在一种主流媒体垄断中无视了非主流的欲望。网络的"零门槛"进入与交互式共享，为抹平社会现实中人际差别的鸿沟，为上网者自由地宣泄自我提供了可能。考虑到中国传统社会的等级制，日常生活的伦理

---

① 中国社会科学院《社会蓝皮书》《2008年中国互联网舆情分析报告》，报告把这批关注新闻时事、在网上直抒胸臆的网民称为"新意见阶层"。

性，老人社会长者的权威性，强调集体主义抑制个体的文化惯性，我们就不难感受"网络狂欢"的意义以及建立在这种充分宣泄基础之上的种种非主流文化现象。就像几乎所有网络艺术形式都强烈地表明了对传统艺术的某种解构倾向一样，网络上的非主流文化对主流文化也同样形成一种解构式的冲击，可以赋予文化反拨意义的行为恰好从以下同为网络而生的一组具有对峙关系的词组中间加以体会：主流／非主流、精英／草根、传统／现代、经典／非经典、庙堂／民间、霸权／多元、中心／边缘、东方／西方、都市／乡村、公共／私人，等等。

体会了上述词组之间的对峙关系及其文化背景，我们或许可以用一种较为平和与宽容的心态，面对当今社会出现的大量抓人眼球的"边缘""另类"的文化现象。从前几年风靡网络的"恶搞"到2008年火红的"山寨"，"边缘"文化以另类的形式借助网络一角日见茂盛，同时也与主流文化屡现冲突。2006年初胡戈《一个馒头的血案》恶搞电影《无极》，导演陈凯歌拍案而起欲诉诸法律之后，胡戈之辈的"KUSO一族"，通过对热门、经典电影的再创造，加入不少社会流行或热点元素，炮制出一个又一个的恶搞视频。以"恶搞"面目出现的非主流文化顽强前行，天生一副面对主流文化的挑战姿态。近年崛起的"山寨"，继承"恶搞"衣钵，精神依旧，热情不减；至2009年春节，居然一场"山寨春晚"红火网络。"山寨"较"恶搞"似乎又前进了一步，在保持离经叛道的嘻哈"另类"面孔的同时，逐步放弃模仿，加入原创，但与主流冲突的情状虽有程度不同的缓和，却无根本意义上的改变。

最后，我们说说印刷文化与视觉文化的抵触与妥协。每年"世界阅读日"社会各界的调查报告都要向我们展示当前中国大陆国民的阅读状况，数据表明其中文学阅读自1990年代开始进入一个缓慢的衰退期。21世纪以来，其衰退步伐进一步加快。阅读式微的一个重要原因就是新媒介的出现，图像正在替代文字，读屏替代读书，简言之，印刷文化遭到视觉文化的重创，其背后隐含着一种媒介文化的冲突。什么样的冲突呢？在学者看来："读小说是工业时代（甚至是农业时代）的发明，因此，慢、重、深就成为文学阅读的基本特征了，看电视、网上冲浪则是后工业社会的产物，于是，快、轻、浅就成为'读图时代'的重要表征。这样，媒介文化的冲突或可进一步表述为快与慢、轻与重、浅与深之间的矛盾。"① 站在维护经典（多为印刷文化）保守传统（多为工业、农业时代的产物）的立场上，精英的扬抑褒贬显而易见，也可理解，但两相比较，无论毁誉，都表明着一种文化冲突的存在。

可以看出，与青年亚文化、与网络密切相关的80后文学，正是在上述对峙、挑战、冲突的过程中蔚为大观，开始了一个属于21世纪的文学新时代。而引发文化冲突的原因，也恰恰是新一代对传统权威型文化的一种挑战。传统权威型文化所代表的庄严、持重、宏大、集体、中庸、规范，平稳坚固的城堡，被掏了一个小洞，中庸之道借由恶搞文化走向"酒神文化"，无拘无束、狂放不羁、抨击社会、展现自我，而且集体地进入了巴赫金狂欢理论中所提出的"狂欢生活"，这种与强调服从等级秩序、严肃禁欲的"日常生活"相异的"反面生活"，则是平等、自由、快乐、无拘无束，充满对权力、神圣的戏谑和不敬。②

主流文坛以接受80后代表作家和"拥抱网络"两种行为，表示对于80后文学的亲近姿态，所谓"传统文学、青春文学、网络文学：三分天下，平行发展"的新格局说法也渐被认可。但在我看来，冲突与妥协的结果，并非简单的融合，80后文学也并非只是作为一种流派此长彼消，关键还在于80后文学将为中国当代文学带来新质的多种可能性，而我看重和强调的即是"新质"。

我在论文中曾经写道：80后文学欲以自身独特的创作成就取得应有的文学史地位，就必须逾越青春资源、都市生活、网络空间这三大标杆，否则，即可能成为喧嚣一时过眼烟云的文学现象，而不能造就属于80后一代人独有的文学纪念碑。③ 今天看来，它们既是标杆，也是特点和优势。在韩寒、郭敬明、张悦然、春树、李傻傻、颜歌、笛

---

① 赵勇：《媒介文化语境中的文学阅读》，《中国社会科学》2008年第5期。
② 参见熊晓萍：《传播学视角下的80后文学》，《天津师范大学学报》2008年第3期。
③ 参见江冰：《终结80后文学的三大标杆》，《文艺评论》2007年第3期。

安以及唐家三少、饶雪漫、明晓溪、郭妮、尹珊珊、安意如、我吃西红柿等一大批纸介与网络写作的 80 后作家作品中，我们都不难看到他们不同于传统主流与纸介作家迥然不同的题材、角度、技巧、风格、观念，也许根本的差异还在于体验世界的方式与人生价值观的不同，这里肯定不仅仅是年龄差距的问题。而所有的不同，我暂且都称为"另类"，目前可以结论的是：另类的网络时代、另类的青年形象、另类的生存空间，为我们提供了另类的文学阅读经验。我们可以批评 80 后作家写手们的浅尝辄止、经验虚拟、类型化的情景设置、日韩剧的模式影子、商业化的运作，但不可忽视的正是他的"另类"，属于 80 后的"另类"。吸引我们走进"小时代"，走进"他的国"，去欲望一把，去另类一把！这既是一个"大鱼吃小鱼"的时代，也是一个"快鱼吃慢鱼"的时代，一切都在流动，一切都在变化，当我们的学者用"液体和气体"来描述时代，"轻灵与流动"便成为一种常态。[①] 在我们阅读 80 后作品的时候，"流动的现代性"理论概括仿佛就在成为眼前的现实。80 后文学的文学史意义也就是在这样一种历史语境中逐渐生成。

第三节　携手互联网：拉动文学变革

新媒体成就 80 后，80 后丰富新媒体。网络空间保证 80 后行使他们的文化权利；网络空间形成 80 后的集结地与大本营；80 后文化追求与网络精神沟通吻合。80 后及其后续 90 后在改变中国的文化结构与民族性格的同时，其作为代言的文学创作，也拉动了当代文学的全面变革。

需要再次强调的是：没有互联网，就没有 80 后；没有网络，就没有 80 后。与 80 后的横空出世相比，文学其实只是很小的一个部分，而且在 80 后看来，文学在这里主要是一种代言，恰如福柯所言："在我们这样的社会中，基本上也是在任何社会中，有许多种权力关系渗

---

① 参见 [英] 齐格蒙特·鲍曼：《流动的现代性》，欧阳景根译，上海三联书店 2002 年版，第 3，35 页。

透到社会机体中，确定其性质，并构成这一社会机制；如果没有某种话语的生产、积累、流通和功能的发挥，那么这些权力关系自身就不能建立、巩固并得以贯彻。如果没有一定特定的真理话语的体系借助并基于这种联系进行运作，就不可能有权力的行使。我们受制于通过权力而进行的真理生产，而只有通过对真理的生产，我们才能行使权力。"① 确认了这一点，就不难理解80后文学对主流文学的全面拉动。

首先是文学传播方式的改变。21世纪最重要的特征：信息化、全球化、网络化。确立上述特征的一个基础就在于人类传播方式的改变，网络传播不但改变了人类的社会结构，而且以动摇传统固定空间领域为前提，造就了全新的文化空间。这一点在今天中国表现突出，一个开放而多边的网络，正在形成一个既虚拟又现实、双向互动的文化空间。我们不能忽视一个巨大的不断增长的数字，因为在这个迅速壮大的人群中已经矗立起了一个与现实社会相对的网络空间。2008年年底，中国网民数量达到2.98亿人，互联网普及率从22.6%的比例首次超过了21.9%的全球水平。而据最新的中国互联网络发展统计报告公布，到2009年6月30日，我国网民规模达3.38亿人，宽带网民达3.2亿人，手机上网用户达1.55亿人。中国青少年网民规模为1.75亿人，半年增幅5%，目前这一人群在总体网民中占比51.8%。调查显示，81.6%的网民对网上办事节省了很多时间表示认同，77.5%的网民觉得生活离不开互联网，网络已经深入到人们衣食住行的方方面面，广大网民也感受到了网络带来的生活便利。另外，随着互联网对人们生活日益浸入，互联网给人们带来心理上的距离感即社会隔离也逐渐增大。34.4%的网民感觉到互联网减少了其与家人相处的时间。而由于使用互联网感觉更孤单的网民也增加到了22%。调查显示，目前有16.4%的网民表示一天不上网就感觉难受，也有17.4%的网民觉得与现实社会相比，更愿意待在网上，平均每6个网民里有1个有上网成瘾的倾向。最新报告显示，截至2013年6月底，我国网民规模达到5.91亿人，互联网普及率为44.1%。网民规模进入发展平台期，手

---

① [法]福柯:《两个讲座》，转引自[美]马克·波斯特:《信息方式》，范静晔译，商务印书馆2001年版，第120页。

机成新增网民第一来源。农村普及速度较快，半年期新增网民中农村网民占到54.4%。手机一族在向各个年龄段和各个地域职业漫延。我国手机网民已经达到4.64亿人。

毫无疑问，网络业已成为80后乃至90后生活的"第二生存空间"。

需要特别谈到的是网络空间的"虚拟体验"。专家预见：在不久的将来，每个人都会拥有现实与虚拟的两个身份，可以自由地出入现实与虚拟的两个生活空间。而网络虚拟的出现将会对我们的生活乃至人类的文明产生近乎颠覆性的影响。这一点，对于80后90后来说，已经成为现实；但是，中年以上的人群对此却相当陌生。数字鸿沟在此直接转化为代沟。隔岸观火，握有话语权的中年人群常常大惑不解甚至大光其火。其实，这种"数字化代沟"不要轻易上升到意识形态的层次去对待，需要的是包容态度下的学习与理解。家长们极易将其划入网络游戏，管理者也会视其为"网瘾"的源头，文化人又可能将它看作"去经典化"的后现代行为。我以为，对虚拟世界存在的合理性以及有益性的质疑，还要持续相当一段时间，这也并非异常现象。

问题在于80后90后人群已经身处其中，数字化的环境已然是生活的有机部分，不可或缺，与生俱来。虚拟世界与虚拟体验，为青春写作与网络文学提供了不同于传统文学的全新体验空间，几个亿的网民在网络生存的"第二人生"空间里成长，形成一种你无法忽视的阅读经验与认知方式以及对于"虚拟体验"的强烈欲望与诉求，同时，这也意味着人类新的审美方式与审美习惯的形成——比如空间界限的模糊、时间长度的消解、历史时空的穿越，等等。也许，庄子逍遥游的境界，封神榜众神的演义，可以帮助我们去联想那种完全自由的天地。由此来看，80后文学的两个表现形态——以纸媒为主的青春写作与新媒体为平台的网络文学，与传统文学并非仅仅是共荣并存的现状与前景，更是一时代有一时代文学的问题。

明乎于此，80后文学对传统文学全面变革的拉动也就可以理解了，其态势岂止是侵入与渗透。我在2008年、2009年两个国家社科基金课题所开展的大面积社会调查中可以深刻地感受到80后90后文学体验方式的变化以及"虚拟世界"的深刻影响。从郭敬明的《幻城》，到网上大批的"历史穿越"小说的出现以及他们受欢迎的程度都可引为例证。

从80后文学与网络的互动关系研究中，我们的一个结论是：新的艺术方式将生成新的艺术。对此，当今主流文坛缺少足够的认识。比较具有代表性的看法：传统的纸介媒体的文学依然是主流正宗的，现在虽然有新媒体新读者新趣味，但都是传播方式的问题，只要加强新的传播方式和平台的建设，传统文学魅力依然，更有甚者是坚持传统纸介文学的古典精神，认为要坚守，因为它们不融于网络新媒体。我们可以试着想象古典传统与现代网络的分道扬镳的未来——也许我们需要一种小众的艺术，也许我们需要一种为高端精神追求服务的艺术，也许我们也永远需要一种纸介书写的语言艺术。但坚守有时可能与保守画等号，也有意义，但要承受不断边缘化小众化的可能。当今文坛愿意因此放弃青少年，放弃新媒体吗？

现实迫切的要求是，我们如何找到传统艺术与新媒体的结合点，传统艺术精神融入新媒体"空间气场"的可能性，新媒体的文化气质是什么？肯定不是神马浮云，肯定不是洪水猛兽，因为新一代的艺术消费者和生产者不管你是否愿意，他们义无反顾大步前行。我们还应当看到新媒体无论在艺术消费和艺术生产上都有着前所未有的方式和成果，旧媒体的理念是：真理，只有一个来源；而新媒体的理念则是：真理有多种来源，我们会把它找出来。新媒体的广场狂欢使得所有人都有成为艺术家的可能，新的艺术具有了新生成的多种可能。

前景难以预测，一切都在变化与发展之中。我们不断探索，我们满怀期待。

参 考 文 献

[加]马歇尔·麦克卢汉:《理解媒介》,何道宽译,商务印书馆 2001 年版。

[美]玛格丽特·米德:《文化与承诺》,周晓虹等译,河北人民出版社 1987 年版。

[美]阿尔温·托夫勒:《第三次浪潮》,朱志焱等译,三联书店 1984 年版。

[美]阿尔温·托夫勒:《未来的震荡》,任小明译,四川人民出版社 1985 年版。

[美]约翰·莱斯比特:《大趋势》,梅艳译,中国社会科学出版社 1984 年版。

[美]约翰·莱斯比特:《2000 年大趋势》,周学恩等译,东方出版社 1990 年版。

[美]约翰·莱斯比特著:《亚洲大趋势》,蔚文译,外文出版社 1996 年版。

[美]尼古拉·尼格洛庞帝:《数字化生存》,胡泳等译,海南出版社 1996 年版。

[英]齐格蒙·鲍曼:《立法者与阐释者》,洪涛译,上海人民出版社 2000 年版。

[英]齐格蒙特·鲍曼:《流动的现代性》,欧阳景根译,上海三联书店 2002 年版。

[法]让·鲍德里亚:《消费社会》,刘成富等译,南京大学出版社 2008 年版。

[英]彼得·格鲁克曼:《错位》,李静等译,上海科学技术文献出版社 2009 年版。

[美]尼古拉斯·卡尔:《浅薄——互联网如何毒化了我们的大脑》,刘纯毅译,中信出版社 2010 年版。

[美]马克·波斯特:《信息方式》,范静哗译,商务印书馆 2001年版。

[美]尼尔·波兹曼:《娱乐至死》,章艳译,广西师范大学出版社 2004 年版。

[美]尼尔·波茨曼:《童年的消逝》,吴燕莛译,广西师范大学出版社 2011 年版。

[美]尼尔·波茨曼:《技术垄断》,何道宽译,北京大学出版社 2007 年版。

[美]唐·泰普斯科特:《数字化成长 3.0 版》,云帆译,中国人民大学出版社 2009 年版。

[荷]约斯·德·穆尔:《赛博空间的奥德赛》,麦家雄译,广西师范大学出版社 2007 年版。

[美]杰夫·贾维斯:《Google 将给我们带来什么?》,陈庆新等译,中华工商联合出版社 2009 年版。

[美]杰克·凯鲁亚克:《垮掉的一代》,金绍禹译,译文出版社 2007 年版。

[美]莱格斯·麦克尼尔:《请宰了我——一部叛逆文化的口述秘史》,郝舫等译,花城出版社 2005 年版。

[法]弗朗索瓦·傅勒:《思考法国大革命》,孟明译,三联书店 2005 年版。

[英]戴维·冈特利特主编:《网络研究》,彭兰等译,新华出版社 2004 年版。

[美]曼纽尔·卡斯特:《网络社会的崛起》,夏铸九等译,社会科学文献出版社 2003 年版。

[法]丹纳:《艺术哲学》,傅雷译,人民文学出版社 1963 年版。

[美]杰弗里·斯蒂伯:《我们改变了互联网,还是互联网改变了我们?》,李昕译,中信出版社 2010 年版。

[加]文森·特莫斯可:《数字化崇拜》,黄典林译,北京大学出

版社 2010 年版。

[英]斯图尔特·霍尔编:《表征——文化表象与意指实践》,徐亮等译,商务印书馆 2003 年版。

[美]克莱·舍基:《未来是湿的》,胡泳等,中国人民大学出版社 2009 年版。

[美]迪克·赫伯迪哥:《亚文化:风格的意义陆》,道夫等译,北京大学出版社 2009 年版。

[日]原田曜平等:《中国 80 后是日本经济的救世主》,陕西师范大学出版社 2012 年版。

[英]默克罗比:《后现代主义与大众文化》,田晓菲译,中央编译出版社 2001 年版。

[美]大卫·阿什德:《传播生态学——控制的文化范式》,邵志伟译,华夏出版社 2003 年版。

[英]安东尼·吉登斯:《亲密关系的变革》,陈永国等译,社会科学文献出版社 2001 年版。

[法]弗朗西斯·巴勒:《传媒》,张迎旋译,中国传媒大学出版社 2007 年版。

[美]托马斯·弗里德曼:《世界是平的》,赵绍棣译,东方出版社 2006 年版。

[英]约翰·基恩:《媒体与民主》,谷继红译,社会科学文献出版社 2003 年版。

[美]戴维·哈维:《后现代的状况》,阎嘉,商务印书馆 2003 年版。

[斯]阿莱斯·艾尔雅维茨:《图像时代》,胡菊兰译,吉林人民出版社 2003 年版。

[英]马·布雷德伯里,詹·麦克法兰:《现代主义》,胡家峦等译,上海外语教育出版社 1992 年版。

[英]弗里德利希·冯·哈耶克:《自由秩序原理》,邓正来译,三联书店 2003 年版。

常晋芳:《网络哲学引论》,广东人民出版社 2005 年版。

王四新:《网络空间的自由表达》,社会科学文献出版社 2007 年版。

李一:《网络行为失范》,社会科学文献出版社 2007 年版。

端木义万主编:《美国传媒文化》,北京大学出版社 2001 年版。

刘津:《博客传播》,清华大学出版社 2008 年版。

董焱:《信息文化论》,北京图书馆出版社 2003 年版。

邱戈:《媒介身份论》,中国传媒大学出版社 2008 年版。

彭兰:《中国网络媒体的第一个十年》,清华大学出版社 2005 年版。

彭兰主编:《中国新媒体传播学前沿》,中国人民大学出版社 2010 年版。

彭兰:《网络传播概论》,中国人民大学出版社 2001 年版。

林军:《沸腾十五年——中国互联网 1995—2009》,中信出版社 2009 年版。

贾春增:《外国社会学史》,中国人民大学出版社 2008 年版。

黄新原:《五十年代生人成长史》,中国青年出版社 2009 年版。

王沛人:《六十年代生人成长史》,中国青年出版社 2009 年版。

沙蕙:《七十年代生人成长史》,中国青年出版社 2009 年版。

查建英:《八十年代访谈录》,三联书店 2006 年版。

北岛等主编:《七十年代》,三联书店 2009 年版。

李银河:《性的问题·福柯与性》,文化艺术出版社 2003 年版。

屠忠俊:《网络传播概论》,武汉大学出版社 2007 年版。

白烨:《演变与挑战》,作家出版社 2009 年版。

黄鸣奋:《网络媒体与艺术发展》,厦门大学出版社 2004 年版。

杨鹏:《网络文化与青年》,清华大学出版社 2006 年版。

林军:《沸腾的十五年——中国互联网 1995—2009》中信出版社 2009 年版。

江冰:《中华服饰文化》,广东人民出版社 2007 年版。

张志忠主编:《中国当代文学六十年》,高等教育出版社 2009 年版。

白烨主编：《中国文情报告 2009—2010》，社会科学文献出版社 2010 年版。

白烨主编：《2011 文坛纪事》，人民文学出版社 2012 年版。

吴风：《网络传播学》，中国广播电视出版社 2004 年版。

陈韬文等编：《与国际学大师对话》，中国人民大学出版社 2011 年版。

王利敏等：《数字化与现代艺术》，中国广播电视出版社 2006 年版。

欧阳有权：《网络文学的学理形态》，中央文献出版社 2008 年版。

蒋述卓等主编：《传媒时代的文学存在方式》，广西师范大学出版社 2010 年版。

金惠敏：《媒介的后果》，人民出版社 2005 年版。

于洋等：《网络文学的自由境界》，中央编译出版社 2004 年版。

郭景萍：《情感社会学》，上海三联书店 2008 年版。

孟繁华等：《中国当代文学发展史》，北京大学出版社 2011 年版。

杨扬主编：《新中国社会与文学》，上海人民出版社 2009 年版。

洪治纲：《中国六十年代出生作家群研究》，江苏文艺出版社 2009 年版。

周晓红：《现代社会心理学》，上海人民出版社 1997 年版。

邵燕君：《倾斜的文学场——当代文学生产机制的市场化转型》，江苏人民出版社 2003 年版。

刘世生等：《文体学概论》，北京大学出版社 2006 年版。

韩寒：《杂的文》，万卷出版公司 2008 年版。

刘凤淑：《中国城市青年：现代性，网络与自我》，Routledge 2011 年版。

沈德灿：《精神分析心理学》，浙江教育出版社 2005 年版。

黄希庭：《简明心理学辞典》，安徽人民出版社 2004 年版。

郭敬明：《小时代 1.0 折纸时代》，湖北长江出版集团 2008 年版。

段永朝：《互联网：碎片化生存》，中信出版社 2009 年版。

马原主编：《重金属——80 后实力派五虎将精品集》，东方出版中心 2005 年版。

韩寒：《三重门》，作家出版社 2000 年版。

郭敬明：《幻城》，春风文艺出版社 2003 年版。

马立诚：《当代中国八种文艺思潮》，社会科学文献出版社 2012 年版。

谭旭东：《重构文学场：当代文化情景中的传媒与文学》，敦煌文艺出版社 2010 年版。

方兴东等：《媒体荣的经济学与社会学》，《现代传播》2003 年第 6 期。

方兴东等：《博客与传统媒体的竞争、共生、问题和对策》，《新闻与传播》2004 年第 7 期。.

朱小珍主编：《生于 80 年代》，汉语大辞典出版社 2004 年版。

张悦然：《樱桃之远》，春风文艺出版社 2004 年版。

黄集伟：《2004 语文观察报告》，《南方周末》2004 年 12 月 30 日。

杨凡：《新贫贵族》，《城市画报》2005 年第 7 期。

熊晓萍：《传播学视角下的 80 后文学》，《天津师范大学学报》2007 年第 3 期。

郭景萍：《80 后消费文化特征：世俗浪漫主义》，《青年研究》2008 年第 2 期。

张未民：《中国"新现代性"与新世纪文学的兴起》，《文艺争鸣》2008 年第 2 期。

赵勇：《媒介文化语境中的文学阅读》，《中国社会科学》2008 年第 5 期。

熊晓萍：《传播学视角下的 80 后文学》，《天津师范大学学报》2008 年第 3 期。

江冰：《论 80 后文学的"偶像化"写作》，《文艺评论》2005 年第 2 期。

江冰：《论 80 后文学》，《天津师范大学学报》2007 年第 3 期。

江冰：《80 后文学的文学史意义》，《文艺争鸣》，2009 年第 12 期。

江冰：《80 后文学：我时代的青春记忆》，《文艺争鸣》2010 年第
8 期。

邱均平等：《论网络信息传播的价值》，《山东社会科学》2009 年
第 1 期。

王文捷：《媒介时代流行文本与社会文化心理更新》，《文艺评
论》2009 年第 3 期。

陈柳钦：《城市文化：城市发展的内驱力》，《西华大学学报》
2011 年第 1 期。

廖龙辉等：《网络对青年社会化的影响分析》，《科学·经济·社
会》2001 年第 3 期。

华红琴：《网络影响下的青少年社会化与生活方式双重机制、多
元化和性》，《社会》2007 年第 2 期。

风笑天：《偏见与现实：独生子女教育问题的调查与分析》，《社
会学研究》1993 年第 1 期。

风笑天：《独生子女———他们的家庭、教育和未来》，社会科学
文献出版社 1992 年版。

沈崇麟等：《当代中国城市家庭研究》，中国社会科学出版社 1995
年。

郝玉章等：《大众传播媒介与中学独生子女社会化》，《青年研
究》1997 年第 1 期。

康俊：《心理学视角：80 后一代的消费心理与行为特征研究》，
《营销学苑》2006 年第 4 期。

张君敏：《星座现象的社会学解读》，《当代青年研究》2003 年第
3 期。

潘震泽：《星座与自我》，《大众科技》2000 年第 5 期。

王思琦：《1978—2003 年间中国城市流行音乐发展和社会文化环
境互动关系研究》。

毛雪皎：《豆瓣网对构建当前城市公共领域的有益尝试》，《今传
媒》2009 年第 6 期。

王铮：《同人的世界：对一种网络小众文化的研究》，新华出版社

2008 年版。

杨雅：《同人女群体："耽美"现象背后》，《中国青年研究》2006年第 7 期。

孟庆兰：《网络信息传播模式研究》，《图书馆学刊》2008 年第 1期。

孟伟：《网络传播中语言符号的变异》，《现代传播》2002 年第 4期。

张树森：《论网络语言的特征与优点》，《新闻爱好者》2008 年第 3 期。

刘天明：《网络信息传播中语言现象的研究》，《现代情报》2007年第 11 期。

宫承波：《新媒体概论（第二版）》，中国广播电视出版社 2009 年版。

朱环新：《网络文学与博客联手传统出版之比较》，《出版广角》2006 年第 7 期。

王鹏：《文学网站与传统出版争上游》，《出版参考》2007 年第 1期。

金振邦：《新媒介视野中的网络文学》，东北师范大学出版社 2008年版。

匡文波：《论手机媒体》，《国际新闻界》2003 年。

项立刚：《项立刚谈第五媒体》，《通信世界》2010 年。

黄利会：《网络社会的结构功能主义分析》，《经济师》2005 年第 7 期。

芮必峰：《人际传播：表演的艺术——欧文·戈夫曼的传播思想》，《安徽大学学报》2004 年第 4 期。

苏振东：《网络情境下的符号互动理论》，《新闻传播》2011 年第 4 期。

蔡循光：《社会交换理论视角下的当代中国社会人际关系》，《理论观察》2008 年第 3 期。

熊晓萍：《论"青春写作"与网络的双向互动》，《文艺争鸣》

2009 年第 6 期。

田忠辉：《博客、80 后与文学的出路》，《文艺争鸣》2007 年第 4 期。

张君敏：《星座现象的社会学解读》，《当代青年研究》2003 年。

孟伟：《网络传播中语言符号的变异》，《现代传播》2002 年第 4 期。

张树森：《论网络语言的特征与优点》，《新闻爱好者》2008 年第 3 期。

刘天明：《网络信息传播中语言现象的研究》，《现代情报》2007 年第 11 期。

张清华：《"残酷青春"之后是什么？》，《南方文坛》2007 年第 4 期。

后 记

　　80后文学课题即将由人民出版社出书，提笔后记，感慨万千。

　　首先，要感谢老一辈师长的提携。先说说为本书作序的张炯先生和陈公仲先生，两位都是年过80的长辈学者。

　　我从二十多岁在宜昌通过公仲先生认识张炯先生，至今30年了。因为中国当代文学研究会的缘故，虽然见面不多，却始终得到关怀。尤其是1995年在北京，时任会长的张炯先生提名我为研究会常务理事。那一次提名的还有郭小东和周晓风，当时都算年轻的一辈。

　　记得也是二十多年前的一次会议，我有感中老年学者发言人数过多，而年轻人机会太少，大会直言；台上一片白发苍苍。当时的张炯先生还是中年，头发黝黑。会后即刻找我谈心，毫无责怪之意，平心静气地征求我对学会工作的意见。倒是让我暗生悔意：稚子大胆，冒犯大人！张炯先生有胸怀！1989年，在无锡开年会，会后游湖，南京的王新民，帅哥风头，攀上一座小山崖，踩塌一块土石，众人疾呼"危险！"张炯先生大步走到崖下，沉着地说，踩着我的肩下来。手长脚长的王新民还真的踩着张炯先生宽厚的肩膀下来了。那一幕，印象深刻，在擅长动嘴不动手的书生中，张炯先生显得格外英雄。后来才慢慢知道，先生少年游击队的传奇生涯。大约2005年在青岛，我重返大学后重逢张炯先生，一起坐在夕阳下的一块大石头上，他问我为何突然离开江西，我絮絮叨叨说了许多，他一言不发看着我，或许理解，或许其他，但我可以感受到一种来自长辈的慈祥。当代文学60年历程，张炯先生的观点或许并不一定都得同辈、晚辈百分百地赞同，但他的真诚、对年轻人的提携却是始终不渝。他具有这个时代稀缺的胸怀，我参与当代文学研究会三十多年，始终感受。

　　陈公重（公仲）先生是我大学老师，可谓恩师。七七级的中文系，聚集了"文革十年"的文学英才，又恰逢80年代思想解放运动，可谓风云际会，异常活跃。公仲老师教当代文学，是争议最多也是最活跃的课程，课里课外，明里暗里，伴随着无数个热点。而公仲老师又常常是那些热点的中心！这样一种状况，伴随着20世纪文学的黄金时代，也伴随着我大学毕业留校任教。分在公仲先生所在教研室，又与先生一道搞教材、课题、硕士点、研究所、学会年会研讨会，一道拜访陈荒煤、冯牧、艾青、丁玲、吴祖光、新凤霞、叶子铭、潘旭澜等名人大家。我从助教、讲师、副教授、教授、硕士导师、学科带头人、主任助理、系副主任……每一步都有公仲先生的帮助。先生为学的勤奋、钻研、胆识，为人的热情、无私、仁慈，都影响了我。记得那年在宜昌开会，送别会友，先生一门心思帮别人提行李上火车，车将开动，才发现自己的行李没上车。先生乐于助人，无论达官贵人还是平民百姓，几乎有求必应，作为他的学生助手，我有时甚至埋怨他帮人没有原则。他有时会向我提到他国外留学归国学护理的母亲，说母亲信教，为人讲仁慈。

现在回味，公仲先生是一个复杂的多面体：他的出身——父亲是北伐名将；他的经历——童年生活优裕，青年、中年受政治牵连，海外关系颇多、家庭背景多重；他的学养——苏联文学、当代政治、五四启蒙、海外华文、官方角度、平民视野、精英立场、传统影响；还有他的身体——少年底子、青年锻炼、中年壮硕、老年健康。精力始终旺盛，不输青年；好奇心一直保存，总在探求。与先生相处，总有向前走的新鲜话题，少有停滞休息的静心安顿。如今80岁的他，依旧张罗庐山国际笔会，依旧牵挂全球八方朋友。你很难劝他歇歇停停，因为他会立刻告诉你下一个计划，告诉你下一篇文章已经动笔……所有这些都在明里暗里影响着我的为人为学。

两位先生是我的楷模。兼容并蓄，有胸怀有包容，是我从两位先生那里学习到的一种精神。衷心地道一句：谢谢先生！

再说白烨先生，现任中国当代文学研究会会长。因为80后，我们结缘。几年前，我们请他来广州出席广东分会年会暨"新人类新文化新文学"研讨会。研讨会在广东省作协大楼23层会议室举行，那天来了不少研究生，青年学子对80后问题质疑尖锐，忘了的一个什么问题，竟一时把我惹恼了。白烨立刻接过话题，心平气和，闲定大气，不但话锋一转化解紧张，而且条分缕析说服大家。我内心服气：他是可以协调多方力量的大家，包括他的胸襟和学养。新时期以来，白烨始终处于当代文学前沿，是承上启下对接多方的学者和评论家，"韩白之争"以后，白烨的这种特殊角色的作用更加明显。可以说，他是80后文学研究真正的先行者。白烨先生当代文学研究的现场感和问题意识，一直是我努力的目标：我阅读他的文章，关注他的言行。请他为我和我的团队成果指点，十分合适。谢谢白烨先生！

说到80后研究，还得感谢两位前辈：汤吉夫先生和夏康达先生。汤先生高度肯定我的研究，让我2007年在广州承办中国小说学会年会，给我一个专题报告和展示团队的机会。夏先生一直在以学报专栏主持的身份向我约稿，老先生的价值观在与我不断碰撞，理出新思路催我成文，于是有了2007年《新华文摘》的大篇幅转载《论80后文学》。这些帮助，都催生了今天的团队和成果。还要感谢我从青年时代结识的朋友：《文艺评论》的韦健玮主编，2004—2005年连续刊出我的80后系列论文，赋予了重返大学后的自信心，使得我可以在学术研究这条路上走下去。

还要郑重感谢的是我的团队，正是这一群相处10年、来自全国各名牌大学的教授博士以及我的学生，与我切磋学问，与我并肩而行，才有研究中心乃至重点学科、创新团队，三个国家课题十二个省部级课题、多本著作、一批论文的80后专题研究成果。感谢他们与我一起走过职业生涯的最好的时光，并衷心地祝愿他们各有所成，一直向前。他们是田忠辉、刘俊峰、傅明根、王文捷、司马晓雯、许哲、许峰、王燕子、郭景萍、贾毅、周善、麦思杰、蔡敬诚、陈小娟、杜肇铭、于霞、敖景辉、冼腾飞、鞠鑫、沈培、彭蕾、罗华章、黄静燕、刘茉琳、张岚妮、崔艺文、蔡怡圆、林趣、曾妮，等等。

最后要感谢的是我的妻子熊晓萍，几十年来，她既是我人生最大鼓励，也是我学术研究的搭档。作为新闻学教授，她的国家课题"80后90后传播方式研究"，给我极大启发。还有我的女儿江子潇，正是她作为 80 后小文青的书架变化——对 80 后作家的喜爱，赋予我学术研究最初萌发的灵感。

本书具体分工如下：江冰：导论、第一章、第二章、第三章、第十八章、第十九章，与蔡怡圆合作第十四章、第十五章、后记并全书统稿；田忠辉：第四章、第十六章；刘俊峰：第五章、第十二章；熊晓萍：第六章；王文捷：第七章；刘茉琳：第八章；张岚妮：第九章；黄静燕：第十章；崔艺文：第十一章第一至第三节；黄丹媛、邬海燕：第十一章第四节；傅明根：第十三章；周善：第十七章。

特此说明。并再次感谢我的团队伙伴。

江冰

2014 年 7 月于广州